作家散文
典藏

李舫散文

李舫 著

作家出版社

目 录

我们终将抵达的远方（序）   1

第一辑　春雨集

春秋时代的春与秋   3
在火中生莲   15
大道兮低回   26
江春入旧年   39
一蓑烟雨任平生   53
南岳一声雷   89
山山记水程   103

第二辑　夏露集

能不忆江南   161
长相思，忆长安   173
漂泊中的永恒   186
成都的七张面孔   194
死生契阔，与子成说   214
天　堂   221

苟利国家生死以　　　　　　　　237

第三辑　秋霜集

弗里达：不安的缪斯　　　　　　253
"蓝骑士"　　　　　　　　　　　264
"我神智健全，我就是圣灵"　　　280
贾柯梅蒂：青铜魔法师　　　　　　298
那色彩仿佛正在呐喊　　　　　　　312
爱丁堡的魔法女侠　　　　　　　　322
我的睡眠是长夜的清醒　　　　　　330

第四辑　冬雪集

良知，导航生命的灯塔　　　　　　343
骄傲的苏格兰　　　　　　　　　　353
爱丁堡城堡：苏格兰王冠上的明珠　358
苏格兰风笛：高地的天籁之音　　　365
卡尔顿的春天来了　　　　　　　　371
曾记得夏日邂逅　　　　　　　　　377
彼得·梅尔：永远的普罗旺斯　　　385

我们终将抵达的远方（序）

一

公元前500余年的某一天，两位衣袂飘飘的智者翩然相遇。时间，不详；地点，不详；观众，不详。但是，他们短暂的对话，却留下一段妙趣横生的传世佳话。其中的一位，温而厉，恭而安，儒雅敦厚，威而不猛。另一位，年略长，耳垂肩，深藏若虚，含而不露。这也许是他们的第二次会面，但并不重要，重要的是，历史的天空，就在这一刻定格。此后2500余年的岁月中，我们将渐渐知晓这场对话对于世界历史、对于人类文明的伟大意义。

——这两位智者，便是老子与孔子。

公元263年，一位器宇轩昂、玉树临风的翩翩佳公子毅然决然走向刑场。当其之时，司马昭当魏室未衰，乘机窃权，废一帝、弑一帝而夺其位。此后，凡性烈不甘投其诚者，尽为司马昭所害。彼其时，三千太学生为这位佳公子集体向朝廷请愿，请求赦免。然而，司马昭不允。临行前，佳公子无一丝伤感，从容不迫索琴弹奏，天籁般的曲调弥漫在刑场上空。他弹罢一曲,慨然叹惋:"世间从此再无此曲矣!"

——这便是嵇康和他的《广陵散》。

819年,元和十四年,短暂的"元和中兴"已经攀到了顶峰。唐宪宗励精图治,国家政治由动荡渐渐回归正轨。这一年,是值得书写的一年:李愬讨伐平定淮西节度使吴元济;横海节度使程权奏请入朝为官;申州、光州全部投降;朝廷收复沧、景二州;幽州刘总上表请归顺;成德镇上表自新,献德州、棣州;刘悟杀节度使李师道降唐;成德王承宗、卢龙刘总相继自请离镇入朝……藩镇割据的局面暂告结束。这一年,还有一件很小很小的事,小到同这一年的任何一件事相比,似乎都可以忽略不计。刑部侍郎的一篇小文章,开启了中国政治史上文人因言获罪的耻辱一页,也开启了中国文化彪炳史册的伟大篇章。恰是这一篇文章,改变了中国文化的命运。

——这篇文章,便是韩愈的《论佛骨表》。

1004年,大宋王朝进入景德元年。宋真宗历经天灾、人祸、兵燹的考验,审时度势,终于在这年的腊月打开了一个"锦囊",签下了"宋辽誓书"。从此,大宋王朝开始了养精蓄锐、潜心发展的进程。这个"宋辽誓书"曾经一度被认为是屈辱的象征,而今经历了千余年的风云变幻,我们终于知道,这是中国外交史上一件划时代的大事。中华民族搁置争议,着眼大局,互相尊重,合作共赢,为宋、辽两国争得了切切实实的发展机会,使得人民得以休息养生,安度和平岁月。

——这份誓书,被称为"澶渊之盟"。

1492年8月3日,意大利航海家哥伦布带着87名水手,驾驶着"圣马利亚"号、"平特"号、"宁雅"号三艘帆船,离开了西班牙的巴罗斯港,开始远航。经过两个多月的漫漫航程,水手们终于看到了一片黑压压的陆地，全船发出了欢呼声。哥伦布的内心也洋溢着难以言表的喜悦，因为他坚信自己不久就可以找到典籍记载的"天城"，踏上梦寐以求的黄金之路。

——这个吸引哥伦布开启万里航程的"天城"，便是中国杭州。

二十世纪二三十年代的欧洲，毕加索、马蒂斯、蒙克等一批画家已经确立了现代主义的地位，后现代主义、超现实主义也已兴起，正在酝酿一场革命。达利在巴塞罗那举办了第一次个展，康定斯基的《几个圆圈》已完成。与此同时，远在遥远的墨西哥，一个出生便患有小儿麻痹的少女，一个月前遭遇了一起严重车祸，造成了她脊柱、锁骨和两根肋骨断裂，盆骨破碎，右腿十一处骨折，整个脚掌粉碎性骨折。此外，她的肩膀脱臼，右脚脱臼、粉碎性骨折。一根钢扶手穿透了她的腹部，割开了子宫并从阴道穿出，使得她终身不能生育。还没有从疼痛中完全恢复过来，她握着画笔在病榻上完成了她人生中第一幅杰作——《自画像》。此后，她用一生的时间创作了大约两百件作品，它们构筑了她艰难生活的世界，还原了墨西哥的艰难成长。

——这便是享誉世界的画家弗里达·卡罗。

二十世纪七十年代的某一天，日本作家池田大作见到英国历史学家汤因比，两位风云人物抵膝畅谈。池田大作问道："假如给你一次机会，你愿意生活在中国这五千年漫长历史中的哪个朝代？"汤因比毫不犹豫地回答："要是出现这种可能性的话，我会选择唐代。"池田大作哈哈大笑："那么，你首选的居住之地，必定是长安了！"

——这个让汤因比和池田大作倾慕不已的"长安"，便是今天的陕西西安。

2000年千禧年伊始，法国巴黎，有一家报纸——《世界报》，它的主编叫作让‐皮埃尔·朗日里耶。他和他的同事们决定用一种创新的方式，迎接新千年的到来——用专栏的形式，写一批专栏文章，讲述在公元1000年至2000年这千年中生活的世界知名的重要人物的生活故事，覆盖北美洲、拉丁美洲、欧洲、亚洲、阿拉伯-伊斯兰世界。他们用了六个月的时间，整理公元1000年一直影响到2000年的重要人物的备选名单，选出十二位重要人物，并编辑成册，名为《千年英雄》。这些影响世界的"千年英雄"中有一位是中国人，他也是其中唯一的一位中国人。

——这便是一生受尽委屈与苦痛却始终甘之如饴、淡然自得的苏轼，老百姓更喜欢称呼他为"东坡居士"。

二

这些年，我喜欢读书，更喜欢读历史书，喜欢在历史故纸堆的缝隙中找寻有趣的故事，在有趣的故事中寻找有趣的线索。我发现，许多大事件大变革大结局，其实仅仅是缘于藏在历史缝隙中的某一个细节，而历史上的大时代小时代，则是由许许多多个为人所忽视的小细节连缀而成。所以，要想读懂今天，就一定要返回历史的现场，读懂昨天。

文学的功用，就是试图将那些早已枯萎数百数千甚至数万年的花朵重新放回历史的清水里，还原其时间、人物、场景、环境、思想，使其再度绽放。

说到历史，中国有一个诗意盎然的词——春秋。

春秋，是中国历史的大时代。

老子与孔子所处之时代，西周衰微久矣，东周亦如强弩之末。有周一朝，由文、武奠基，成、康繁盛，史称刑措不用者四十余年，是周朝的黄金时期。昭、穆以后，国势渐衰。后来，厉王被逐，幽王被杀，平王东迁，进入春秋时代。春秋时代王室衰微，诸侯兼并，夷狄交侵，社会处于动荡不安之中。老子作为周守藏室之史，孔子作为摄相事的鲁国大司寇，两者自然都有辅教天子行政的职责，救亡图存的使命将他们联系在一起。

老子和孔子的奇特之处在于，他们将哲学问题扩大到人类思考和生存的宏大范畴，甚至由人生扩展为整个宇宙。他们开创了一种辩证思维方式，一种哲学研究范式，一种身处喧嚣而凝神静听的能力，一种身处繁杂而自在悠远的智慧。这是个人与自我相处的一种能力，更是人类与社会相处的一种能力。

春秋者，时也，史也，质也，文也。古代先人春、秋两季的祭祀，让这个词具有了农耕文明的鲜明气质，春种秋收、春华秋实、春韭秋菘、春露秋霜、春花秋月……典籍里的美好词汇，负载着先人的美好期待，也收获着先人的美好祈福。春去秋来，四季轮回，成就了中华五千年的浩浩汤汤。

许慎《说文解字》说："史，记事者也。从又持中。中，正也。"历史的本意其实是记事者，也就是记录历史的史官。在西方，多种语言的历史概念源自希腊语 historia，亦即调查、探究，出自古希腊历史学家希罗多德的《历史》（Historia）一书。历史包括一切过往，以及关于过往的记录和思考、研究和诠释。这样说来，历史具有三个特性，一是时间的意识性，二是思想的在场性，三是向未来的开放性。时间是流动的，今天的明天是明天的昨天，未来的历史又是过去的未来，历史的意义在于不断发现真实的过去，不断用新的发现修正以往的谬见与误读，这恰是历史研究的价值，而在历史学家不能及、无所及之处，让历史的细节变得更加丰盈丰富丰美，恰是文学家存在的意义。

文学家笔下的历史何以不同？司马迁给了我们一个坚定有力的回答，文学的书写在历史的深处，更在岁月的留白处。文学家书写的是人之所以为人的部分，说到底，就是人的明知不可为而为之的信念和勇气。于是，我们看到了司马迁笔下春秋时代种种顽强坚韧、不屈不挠。

黑格尔说过："一个民族有一群仰望星空的人，他们才有希望。"我们可以想象，2500年前漆黑的长夜里，两位仰望星空的智者，刚刚结束一场人类历史上的伟大对话，旋即坚定地奔向各自的未来——一个怀抱"至智"的讥诮，"绝圣弃智""绝仁弃义""绝巧弃利"；一个满腹"至善"的温良，惶惶不可终日，"累累若丧家之狗"。在那个风起云涌、命如草芥的时代，他们孜孜矻矻，奔突以求，终于用冷峻包藏了宽柔，从渺小拓展着宏阔，由卑微抵达伟岸，正是因为有他们的秉烛探幽，才有了中国文化的纵横捭阖、博大精深。

孔子同老子论道的春秋之时，人道亦是天道。正是在这个时代，古代中国与古代希腊、古代印度、古代以色列一道，开始了"终极关怀的觉醒"，还处于童年时期的人类文明，已经完成了思想的第一次重大突破。在四个文明的起源地，人们不约而同地选择了用理智和道德的方式来面对世界，从而成就了世界文明的"轴心时代"。与此同时，那些没有实现突破的古代文明，如巴比伦文化、埃及文化，虽然规模宏大，最终却难以摆脱灭绝的命运，成为文化的化石。

人类经历了一个又一个变故，一次又一次迁徙，大航海时代、大动荡时代、大颠覆时代、大变革时代……正是有了这些波澜壮阔的历史，以及对于这些历史的不断探究，才有了人类思考的无限丰富，人类进步的无限可能。历史告诉我们，一个国家，一个民族，什么时候都不能离开理想和信念;也告诉我们,一个国家,一个民族,如何才能够葆有理想和信念。

三

美国有一位叫作玛格丽特·米德的人类学家。她将人类学的视野与思考方法教给了成千上万的公众,从而把人类学带入了光辉的科学时代。

很多年前,玛格丽特·米德的学生问她,究竟什么是文明的最初标志。学生以为玛格丽特·米德会谈起鱼钩、陶罐或磨石。然而,没有。米德说,古代文化中文明的第一个迹象是股骨(大腿骨)被折断,然后被治愈。她解释说,在动物界,如果摔断腿,就会死亡。一个摔断腿的动物是无法逃避危险的,不能去河边喝水或狩猎食物,很快便会成为四处游荡的野兽的食物。没有动物在断腿的过程中存活得足够长,以至于骨头无法愈合。而人不同,断裂的股骨已经愈合,这表明有人花了很长时间与受伤的人待在一起,养好了伤口,将人带到了安全地点,并让他慢慢趋于康复。米德说,从困难中帮助别人,才是文明的起点。"当我们帮助别人时,才会使我们成为最好的自己。做个文明的人。"

玛格丽特·米德所说到的历史细节,正是人类社会进步的动力所在。

万物得其本者生,百事得其道者成。人也是一样,很难想象,"人不能卓立"而能使其"垂不朽者"。

春秋,这个具有浪漫色彩的词语,令人闻之则喜。春秋是岁月的一道大门,也是历史的一条长廊,以笔为犁,耕耘岁月,以情织思,回眸过往——这是文学的旨归。深知生命苦楚,却始终葆有甘露般的心意;懂得岁月艰难,更始终坚定对光明的向往——这是文学的真谛。笔底,潜伏着真的絮语、善的慈悲、美的热烈;笔端埋藏着世间万物,各有其灵,各葆其名,尽善尽美——这是文学的精髓。用天真隽永、朴素热烈的书写,深情抒发对自我的呼唤、对生命的勘悟、对永恒的追寻——这是文学的价值,它们如漫漫长夜中的启明星,用晨曦征兆光明;如茫茫东流去的江河水,用清冷唤起清醒。

立文之道,唯字与义。

今天,经历了疫情、战争、冷战、孤立,很多人对文明有了怀疑,甚至有人担心,文明的缰绳会不会无力扼住如脱缰野马一样的野蛮,人类会不会重新回到丛林时代?其实,人类社会发展同大自然一样,有阳光灿烂的日子,也有风雨交加的时刻。当前,世界百年未有之大变局正在加速演进,世界进入新的动荡变革期。读懂历史,方能在种种动荡和变革中行稳致远。岁月的机锋、历史的机智,其实,就隐藏在一个又一个看似不起眼的转角处。

时间,就像卑微的西西弗斯,每个凌晨推巨石上山,每临山顶随巨石滚落,周而复始,不知所终。而今,走在时代浩荡的变革中,我不时绝望地发现,那些被喧嚣遮蔽的废墟、被繁华粉饰的凌乱以及被肆意破坏的传承密码,它们不时切断我们重返历史现场的心路,让我在迷失中一路狂奔。

路虽远,行则将至。

第一辑　春雨集

春秋时代的春与秋

孔子问礼于老子，是一段生趣盎然的历史悬案。这不仅是中国文化史上两个巨人的对话、中国思想史上两位智者的相遇，更是两个流派、两种思想的碰撞和激发。战乱频仍、诸侯割据的春秋年代，老子和孔子的会面别有深意；在2500年后的今天来看，亦颇具启示。

——题记

公元前500余年的某一天，两位衣袂飘飘的智者翩然相遇。时间，不详；地点，不详；观众，不详。但是，他们短暂的对话，却留下一段妙趣横生的传世佳话。

其中的一位，温而厉，恭而安，儒雅敦厚，威而不猛。另一位，年略长，耳垂肩，深藏若虚，含而不露。这也许是他们的第二次会面，但并不重要，重要的是，此后2500余年的岁月中，我们将渐渐知晓这场对话对于世界历史、对于人类文明的伟大意义。

一

他们，一个是孔子，一个是老子。

"孔子适周，将问礼于老子。"司马迁在《史记》中写道。孔子是2500年来儒家的始祖，老子是2500年来道学的滥觞。司马迁对两人有过明确考证，"孔子生鲁昌平乡陬邑"（《史记·孔子世家》），"老子者，楚苦县厉乡曲仁里人也"（《史记·老子韩非列传》）。这一天，年幼些的孔子将去向年长的老子求教。

贵族世家的孔子生于鲁襄公二十二年，尽管他被后世尊奉为"天纵之圣""天之木铎"，但身世并不光彩，"其先宋人也，曰孔防叔。防叔生伯夏，伯夏生叔梁纥。纥与颜氏女野合而生孔子，祷于尼丘得孔子"。孔子生而七漏，首上圩顶，所以他的母亲为他取名曰丘。与孔子相比，平民出身的老子身世颇为含混，除弥漫坊间的奇闻逸趣外，只知道他"姓李氏，名耳，字聃，周守藏室之史也"，某一日，骑青牛西出函谷关，从此一去不复返。

2500年来，人们对他们的会面颇多好奇，也颇多猜测和演绎。《礼记·曾子问》考据孔子十七岁时问礼于老子，即鲁昭公七年（前535），地点在鲁国的巷党，这是他们的第一次会面。孔子曰："昔者吾从老聃助葬于巷党，及堩，日有食之，老聃曰：'丘！止柩就道右，止哭以听变。'既明反而后行，曰'礼也'。"《史记》载，他们的第二次相见是在十七年之后的鲁昭公二十四年（前518），地点在周都洛邑（今洛阳），孔子适周，这一年他已经三十四岁。第三次，孔子年过半百，即周敬王二十二年（前498），地点在一个叫沛的地方。《庄子·天运》曰："孔子行年五十有一而不闻道，乃南之沛见老聃。"第四次在鹿邑，具体时间不详，只有《吕氏春秋·当染》简单的记载："孔子学于老聃、孟苏、夔靖叔。"历史不可妄测，但有时间有地点有人物，这样的记载虽然未必逼近真实，却足见后人的善意与期待。

孔子对老子一向有着极大的好奇。我们不妨想象这样的场景——两位孤独的智者踽踽独行，他们的神情疲倦而诡谲，赫然卓立，没人理解他们的激奋，更没人理解他们的孤独和愁苦。

孔子的弟子曾点有"暮春者，春服既成，冠者五六人，童子六七人，浴乎沂，风乎舞雩，咏而归"的志向，颇得孔子的赞许。这是一幅春秋末期世态人情的风俗画，生命的充实和欢乐盎然风中。阳光明媚，春意欢愉，人们沐浴、歌唱、远眺，无忧无虑，身心自由，我们似乎从中感受到了春的和煦，歌的嘹亮，诗的馥郁。

老子也徘徊在这春末的暖阳中，他看到的却是不同的景象："唯之与阿，相去几何？美之与恶，相去若何？"在他的耳边，是呼喊声、应诺声、斥责声，世事喧嚣纷扰，世人兴高采烈，就像要参加盛大宴席，又如春日登台览胜，媸妍良善邪恶美丽狰狞，又有什么分别，谁又能够分辨？

> 人之所畏，不可不畏。荒兮，其未央哉！众人熙熙，如享太牢，如春登台。我独泊兮，其未兆，如婴儿之未孩；儡儡兮，若无所归。众人皆有余，而我独若遗。我愚人之心也哉！沌沌兮！俗人昭昭，我独昏昏。俗人察察，我独闷闷。澹兮，其若海；飂兮，若无止。众人皆有以，而我独顽且鄙。我独异于人，而贵食母。

如此忧伤而又抒情的语气，在老子散文般的叙事中，并不少见。在茫茫人海中，老子反复抒写自己"独异于人"的孤独与惆怅，在

"小我"与"大众"之间种种难以融合的差异中，老子在反思，在犹豫，在踟蹰，在审视众生，在考问自己。这孤独和惆怅曾吸引过年幼的孔子，而这一次，他想问的是，孤独和惆怅背后的机杼。

历史的天空，就在这一刻定格。

一个温良敦厚，其文光明朗照，和煦如春；一个智慧狡黠，其文潇洒峻峭，秋般飘逸。他们是春秋时代的春与秋。2500年前的这一刻，他们终于相遇。司马迁以如椽巨笔记录了这历史的一刻：

> 孔子适周，将问礼于老子。老子曰："子所言者，其人与骨皆已朽矣，独其言在耳。且君子得其时则驾，不得其时则蓬累而行。吾闻之，良贾深藏若虚，君子盛德，容貌若愚。去子之骄气与多欲，态色与淫志，是皆无益于子之身。吾所以告子，若是而已。"

妙趣横生的描画，读来令人浮想联翩。

老子直言不讳。他认为孔子所说的礼，倡导它的人和骨头都已经腐烂了，只有其言论还在。况且君子时运来了就驾着车出去做官，生不逢时，就像蓬草一样随风飘转。老子听说，善于经商的人把货物隐藏起来，好像什么东西也没有，君子具有高尚的品德，他的容貌谦虚得像愚钝的人。他建议孔子，抛弃他的骄气和过多的欲望，抛弃做作的情态神色和过大的志向，这些对于孔子、对于世人，都是没有好处的。

寥寥数语，意味隽永。这不仅是中国文化史上两个巨人的对话、中国思想史上两位智者的相遇，更是两个流派、两种思想的碰撞和激发。战乱频仍、诸侯割据的春秋年代，老子和孔子的会面别有深意。

孔子问礼于老子，是一段生趣盎然的历史悬案。时光远去，短暂的四次会面，诸多细节已不可考，其对话却涉及道家和儒家思想的所有核心内容。毋庸置疑，孔子的思想就是在数次向老子讨教中逐步形成和成熟的，与此同时，孔子的提问也敦促老子的反思。司马迁评价老子之学和孔子之学的异同，历数后世道学与儒学对于他者眼界、胸怀的退缩，怅然若失："世之学老子者则绌儒学，儒学亦绌老子。'道不同不相为谋'，岂谓是邪？"

二

这次问礼对于孔子，是晴天霹雳，更是醍醐灌顶。

孔子辞别老子，沉吟良久，对弟子们感慨："鸟，吾知其能飞；鱼，吾知其能游；兽，吾知其能走。走者可以为罔，游者可以为纶，飞者可以为矰。至于龙，吾不能知，其能乘风云而上天。吾今日见老子，其犹龙邪！"

鸟能飞，鱼能游，兽能跑。会跑的可以织网捕获，会游的可制成丝线去钓，会飞的可以用箭去射。而龙，御风飞天，何其迅疾。回味着与老子的对话，孔子说："我今天见到的老子，大概就是龙吧！"

1600年后，宋代理学大家朱熹引用诗人唐子西的话来表达他对这位坦荡求真、不惧坎坷的君子的崇敬之情："天不生仲尼，万古如长夜。"

老子与孔子性格迥异。老子致虚守静、知雄守雌，孔子信而好古、直道而行。然而，老子作为周守藏室之史，孔子作为摄相事的鲁国大司寇，两者自然都有辅教天子行政的职责，救亡图存的使命将他们联系在一起。

《春秋左氏传》评价，春秋时代是一个"礼崩乐坏"的时代。翻开春秋时期的社会历史，不难看到其中充斥的血污和战乱。诸侯国君的私欲膨胀引发了各国间的兼并战争，诸侯国内那些权臣之间的争斗攻杀更是异常激烈，"君不君、臣不臣、父不父、子不子"成了那个时代的最大特点，"《春秋》之中，弑君三十六，亡国五十二，诸侯奔走不得保其社稷者不可胜数"（《史记·太史公自序》），以致"世衰道微，邪说暴行有作。臣弑其君者有之，子弑其父者有之，孔子惧，作《春秋》"（《孟子·滕文公下》）。诸侯割据，礼教崩殂，周天子的权威逐渐坠落，世袭、世卿、世禄的礼乐制度渐次瓦解，各国诸侯假"仁义"之名竞相争霸，卿大夫之间互相倾轧。值此之时，老子的避世、孔子的救世，不可谓不哀不恸也。

老子之高标自持、之高蹈轻扬，确是世俗之人、尘俗之世难以想象，更难以理解的。老子研究道德学问，只求隐匿声迹，不求闻达于世。他傲然地对孔子说，周礼是像朽骨一样过时而无用的东西。老子在否定周礼的同时，其实更是在阐释自己的思想，这种观念与孔子的理念大不相同，所以孔子才会以能"乘风云而上天"的"龙"来比喻老子，他对老子内心的敬仰和钦佩，溢于言表。

当然，同样作为一代宗师，孔子也不会因为一次谈话而轻易改变自己的立场和志向。与其相呴以湿，相濡以沫，不如相忘于江湖吧。孔子依然故我，宵衣旰食，席不暇暖，赶起牛车，带领他的弟子出发了。他们周游列国，宣传自己的主张，纵使困难重重，也要"知其不可为而为之"。

及去周，老子送之，曰："吾闻富贵者送人以财，仁者送人以言。吾虽不能富贵，而窃仁者之号，请送子以言乎：

凡当今之士，聪明深察而近于死者，好议论人者也；博辩闳达而危其身者，好发人之恶者也。无以有己为人子者，无以恶己为人臣者。"孔子曰："敬奉教。"自周反鲁，道弥尊矣，远方弟子之进，盖三千焉。

这是春秋时代怎样的一幅画卷？黑格尔说过："一个民族有一群仰望星空的人，他们才有希望。"2500年前漆黑的长夜里，两位仰望星空的智者，刚刚结束一场人类历史上的伟大对话，旋即坚定地奔向各自的未来——一个怀抱"至智"的讥诮，"绝圣弃智""绝仁弃义""绝巧弃利"；一个满腹"至善"的温良，惶惶不可终日，"累累若丧家之狗"。在那个风起云涌、命如草芥的时代，他们孜孜矻矻，奔突以求，终于用冷峻包藏了宽柔，从渺小拓展着宏阔，由卑微抵达伟岸，正是因为有他们的秉烛探幽，才有了中国文化的纵横捭阖、博大精深。

在中国两千多年的思想潮流中，道家思想有效地成为儒家思想的最大反动，儒家思想有效地成为道家思想的重要补充。

中国历史文化在秦汉以前，尽管百家诸陈，但儒、墨、道三家基本涵盖了当时的文化精神。唐、宋之后，释家繁荣，儒、释、道三家相互交锋、相互融合，笼罩了中国历史文化千余年。南怀瑾说："纵观中国历史每一个朝代，在其鼎盛之时，都有一个共同的秘密，即'内用黄老，外示儒术'，不论汉、唐，还是宋、元、明、清。中国传统文化的核心思想，其实是黄（黄帝）老（老子）之学。"老子哲学和孔子哲学的存世价值可见一斑。

老子与孔子的这一次会面，尽管短暂，却完满地完成了中国文化内部的第一次碰撞、升华。

老子与孔子所处之时代，西周衰微久矣，东周亦如强弩之末。有周一朝，由文、武奠基，成、康繁盛，史称刑措不用者四十年，是周朝的黄金时期。昭、穆以后，国势渐衰。后来，厉王被逐，幽王被杀，平王东迁，进入春秋时代。春秋时代王室衰微，诸侯兼并，夷狄交侵，社会处于动荡不安之中。不难理解，老子的哀民之恸，孔子的仁者爱人，都是对这个时代的悼挽与反拨。

举凡春秋诸子，大凡言人道之时，必亦言天道。其实，老子和孔子学说最重要的一点，是他们处在中国历史最分崩离析的年代，对中国社会现实和未来发展所进行的积极、认真、深刻的思考。他们的努力，让中国社会行至低谷之时，中国文化没有随之衰微。

事实表明，在中国两千多年来的发展中，对中国社会起到最直接推动作用的还是儒家、道家两家学派，他们试图在总结历史经验教训的基础上，找到一条适合国家发展、具有现实意义的治国之道，尽管他们的理论体系、社会影响大不相同，但是两者的相互交流、相互交融、相互交锋，最终推动了中国的进步。

三

假设时间是一条线性轴，我们从今天这个端点回溯，不难发现一个奇怪的现象——公元前800年至前200年这个时间段内，还处于童年时期的人类文明，已经完成了思想的第一次重大突破。

古代希腊、古代中国、古代印度、古代以色列等地域，不约而同地产生了伟大的思想家——在古希腊，有苏格拉底、柏拉图、亚里士多德；在以色列，有犹太教的先知；在古印度，有释迦牟尼；在中国，有老子与孔子。尽管他们处于不同的文明之中，他们提出的思想原则塑造了不同的文化传统，推动着智慧、思想和哲学精神完成了从低谷到高峰的飞跃，这些智慧、思想和哲学精神一直影响着今天的人类生活。

一百余年前，德国海德堡有一位年轻的医生，他对当时流行的研究方法很不满意。终于有一天，这位医生抛弃了厌倦已久、陈旧刻板的日常工作，由心理学转向哲学，并且扩展到精神病学，从此成为大名鼎鼎的哲学家——他就是雅斯贝尔斯。

在1949年出版的《历史的起源与目标》中，雅斯贝尔斯提出了一个重大的命题："轴心时代"。他将影响了人类文明走向的公元前800年至前200年定义为"轴心时代"，甚至断言，"轴心时代"发生的地区大概是在北纬30°上下，亦即北纬25°至35°区间。

值得重视的是，同在此时段，同在此区间，虽然中国、印度、中东和希腊之间千山万水，重重阻隔，但它们在"轴心时代"的文化却有很多相通的地方。雅斯贝尔斯称这几个古代文明之间的相通为"终极关怀的觉醒"。

这是一件有趣的事。尽管地域分散、信息隔绝，在四个文明的起源地，人们不约而同地选择了用理智和道德的方式来面对世界。理智和道德的心灵需求催生了宗教，从而实现了对原始文化的超越和突破，最后形成今天西方、印度、中国、伊斯兰不同的文化形态，它们像春笋一样，鲜活，蓬勃，拔节向上，生生不息。

然而，与此同时，那些没有实现突破的古代文明，如巴比伦文化、埃及文化，虽然规模宏大，但最终难以摆脱灭绝的命运，成为文化的化石。

在雅斯贝尔斯提到的古代文明中，有两个中国文化巨人，一个是孔子，一个是老子。孔子专注文化典籍的整理与传承，老子侧重文化体系的创新和发展。一部《论语》，11705字，一部《道德经》，5284字，两部经典，统共16989字，按今天的报纸排版，不过两个版面容量。然而，两者所代表的相互交锋又相互融合的价值取向，激荡着中国文化延绵不绝、无限繁茂的多元和多样。

孔子与老子，不仅是春秋时代的春与秋，更是文明形态的生与长、守与藏。

他们的哲学思想对中国文化的巨大影响，与春秋末年自由、开放、包容、丰富的思想氛围不可分割，也与他们之间平等包容的切磋、砥砺不可分割。孔子带领弟子周游列国十四年，晚年修订六经，孔子之后的孟子、荀子、董仲舒、程颐、朱熹、陆九渊、王守仁……继承他的职帜，将儒学思想发扬光大。老子一生独往独来，在老子之后的韩非子、淮南子进一步阐释了他的思想体系，庄子更是将他的思想推向一个高峰。老子的无为、不言、不始、不有、不恃、不居，不仅是春秋战国纷乱局面的一种暂时的应对，其对后世更有着无穷的影响。在这里，大道是精神，也是生活。

孔子、老子相继卒于春秋之末、战国之初。几乎就在这个时刻，在遥远的恒河岸边，乔达摩·悉达多刚刚涅槃成佛，即将开启佛教的众妙之门；在更加遥远的雅典城邦，苏格拉底将要诞生，即将开启希腊哲学的崭新纪元。几乎就在这个时刻，承续春秋的战国大幕即将拉开，为求生存，各诸侯国继续变法和改革，吴起、商鞅变革图强，张仪、苏秦纵横捭阖，廉颇、李牧沙场争锋，信陵君、平原君各方斡旋、招贤天下……大秦帝国即将訇然而至，中央集权的统一中国萌芽即将形成。

老子哲学和孔子哲学的一个奇特之处在于，他们将哲学问题扩大到人类思考和生存的宏大范畴，甚至由人生扩展为整个宇宙。他们开创了一种辩证思维方式，一种哲学研究范式，一种身处喧嚣而凝神静听的能力，一种身处繁杂而自在悠远的智慧，这不仅是个人与自我相处的一种能力，更是人类与社会相处的一种能力。

有意思的是，与东方文化秉持的守礼、中庸、拘谨的儒教情怀不同，老子在西方的传播要盛于孔子。林语堂在《老子的智慧》中写道："西方读者都认为，孔子属于'仁'的典型人物，道家圣者——老子则是'聪慧、渊博、才智'的代表。"老子曾云："上士闻道，勤而行之。中士闻道，若存若亡。下士闻道，大笑之。不笑不足以为道。"林语堂在做这句话的注释时写道："相信大半西方读者第一次研读老子的书时，第一个反应便是大笑吧！我敢这么说，并非对诸位有何不敬之意，因为我本身就是如此。"

大笑，恰是进入老子哲学迷宫的一把密匙，也是进入中国文化的一条暗道。

就在孔子带领弟子们兀兀穷年，在城邦之间奔走宣告、比武论招之时，老子却茕茕孑立，踽踽独行，以心中的胆气与剑气，打通了江湖武林的所有通关秘道。

恰如林语堂所言："那些上智的学者，便由讥笑老子、研究老子，而成为今日的哲学先驱，同时，老子还成了他们终身的朋友。"事实上，"在孔子的名声远播西方之前，西方少数的批评家和学者，早已研究过老子，并对他推崇备至"。在恭谦良善、持节守中的儒教之外，老子以其凝敛、含藏、内收的智慧，完成了高傲的西方对于神秘中国的全部兴趣和完整想象。

近现代西方哲学家、思想家在老子哲学和孔子哲学中受到启发，找到灵感。英国科学家李约瑟一生研究中国，对中国文化情有独钟。在他看来，中国文化就像一棵参天大树，而这棵参天大树的根在道家。联合国教科文组织做过统计，在世界文化名著中，译成外国文字出版发行量最大的是《圣经》，其次是《老子》。之所以有这样令人惊愕的翻译量、印刷量、阅读量，根本原因在于，它包含着对人类精神世界恒常的思辨和警醒。

孔子是国际的，老子是世界的。

夫唯弗居，是以不去。信哉！

在火中生莲

——韩愈在潮州

唐元和十四年,韩愈贬任潮州刺史。

潮州属岭南道,濒南海,《旧唐书》记载其"以潮流往复,因以为名"。《永乐大典·风俗形胜》:"潮之分域隶于广,实古闽越地,其语言嗜欲,与闽之下四州颇类,广、惠、梅、循操土音以与语,则大半不能译,惟惠之海丰与潮为近,语音不殊,至潮、梅之间,其声习俗又与梅阳之人等。"潮州自古就是荒凉偏僻的"蛮烟瘴地",是惩罚罪臣的流放之所,唐代亦然。不少名公巨卿如常衮、韩愈、李德裕、杨嗣复、李宗闵等都曾经被远贬潮州。

潮州一任不到八个月,韩愈以极大的热情,投身到一系列为民谋利的工作中。他驱除鳄鱼,奖劝农桑,兴办教育,大修水利,延选人才,传播中原先进文明,从而使当时的蛮荒之地潮州,发生了翻天覆地的变化。潮州百姓永远记住了韩愈,潮州的山水、路堤、亭台,很多都为纪念韩愈而命名,后人因此赞道:"不虚南谪八千里,赢得江山都姓韩。"

居尘学道，火中生莲；德润古今，道济天下。这恰是今天来谈韩愈的意义所在。无论为文为官，无论是进是退、是荣是辱，只要能力之内，必应"民"字当先。爱民如子，视民如伤，为官一任，造福一方——做到这十六个字，才能得到人们发乎内心的拥戴，一生功业才会在百姓的口口相传中永世流芳。

——题记

"文章随代起，烟瘴几时开。不有韩夫子，人心尚草莱。"

康熙二十三年的一天，清代两广总督吴兴祚一路向东，从广州来到潮州的韩文公祠。

远山如骏马奔腾而来，海天一色中的石阶高耸云表。岁月凋零，人心不老。吴兴祚感慨万分，题诗勒石。

这一年是1684年。此后三百余年，因为这首诗，吴兴祚与他倾慕不已的文公韩愈一道，被镌刻在中国南疆的文化碑林。

以这一刻为终点，时光向前倒退865年——这是公元819年，元和十四年，短暂的"元和中兴"已经攀到了顶峰。唐宪宗励精图治，国家政治由动荡渐渐回归正轨。这一年，是值得书写的一年：李愬讨伐平定淮西节度使吴元济；横海节度使程权奏请入朝为官；申州、光州全部投降；朝廷收复沧、景二州；幽州刘总上表请归顺；成德镇上表自新，献德州、棣州；刘悟杀节度使李师道降唐；成德王承宗、卢龙刘总相继自请离镇入朝……藩镇割据的局面暂告结束。

端的是轰轰烈烈、扬眉吐气的一年。这一年，还有一件很小很小的事，小到同这一年的任何一件事相比，似乎都可以忽略不计。然而，恰恰是这件小事，改变了中国文化的命运。

史料记载:"十四年正月,宪宗遣宦官赴法门寺迎佛骨至长安,留宫中供奉三日,然后送各个寺院供奉。长安王公百姓瞻视施舍,唯恐不及。"刑部侍郎韩愈却不以为然,他"不合时宜"地上表切谏,慷慨陈词,直言将佛骨送到寺院里让百姓供养,毫无意义且劳民伤财。在中国数千年、数万计的"表"中,这份秉笔直言、震古烁今的《论佛骨表》,是中国文化史中足以彪炳史册的大文章,也是中国政治史上文人因言获罪的耻辱一页。

由是韩愈贬谪潮州。韩愈于潮州的八个月,是他抱病守缺、失意彷徨的八个月,却是潮州日新月异、脱胎换骨的八个月,从此儒风开岭峤,香火遍瀛洲。

一

元和十四年元月十四日,1200年前一个阴冷晦暗的冬日,韩愈蹒跚着走出长安,以戴罪之身一路向东、向南,再向东、向南。

潮州属岭南道,濒南海,《旧唐书》记载其"以潮流往复,因以为名"。潮州自古就是荒凉偏僻的"蛮烟瘴地",是惩罚罪臣的流放之所,唐代亦然。不少名公巨卿如常衮、韩愈、李德裕、杨嗣复、李宗闵等都曾经被远贬潮州。

> 一封朝奏九重天,夕贬潮州路八千。
> 欲为圣明除弊事,肯将衰朽惜残年。
> 云横秦岭家何在?雪拥蓝关马不前。
> 知汝远来应有意,好收吾骨瘴江边。

在途中，韩愈写下了这首千古流芳的诗篇。十五年前，他因上书论旱，得罪佞臣，被贬阳山，也是隆冬时节，也曾途经蓝关。悲恸之情，何其相似？这是韩愈第二次被贬黜岭南，这一年，他拖着五十二岁的"衰朽"之躯，以为自己就此葬身荒夷，永无重归京师之日，无限唏嘘地托付侄孙替自己埋骨收尸。

潮州，是韩愈一生中最大的政治挫折。在被押送出京后不久，韩愈的家眷亦被斥逐离京。就在陕西商县层峰驿，他那年仅十二岁的女儿竟病死在路上。不难理解，何以韩愈关于潮州的诗文中，惊愕、颠簸、险滩、潮汐、雷电、飓风……鬼影般反复出现："飓风鳄鱼，患祸不测；州南近界，涨海连天；毒雾瘴氛，日夕发作"（《潮州刺史谢上表》），"恶溪瘴毒聚，雷电常汹汹。鳄鱼大于船，牙眼怖杀侬。州南数十里，有海无天地。飓风有时作，掀簸真差事"（《泷吏》）。

仕途的蹭蹬、女儿的夭折、家庭的不幸、命运的乖蹇；因孤忠而罹罪的椎心之恨，因丧女而愧疚的切肤之痛；对宦海的愁惧，对京师的眷恋……悲、愤、痛、忧，一齐降临到韩愈头上。这是最孤寂的征程，在漫无边际的冬日，世界向它的跋涉者展示着广袤的荒凉。

赴潮之时，宪宗盛怒之下，命韩愈"即刻上道，不容停留"。韩愈甚至来不及与京师的朋友辞行。潮州与京师长安语言不通，"远地无可语者"，他只好将家眷寄放在千余里外的韶州，相伴而行的，只有他叮嘱"收吾骨瘴江边"的侄孙韩湘。

他的朋友未曾忘记他。贾岛捎来《寄韩潮州愈》："此心曾与木兰舟，直到天南潮水头。隔岭篇章来华岳，出关书信过泷流。峰悬驿路残云断，海浸城根老树秋。一夕瘴烟风卷尽，月明初上浪西楼。"性情古怪的刘叉也赋诗《勿执古寄韩潮州》云："寸心生万路，今古梦若丝。逐逐行不尽，茫茫休者谁。来恨不可遏，去悔何足追？"但是，一句谊切苦岑的"海浸城根老树秋",一句肝胆相照的"逐逐行不尽",又怎能道尽韩愈的悲苦和孤寂?

梦觉灯生晕,宵残雨送凉。
如何连晓语,一半是思乡。

十四年前,韩愈被贬阳山时,曾写下《宿龙宫滩》。

夜幕四合,万籁俱寂,韩愈怀念京师,思恋亲人,他未曾想到,十四年前的诗句,似乎谶语一般卜示着他无法逃脱的未来。

二

然而,这又怎样?

浩浩复汤汤,滩声抑更扬。奔流疑激电,惊浪似浮霜——这才是韩愈!

身多疾病思田里,邑有流亡愧俸钱——这恰是韩愈的忧思与隐忍,与百姓的忧愁悲苦相比,个人的坎坷又算得了什么?四月二十五日,韩愈辗转三月余,终于抵达潮州,行程八千里,费时近百天。但是,他甫一抵潮,即理州事,芒鞋竹杖草笠蓑衣,与官吏相见,询问百姓疾苦。

元和十四年的潮州,风不调,雨不顺,灾患频仍,稼穑艰难。先是六月盛夏的"淫雨将为人灾",韩愈祭雨乞晴。淫雨既霁,稻粟尽熟的深秋,又遭遇绵绵阴雨,致使"稻既穟矣,而雨不得熟以获也;蚕起且眠矣,而雨不得老以簇也。岁月尽矣,稻不可以复种,而蚕不可以复育也;农夫桑妇,将无以应赋税、继衣食也"。过量的雨水使得韩愈焦虑不已，他为自己无力救灾而深感愧疚："非神之不爱人，刺史失所职也。百姓何罪，使至极也！……刺史不仁，可坐以罪；惟彼无辜，惠以福也。"炽诚竣切，跃然纸上。

此后不久，韩愈还进行了一场别开生面的祭祀鳄鱼的活动。潮州鳄鱼的残暴酷烈，韩愈途经粤北昌乐泷时，即有耳闻。但鳄害之严重，在到达潮州之后，他才真正了解。"初，愈至潮阳，既视事，询吏民疾苦，皆曰：'郡西湫水有鳄鱼……食民畜产将尽，以是民贫。'"鳄鱼之患，实则比猛虎、长蛇、封豕之害有过之而无不及。

为了解除民瘼，救百姓于水火之中，韩愈断然采取了措施："居数日，愈往视之，令判官秦济炮一豚一羊，投之湫水，祝之……"这就是"爱人驯物，施治化于八千里外"的祭鳄行动。为此，韩愈写了《祭鳄鱼文》，文字矫捷凌厉，雄健激昂。一篇檄文，数次围剿，常年困扰百姓的鳄鱼被驱逐，韩愈迅速赢得了百姓的信任。

唐代流行的潜规则是，朝廷大员被贬为地方官佐，一般都不过问当地政务。韩愈的弟子皇甫湜在《韩文公神道碑》中写道："大官谪为州县，簿不治务。先生临之，若以资迁。"鳄害如此严重，前任官员或无动于衷或束手无策，任其肆虐泛滥。韩愈却不甘老迈，恭谨谦逊，恪尽职守。《韩昌黎文集》中，共收有五篇"祭神文"，韩愈之砥砺勤勉，可见一斑。

韩愈在潮州还有修堤凿渠之举。《海阳县志·堤防》引陈珏《修堤策》曰，北堤"筑自唐韩文公"。潮州磷溪镇有一道水渠叫金沙溪，当地传说是韩愈命人开凿的。清澈的渠水，至今仍在滋润着两岸的田畴。碧堤芳草，遏拒洪流；银渠稻海，扬波叠翠。潺潺的水声，奔涌的水流，千百年来，似乎在不断地诉说着韩愈当年奖劝农桑的功绩。

三

韩愈初抵潮州，即作《潮州刺史谢上表》。刘大櫆点校《韩昌黎文集》，评其"通篇硬语相接，雄迈无敌"。其实，居庙堂之高则忧其民，处江湖之远则忧其君——这恰是韩愈的忠贞与坦诚。偏居一隅的韩愈，勤于王室，忠于职守，不敢以州小地僻而忽之，不敢以体弱多病而怠之，其呼天、呼地、呼父母之连天悲号，皆为忠悌者之举，尽是贤达者之为。

《韩昌黎文集》还收录了《应所在典贴良人男女等状》一文。这是元和十五年十一月，韩愈从袁州调回长安任国子监祭酒时写下的，叙述他在袁州时放免男女奴婢731人，故历来史志均将释奴一事系于他任袁州刺史之时。

其实早在潮州时，韩愈已经注意到岭南"没良为奴"的陋习。唐代杜佑在《通典》中写道："五岭之南，人杂夷獠，不知教义，以富为雄……是以汉室常罢弃之。大抵南方遐阻，人强吏懦，豪富兼并，役属贫弱，俘掠不忌，古今是同。"有唐一代，尽管较之前代已有明显的进步，奴隶问题在不同的阶段仍有不同程度的浮沉反复。当时的一个潜规则是"帅南海者，京师权要多托买南人为奴婢"。代买奴婢成为被流放官员向京师当权者献媚取宠的捷径。在这样的社会氛围中，获罪远贬的韩愈，何尝不希望京师当权者施以援手，以便早日回朝？可是他并没有以此谋取进身之阶，而是施以德政与人道，大举赎放奴婢，这恰是韩愈的刚正廉明。

韩愈不是潮州乡学的创办者，但对潮州文化教育却有不可磨灭的功绩。韩愈认为，国家治理须"以德礼为先，而辅之以政刑"，用德礼即推行儒家的"仁义"之道，"未有不由学校师弟子者"。为了办好潮州乡校,"刺史出己俸百千,以为举本,收其赢余,以给学生厨馔"。

百千之数,其值几何?唐代币制混乱,很难做出标准。据李翱著《李文公集》所载,元和末年,一斗米合五十钱,故百千可折合米两百石,数目不可谓少。如此算来,百千相当于韩愈八个多月的俸金。也就是说,韩愈把治潮八个月的俸金,全数捐给了学校。

韩愈对潮州文化的最大贡献,还在于他大胆起用当地人才,推荐地方隽彦赵德主持州学。相传赵德是唐大历十三年(778)进士,早于韩愈十四年登第。唐代登进士第者还要通过吏部主持的"博学鸿词"科考试,合格方能授官。但赵德未能顺利通过此考试,所以韩愈刺潮时,他还是一个"婆娑海水南,簸弄明月珠"的庶民。但是,赵德"心平而行高,两通诗与书"的品行学识,终于被韩愈发现,他对赵德的评价是"沉雅专静,颇通经,有文章,能知先王之道,论说且排异端而宗孔氏,可以为师矣"!于是毅然举荐他"摄海阳县尉,为衙推,专勾当州学,以督生徒,兴恺悌之风"。起用当地人才主持州学,这是一项意义重大、影响深远的决策。

树一代之新风,斯有万世之太平。苏轼因此在《潮州韩文公庙碑》中感喟不已:"始潮人未知学,公命进士赵德为之师,自是潮之士皆笃于文行,延及齐民,至于今,号称易治。"

四

元和十四年,这艰辛的一年终于浩荡地行至岁末。

韩愈接到圣旨,"于其年十月二十五日准例量移袁州"。次年,韩愈以袁州刺史身份,重蒙圣宠,"为朝散大夫、守国子祭酒,复赐金紫"。此后一年,韩愈的官职经历了五次变动:由国子监祭酒转兵部侍郎、由兵部侍郎转吏部侍郎、由吏部侍郎转京兆尹兼御史大夫、由京兆尹兼御史大夫转兵部侍郎、由兵部侍郎再转吏部侍郎。

莫道官忙身老大，即无年少逐春心。
凭君先到江头看，柳色如今深未深？

他欢喜地写道。韩愈一生为文工整，为诗严谨，难得有这样浪漫的心境、飘逸的诗句。接连不断的迁徙、接踵而至的任命蚀空了韩愈的身体，他哪里还有闲心闲暇去欣赏江边的柳色？壮年时韩愈便自嘲，"吾年未四十，而视茫茫，而发苍苍，而齿牙动摇"；及至中年，"苍苍者或化而为白矣，动摇者或脱而落矣"。可是，灾难又怎能击垮他的乐观和刚毅？怎能改变他舍身报国的使命与决心？任潮州刺史不足八月，农、工、学、商等皆视韩愈为"不祧之祖"，"溪石何曾恶？江山喜姓韩"。任袁州知府七个月，韩愈"治袁州如潮"。任国子监祭酒八个月，"韩公来为祭酒，国子监不寂寞矣"。任兵部侍郎一年有余，韩愈宣抚镇州，平定内乱，"旋吟佳句还鞭马""风霜满面无人识"。任吏部侍郎不足一年，韩愈周旋于各种政治集团之中，仍"涉艰危，树功业"。任京兆尹兼御史大夫半年余，哀矜百姓，京城"盗贼止，遇旱，米价不敢上""禁军老奸，宿恶不摄，尽缚送狱，京理帖然"。这就是韩愈——修身、齐家、治国、平天下，一生抱负，尽付家国。

长庆四年（824），韩愈病重，卒于长安。知道自己势将远行，韩愈召群朋曰："吾不药，今将病死矣。汝详视吾手足肢体，无诳人云韩愈癫死也。"质本洁来还洁去，莫教污淖陷沟渠。这就是韩愈——一生光明磊落，不愿染半点尘埃，韩愈死后被追赠礼部尚书，谥号为

"文",后世始称其为韩文公。

以元和十四年为起点,时光向后翻过273年——这是公元1092年,另一个失意文人苏东坡在不远处的扬州独自徘徊,气贯长虹的《潮州韩文公庙碑》横空出世。绝世的才情,慷慨的悲歌,雄壮的回响,两代文豪凌越三百年在潮州"相会"。"文起八代之衰,而道济天下之溺,忠犯人主之怒,而勇夺三军之帅",苏东坡凛然发问:韩愈一介布衣,何以"匹夫而为百世师,一言而为天下法"?何以"参天地、关盛衰,浩然而独存"?

答案其实很简单——人无所不至,惟天不容伪。

有了韩愈的视民如伤,才有了百姓的风调雨顺;有了韩愈的横扫异端,才有了百姓的笃信文行;有了韩愈的知学传道,才有了百姓的耕读传家;有了韩愈的忠诚耿直、浩然正气,才有了百姓的德润古今、道行天下;有了韩愈的乐于天下、忧于天下,才有了百姓的安身立命、安居乐业;有了韩愈的精诚所至,才有了百姓的金石为开。韩愈没有把自己刻在潮州的石碑上,却留在了百姓的口碑里。

天地不言,万物生焉。感戴韩愈在潮州的所作所为,潮州百姓将此地江山以韩愈命名:韩江、韩山、韩堤、韩文公祠、景韩亭、昌黎路、祭鳄台、侍郎亭……草木如有知,能不忆韩郎?自古乐民之乐者,民亦乐其乐;忧民之忧者,民亦忧其忧。信夫,诚哉!

谁也未曾料想,一个卑微行者捧出的虔诚心肠,在此后的1200年,紧贴着大地,散播成中华民族的气度和风骨:

——沿着这道浩浩汤汤的历史文脉,走来了白居易、李商隐、柳宗元、刘禹锡、杜牧,走来了范仲淹、黄庭坚、欧阳修、文天祥、杨万里、归有光、顾炎武、朱彝尊、黄宗羲、林则徐……这是中华民族千百年来的文化理想,也是中华民族千百年来的家国诗篇。

——沿着这道枝繁叶茂的历史文脉，与韩愈一起沉吟低回的，是"些小吾曹州县吏，一枝一叶总关情"的忧患，是"从来治国者，宁不忘渔樵"的叮咛，是"稳暖皆如我，天下无寒人"的祝愿，是"我亦曾糜太仓粟，夜闻邪许泪滂沱"的相许相知，是"苟利国家生死以，岂因祸福避趋之"的披肝沥胆，是"但令四海歌升平，我在甘州贫亦乐"的祈求和冀望。

——沿着这道光明朗照的历史文脉，曾经生长过灾难、战争、荒蛮、杀戮，重要的是，还繁衍着富庶、光辉、璀璨、梦想。

元和十四年，韩愈于潮州还曾亲手栽植橡木。而今，这些橡木已翁郁成林，环绕韩文公祠，状如华盖，遮天蔽日。此树含苞不易，着花更难，时或春夏之交偶放一枝，熊熊若火莲，肃穆端庄，异常美丽。

大道兮低回

——大宋王朝在景德元年

澶州，即今天的河南濮阳，距北宋都城汴梁（今河南开封）仅一河之隔。千余年前，北宋与辽国经过多次战争在这里签下"澶渊之盟"。此后宋、辽首次正式结为兄弟之邦，互称南北朝，与此同时，两国正式更改具有战争意味的地名——"威虏军"改为"广信"，"静戎"改为"安肃"，"破虏"改为"信安"，"平戎"改为"保定"，"宁边"改为"永定"，"定远"改为"永静"，"定羌"改为"保德"，"平虏城"改为"肃宁"。

这一份盟约，至今影响着今天的中国，这些地名，许多始终得以完整保留。

老子说：大邦者下流。意思是，大国要像居于江河下游那样，有容纳百川的胸怀与气度。景德元年是一个折射历史发展之"道"的年份。在这一年里，以及前后，宋朝发生了许多影响深远的大事，考验着历史在场者的智慧与勇气，引发了后人绵延不断的思考。

> 历史是部大书，但这篇文章没有沉溺于对历史的简单褒贬，而是潜回时间深处，抚摸历史肌理，在错综复杂的历史关系中找寻历史选择的偶然与必然、事理与情理。
>
> ——题记

一

缤纷的焰火，在除夕漆黑的夜空砰然炸裂，如流星雨一般飘然散落，带着明亮的尾巴，划出绝美的线条，辽阔而寂静。

残雪，冻雷，惊笋，急管繁弦，又是一年。新桃已换旧符，烟花、爆竹、灯火、笑脸，汇聚成节日的海洋。祝福和祈盼，沿着犬牙交错的高耸檐廊，沿着人声鼎沸的瓦肆勾栏，沿着松涛如雷的幽森林海，掠过冰封的湖面，悄然降落在夜的深处。

公元1004年，干支纪元为甲辰。在大宋王朝，这一年是景德元年，属龙。

这是大宋王朝319年时光中的第44个年头。沙漏里滴下的日子，如常地向前行进，斗转星移，焚膏继晷，波澜不惊。假如没有什么意外，新的一年也将很快翻过，淹埋在流沙般的时间碎片中，无影无踪，无从找寻。

然而，陡然间，意外从天而降。

喜庆的人潮未及散去，灾难的噩耗便已传来。这是中国灾难史上屡屡被提及的一年，时间老人抚摸着花白的胡须，发出诡谲的笑声，历史的河道便在这里拐了个急弯。

时岁步入正月，京师已连续发生三次地震——

正月十七，"是夜，京师地震"。地震发生在夜晚，百姓猝不及防。

正月二十三，"是夜，京师地复震，屋宇皆动，有声移时而止"。房屋摇晃，地下烈焰如炽，激流和地浆如千军万马般，轰然作响。

正月二十四，"冀州（今河北省衡水市冀州区）地震"。

以后的几天，益州（今四川成都）、黎州（今四川汉源）、雅州（今四川雅安）接连发生地震。

到了四月初三，"邢州（今河北邢台）言地震不止"。

四月十四，"瀛州（今河北河间）地震"。

五月初一，史料记载"邢州言地连震不止"。形势严峻，宋真宗下诏，赐邢州减田赋一半，免运送军粮之劳役。

半年以后，十一月十八，"石州（今山西吕梁）地震"。

大地，一次又一次显示出它的狰狞。天崩地陷的轰鸣转瞬即逝，数不清的生命却如流星般陨落。山河变色，草木同悲。《中国救荒史》写道，这是历史上地震记载最多的年份，综各地方志所载，1004年一年之内，大规模的地震竟高达九次。但是，人们也许并不知道，地震，还不是这一年最大的灾难。

这是别具深意的一年。时间，舒展巨大的羽翼，将这残垣断壁、满目疮痍缓缓收藏，将这风雨河山、飘摇家国缓缓收藏，等待着遥远的某一天、某一刻，未来之神将它重新开启。

二

仲夏以后，地震的频率减缓，大地复又显示出它素常的温情。尽管经历了频仍的灾患，日子仍旧喧嚣地向前奔跑，春天播下的种子早已破土而出，它们在整整一夏里节节拔高，又在这个肥沃的季节，欢愉地等待着收获。白云渐行渐远，秋色渐行渐深，柏树扭曲着旋转着挥舞着枝干,箭一般射向天空,白杨舒展油亮亮的叶子,哗啦啦击掌欢呼,潋滟的水波倒映着黄金般的麦浪,静静地散发着芬芳。大宋王朝秋高气爽,民富国强。大地撕裂的伤口在慢慢愈合,切肤之痛终将成为旧事。

陡然之间,又一轮灾难从天而降。

景德元年九月,三十二岁的辽国皇帝耶律隆绪与辽国当权人物萧太后、统军大将萧挞凛突然率二十万契丹精兵铁骑倾巢南犯,一路高歌猛进,跨越大宋数十州县,兵锋直抵黄河北岸。

中国历史上,外族对华夏民族的威胁,一直是困扰至深的大问题。宋朝开国君臣鉴于唐末五代藩镇格局、尾大不掉危及社稷的局面,遂采取强干弱枝、倡文尚武的办法,"杯酒释兵权",以致积弱为患。与此同时,宋朝建立之初就面临着内忧外患,南有吴越、南唐、荆南、南汉、后蜀,北有北汉和辽国。加之,五代尤其石晋以来,燕云十六州被割让给契丹,中原失去了与北方游牧民族之间的天然屏障和人工防线。

契丹族出现于五世纪的北魏,以游牧为主,世居辽河流域。北荒寒旱,至秋草先枯萎,广袤富庶的中原大地对契丹充满了诱惑。唐末五代分裂,契丹借此迅速发展壮大,916年立国,以幽州为跳板,近塞取暖,武力经略中原。中原遭受契丹侵扰久矣,百姓罹难,饱受痛苦,宋真宗咸平二年(999),孙何上疏,愤慨奏曰:"焚劫我郡县,系累我黎庶","城池焚劫……老幼杀伤"。

宋真宗咸平年间(998—1003),契丹不断侵扰北方边境:咸平二年十月契丹首领耶律隆绪(辽圣宗)率部侵扰镇、定、高阳关(今河北高阳县东),宋都部署康保裔战死,契丹兵侵掠祈、赵诸州,并南下掠淄、齐。之后宋真宗曾一度渡过黄河,亲御契丹,在咸平三年

（1000）正月，宋将范廷召等率兵追契丹于莫州（今河北任丘），辽兵退去，也只能把契丹掠夺的人口物资追回一些。咸平四年（1001）十月契丹再侵镇、定，宋派王显为三路都部署率部抵御，契丹进扰满城而还。咸平六年（1003）四月契丹兵在其将萧挞凛（《续资治通鉴长编》作达兰）率领下再侵攻高阳关，宋军战败，宋将副都部署王继忠被俘降辽。

宋与辽的战争，陈师道在《后山谈丛》记载：一共打过大小九九八十一战，只有张齐贤太原战役取得一次胜利，其他均以失败告终。

萧太后，名绰，小字燕燕，原姓拔里氏，被耶律阿保机赐姓萧氏。萧太后精明过人，英勇善战。自982年至1009年摄政，她摄政期间，辽国进入了历史上统治中原二百年间最为鼎盛的辉煌时期。景德元年，在契丹是统和二十二年。此时的萧太后年已半百，从成为寡妇到实际的帝国统治者，她经过二十多年的苦心经营，两次大败宋军，现在，她觉得终于可以找宋朝算一次总账了。

紧急军情报进皇宫，宋真宗迅速召开御前会议，向群臣询问对策。大臣王钦若是江西人，他主张皇帝暂避金陵；大臣陈尧叟是四川人，他主张皇帝暂避成都。只有新上任的青年宰相寇准力排众议，主张迎战："我能往，寇亦能往！为今之计，只有御驾亲征，上下一心，才能保住江山社稷。稍有退缩，人心瓦解，根基一动，天下还保得住吗？"宋真宗闻言，精神振奋："国家重兵多在河北，敌不可狙，朕当亲征决胜，卿等共议，何时可以进发？"

隆冬时节的北方，已是天寒地冻。靡靡日渐夕，飒飒风露重，雪花飞舞，坚冰封路。当年十一月，宋真宗下旨御驾亲征。皇帝车驾从京城汴梁（今河南开封）出发，直驱澶州（今河南濮阳），迎击辽军。

澶州夹黄河分南北二城。宋军抵达澶州南城之时，宋真宗遥望北岸的辽军营帐连绵不断,军容盛大,陡生怯意,就想驻跸南城。寇准以为不可,站出来大声道:"陛下不过河,则人心不安,这不是取胜之道。"寇准用眼色向殿前都指挥使高琼示意。高琼点头表示理解,旋即左手扶住御辇,右手拔出寒光逼人的佩剑,大喝一声:"起!"指挥御辇直上浮桥,向着澶州北城前进。辇夫不敢懈怠,抬起御辇迅速登上城楼。当皇帝的御盖在城楼出现,大宋的黄龙旗迎风招展、猎猎作响之时,将士欢声雷动。《宋史纪事本末·契丹盟好》记载:"帝遂渡河御北城门楼,召诸将抚慰,远近望见御盖,踊跃呼万岁",《东都事略·寇准传》亦记载:"军民欢呼数十里,契丹相视,怖骇不能成列"。

御驾亲征,士气大振。宋真宗的车驾还未到,澶州的将士已然勇气倍增。这一天,还是一个天高气爽的日子,有一个叫作张瑰的军士正守着一张床子弩,监视前方阵地。忽然,辽军大营里走出几个将官,他们交头接耳,准备巡视战场。这群人中有一个穿黄袍的将军指手画脚,气势不凡。张瑰调整好床子弩的方向,毫不犹豫地对准此人。要是在平时,将士行动,必须请示,然而,张瑰听说御驾亲征,精神振奋,顾虑全消,瞄准对象,奋力一扳开关,嗖嗖几声,数箭齐发,辽军将官顿时倒下了几个,黄袍将军也在其中。事后得知,这个黄袍将军,恰是辽军统帅萧挞凛,他被射中头部,当晚死去。辽军未战,先丧大将,士气大挫。

历史如同一幅气势浩荡的画卷,它的可圈可点,在于一往直前、无私无畏的生动笔墨,更在于那些波谲云诡的怪笔、柳暗花明的曲笔、旁逸斜出的神笔,它们突如其来,却酣畅淋漓。

形势,却仍然不容乐观。

澶州,距北宋都城汴梁仅一河之隔。澶州在,大宋在;澶州有失,大宋便危若累卵。

萧太后觊觎大宋王朝的财富,本想依仗自己屡次败宋的军威,逼退宋军,强占中原锦绣河山。后来听说寇准说服宋真宗御驾亲征,知道虚晃一枪不成,只好挥师作战。两军在澶州北城城下激战数十日,胜负未卜。

大军倾巢孤悬境外,统帅阵亡,萧太后不敢恋战,暗生倦意。萧太后派人请和,以获利为条件,宋真宗不准。终于在十二月(1005年1月),双方达成和议,签订停战及修和盟约。

史书对盟约签订过程的记载饶是有趣。宋真宗在与辽人签订盟约之前,曾派遣曹利用赴辽营谈判,曹利用在临行前向真宗请示"岁赂金帛之数",宋真宗诏曰:"必不得已,虽百万亦可。"寇准听说真宗答应每年可以给辽一百万岁币,连忙召曹利用至帐中,对曹利用说:"虽有敕旨,汝往所许不得过三十万,过三十万,勿来见准,准将斩汝。"曹利用赴辽营谈判,果然以三十万成约,回宋之后,赶忙赴行宫向宋真宗呈报。其时,宋真宗正在用餐,"未即对,使内侍问所赂",曹利用答曰:"此机事,当面奏。"宋真宗急于知道宋辽议和情况,再次派遣内侍问道:"姑言其略。"曹利用仍不愿向内侍说明,仅"以三指加颊",以示每年给辽的岁币之数。内侍返至宋真宗面前说:"三指加颊,岂非三百万乎?"宋真宗不禁失声道:"太多。"此后,宋真宗听闻曹利用报呈以三十万成约,高兴异常,赏赐曹利用"特厚"。

三

命乖运舛的景德元年,宋真宗历经天灾、人祸、兵燹的考验,审时度势,终于在这年的腊月打开了一个叫作"澶渊之盟"的锦囊,从此，大宋王朝开始了养精蓄锐、潜心发展的进程。

和平，来得着实不易。

从979年（太平兴国四年），宋太宗北伐幽蓟算起，一直到宋真宗景德元年，宋、辽两国处于敌对战争的状态已经持续了二十六年，绵延不断的战火、纠缠不已的争斗、短兵相接的厮杀，始终维持在僵持的局面——宋朝无力收复丢失的燕云十六州这一片汉唐故土，辽国打家劫舍的侵扰也始终无法蚕食宋朝的领地。

刚刚过去的咸平六年间，宋、辽之间纷争不断，大规模的战役就有三场：瀛莫之战、遂城之战、望都之战，宋军败多胜少。

欲渡黄河冰塞川，将行太行雪满山。行路难！行路难！多歧路，今安在？太白之问，恰恰也是大宋之问。与此相反，辽军保持着原始野性，"轻而不整，贪而不亲，胜不相让，败不相救，以驰骋为容仪，以弋猎为耕钓，栉风沐雨不以为劳，露宿草行不以为苦"（《旧五代史》），使得宋朝的"赵魏之北，燕蓟之南，千里之间，地平如砥"（《旧五代史》）的华北大平原，成为辽军秣马厉兵的战场。胶着中的战争，像一条绷得很紧却早已失去弹性的皮筋，每年百万甚至数百万的军费开支让宋朝疲于奔命。

光靠金钱，买不来和平，光靠战争，更换不来和平。

宋、辽签订《澶渊誓书》，其实有几项重要的规定：

——友好关系的建立和岁币的交割。"共遵成信，虔奉欢盟。以风土之宜，助军旅之费；每岁以绢二十万匹，银一十万两，更不差使臣专往北朝，只令三司差人般送至雄州交割。"

——两国结为兄弟之邦，辽圣宗尊宋真宗为兄，宋真宗尊萧太后为叔母。

——疆界的规定。"沿边州军，各守疆界。两地人户，不得交侵。"

——互不容纳的叛亡。"或有盗贼逋逃,彼此无令停匿。"

——互不骚扰田土及农作物。"至于陇亩稼穑,南北勿纵惊骚。"

——互不增加边防设备。"所有两朝城池,并可依旧存守。淘濠完葺,一切如常。即不得创筑城隍,开拔河道。"

——条约以宣誓结束。"誓书之外,各无所求。必务协同,庶存悠久。自此保安黎献,谨守封疆。质于天地神祇,告于宗庙社稷。子孙共守,传之无穷。有渝此盟,不克享国。昭昭天监,当共殛之。远具披陈,专俟报复,不宣。"

《澶渊誓书》中没有提到的还有很多,比如宋、辽首次正式结为兄弟之邦,互称南北朝,比如礼节、贸易和移牒关报,比如具有战争意味的地名的更改,"威虏军"改为"广信","静戎"改为"安肃","破虏"改为"信安","平戎"改为"保定","宁边"改为"永定","定远"改为"永静","定羌"改为"保德","平虏城"改为"肃宁"。

此后116年间,宋、辽两国未发生大规模战事。

宋、辽誓书签订于澶州,汉代称澶州为澶渊郡,这份誓书被称为"澶渊之盟"。

澶渊之盟是中国外交史上的一件划时代的大事。中华民族搁置争议,着眼大局,互相尊重,合作共赢,为宋、辽两国带来了切切实实的发展机会,使得人民得以休养生息,安度和平岁月。

瀛莫、遂城、望都三场战役不容小觑。没有三场战役,纵有澶渊之战,必不会有澶渊之盟,不会有此后长达116年的和平。宋真宗权衡利弊,从国家长远利益考量,在坚持和维护领土主权的前提下,对契丹做出有限度的让步,显然非常明智。一个世纪后,宰相郑居中恳切评价:"章圣澶渊之役,与之战而胜,乃听其和。"他认为,澶渊之盟是宋朝"战而胜"的产物。文学家苏辙写道,澶渊之盟"稍以金帛啖之,房(辽)欣然听命,岁遣使介,修邻国之好,逮今百数十年,而北边之民不识干戈,此汉唐之盛所未有也"。

据统计,从1005年到1121年这116年之间,两国遣使庆贺生辰,宋140次,辽135次;两国遣使贺正旦,宋139次,辽140次;两国遣使吊唁,宋46次,辽43次。辽兴宗耶律宗真勤学绘画,曾经自绘肖像送给宋仁宗赵祯,并希望宋仁宗回赠真容。遗憾的是,仁宗真容送到时,辽兴宗已经过世。辽国皇室遂将仁宗真容与祖先肖像悬挂在一起,供子孙世代礼拜。

面对列祖列宗,辽道宗耶律洪基曾经许下心愿:"若人世真有轮回,愿后世生于中国。"中国自古饱受边疆战乱,与契丹形成如此长久的和平关系,在中国边疆史着实罕见。

四

这一年,玉树临风的皇帝已经三十六岁了。六年前的998年,太子赵恒登基。这位排序老三的皇子自幼姿表特异,英睿聪敏,才华过人,纵使千余年后,他在《劝学篇》中写下的诗句仍在流传:"安居不用架高堂,书中自有黄金屋""娶妻莫恨无良媒,书中自有颜如玉"。博学,审问,慎思,明辨,笃行,后世给了这个酷爱读书与书法的皇帝一个无比贴切的庙号:宋真宗。

宋朝的皇帝们喜欢频繁更换纪年,宋真宗在位二十五年,就曾经使用五种年号:咸平、景德、大中祥符、天禧、乾兴。咸平这个年号用了六年,景德用了四年,以瓷器闻名的景德镇以景德命名,也以此闻名。然而,尽管两个年号只维持了短短的十年,却是大宋王朝元神丰盈、光墨淋漓的十年。

六年前的这个时候，大宋王朝的第三位皇帝继位，人们看到了刚满而立之年的天子的守正笃实、无远弗届；咸平六年里的数场战事，人们看到了他的果敢勇毅、杀伐决断；这一次，御驾亲征，澶渊结盟，他则让人们体悟到他的深谋远虑、久久为功。

不久，宋真宗即以铁面无私的姿态，公布告诫百官的《文武七条》：

一是清心，要平心待物，不为自己的喜怒爱憎而左右政事。

二是奉公，要公平正直，自身廉洁。

三是修德，要以德服人，而不是以势压人。

四是务实，不要贪图虚名。

五是明察，要勤于体察民情，不要苛税和刑罚不公正。

六是勤课，要勤于政事和农桑之务。

七是革弊，要努力革除各种弊端。

在宋真宗看来，"清心""修德"就是廉政的源头，就能实现"德治"。他建立官员档案，实行保举制度，推动渎职监察，鼓励鲠亮敢言，纠弹不避权贵，奖励廉洁无私，懂得知人善任。宋真宗御驾亲征，对内打败了西北党项、吐蕃这些胶着已久的叛乱势力，对外逼退强大的契丹，创造了一个安定和平的边境环境，仅仅用了不到十年的时间便让大宋江山转危为安，凭借的恰是这些治国新政。

宋真宗迅速创造了一个政治清明、社会进步、制度清明、经济繁庶、文化鼎盛的时代，他起用李沆、曹彬、吕蒙正等人打理政事，政绩有声有色，减免五代十国以来的税赋，注意节俭，休息扬农，发展纺织、染色、造纸、制瓷等手工业、商业，一时间，贸易盛况空前。

据统计，996年，宋朝国家财政2224万，户口451万；1021年，国家财政达到150885万，户口为868万。短短二十余年，整个国家户口增加了416万户，财富增加了近六倍，其发展规模与前朝相比，超过了唐朝贞观二十三年总量的四倍；与后世而论，超越了乾隆时期的三倍。中国占世界财富的比值从996年的22%左右，一下子提升到了67%左右，可谓富甲天下。

这是大宋王朝难得的小康时代，后世将咸平、景德、大中祥符三个年号的十九年统称为"咸平之治"。

历史，像一棵沧桑遒劲的老树，岁月的蛰须从它的血脉、它的枝丫中伸出，茁壮，顽强，盘根错节，绿荫如盖。昨天，从老树上成长为今天，今天，又从老树上成长为明天。这是历史的今天，也是未来的昨天。

发出诡谲笑声的时间老人不会想到，大宋王朝在景德元年的一次沉吟低回，换来了中华民族的亢龙飞天。站在新的历史起点，骄傲的王朝俯下高昂的头颅，审慎地打量对手，理智地放下武器，伸出和平的橄榄枝，以大国的姿态张开襟怀。此后的一个世纪，中原和北方部落以空前的规模迁徙杂居、经济交融、文化交流、语言交汇、习俗融合，辽国也开始从单纯的游牧民族，向游牧与农耕相交杂的民族过渡。辽国的燕京在唐幽州蓟城的基础上扩建而成，这里来自不同民族、不同国度的居民五方杂处，互补共荣。大中祥符元年（1008），使辽的路振在《乘轺录》中记载：幽州"城中凡二十六坊，坊有门楼，大署其额，有蓟宾、肃慎、卢龙等坊，并唐时旧坊名也。居民棋布，巷端直，列肆者百室，俗皆汉服，中有胡服者，盖杂契丹、渤海妇女耳"（《宋朝事实类苑》），宋朝的魅力可见一斑。

正是以这样的包容、这样的魅力，中华民族将一切可能纳为己有，爱其所同，敬其所异，和而不同，沉淀于心，又外化于行，成为具有强大稳定性、延续性、发展性的中华文明，并造就了中华文化博观约取、海纳百川的精神格局和精神气度。历史学家姚从吾说过："（两族）相安既久……（辽人）逐渐变成了广义的中华民族。"堪称不同民族和谐相处最后融为一体的典范。和衷共济、和合共生是中华民族的历史基因，也是古老东方的文明精髓。

钱穆也感叹："中华文化不仅由中国民族所创造，而中华文化乃能创造中国民族，成为有史以来世界上独一无二的大民族。"

残雪，冻雷，惊笋，急管繁弦——景德元年，这端的是别具深意的一年。

时间，舒展着巨大的羽翼，在遥远未来的某一天、某一刻，将历史之谜重新开启。那些祖先的传奇，那些祖辈的故事，他们在灾患面前的勇气，他们苦度长夜的智慧和坚忍，是我们在这个喧嚣世界永不迷失的识路地图。

江春入旧年
——嵇康与广陵

嵇康，字叔夜，谯国铚人也。其先姓奚，会稽上虞人，以避怨，徙焉。铚有嵇山，家于其侧，因而命氏。兄喜，有当世才，历太仆、宗正。康早孤，有奇才，远迈不群。身长七尺八寸，美词气，有风仪，而土木形骸，不自藻饰，人以为龙章凤姿，天质自然。恬静寡欲，含垢匿瑕，宽简有大量。

——《晋书·嵇康传》

一

从这场酒席中散去，微醺的中散大夫嵇康匆匆赶去另一场酒会。

在竹林间舒展广袖，狂舞长啸，清峻的嵇康想象自己是一只孤绝、清瘦的飞鸟，在寂寥的高空中不知疲倦地翱翔，俯瞰浩瀚的林海，俯瞰浩瀚的南中国。

夜的精魂不停地缠绵，不倦地周旋。

时而飞，时而停，时而高蹈轻扬，时而缱绻低回，中散大夫携琴自问——是否还记得曾经嬉戏的洛西、曾经夜宿的月华亭？是否还记得绵密无寐长夜漫漫、起坐抚弦遂成新曲？雅乐新成，纷披灿烂，戈矛纵横，惊天动地，嵇康谓之《广陵散》。

时光，如水波般流动。天池辽阔谁相待，日日虚乘九万风——端的是似水流年啊！

这是中国文化最浪漫深情的一刻，也是中国历史最波谲云诡的一页。嵇康像一只孑然独立的大鸟，与乌云一道在电闪雷鸣中穿梭。他龙章凤姿，不自藻饰；他悲愤幽咽，慨然不屈；他昂首嘶鸣，浩气当空；他弹琴咏诗，自足于怀——雷电为他的翅膀镶嵌了一道璀璨的金边，他踏着阵阵松涛，宛若深山中狂飙的雄鹰。

嵇康，224 年出生于魏国谯郡铚县，先祖本姓奚，会稽上虞人，为避世怨，迁徙于嵇山，置家于其侧，因而以"嵇"命为姓氏。嵇康年少才高，重思想，善谈理，懂音律，能属文，高情远趣，率然玄远。正始末年，嵇康居山阳，"所与神交者惟陈留阮籍、河内山涛，豫其流者河内向秀、沛国刘伶、籍兄子咸、琅邪王戎，遂为竹林之游"，肆意酣畅，共倡玄学新风，主张"越名教而任自然""审贵贱而通物情"，世谓"竹林七贤"。

据史书记载，嵇康曾经在洛阳西边游玩，晚上夜宿华阳亭，引琴弹奏。夜半时分，突然有客人拜访，自称是古人，他与嵇康一同谈论音律，辞致清辩，于是索琴而弹，声调美妙无与伦比，他将这首乐曲传授给嵇康，并让嵇康起誓绝不传给他人，他亦不言其姓字。

——这就是传说中的《广陵散》。

嵇康所作《广陵散》，又名《广陵止息》，古时亦名《聂政刺韩傀曲》。嵇康以善弹此曲著称，听者如闻天籁。263 年，嵇康为司马昭所害。刑场上，三千太学生向朝廷请愿，请求赦免嵇康，并要拜嵇康为师，司马昭不允。临刑前，嵇康无一丝伤感，从容不迫索琴弹奏，天籁般的曲调弥漫在刑场上空。嵇康弹罢，慨然叹惋："世间从此再无《广陵散》！"

叹罢，从容引首就戮。嵇康时年仅四十岁。《晋书》记载："康将刑东市，太学生三千人请以为师，弗许。康顾视日影，索琴弹之，曰：'昔袁孝尼尝从吾学《广陵散》，吾每靳固之。《广陵散》于今绝矣！'"

海内之士，莫不痛之。晋文帝司马昭不久亦醒悟，然而，悔之晚矣。

痛失的，岂止嵇康，更有广陵清音。天籁只能天上得，哪堪人间共此声？

每读到此处，便无端地想起文天祥那首七律：

生前已见夜叉面，死去只因菩萨心。
万里风沙知己尽，谁人会得广陵音。

二十八个字，痛彻心肺。

秦始皇焚书坑儒，焚琴煮鹤。琴，"秦灭六国，至汉不兴"。时至魏晋琴、曲皆失，《广陵散》再无知音。

二

这是一场酣畅淋漓的欢聚，这是一个放浪无羁的时代。

忧时悯乱、骏放沉挚的阮籍，外柔内刚、淳深渊默的山涛，容貌丑陋、澹默寡言的刘伶，任性不羁、妙达八音的阮咸，清悟识远、狷介忠直的向秀，识鉴过人、谲诈多端的王戎，以及——永远不会缺席的嵇康。他们嗜酒如命,酣饮时烂醉如泥,清醒时装疯佯狂。

这是一幅怎样汪洋恣肆的画卷?这是一种怎样心有灵犀的景象?春风荡漾,柳丝拂面,众人一起围坐,面对面痛饮。阮籍习武艺,能长啸,善弹琴,好为青白眼。遇见所谓"唯法是修,唯礼是克"的礼法之士,阮籍必以白眼对之。阮籍的母亲去世后,嵇康的哥哥嵇喜来致哀,因为嵇喜是在朝为官的礼法之士,于是阮籍也不管守丧期间应有的礼节,给了嵇喜一个大大的白眼。后来,嵇康带着酒、琴而来,阮籍马上便由白眼转为青眼。阮咸更是不拘小节,大瓮盛酒,与猪同饮。嵇康与向秀饮罢,便在家门前的柳树下打铁自娱,嵇康掌锤,向秀鼓风,二人旁若无人,自得其乐。刘伶每饮必醉,常乘坐鹿车,携一壶酒,使人荷锸而随之,左右顾盼,其妻劝止,刘伶大笑道:"死又何惧?死便埋我!"

这是一场怎样没有休止的酒宴?这是一群怎样没有嫌隙的挚友?他们虽有满腹才华,空有满腔壮志,却错生在一个毫无光亮的时代。曹魏后期,政局混乱,曹芳、曹髦既荒淫无度,又昏庸无能,司马懿、司马师父子掌握朝政,废曹芳、弑曹髦,大肆诛杀异己。他们所看见的,是恐怖的屠杀、虚伪的礼法。他们不满司马氏的所作所为,更不愿依附司马氏。他们崇尚老庄的自然无为,蔑弃礼法规则。他们是嵇康真正的知音,是他的听众、他的读者,无论微醺,还是酩酊。

有学者将这个时代称为"世说新语"时代。我们不妨用四个词来概括那个时代:玄幻、谋篡、战乱、黑暗。也不妨用四个词来概括他们的心绪:哀伤、苦闷、恐惧、绝望。

这是何等的玄幻、谋篡、战乱、黑暗?这是何等的哀伤、苦闷、恐惧、绝望?走出竹林,便是无尽的长夜,放下酒盏,便是亘古的空虚。他们紧紧地贴服着大地,紧紧地簇拥在一起,像凛冽寒风中残存的雏鸟——覆巢之下,其能幸哉?

万里风沙知己尽,谁人会得广陵音?

嵇康一生放荡作文,桀骜为人。他的诗歌存世仅五十余首,后世却评价极高,赞叹其诗不为《风》《雅》所羁,直写胸中之语。他的文论存世六七万字之多,句句隽永,字字珠玑。读嵇康的《琴赋》,眼前不时闪回这位执着于精神自由、终日与琴为友的士子形象:

> 余少好音声,长而玩之。以为物有盛衰,而此无变;滋味有厌,而此不倦。可以导养神气,宣和情志。处穷独而不闷者,莫近于音声也。是故复之而不足,则吟咏以肆志;吟咏之不足,则寄言以广意。然八音之器,歌舞之象,历世才士,并为之赋颂。其体制风流,莫不相袭。称其才干,则以危苦为上;赋其声音,则以悲哀为主;美其感化,则以垂涕为贵。丽则丽矣,然未尽其理也。推其所由,似元不解音声;览其旨趣,亦未达礼乐之情也。

嵇康以为,"众器之中,琴德最优"。而操琴之德,何尝不是为人之德?在《琴赋》文末的"乱"段,嵇康咏叹琴的和悦之德,无法探其深广;体味琴的清明之体,无法知其旷远;感慨琴的高邈之美,无法与其企及;倾听琴的优良之质,无法得其驾驭;惋惜琴的至性至情,堪称群乐之首,可惜知音者渺邈。而这些,何尝不是以琴寓世、以琴喻人?

> 愔愔琴德,不可测兮;体清心远,邈难极兮;良质美手,遇今世兮;纷纶翕响,冠众艺兮;识音者希,孰能珍

兮；能尽雅琴，唯至人兮！

嵇康文章，多为论说，所著诸文论六七万言，皆为世所玩咏。他曾作《声无哀乐论》，针对儒家的"治世之音安以乐，亡国之音哀以思"，旗帜鲜明地加以辩驳，音乐是客观存在的音响，哀乐是人们的精神被触动后产生的感情，两者并无因果关系，亦即"心之与声，明为二物"，"心"和"声"，明明就是两种东西，压根儿就没有什么关系。

夫天地合德，万物贵生，寒暑代往，五行以成。故章为五色，发为五音；音声之作，其犹臭味在于天地之间。其善与不善，虽遭遇浊乱，其体自若而不变也。岂以爱憎易操、哀乐改度哉？及宫商集比，声音克谐，此人心至愿，情欲之所钟。故人知情不可恣，欲不可极，因其所用，每为之节，使哀不至伤，乐不至淫。因事与名，物有其号。哭谓之哀，歌谓之乐。斯其大较也。

嵇康为文，多借景抒情，托物言志。在《琴赋》中，他讲述琴的材质的生长环境、在能工巧匠手中的制作，随之写到琴音的优美典雅，变化无穷，盛赞琴的高尚和平、纯洁正直的品格。不论是琴音、琴思、琴德，还是叙事、写景、抒情，嵇康之文如同其人，笔势放纵，汪洋恣肆，辞采绚烂，让人无法不击节赞叹。

正是在这篇赋中，嵇康以自己喜好将古琴曲目排出顺序。他认为，首先无可争议的是《广陵》，接下来是《止息》《东武》《太山》《飞龙》《鹿鸣》《鹍鸡》《游弦》，他认为这几首古曲变换为不同的演奏方式，如果声色自然，流畅清楚美妙，都能消除烦躁情绪。后代变换的俗谣俗曲，当属汉末蔡邕创制的《蔡氏五弄》。接下来还有《王昭》《楚妃》《千里别鹤》。最后还有一时权宜之作，杂进俗曲，也有一些值得浏览的琴曲。所以，所谓曲高和寡者，"然非夫旷远者不能与之嬉游，非夫渊静者不能与之闲止，非夫放达者不能与之无吝，非夫至精者不能与之析理也"。

嵇康道德文章影响深远，清代何焯感喟："叔夜千古人，此赋亦千古文。读此赋，如闻鸾凤之音于云霄缥缈之际。"

三

嵇康，身长八尺，容止出众。

这样一位翩翩佳公子，加之满腹诗书，可谓器宇轩昂、玉树临风，简直是那个黯淡时代的华彩篇章。举目皆是战祸、离索、弥乱、凋敝、血腥、恐惧……可是，有什么能掩盖得住心中鼓荡的丰盈与骄傲？嵇康曾娶曹操曾孙女为妻，官拜曹魏中散大夫，从此与曹魏有了生死之缘分。也恰是因为他与曹魏的不离不弃，种下了他终于为钟会所构陷、为司马昭所杀害的祸根。

说到嵇康桀骜不驯的性格、坎坷多舛的命运，不能不提"竹林七贤"中的山涛，以及嵇康写给山涛的《与山巨源绝交书》。

山涛在由选曹郎调任大将军从事中郎时，欲荐举嵇康代其原职。没想到，嵇康听到消息，勃然大怒，不仅在信中断然拒绝山涛的荐引，而且傲慢地申明自己赋性疏懒，不堪礼法约束，不可加以勉强，发誓从此与山涛断绝往来。

在这封长信中，嵇康开篇毫不客气地说，我性格直爽，心胸狭窄，对很多事情绝不姑息（"直性狭中，多所不堪"）；性情懒漫，筋骨迟钝，肌肉松弛，头发和脸经常一月或半月不洗，如不感到特别发闷发痒绝不愿意洗浴（"性复疏懒，筋驽肉缓，头面常一月十五日不洗，不大闷痒，不能沐也"）。好在朋友们都能够忍受他孤傲简慢的性情，背离礼法的行为（"侪类见宽，不攻其过"）。

此后，嵇康以"七不堪"力陈拒绝山涛的理由：

> 人伦有礼，朝廷有法，自惟至熟，有必不堪者七，甚不可者二：卧喜晚起，而当关呼之不置，一不堪也。抱琴行吟，弋钓草野，而吏卒守之，不得妄动，二不堪也。危坐一时，痹不得摇，性复多虱，把搔无已，而当裹以章服，揖拜上官，三不堪也。素不便书，又不喜作书，而人间多事，堆案盈机，不相酬答，则犯教伤义，欲自勉强，则不能久，四不堪也。不喜吊丧，而人道以此为重，已为未见恕者所怨，至欲见中伤者；虽瞿然自责，然性不可化，欲降心顺俗，则诡故不情，亦终不能获无咎无誉如此，五不堪也。不喜俗人，而当与之共事，或宾客盈坐，鸣声聒耳，嚣尘臭处，千变百伎，在人目前，六不堪也。心不耐烦，而官事鞅掌，机务缠其心，世故烦其虑，七不堪也。

嵇康在这封信的末尾义愤填膺地写道："若趣欲共登王途，期于相致，时为欢益，一旦迫之，必发狂疾。自非重怨，不至于此也。"也就是说，我与你并无深仇大恨，何苦为难我让我去做官呢？

山涛是竹林七贤中最年长的一位，也堪称"竹林七贤"的伯乐。他的风神气度，震撼了"竹林"。同为"竹林七贤"的王戎对他的评论是："如璞玉浑金，人皆钦其宝，莫知名其器。"也就是说，他给人一种质素深广的印象。大器度，正是其时名士之一种风度。虽然山涛与嵇康情意甚笃，但是人生志趣未必相同，就在嵇康越来越放任自然之时，山涛却越来越彰显其入仕之心、治世之才、运筹之策、选人之能。他走的是另一条道路。

山涛不是一个没有见识的人，他谨慎小心地接近权力，却又小心翼翼地回避权力。毫无疑问，纵然狂放如嵇康者，在道德品行上也是了解自己的朋友信任自己的朋友的。他后来因得罪司马氏而被治罪，临死前对儿子嵇绍说的最后一句话便是："有巨源在，你便不会孤独无靠了。"

在曹氏与司马氏权力争夺的关键时刻，山涛看出事变在即，"遂隐身不交世务"。这之前他做的是曹爽的官，而曹爽将败，故隐退避嫌。但当大局已定，司马氏掌权的局面已经形成时，他便出来。山涛与司马氏是很近的姻亲，靠着这层关系，他去见司马师。司马师知道他的用意与抱负，便对他说："吕望欲仕邪？"于是，"命司隶举秀才，除郎中，转骠骑将军王昶从事中郎。久之，拜赵国相，迁尚书吏部郎"。此后，嵇康与山涛在政治上分道扬镳，山涛一帆风顺，货与帝王家，征程万里无隔阻，嵇康绝尘而去，血染断头台，不做俗世一尘埃。

因《与山巨源绝交书》一文，后人对山涛颇多鄙夷。嵇康是非分明，刚直峻急。而山涛则举事有度，量体裁衣，凡是不逾矩，不违俗。譬如他也饮酒，但有一定限度，至八斗而止，与其他人的狂饮至于大醉不同。山涛生活俭约，为时论所崇仰。他在嵇康被杀后二十年，荐举嵇康的儿子嵇绍为秘书丞，他告诉嵇绍说："为君思之久矣，天地四时，犹有消息，而况人乎！"可见，二十余年，他从未忘却旧友。

嵇康为司马昭所杀，犹如一个暗夜炸开的信号，"竹林"自此分崩离析，有人走向心怀汤火、足履薄冰的震颤，有人走向潇洒挥放、逶迤远行的傲然，有人走向穆如清风、冰清玉洁的旷达，有人走向质朴素真、恬淡自然的无为，有人走向哲思飞扬、才情盈溢的飘逸，有人走向有道言兴、无道默容的明哲保身。向秀悲恸不已，他写下千古绝唱《思旧赋》，怀念与老友同游山林的岁月：

> 将命适于远京兮，遂旋反而北徂。
> 济黄河以泛舟兮，经山阳之旧居。
> 瞻旷野之萧条兮，息余驾乎城隅。
> 践二子之遗迹兮，历穷巷之空庐。
> 叹黍离之愍周兮，悲麦秀于殷墟。
> 惟古昔以怀今兮，心徘徊以踌躇。
> 栋宇存而弗毁兮，形神逝其焉如。
> 昔李斯之受罪兮，叹黄犬而长吟。
> 悼嵇生之永辞兮，顾日影而弹琴。
> 托运遇于领会兮，寄余命于寸阴。
> 听鸣笛之慷慨兮，妙声绝而复寻。
> 停驾言其将迈兮，遂援翰而写心。

在这篇赋的序中，追思与老友过往游宴欢饮的点点滴滴，向秀慨然叹息："嵇博综技艺，于丝竹特妙。临当就命，顾视日影，索琴而弹之。余逝将西迈，经其旧庐。于时日薄虞渊，寒冰凄然。邻人有吹笛者，发声寥亮。"

斯人已去，足音跫然。

四

"聂政"曲何以名"广陵"？

韩皋曾经给出一个颇为可信的理由："扬州者，广陵故地，魏氏之季，毋丘俭辈皆都督扬州，为司马懿父子所杀。叔夜（嵇康）痛愤之怀，写之于琴，以名其曲、言魏之忠臣散殁於广陵也。盖避当时之祸，乃托於鬼神耳。"时运不济，遂以广陵言志。

谁能想到，今日温婉可亲的扬州，竟然是昔日嵇康抚琴言志的广陵故地？

虞渊未薄乎日暮，广陵终不绝人间。

这是晚春的扬州，烟花三月的广陵雾雨还未飘远，时间却已行进至1700年后的今天，清朗的空气便开始讲述与昨天的记忆迥然不同的故事。林钟宫音，其意深远，音取宏厚，指取古劲，广陵余音绕梁，至今犹在耳畔，一支新曲俨然歌成。

江水北去，淮河南来。

这是一年里最欢腾、最茁壮的日子。大地上冰封的一切早已苏醒，暗夜里沉寂的一切正在绽放。被雾雨笼罩的广陵，繁花似锦，万马奔腾，举目皆是浓墨重彩的山水画卷。

风无边、水无界。

前486年，吴王夫差开邗沟，筑邗城，沟通江淮，成就了后世"烟花三月下扬州"。水，催生了扬州的数度繁华，也孕育了扬州的悠久文明。站在江都水利枢纽的高台上，荡胸顿生层云。过去的岁月气势磅礴，如水波般一泻千里，雄伟壮观，恍若嵇康的广陵绝响。

扬州盐商富甲天下，留下了美轮美奂的园林、婀娜多姿的景致、穷奢极欲的宅邸。清代戏曲家李斗在其笔记集《扬州画舫录》曾写道:"杭州以湖山胜,苏州以市肆胜,扬州以园亭胜,三者鼎峙,不可轩轾。"而今,这些园林、亭台、宅邸,已成为扬州璀璨多姿的文化景观。当年的广陵,走过无数风雷激荡的岁月,在万千气象、日新月异的今天,正在由古老的遗存,蝉蜕为羽化的新生。

古城里,举步皆是脊角高翘的屋顶、风韵痴绝的门楼,直露中有迂回,舒缓处有起伏;古巷曲折蜿蜒,巷子里的茶楼和酒肆藏而不露,每每寻到,便是无边的惊喜,让人回味无穷。瘦西湖上,五亭桥造型秀美,富丽堂皇,如同湖的一束玉带。传说这是清扬州两淮盐运使为了迎接乾隆南巡,特雇请能工巧匠设计建造的。桥上雕栏玉砌,彩绘藻井;桥下四翼分列,十五个卷洞彼此相通。每当皓月当空,各洞衔月,金色荡漾,众月争辉,倒挂湖中,不可捉摸。"青山隐隐水迢迢,秋尽江南草未凋。二十四桥明月夜,玉人何处教吹箫。"杜牧的诗句恍若与月色一道铺满银色的水面。

五

这是中国历史上一段波谲云诡的时期。

魏晋南北朝——史家惯于从建安元年(196)开始计算,到隋开皇九年(589)隋文帝统一中国为止,前后共约四百年。

漫长的四个世纪,无疑是中华民族家国分裂、政治动荡、战火频仍、割据政权林立的时代。这期间,共发生较大规模的战争五百余次,先后建立三十五个大大小小的政权,只有西晋实现过短短三十七年的统一,其余皆处于分裂状态,可谓"城头变幻大王旗"。秦汉以来的物质积淀被糟蹋殆尽,董卓之乱、八王之乱、侯景之乱、五胡乱华……天灾人祸,生灵涂炭,国家满目疮痍,人民流离失所。

然而，若论在中国历史上的风采独具、文采焕然，无出魏晋南北朝其右。一方面，社会生活空前动荡与纷乱；另一方面，文学创作空前发展与繁荣。这是士人思想最活跃、精神最自由、个性最张扬、行为最放纵的时代，这是一个具有艺术气质的时代。

这是一个"世说新语"时代。在这样一个时代，天下规则散尽，斯文扫地。在这样一个时代，不难理解，何以武好法术，文慕通达；何以天下之士，不循前轨。

遗憾的是，旷世之才如嵇康，也只能以自己的方式在这个时代的夹缝中求生。

"爱有大而必失，恶有甚而必得；智惠不能去其恶，威力不能全其爱。故前识所不用心，而圣人罕言焉，若乃系情累于外物，留曲念于闺房，亦贤俊之所宜废乎？"这是陆机在《吊魏武帝文》写到曹操临终吩咐后事时的描述，惋惜一代明主的远行，笔笔顿挫，气势畅达。这还是"日月之行，若出其中；星汉灿烂，若出其里"壮怀千里的曹操吗？这还是"山不厌高，海不厌深；周公吐哺，天下归心"运筹帷幄的曹操吗？这还是"老骥伏枥，志在千里；烈士暮年，壮心不已"永不言败的曹操吗？这是与嵇康有着千丝万缕牵挂的曹魏，是一个大时代拉开华幕的序曲，然而，落花流水终去也，英雄暮年，恰如一个时代的谢幕，端的是有着说不尽的凄伤和沧桑。

昔我往矣，杨柳依依；今我来思，雨雪霏霏。

让我们重新回到1700年前的历史现场，清点烽烟凉尽的烟火，收殓岁月老去的残骸。这是景元二年（261），嵇康作《与山巨源绝交书》，两年后，他为司马氏所杀。有心者也许会留意，会在青灯黄卷中翻到曾经被我们忽视的片段，以及这些片段中的丝丝缕缕——半个世纪之前，曹丕在《典论·论文》中写下了"盖文章，经国之大业，不朽之盛事"的千古绝唱；在《与王朗书》中写道："生有七尺之形，死唯一棺之土。"王粲在《登楼赋》中写下了"人情同于怀土兮，岂穷达而异心"。半个世纪后，在匈奴的进逼中，洛阳失守，建兴四年（316）西晋灭亡。这场战争中，匈奴长驱直下，很快便控制了几乎整个中原，长达一百多年的大动乱大灾难大纷争就这样开始了，中华民族陷入漫漫寒夜。史官干宝在《晋纪总论》中写道："国政迭移于乱人，禁兵外散于四方，方岳无钧石之镇，关门无结草之固"，最终"脱耒为兵，裂裳为旗，非战国之器也；自下逆上，非邻国之势也。然而成败异效，扰天下如驱群羊，举二都如拾遗芥，将相王侯连头受戮，乞为奴仆，而犹不获，后嫔妃主，虏辱于戎卒，岂不哀哉"？国家顺乎天命方可兴盛，顺乎民意方可和谐，以礼仪教化百姓方可建立纲常，国家基础宽厚方可难以颠覆，正如树木根深叶茂则难以拔掉，政教有条有理则国家不乱，法纪牢靠周密则社会安定。如此者，方为治国之策，立国之本。

前后不过百年，世事更迭如斯。随风云变幻的，是利益的血腥和政治的无情；不变的，是士子千百年来一脉相承的家国情怀、道义文章——莫谓书生空议论，头颅掷处血斑斑。

"夜中不能寐，起坐弹鸣琴。薄帷鉴明月，清风吹我襟。孤鸿号外野，翔鸟鸣北林。徘徊将何见？忧思独伤心。"这是阮籍的《咏怀诗》。其孤绝旷逸，寓意深远，所书所写何尝不是嵇康？不难想象，某个黑暗寂静得没有边际的长夜，嵇康、阮籍夜阑酒醒，忧畏难去，在耿介与求生间矛盾，在旷达与良知中互争，嵇康的悲凉郁结莫可告喻。这些悲凉郁结充溢于他的字里行间，穿越无数个日日夜夜，至今仍散发着彻骨的寒凉。

霜被野草，岁暮已去。

端的，是该散了——

一蓑烟雨任平生

——致敬苏轼的十个关键词

2000年千禧年伊始，法国巴黎，有一家报纸——《世界报》，它的主编叫作让 – 皮埃尔·朗日里耶。他和他的同事们决定用一种创新的方式，迎接新千年的到来。

怎么庆祝呢？他们决定用专栏的形式，写一批专栏文章，讲述在公元1000年至2000年这千年中生活的世界知名的重要人物的生活故事，覆盖北美洲、拉丁美洲、欧洲、亚洲、阿拉伯 – 伊斯兰世界。

这家报纸用了六个月的时间，整理公元1000年一直影响到2000年的重要人物的备选名单——这真是一份浩如烟海的名单——他们在这份名单里，整理出十二位重要人物，并编辑成册，名为《千年英雄》。这些文章于2000年7月份发表。

中国的苏轼（1037—1101）就是这些"千年英雄"中的一位，是其中唯一的中国人。

苏轼有百余万字的诗词、杂记、随笔、亲笔题书和私人信函，以及大量的他同时代的朋友和学者评论他的随笔、传略。当然，苏轼本人不写日记，这不符合他的性格，苏轼同时代的很多人都有写日记的习惯，司马光、王安石、刘挚、曾布等等，写日记这事对他来说太有条理、太扭扭捏捏了。苏东坡一生写过数千首诗词、八百余封私人信件。他写过一本杂记，是他对各种思想、旅行、人物、事件的记载——没有时间，但是他有他自己的逻辑。他有一句很有名的话，是写给他的弟弟子由的，也是写给他自己的：

  吾上可陪玉皇大帝，下可陪卑田院乞儿，眼前见天下无一不好人。

  苏轼，生于宋仁宗景祐四年（1037），死于宋徽宗建中靖国元年（1101），也就是华北被金人攻占，北宋灭亡前二十五年。

  在他短短六十四岁的生命里，苏轼由于其坦率而付出了沉重的代价。在权力阴影下，他的政敌非常多。他既是各个阵营对抗的参与者，也是受害者。用我们今天的话来说，他的一生都是在动荡中度过的"大起大落"，就像"坐过山车一样"。在他职业生涯中，他一共有三十次委任，十七次失宠或者被流放。昨天他还是受人尊敬的高官，今天却什么也不是，被人蔑视，并受到责罚。

  苏轼的命运在朝廷和皇帝的心情中摇摆不定。他行千里路，经历过荣耀与不幸，担任过太守，也曾经是阶下囚，从中国的最西北到中国的最南端，从寒冷气候带到海南岛的热带气候。

  1079 年，他甚至因为"欺君之罪"的罪名而坐牢 130 天。他走出御史台监狱的时候，已经四十三岁，这一年，他被流放到黄州，即湖北的一个小城市，在那里他开始了新生活。

  没有职务，也没有薪水，他成了农民，需要养家糊口。他找了一块坡地开垦，这块坡地被他称为"东坡"。这就是苏轼作为"苏东坡"

的来历。在千年来的时光中，百姓更喜欢称呼他"东坡居士"。

一、豪放

联合国曾经评出一百个影响世界的名人，苏东坡是其中唯一的中国人。

中国文化史上，李白是诗仙，杜甫是诗圣，只有苏东坡被称为文豪，他是古今第一文豪。

说到文豪，我们能想到谁呢？荷马，但丁，歌德，莎士比亚，雨果，托尔斯泰，巴尔扎克，博尔赫斯。在中国，我们最先想到的，应该就是苏东坡。

美国西华盛顿大学东亚文化研究中心教授唐凯琳说："接触了苏东坡的文章之后，我被他的那种自由自在、想象丰富的思想所吸引。"唐凯琳认为，诞生于中国的宋代文学家苏轼，如今是西方汉学家们探讨最多的中国重要人物之一，他留下的文化遗产已成为全世界人民共同的精神财富。

文豪，首先在于苏东坡的广博。诗词文书画，苏东坡无所不能，以词论，他与辛弃疾并称"苏辛"，以文论，他与欧阳修并称"苏欧"，以书法而论，他与黄庭坚并称"苏黄"。

苏东坡仁慈慷慨，光明磊落，浪漫开明，单纯真挚，快乐欢愉，无忧无惧。他去世后大约一百年间，无数的文人为他立传，只有自由驰骋、无拘无束的灵魂才能够享受到他那份纯真。

如果说有宋一朝是中国文明的一座高峰，那么毫无疑问，苏东坡是中国文明的高峰中的高峰。

1061年，二十四岁的苏东坡被任命为大理评事，签书凤翔府判官。他写出了《和子由渑池怀旧》：

> 人生到处知何似，应似飞鸿踏雪泥。
> 泥上偶然留指爪，鸿飞那复计东西。
> 老僧已死成新塔，坏壁无由见旧题。
> 往日崎岖还记否，路长人困蹇驴嘶。

文豪，其次在于苏东坡的文风。他具有非凡的天分，敢于破除一切语言和体制的障碍，这种一往无前的精神，又体现为其诗词文的豪放。

关于苏词的总体风格，在苏轼生前，论说甚多，见仁见智，有"清丽舒徐"（张炎《词源·杂论》）、"韶秀"（周济《介存斋论词杂著》）、"清雄"（王鹏运《半塘遗稿》）等多种说法。

绍兴辛未（1151），也就是苏轼辞世的半个世纪左右，"豪放"一词始流行。最有影响的当属豪放说，始见于曾慥跋《东坡词拾遗》："豪放风流，不可及也。"

明代张綖在《诗余图谱》中坚定地论述："苏子瞻之作，多是豪放。"清代郭麐有言："（词）至东坡，以横绝一世之才，凌厉一代之气，间作倚声，意若不屑，雄词高唱，别为一宗。"（《灵芬馆词话》卷一）蒋兆兰也说："自东坡以浩瀚之气行之，遂开豪放一派。"（《词说》）

苏词之豪放精神首先体现在追求一种奔放不羁、纵情放笔、适性作词的创作境界，恰如他在《晁错论》所述："古之立大事者，不惟有超世之才，亦必有坚忍不拔之志。"

在词的创作中，苏轼一任性情，或者说"气"的抒发，因此其词体现出的风格形式难免与传统观念——诗庄词媚——相左。苏词的豪放并不在于其内容有多少豪壮的成分，而在于它能超越固有观念，从而直抒胸臆，自诉怀抱，能"新天下耳目"（王灼《碧鸡漫志》卷二）。

明月几时有，把酒问青天。不知天上宫阙，今夕是何年。我欲乘风归去，又恐琼楼玉宇，高处不胜寒。起舞弄清影，何似在人间。

转朱阁，低绮户，照无眠。不应有恨，何事长向别时圆？人有悲欢离合，月有阴晴圆缺，此事古难全。但愿人长久，千里共婵娟。

——苏轼《水调歌头》

莫听穿林打叶声，何妨吟啸且徐行。竹杖芒鞋轻胜马，谁怕？一蓑烟雨任平生。

料峭春风吹酒醒，微冷，山头斜照却相迎。回首向来萧瑟处，归去，也无风雨也无晴。

——苏轼《定风波》

苏词豪放精神的另一个方面是吐纳百川、冲决一切、淋漓直泻的气势。这一点，《御选历代诗余》引陆游的注解最为形象："试取东坡诸乐府歌之，曲终，觉天风海雨逼人。"

苏词的豪放精神不同于后来的某些豪放派词人，像陈亮、刘过等人，他们作品中的豪放气息过于粗豪浅易，且缺乏内敛少余韵，而我们读苏词除感受到"天风海雨"般气势外，还能深刻地体会到苏轼至真至浓、至深至广的人情味道，或曰"情味"——苏词的豪放精神如果没有这种情味，那其艺术感染效果必然大打折扣。

他写给妻子的词《江城子》："十年生死两茫茫，不思量，自难忘。千里孤坟，无处话凄凉。纵使相逢应不识，尘满面，鬓如霜。"一片深情缱绻。

他写送别词《临江仙·送钱穆父》。这首词是在宋哲宗元祐六年（1091）春苏轼知杭州（今属浙江）时为送别自越州（今浙江绍兴北）徙知瀛州（今河北河间）途经杭州的老友钱勰（穆父）而作。当时苏轼也将要离开杭州。

一别都门三改火，天涯踏尽红尘，依然一笑作春温。无波真古井，有节是秋筠。

惆怅孤帆连夜发，送行淡月微云，樽前不用翠眉颦。人生如逆旅，我亦是行人。

这首词一改以往送别诗词缠绵感伤、哀怨愁苦或慷慨悲凉的格调。苏轼评吴道子的画说："出新意于法度之中，寄妙理于豪放之外。"这首道别词里，苏东坡宛如立在纸面之上，议论风生，直抒性情，写得既有情韵，又富理趣。这种旷达洒脱的个性风貌，恰恰是苏东坡的豪放之处。

苏轼之情又是一种超越平常人的天才之情，旷达之情、豪放之情，因此在表达这种高情时，苏轼作词便如李白作诗，天才横放，纵笔挥洒，自然流露而又无具体规范可循。这样一来，东坡词就成为抒发其人生豪情的"陶写之具"，我自为之，横放杰出，"自是曲子中缚不住者"（《苕溪渔隐丛话后集》卷三十三引晁补之语）。

苏词的豪放，可谓从心所欲不逾矩，在艺术规律的容许之下，让创造力充分自由地活动，既如行云流水般自在活泼，同时又很严谨地"行于所当行，止于所不可不止"。钱锺书说，李白之后，古代大约没有人赶得上苏轼这种"豪放"。

苏东坡曾经用四个字来概括自己，或者说要求自己："死、生、穷、达，不易其操。"今天，我们敬慕他的豪放，首先要理解他的豪放。这种豪放，不是一种完全无底线的无拘无束，而是一种有操守、有坚持、有定力、能力、魄力的放达。

二、博喻

苏子诗词的一大特色，莫过于比喻的丰富、新鲜和贴切：用一连串五花八门的形象来表达一件事物的一个方面或一种状态。汪师韩《苏诗选评笺释》："用譬喻入文，是轼所长。"

《百步洪》就是公认的反映他这一特色的杰作：

> 长洪斗落生跳波，轻舟南下如投梭。
> 水师绝叫凫雁起，乱石一线争磋磨。
> 有如兔走鹰隼落，骏马下注千丈坡。
> 断弦离柱箭脱手，飞电过隙珠翻荷。
> 四山眩转风掠耳，但见流沫生千涡。
> 崄中得乐虽一快，何意水伯夸秋河。
> 我生乘化日夜逝，坐觉一念逾新罗。
> 纷纷争夺醉梦里，岂信荆棘埋铜驼。
> 觉来俯仰失千劫，回视此水殊委蛇。

> 君看岸边苍石上，古来篙眼如蜂窠。
>
> 但应此心无所住，造物虽驶如吾何！
>
> 回船上马各归去，多言诶诶师所呵。

这首古风作于元丰元年（1078），苏轼当时官知徐州军事，其中赋百步洪的部分是历来最为人所称赞的。诗在起首用了"轻舟南下如投梭"这个比喻后，在接下来的四句中，接连用了七个比喻，把长洪斗落奔流直下的声势、速度不断地以新的面目提供给读者，使人目不暇接。博喻其实是散文修辞概念，因为文章中不避"若""像"一类字，而诗中往往忌讳用词与句式的雷同。在宋朝，苏轼在很大程度上打破了诗与文的界限，以散文笔法作诗，使人耳目一新。

苏轼善于设譬，不仅从这首诗得以体现，他的很多诗都以比喻精切而令人刮目。如《石鼓歌》中，他这样写石鼓："模糊半已隐瘢胝，诘曲犹能辨跟肘。娟娟缺月隐云雾，濯濯嘉禾秀稂莠。"以四个比喻，写石鼓文形状奇特的字体。

又如《读孟郊诗》中这几句："孤芳擢荒秽，苦语余诗骚。水清石凿凿，湍激不受篙。初如食小鱼，所得不偿劳。又似煮彭螖，竟日持空螯。"集中表现了孟郊诗"寒"的特征。这些比喻，都从各个方面描写，没有重叠繁琐的弊病。

苏轼的诗词文在西方影响深远。二十世纪三十年代，英国人李高洁出版了《苏东坡文轩》，翻译苏轼的十六篇名作及前后《赤壁赋》《喜雨亭记》，也包括苏轼生平、作品和文化背景的简介。

曾经任职英国驻福州领事馆的韦纳先生为此书作序。他在序言中说："本书的读者，一定会体验到当年济慈初读贾浦曼译荷马的那种惊喜的感觉。"

三、瞬息

苏轼散文中，特别善于把握生活、生命中一个瞬间的感受、领悟，用极轻快的笔调写出，为人世间留下种种欣悦的飘忽一瞬。

那是元丰五年（1082）七月十六仲夏之夜，苏轼和同乡道人杨世昌，舟行江面之上，见明月出东山，白雾笼大江。苏轼发思古之幽情，写下《前赤壁赋》。三个月之后，又写下《后赤壁赋》。现录前赋如下。

壬戌之秋，七月既望，苏子与客泛舟游于赤壁之下。清风徐来，水波不兴。举酒属客，诵明月之诗，歌窈窕之章。少焉，月出于东山之上，徘徊于斗牛之间。白露横江，水光接天。纵一苇之所如，凌万顷之茫然。浩浩乎如冯虚御风，而不知其所止；飘飘乎如遗世独立，羽化而登仙。

于是饮酒乐甚，扣舷而歌之。歌曰："桂棹兮兰桨，击空明兮溯流光。渺渺兮予怀，望美人兮天一方。"客有吹洞箫者，倚歌而和之。其声呜呜然，如怨如慕，如泣如诉；余音袅袅，不绝如缕。舞幽壑之潜蛟，泣孤舟之嫠妇。

苏子愀然，正襟危坐，而问客曰："何为其然也？"客曰："'月明星稀，乌鹊南飞。'此非曹孟德之诗乎？西望夏口，东望武昌，山川相缪，郁乎苍苍，此非孟德之困于周郎者乎？方其破荆州，下江陵，顺流而东也，舳舻千里，旌旗蔽空，酾酒临江，横槊赋诗，固一世之雄也，而今安在哉？况吾与子渔樵于江渚之上，侣鱼虾而友麋鹿，驾一叶之扁舟，举匏樽以相属。寄蜉蝣于天地，渺沧海之一粟。哀吾生之须臾，羡长江之无穷。挟飞仙以遨游，抱明月而长终。知不可乎骤得，托遗响于悲风。"

苏子曰："客亦知夫水与月乎？逝者如斯，而未尝往也；盈虚者如彼，而卒莫消长也。盖将自其变者而观之，则天地曾不能以一瞬；自其不变者而观之，则物与我皆无尽也，而又何羡乎！且夫天地之间，物各有主，苟非吾之所有，虽一毫而莫取。惟江上之清风，与山间之明月，耳得之而为声，目遇之而成色，取之无禁，用之不竭。是造物者之无尽藏也，而吾与子之所共适。"

客喜而笑，洗盏更酌。肴核既尽，杯盘狼藉。相与枕藉乎舟中，不知东方之既白。

宋朝唐庚《唐子西文录》："东坡《赤壁》二赋，一洗万古，欲仿佛其一语，毕世不可得也。"罗大经《鹤林玉露》："东坡步骤太史公者也。"谢枋得《文章轨范》："非超然之才、绝伦之识不能为也。"

元朝方回《追和东坡先生亲笔陈季常见过三首》："前后赤壁赋，悲歌惨江风。江山元不改，在公神游中。"明代的茅坤甚至感慨："予尝谓东坡文章仙也，读此二赋，令人有遗世之想。"

对瞬息的准确把握，对深思的精致描述，让前后赤壁赋成为千古绝唱，这两阕词，奠定了苏轼作为文豪的江湖地位。

转过年来，苏轼还写有一篇短短的月下游记《记承天寺夜游》，同样是瞬息间快乐动人的描述，所记只是刹那间一点儿飘忽之感而已，因其即兴偶感之美，成为散文名作。

苏轼主张在写作上，内容决定外在形式，也就是说一个人作品的风格只是他精神的自然流露。若打算写出宁静欣悦，必须先有此宁静欣悦的心境。唯此，一瞬方能成就永恒。

"风月不死，先生不亡也。"

清代吴楚材、吴调侯《古文观止》所言，正是我们今天对苏轼的致敬。

谈到苏轼，不能不谈谈他所在的宋朝。有宋一朝是九世纪中叶在中原和南方建立的一个以汉族为主体的封建王朝。从建隆元年（960）周殿前都检点赵匡胤陈桥兵变，废周称帝，到靖康二年（1127）金兵俘虏徽宗、钦宗二帝北去，其间共168年，历九帝，因定都于东京开封，史称北宋。从当年五月，康王赵构即帝位于南京，改元建炎，重建宋王朝，到祥兴二年（1279）元朝水军进陷南海崖山（今广东新会南海），陆秀夫抱幼帝赵昺投海而死，其间152年，亦历九帝，因迁都临安，史称南宋。

我们知道，宋朝立国三百余年，虽然遭遇两度倾覆，但是皆缘于外患，是中华民族历史上唯独没有亡于内乱的王朝，西方与日本史学界中认为宋朝是中国历史上的文艺复兴与经济革命的学者不在少数。陈寅恪言："华夏民族之文化，历数千载之演进，造极于赵宋之世。"

两宋共320年，在中国文明史上书写了光彩夺目的篇章。正是在这样文化的高峰中，造就了苏东坡作为"高峰上的高峰"的前提。

日本文人对东坡十分崇敬，甚至在东坡游览赤壁的时间，举行拟赤壁游会。享和二年壬戌（1802）前后，出现过以宽政三博士和柴野栗山（1736—1807）为中心的赤壁游会。柴野栗山是"东坡癖"。"柴野栗山常钦慕苏公，每岁十月之望，置酒会客，以拟赤壁游。"江户时代的人不只是欣赏绘画中的赤壁游，而且把日本某地方当作"东坡赤壁"，造出东坡赤壁的气氛，在那里泛舟，亲身体验赤壁游。

文久二年（1862）的壬戌七月既望，天下开始大乱，即使在这样的社会环境中，也有热心赤壁游、欣赏赤壁游的风流人物，在游船上开茶会，乘船体验《赤壁赋》的境界。其欣赏方式是唱和诗文。唱和的方法有几种，如用《赤壁赋》的一句大家分韵作诗，全部用《赤壁赋》中字作"集字诗"，甚至把《赤壁赋》中的句子放在句首。他们在自己的诗文中常说："我们虽然没有在赤壁夜半泛舟赏月的机会，但是良友聚会，一起喝酒，欣赏美丽风景，在日本也完全可以欣赏东坡赤壁游之境界。"

在明治、大正时代（1912—1926），长尾雨山（1864—1942）和富冈铁斋（1836—1924）是"东坡迷"文人的代表。长尾雨山的赤壁会就是最盛大的"摹拟东坡赤壁游"的。他收集了大量的有关赤壁的画和其他有关东坡的东西，都摆在赤壁会的每个会场里，"怀念永垂不朽的伟大高尚人物东坡先生"。

在东坡生日（十二月十九日）那天，举行"寿苏会"，这是长尾雨山、富冈铁斋独创的。他们收集有关东坡的书、画、文具、古董等东西，摆在寿苏会的会场里。他们于1916年、1917年、1918年、1920年、1937年分别开过五次寿苏会，他们还把在寿苏会上所作的诗文编成寿苏集。

1922年9月7日，东坡《赤壁赋》作后的第十四个"壬戌既望"，这群敬慕苏轼的日本文人甚至模仿苏轼，广纳好友，举办"赤壁会"，隔着日本海，穿越时间和空间，向苏轼致敬。

四、信笔

宋代的四大书法家，"苏黄米蔡"，排名第一的就是苏轼。苏轼的书法，后人赞誉颇高。最有发言权的莫过于黄庭坚，他在《山谷集》里说："本朝善书者，自当推（苏）为第一。"

苏轼则自称:"吾书虽不甚佳,然自出新意,不践古人,是一快也。"

他曾经遍学晋、唐、五代的各位名家之长,再将王僧虔、徐浩、李邕、颜真卿、杨凝式等名家的创作风格融会贯通后自成一家。

苏书给人第一直观感就是丰腴,以胖为美。赵孟頫评苏轼的书法是"黑熊当道,森然可怖"。黄庭坚也认为苏轼书法用墨过丰。正因如此,在苏轼的书法中,极少看到枯笔、飞白,而是字字丰润。如《次辩才韵诗帖》。

但这只是表象,苏轼的作品表面看起来是很随意、很柔软,可是他的刚硬都在里面。

这柔中带刚,来自苏轼一生坎坷——致使他的书法风格跌宕。所以黄庭坚称他:"早年用笔精到,不及老大渐近自然。"

例如《黄州寒食诗帖》,写于宋元丰五年(1082),当时苏轼因"乌台诗案"被贬至黄州,生活上的穷困潦倒和政治上的失意,让他感到落寞无比,于是在黄州第三年的寒食节,写下了两首五言诗:

一曰:

自我来黄州,已过三寒食,
年年欲惜春,春去不容惜。
今年又苦雨,两月秋萧瑟。
卧闻海棠花,泥污燕支雪。
暗中偷负去,夜半真有力。
何殊少年子,病起须已白。

二曰:

春江欲入户，雨势来不已。
小屋如渔舟，蒙蒙水云里。
空庖煮寒菜，破灶烧湿苇。
那知是寒食，但见乌衔纸。
君门深九重，坟墓在万里。
也拟哭涂穷，死灰吹不起。

书写此卷的时间大约在"已过三寒食"的翌年。其诗苍劲沉郁，饱含着生活凄苦，心境悲凉的感伤，富有强烈的感染力。其书也正是在这种心情和境况下有感而出的，故通篇起伏跌宕，迅疾而稳健，痛快淋漓，一气呵成。苏轼将诗句心境情感的变化，寓于点画线条的变化中，或正锋，或侧锋，转换多变，顺手断联，浑然天成。其结字亦奇，或大或小，或疏或密，有轻有重，有宽有窄，参差错落，恣肆奇崛，变化万千。笔酣墨饱，神充气足，恣肆跌宕，飞扬飘洒，巧妙地将诗情、画意、书境三者融为一体，体现了苏轼"我书意造本无法，点画信手烦推求"的创作状态。难怪黄庭坚叹曰："试使东坡复为之，未必及此。"

苏轼"无意为书家"的书法作品，其信笔处往往是情在胸中，意在笔下，心手相畅的结果。其酣畅淋漓表现出来的"烂漫"，清代书法家包世臣认为，"在东坡，病处亦觉其妍，但恐学者未得其妍，先受其病"。正所谓东坡信笔处，在在藏乾坤。

五、戏墨

2018年11月26日晚，苏轼水墨画《木石图》在香港佳士得专场拍卖中，以4.636亿港币拍出，约合人民币4.112亿元。

该画作画面内容很简单，是一株枯木状如鹿角，一具怪石形如蜗牛，怪石后伸出星点矮竹。用笔看似疏野草草，不求形似，其实行笔的轻重缓急，盘根错节，都流露出苏轼画作很深的写意功底。

苏轼自幼年即仰慕吴道子，他在黄州那些年，一直致力于绘画。苏画是典型的文人画，重写意，主张将艺术家主观印象表达出来，所谓"论画以形似，见与儿童邻"。在评论一个写意派画家宋子房时，苏轼说："观士人画如阅天下马，取其意气所到。乃若画工往往只取鞭策皮毛、槽枥刍秣，无一点俊发，看数尺许便倦。"

关于绘画要突出其中意理，苏轼在很多文章中都有论述。

《净因院画记》："余尝论画，以为人禽宫室器用皆有常形，至于山石竹木水波烟云，虽无常形，而有常理。常形之失，人皆知之。常理之不当，虽晓画者有不知。"

《宝绘堂记》："君子可以寓意于物，而不可以留意于物。寓意于物，虽微物足以为乐，虽尤物不足以为病。留意于物，虽微物足以为病，虽尤物不足以为乐。"

《文与可画筼筜谷偃竹记》："竹之始生，一寸之萌耳，而节叶具焉。自蜩蝮蛇蚹以至于剑拔十寻者，生而有之也。今画者乃节节而为之，叶叶而累之，岂复有竹乎！故画竹必先得成竹于胸中，执笔熟视，乃见其所欲画者，急起从之，振笔直遂，以追其所见，如兔起鹘落，少纵则逝矣。"

《传神记》："吾尝见僧惟真画曾鲁公，初不甚似。一日，往见公，归而喜甚，曰：'吾得之矣。'乃于眉后加三纹，隐约可见，作俯首仰视眉扬而额蹙者，遂大似。"

法国作家克劳德·罗伊于1994年写了一本关于苏东坡的书，里面介绍了1092年苏东坡和他的一个学生米芾（永州太守）比赛的故事。克劳德·罗伊这样写道："人们准备了两张桌子、三百张最好的纸、美酒和小吃。两名仆人负责磨墨。他们只需要安心比赛。苏东坡和米芾选择了永远不会厌倦的主题：竹子。苏东坡喝了一点酒。等到天色变暗。夜晚来临的时候，三百张纸全部画完。"

宁可食无肉，不可居无竹。这是苏轼的诗，也是他的信念和追求。

在宋代，欧阳修、王安石都确立了文人画论的主调，但在苏东坡手上，文人画的理论才臻于完善。他放弃形似，强调精神的表达，认为："论画以形似，见与儿童邻"。在艺术风格上，"萧散简远""简古淡泊"，被苏东坡视为一生追求的美学理想。千年之后，我们依然可以从古文运动的质朴深邃、宋代山水的宁静幽远，以及宋瓷的洁净高华中，体会那个朝代的丰赡与光泽。

这是一场观念革命，影响了此后中国艺术千年。

徐复观说："以苏东坡在文人中的崇高地位，又兼能知画作画，他把王维推崇到吴道子的上面去，岂有不发生重大影响之理？"

文人画固然一脉相承，但在每一个世纪里都有不同的表现。在十一至十二世纪，李公麟以春蚕吐丝般的细线所表达出的古意；米芾以平淡含蓄的烟云世界与世俗对抗；米芾的公子米友仁是一个可以画空气的画家，在他的笔下，空气有了密度和质感，与宋纸的纹路摩擦浸润，产生了一种迷幻的效果。而在之前若干个世纪的绘画中，空气是完全透明的，或者说是不存在的，画家的视线，更多地被事物本身的形状所控制。

尽管"文人画"始终没有一个明确可行的定义，苏东坡的论述也是零散、随意的，但它作为一种观念，已经深深地沁入千年的画卷中，提醒画家不断追问艺术的最终本质。后世的艺术评论家把它概括为"永远的前卫精神","认为这个前卫传统之存在,无可怀疑的是中国绘画之历史发展中一个十分重要的动力根源"。

驸马都尉王诜请善画人物的李公麟,创作一幅传世之作《西园雅集图》,讲述当时文人的雅集。这幅画的画面上,有主人王诜,有客人苏轼、苏辙、黄鲁直、秦观、李公麟、米芾、蔡襄、李之仪、郑靖老、张耒、王钦臣、刘泾、晁补之,以及圆通和尚、陈碧虚道士。主友十六人,加上侍姬、书僮,共二十二人。

松桧梧竹,小桥流水,极园林之胜。宾主风雅,或写诗,或作画,或题石,或拨阮,或看书,或说经,极宴游之乐。李公麟以他创造的白描手法,用写实的方式,描绘当时十六位社会名流,在驸马都尉王诜府邸做客聚会的情景。画中,这些文人雅士风云际会,挥毫用墨,吟诗赋词,抚琴唱和,打坐问禅,衣着得体,动静自然,书僮侍女,举止斯文,落落大方。不仅表现出不同阶层人物的共同特点,还画出了尊卑贵贱不同人物的个性和情态。

米芾为此图作记,即《西园雅集图记》:"水石潺湲,风竹相吞,炉烟方袅,草木自馨。人间清旷之乐,不过于此。嗟呼!汹涌于名利之域而不知退者,岂易得此耶。"

有评论家曾将苏东坡的艺术称赞为具有印象派色彩的艺术观念。这样算来,苏东坡在绘画上的创新特质和革命精神,比西方领先了整整八个世纪。直到十九世纪中后期,西方艺术才开始逐渐在塞尚、梵·高、高更、马蒂斯、毕加索那里,脱离科学的视觉领域,转向内心的真实性。他们不再对科学的透视法亦步亦趋,而是重视自己内心的感觉,从而为西方开启了主观艺术的大门,印象派、野兽派、立体派、未来派等艺术派别应运而生。

苏东坡所领导的这场艺术革命,与宋代文化的内向型发展有关。

唐的气质是向外的、张扬的，而宋的气质则是向内的、收敛的——与此相对应，宋代的版图也是收缩的、内敛的，不再有唐代的辐射性、包容性。

唐朝的版图可以称作"天下"，但宋朝的版图只能说是"中原"，北宋亡后，连中原也丢了，变成江南小朝廷，成为与辽、西夏、金并立的列国之一。

2018年是长安建都1400年。1400年前也就是公元618年的大唐王朝，那一天是那一年的端午节，唐高祖李渊将唐都建立于隋代大兴城基础上兴建而成的长安。

千余年后，二十世纪七十年代的某一天，日本作家池田大作见到英国历史学家汤因比，两位风云人物抵膝畅谈。池田大作问道："假如给你一次机会，你愿意生活在中国这五千年漫长历史中的哪个朝代？"汤因比毫不犹豫地回答："要是出现这种可能性的话，我会选择唐代。"池田大作哈哈大笑："那么，你首选的居住之地，必定是长安了！"

这时的长安，是世界的中心，是中国精神的文化符号。开放的胸怀、开明的风尚、包容的气度，纵使今天的美国纽约、日本东京、英国伦敦、法国巴黎，都无法与之比肩。

没有有唐一代的恢宏，就没有有宋一代的深沉。如果说唐朝推动中国向广度延展，宋朝则推动中国向深度夯实。

六、佛老

宋代的佛教思想很盛行，苏轼的母亲程氏就信佛，苏轼本人对佛家思想也有一定程度的接受。当时的士人、诗人多有僧人朋友，所谓

"宰官多结空门友"（杨亿语），苏轼的朋友中比如佛印、惠崇、参寥子等都是出家人，他们在苏轼的人格构建上也起了一定影响。

在黄州半监禁的时候，苏轼开始深入地钻研佛学，作为排遣苦闷的精神武器，以后的作品也就比较多地染上了佛家思想的色彩。

苏轼在《黄州安国寺记》中自白：到黄州后"归诚佛僧"，"间一二日辄往（安国寺）焚香默坐，深自省察，则物我相忘，身心皆空，求罪垢所从生而不可得。……旦往而暮还者，五年于此矣"。当然他这并不是真的"痛改前非""归诚佛僧"，事实上，苏轼一生都没有陷入宗教迷狂，一直以理性的态度对待宗教。他焚香安国寺，主要是将"佛为我用"，是为了达到"期于静""物我相忘""解烦释懑"和修炼自身道德品性的目的。

道，有两重含义，一为道家思想，一为道教，二者既有联系又互相区别，是一个复杂的问题，简单说，道教是宗教，追求长生、成仙；道家是哲学思想。苏轼八岁入小学时即以道士张易简为师；自幼喜读《老子》《庄子》，曾云："吾昔有见于中，口未能言，今见《庄子》，得吾心矣。"（苏辙《亡兄子瞻端明墓志铭》）有人统计过，苏轼的文集中引用《庄子》的地方达到千余处。苏轼从道家这种讲全生避害的哲学中汲取了养料，但并不消极逃避，同佛家思想一样，只是为我所用，而不拘牵。

在贬谪黄州期间，佛老思想成为苏轼在政治逆境中的主要处世哲学。佛老思想是中国的士大夫们应对贬谪的哲学武器，大凡士大夫遭贬，都用以排遣。佛老思想以清净无为、超然物外为旨归，但在苏轼身上起了复杂的作用：一方面，他把生死、是非、毁誉、得失看作毫无差别的东西；另一方面又帮助他观察问题更通达了，在一种旷达的态度背后，坚持对人生、对美好事物的执着与追求。

宋徽宗即位后,苏轼相继被调为廉州安置、舒州团练副使、永州安置。元符三年(1100)四月,朝廷颁行大赦,苏轼复任朝奉郎。

北归途中,苏轼于建中靖国元年七月二十八日(1101年8月24日)在常州(今属江苏)逝世。这一年,他六十四岁。苏轼留下遗嘱葬汝州郏城(今河南郏县)钧台乡上瑞里。次年,其子苏过遵嘱将父亲灵柩运至郏城县安葬。

据说,最后陪伴苏轼的,除了他的家人之外,还有一位他的好朋友维琳方丈。大和尚建议他在不多的日子里,多念念佛经。苏东坡笑了,这些年,他见过了太多的大德高僧,但是,他们最后都不免一死的结局。鸠摩罗什也不免一死,对吗?四世纪,鸠摩罗什从印度来到中国,将三百本佛经译为中文,然而,他也不免于死。

——想想来世吧("端明宜勿忘西方")!维琳方丈建议苏东坡说。

——西天也许存在,不过到了那里又能怎么样呢?苏东坡说。

——这个时候,你不妨试试看。维琳方丈建议。

——试,就不对了。

这是苏轼留给维琳方丈的最后一句话,也是他留给世界的最后一句话。在他看来,西方的极乐世界跟自己的现状不是脱节的。两周前,他写信给维琳方丈说:"岭南万里不能死,而归宿田野,遂有不起之忧,岂非命也夫。然生死亦细故尔,无足道者。"

"回首向来萧瑟处,归去,也无风雨也无晴。"

现在,我们重读苏东坡的这句词,是否心中有别样的感伤、忧思?

苏东坡的这首词写于1082年,也就是宋神宗元丰五年的春季。三年前,苏轼因"乌台诗案"被贬为黄州(今湖北黄冈)团练副使。三月七日,苏轼与友人出游,在沙湖道上,风雨忽至。拿着雨具的仆人先前离开了,同行的友人都进退困难深感狼狈,只有苏轼毫不在乎,泰然处之,吟咏自若,缓步而行。过了一会儿天晴了,于是写下一首词《定风波·莫听穿林打叶声》。

1101年三月,苏轼由虔州出发,经南昌、当涂、金陵,五月抵达真州(今江苏仪征),六月经润州拟到常州居住。此时,他仿佛预感到自己的生命已经走到尾声,在真州游金山龙游寺时作《自题金山画像》。

> 心似已灰之木,身如不系之舟。
> 问汝平生功业,黄州惠州儋州。

这样一份萧瑟之中的云淡风轻、风雨之中的光明朗照,不为世事所累的大从容、大自由,只有那些纵使整个世界放逐却永远不自我放逐的人,才能够领悟。

七、手足

苏轼和苏辙关系很好,两兄弟不论在什么地方、什么环境,都挂念着对方。兄弟二人在人生的旅途中,诗文酬唱寄赠很频繁。据不完全统计,如果不包括文章书信的话,两人仅诗词唱和就近两百首。

苏轼中秋怀人之作,大多是为苏辙所作,其中《水调歌头·明月几时有》是千古绝唱。"但愿人长久,千里共婵娟",将手足之怜念,离别之伤感,人生宇宙之哲理写成极品。更有人说:"中秋词,自东坡《水调歌头》一出,余词尽废。"兄唱弟随,在苏轼写了《明月几时有》的第二年,兄弟二人在徐州相聚,苏辙也写了一首《水调歌头·徐州中秋》回赠其兄,写欢聚的喜悦和即将离别的伤感。

离别一何久，七度过中秋。去年东武今夕，明月不胜愁。岂意彭城山下，同泛清河古汴，船上载凉州。鼓吹助清赏，鸿雁起汀洲。

坐中客，翠羽帔，紫绮裘。素娥无赖，西去曾不为人留。今夜清尊对客，明夜孤帆水驿，依旧照离忧。但恐同王粲，相对永登楼。

兄弟二人志趣相投，都以文章名天下。苏辙说："少年喜为文，兄弟俱有名。世人不妄言，知我不如兄。"（《题东坡遗墨卷后一首》）苏轼则说："子由之文实胜仆，而世俗不知，乃以为不如。其为人深不愿人知之，其文如其为人，故汪洋淡泊，有一唱三叹之声，而其秀杰之气，终不可没。"（《答张文潜书》）

在仕途上，兄弟二人大道相同，进退一致。苏轼恃才傲物，不合时宜。苏辙恭谨内敛，深沉稳重。苏轼一生数迁，一次牢狱之灾，数次贬官远地。苏辙多次为兄补台，一生基本平稳，曾官至副宰相。

1079年，因"乌台诗案"，苏东坡罹祸下狱，被关入御史台的监狱，走出已是漫天飞雪，在这里他被关押了130天。这期间，苏辙倾其所有，上下打点。苏辙呈上去的《为兄轼下狱上书》这份奏折，不断地为兄长做无罪辩护。这篇文章，字字惨淡经营，堪比李密的《陈情表》。苏辙说："东坡何罪？独以名太高。"也因为这一文章，苏东坡幸运地保住了性命，最终被发配黄州，这是心高气盛的苏东坡在人生中第一次遭遇如此大的落差，在黄州，没有人理解他，他给朋友写信，但是都如同石沉大海。苏辙与兄同遭惩治，被贬官外放。之后，苏辙升官至尚书右丞，而苏轼又遭人排挤，心灰意冷，祈求外任。苏辙因此也连上四札，同乞外任，以追陪兄长左右。

1097年，苏轼被贬谪到海南儋州，苏辙被贬谪到广东雷州。五月十一日，两人相约于广西藤州见面，这一年，苏轼六十岁，苏辙五十八岁。相处一个月后，六月十一日，兄弟二人分手，从此作别，直至苏轼五年后病殁常州，再无缘相见。苏轼去世前，因为见不到苏辙而大憾大恸，苏辙接到噩耗则"号乎不闻，泣血至地"。苏轼去世后，苏辙安葬兄嫂，照顾两家家小，史称"二苏两房大小近百余口聚居"。

苏轼去世后，苏辙满怀深情地怀念兄长："我初从公，赖以有知。抚我则兄，诲我则师。"（《亡兄子瞻端明墓志铭》）《宋史·苏辙传》中也说："辙与兄进退出处，无不相同，患难之中，友爱弥笃，无少怨尤，近古罕见。"兄弟二人就是这样互相推重，互引为知己。

在御史台的监狱里，苏轼给苏辙写了一首诗，在这里真实地表达了他对苏辙的手足之情：

> 是处青山可埋骨，他年夜雨独伤神。
> 与君世世为兄弟，更结来生未了因。

如此深情，令人感伤不已。

八、涅槃

苏东坡是一个生活家，他爱玩、爱吃、爱旅游、爱交友，无所不爱，纵使在最艰难、潦倒之时。

他一次次遭遇劫难，却一次次在劫难中涅槃重生，最根本的原因是他热爱生活，他的身边有一群与他同样热爱生活但又同生共死的朋友和家人。

他的家庭生活很幸福,他在《次韵和王巩》六首其一中说:"子还可责同元亮,妻却差贤胜敬通。"他自己加的注脚里说:"仆文章虽不逮冯衍,而慷慨大节乃不愧此翁。衍逢世祖英睿好士而独不遇,流离摈逐,与仆相似,而衍妻悍妒甚。仆少此一事,故有胜敬通之句。"

苏轼最有名的一首悼亡词——《江城子·十年生死两茫茫》,是在第一任妻子去世十年后的一个夜晚梦到她,想到两人的隔绝,内心十分悲伤,写出了"相顾无言,惟有泪千行"的宋词名句,写出了苏轼的深情。

1093年8月,苏轼第二任妻子病逝,苏轼悲恸万分写下《祭亡妻同安郡君文》,表达了对妻子的万千情感,言"泪尽目干""惟有同穴"。苏轼死后,苏辙满足了他的这一心愿,将他与第二任妻子同穴安葬。

正室贤德,小妾贴心。朝云说苏轼"一肚皮不合时宜",足见二人心意相通。苏东坡在杭州三年,之后又官迁密州、徐州、湖州,颠沛不已,又因"乌台诗案"被贬为黄州团练副使。这期间,朝云始终紧紧相随,布衣荆钗,无怨无悔。

在苏轼六十一岁的时候,朝云去世了。苏轼很是感到悲伤,同样写了一首悼亡词:

马趁香微路远,沙笼月淡烟斜。渡波清彻映妍华。倒绿枝寒凤挂。

挂凤寒枝绿倒,华妍映彻清波。渡斜烟淡月笼沙。远路微香趁马。

这首宋词的题目是《西江月·咏梅》，是一首回文词，上下片用字完全一样，只不过就是改变了汉字的顺序。

苏轼自己善于做菜，也乐意自己做菜吃。林语堂说，他太太一定颇为高兴。根据记载，苏轼认为在黄州猪肉极贱，可惜"富者不肯吃，贫者不解煮"，他颇引为憾事。他告诉人一个炖猪肉的方法，极为简单。就是用很少的水煮开之后，用文火炖上数小时，当然要放酱油。这就是东坡肉。

苏轼做鱼的方法，是今日中国人所熟知的。先选一条鲤鱼，用冷水洗，擦上点儿盐，里面塞上白菜心。然后放在煎锅里，放几根小葱白，不用翻动，一直煎，半熟时，放几片生姜，再浇上一点儿咸萝卜汁和一点儿酒。快要好时，放上几片橘子皮，趁热端到桌上吃。

苏轼还发明了一种青菜汤，就叫作东坡羹。方法就是用两层锅，米饭在菜汤上蒸，同时饭菜全熟。下面的汤里有白菜、萝卜、油菜根、芥菜，下锅之前要仔细洗好，放点儿姜。在中国古时，汤里照例要放进些生米。在青菜已经煮得没有生味道之后，蒸的米饭就放入另一个漏锅里，但要留心莫使汤碰到米饭，这样蒸汽才能进得均匀。

你看，苏轼就是这样一种神奇的存在。经历他之手，普通的肉变成东坡肉，普通的汤变成东坡羹，普通的烧饼变成东坡饼，苏东坡"自笑平生为口忙"，光是以他的名字冠名的菜肴就可以摆满一桌宴席。甚至，原本普通的帽子变成了子瞻帽（"乌台诗案"后，苏轼用乌纱缝在帽子上，以与他人区别），原本普通的竹笠变成了东坡笠，原本普通的西湖变成了西子湖。

点石成金，化腐朽为神奇，这是苏轼的过人之处，同时，也更显示了人们对他的喜爱。苏轼是一个感伤的人，又是一个能够化解悲伤的人，正是他这种性格，使得他始终超越苦难、保持着快乐。

他年轻的时候，喜欢喝姜茶，吃瓜子，炒蚕豆。中年的时候，他写过一篇《老饕赋》，大意是说：世上最顶级的一顿饭，要最好的刀具、餐具、水源、柴火，最新鲜的肉、螃蟹、樱桃蜜、杏仁糕、半熟蛤蜊，最美的美女弹琴悟道，最精酿的葡萄美酒和雪花茶。这样一篇通篇讲吃的文章，我们不妨称之为《美食家赋》，然而，在文章末尾，苏轼写道："先生一笑而起，渺海阔而天高。"那么，你现在还认为苏东坡所写，仅仅是简单的美食吗？

苏轼请客，会自告奋勇去取他自己酿制的酒。有一次，客人饭都吃完了，他还没上来，大家都去找他，最后发现他直接醉倒在了酒窖里。

苏东坡晚年，被仇人章惇放逐到海南儋州。原因是章惇听说苏东坡在惠州待得还很惬意，气急败坏地说，那就让他去儋州吧，据说苏子瞻的"瞻"和儋州的"儋"更搭配。

在宋朝，放逐海南是仅比满门抄斩罪轻一等的处罚。他把儋州当成了自己的第二故乡，"我本儋耳氏，寄生西蜀州"。六十二岁的苏轼意识到这可能是一场生离死别，于是把身后之事，向长子苏迈做了托付，只带着小儿子苏过一人，前往儋州。朝廷对贬谪后的苏轼还有如下三条禁令：一不得食官粮，二不得住官舍，三不得签书公事。儋州市市长（军使张中）看他可怜，悄悄违抗宰相的命令，给了他一间漏水的官舍。但还是被人告发，赶了出来。没有房子，就自己盖。于是他白手起家，在山上修了一栋草屋，取名叫"槟榔庵"。

儋州古称儋耳。在北宋时期，是极为荒蛮凶险之地，古称"南荒"，"非人所居"。两父子经常热得面面相觑，像两个苦行僧。苏轼呼气吐气呼气吐气，没有吃的，他就在山里采摘苍耳和青菜熬汤。然后，他张开嘴巴朝着阳光的方向，说能解饿。

吃的问题解决了，还有一件大事，苏东坡无事可做，无书可读，便与儿子苏过抄书。在《答程全父推官六首》中他说道："儿子比抄得《唐书》一部，又借得《前汉》欲抄。若了此二书，便是穷儿暴富也。呵呵。"

多么超前的苏轼，我们今天在微信里常用"呵呵"这样一个词，表示开心，也表示无奈，"呵呵"，其实，这个词的发明权在苏东坡，他在儋州给朋友们写信，据说用了四十多个"呵呵"。

如此"呵呵"，其实是人生的达观和幽默。苏轼能够到处快乐满足，就是因为他持一种达观和幽默的态度。

"乌台诗案"中，妻子和儿女送苏轼出门，都大哭。苏轼回头对妻子说："你难道不能像杨朴的妻子一样，也作一首诗送给我？"

原来杨朴是位草根诗人。宋真宗泰山封禅以后，遍寻天下隐士，得知杞地人杨朴能作诗。皇上把他召来问话的时候，他自己说不会作诗。皇上问："你临来的时候有人作诗送给你吗？"

杨朴说："没有。只有臣的妻子作了一首诗：'更休落魄耽杯酒，且莫猖狂爱咏诗。今日捉将官里去，这回断送老头皮。'"

皇上大笑，放他回家，并赐给他的儿子一个官职来奉养双亲。

后来苏轼被贬谪到海南岛，当地无医无药，他还不忘自我调侃说："每念京师无数人丧生于医师之手，予颇自庆幸。"

眼花缭乱地贬谪，马不停蹄地迁移。宋代士大夫大多都有过贬谪的经历，而且多能以较坦然的态度来面对，洪迈在《容斋随笔》中记载："见纷华盛丽，当如老人之抚节物……遭横逆机穽，当如醉人之受骂辱。"但苏轼无疑是他们中最杰出的代表，真正做到了"扬弃悲哀"（日本学者吉川幸次郎）。

苏轼在漫长而又坎坷的人生道路上，深刻品味到了命运的诡谲、官场的蹭蹬，他在人生的得意与失意的巨大落差间，仍然能够"扬弃悲哀"，构建超然自适的精神家园，恰恰是他这种适情适性的达观精神、随遇而安的襟怀，让他一次次如凤凰一般，在火中涅槃，死而复生，甚至是永远在路上，永远在人间。

九、为官

有人将苏轼的一生活动足迹做成了地图，竟然走出了一个"中"字。换成城市分布图，可以看出苏轼一生去过大概九十座城市，可以说一生都在路上。

除了出生地，苏轼走过的主要的地方有十八个：栾城（祖籍地）—眉山—开封—凤翔（今宝鸡附近）—杭州—密州（今山东诸城）—徐州—湖州—黄州—宜兴—金陵（南京）—登州—颍州（今安徽阜阳）—扬州—定州—惠州—儋州（今海南岛内）—常州—郏县（归葬地）。

这些地方，杭州给苏轼带去了一生中最快活的时光。苏轼曾于熙宁四年（1071）通判杭州，又于元祐四年（1089）知杭州，共到杭州两次，前后加起来五六年，做了如下事。

——清理运河淤泥。京杭大运河与钱塘江交汇，钱塘江的水带进许多淤泥，杭州城内的运河淤泥每隔四五年就要挖一次出来，否则河床升高，影响船运。淤泥一挖出来就被堆在居民门口，脏乱不堪。

——苏轼想办法把钱塘江的水先引入人口稀少的茅山运河，经过茅山运河流了三四里地，淤泥沉淀下来，再流到市中心的运河里的水就是干净的了。市中心运河的河位比茅山运河低四尺，苏轼又在余杭那里开了一条新运河，让他与西湖的水相通，这样就永久性保证了运河的水位。这套办法使得运河的水深到八尺，老百姓说这是从来没有过的事情。

——解决吃水问题。杭州人民的供水是个主要问题，在此之前，历代也想过很多办法，修建水库，把西湖的水引入城中，但是管道损害严重，居民们只能吃带咸味的水，西湖的淡水则需要花钱买。苏轼新建两个新水库，用陶瓷管代替以前的竹子管道。淡水由一个水库引向另外一个水库，这个工程建成以后，杭州居民家家都有淡水吃。

——清理西湖。苏轼第一次来杭州时，西湖上杂草丛生，淤泥阻塞的面积已经有十分之三，第二次来杭州，西湖上的淤塞已经有一半了。

苏轼非常伤心，他上表高太后，说如果再不治理，二十年以后西湖就会被野草遮蔽，而城中的居民再没有淡水可以吃。高太后一直非常支持苏轼，她立马批准并且拨钱与他。苏轼和工人费时四个月，将西湖的杂草淤泥清理干净。为了让西湖不再杂草丛生，苏轼让居民在西湖种菱角，从而发挥了西湖的食用价值。

——筑造苏堤。但是这么多的水草和淤泥要运到哪里去？苏轼想到了一个办法，他把这些水草和淤泥用于在湖面筑一道长提，这样既解决了垃圾的问题，又缩短了湖岸南北之间的距离，更留给后世一道杨柳莺莺、风景如画的苏堤。后来苏轼的政敌还因为此事弹劾他，说他为了观赏美景，劳民伤财。

——兴建三潭印月。准确地说，如今的"三潭印月"并非苏轼修建的，但却是因他而起。当年苏轼让居民在西湖种菱角，划分了一些区域，有些地方可以种，有些地方不能种。苏轼在西湖里修了三个石塔，塔以内的区域不能被菱角侵占，因为种菱角会形成淤泥，淤泥会再次阻塞西湖。明代一位县令仿苏轼把西湖的淤泥捞出来筑了一个环形堤，专门用来放生，又在湖中原苏轼建塔的附近，重新建了三个石塔。这就是"三潭印月"。

——赈济灾民。苏轼来杭州的第一年,收成不好,米价开始猛涨。苏轼颇有远见地筹米存放在仓库,以抑制米价或应付荒年。第二年五月份,暴雨开始倾泻,并且没有停止的意思。苏轼到处买米,并且写信奏请朝廷拨米给杭州。还请求朝廷同意他们用绸缎来代替大米完成每年的进贡。

苏轼深信一分预防胜过十分救济,所以他不停地呼吁买米、存米,甚至七次上表朝廷请求拨款。朝廷款是拨下来了,只是在下方官僚执行的过程中,被层层剥夺。苏轼痛心疾首、忧思甚重,他曾写信给好朋友倾诉:"谁可以帮帮我?"

——建医院。苏轼在杭州当太守时,会把一些药方贴出来,让老百姓用。他吩咐搭建粥棚,为穷苦的病人煮粥,还派医生一个坊一个坊地跑,给人治病。还给无钱治病的人免费熬药。后来他在众安桥那里建了一个医院,名字叫"安乐坊"。安乐坊是中国最早的公立医院。三年之内治疗了千余病人。他还亲自主持配制了"圣散子"这味药方,价格便宜,疗效显著,救了不少传染病人。后世也用于临床。

爱民如子,视民如伤。

苏轼在任时,经常会帮助老百姓做一些实事。有一次,有人控告一个卖扇子的欠钱不还。苏轼把几个人带回来询问。卖扇子的诉苦说:"不是我不还钱,是我真的还不起,今年天老下雨,人们不需要扇子,我的扇子都卖不出去呀!"

苏轼让卖扇子的给他拿一些扇子过来,提起笔就在扇子上题字作画,花了一个小时,画了二十把扇子。然后丢给卖扇子的:"拿去卖吧!"卖扇子的还没走出官衙,已经被闻讯赶来买扇子的人抢购一空了。

十、担当

苏轼一生，不是被贬官，就是奔走在被贬官的路上。他在《自题金山画像》中自我品评："心似已灰之木，身如不系之舟。问汝平生功业，黄州惠州儋州。"

苏轼写过一首《咏桧》诗："凛然相对敢相欺？直干凌空未要奇。根到九泉无曲处，岁寒恐有蛰龙知。"有人到皇帝那里告状，说这是暗喻皇帝昏庸，皇帝分明是真龙，他到地下求真龙，这不是谋逆吗？好在神宗还很明白，说这分明写的就是桧树，跟我有什么关系呢？此事最终不了了之。

每次，他写一首诗、一阕词，世间争相传颂，同时也有人争相注解，总有人从里面看出他的皮里阳秋、暗度陈仓、皮笑肉不笑的反动言论。

他到底会做官吗？如果按照官场规则来看，我认为他不会，但是如果就他爱民如子、造福一方来说，我认为他是一个好官。

不能否认，苏轼是我们今天所称的"高智商"天才。他是北宋时期（960—1127）中国历史中最为杰出的"学者型官员"之一。在北宋，知识被视为权力的关键，成功和威信往往通过高级职务得以实现。根据我们的考证，他在二十岁的时候在当时京城开封参加了最难的考试（即举人考试），由皇帝亲自监考。随后，苏东坡在全部四百名举人中名列第二。

然而，他的"低情商"却让他的一生注定不识时务、不通世故。他的一生，可以说是在两个极端里往复——飞黄腾达和倒霉透顶。飞黄腾达、倒霉透顶，是苏轼人生的两极。在这两个极端里，他的气质、性格、才华、禀赋展现得淋漓尽致。

先说他飞黄腾达的时候。

苏东坡曾在密州当知府。知府乃一州之长,是可以直接进入朝廷当宰相的大官。但密州是穷乡僻壤,苏轼到这里工资就减少一半,家里粮食也不够吃,每年还要做四件事:消灭蝗虫,赈灾救灾,捉拿盗匪,绕城拾婴。"绕城拾婴",就是每天带着衙役在城里走一圈,把穷人家丢在路边的婴儿拾回来,搁在衙门里养着。他为此颁布一条政令:凡愿意领养弃婴的人家,可以免除三年赋税。这是在密州当知府、和百姓患难与共、休戚相关的苏轼!

徐州,本是繁华之地,可苏东坡运气不好。他到这里当知府,就遇着黄河决堤,水困徐州,满城百姓仓皇出逃。眼看徐州人的房屋、产业将被大水冲刷,等他们回来时,都将是一无所有的乞丐了。苏轼当即表示:愿与徐州共存亡。他动员百姓留下,和自己一起抗洪。他每天身披蓑衣、手执铁铲,和青壮男子一起,开河道引水,筑河堤挡水。洪水围困徐州,整整三个多月。三个多月里,苏轼没有一天离开过抗洪工地。最终,徐州秋毫无损地渡过了百年不遇的水灾。这是在巨大灾难面前,甘与百姓共生死的苏轼。

苏东坡还在定州当过知府。定州乃北宋的边陲重地。苏东坡在这里整顿军务,组织民兵,加固城墙,重铸大炮,像一个地道的军事家,建起了一道抵抗外敌入侵的防线。

苏东坡在杭州,大家都知道他疏浚运河、治理西湖等等。但是,他在杭州建立了中国第一家官办医院"安乐坊",免费为穷人治病疗伤,这事可能有的人并不知道。

湖州,是个水患连年之地。苏轼到这里当知府仅仅四个月,就准备好了治水方案。但这时,朝廷却派人来逮捕他。苏轼得到消息后,抢在被捕之前,把治水工程布置下去。这时的苏轼,是个大难当头首先想到百姓利益的苏轼。

以上时期，苏轼在各州当行政一把手，有时还兼任各路兵马铃辖也就是军区司令，手握军政大权。这些时候，都是苏轼飞黄腾达的时候。他不仅做到了自身的清正廉明，还做到了"为官一任，造福一方"。

从两千多年前的春秋战国时期，中国就有一句流传至今的经典名言。那就是："穷则独善其身，达则兼济天下。"

所谓"达"，指的是仕途顺利，手中有权；或者说生意兴隆，手中有钱；或者说声名卓著，具有影响力。有权、有钱、有名、人处于顺境，就是"发达了"。中国传统文化要求"发达"的人要"兼济天下"，就是说，当你的处境改善了，就要尽你所能，让别人、让社会、让国家民族的情况也有所改善。

"达则兼济天下"，是中国人的传统美德。不仅掌权者应该"兼济天下"，每个具有某种条件的"达人"，都应该根据自己的能力"兼济天下"。苏轼，不仅"达则兼济天下"，在他最穷困潦倒、穷途末路的时候，他依然不忘"兼济天下"。

苏轼在黄州当农民，不仅要耕田种地养活自己一家，还成立了"育儿会"也就是"孤儿院"。因黄州贫瘠，百姓穷苦，一家养活两个孩子都很困难。倘若还有第三、第四个孩子出生，这家人就会把婴儿摁在水里淹死。面对这样的残忍，苏轼带头出钱又向人募捐，让有钱人每家每年捐出千钱作为会费，成立了中国历史上第一家"孤儿院"，挽救了许多小生命。

苏轼被流放惠州，因其声名卓著而具有影响力，于是他设法把闹水患的沼泽地改造为西湖，又在湖上架起两座桥以方便人们往来。他还帮助当地改革纳税制度，以有利百姓。又教会农民使用新农具"秧马"种稻，以减轻辛苦，提高效率。苏轼还帮助当地严肃军纪、安定民居，解决长期存在的军民纠纷。其间，苏轼去广州待了几天，就发明了中国历史上第一管"自来水"：他用竹筒连接法，把罗浮山清泉引入城中，让广州人的饮水再也没有苦涩味。

六十二岁高龄时，苏轼被流放到海南儋州。这时他年老体衰，生活无着，语言不通，政敌们以为他必死无疑。可是，苏轼不但顽强地活了下来，还在瘟疫来袭时，说动当地开办医院。这是继杭州的官办医院"安乐坊"之后，经苏轼努力而创办的、面向百姓的、中国医疗史上的第二个官办医院。

当时的海南，是所谓的蛮夷之地，除了黎人，很少有汉人踏足此地。然而，凭借自己的知识，苏轼在儋州讲学授课，传播中原文化，培养出海南岛历史上第一个举人——姜唐佐。苏东坡在诗中写道："沧海何曾断地脉，珠崖从此破天荒。"

身为"流放犯"的苏轼，可谓"穷"到极点。但这时他不但能"独善其身"，还能够"兼济天下"。这样的苏轼，怎不让人着迷。

这位"学者型官员"表现出了实干和行动精神。在六十四年的人生中，苏轼经历了各种考验，他是诗人、词人、书法家、画家、音乐家、文学家，而且是美食家、生活家，他还是地方官、裁判官、工程师、水利专家、建筑师。

苏轼也是千年之后我们认为的"有担当"的文学家。他的事业就是保卫贫苦人民的利益。他对于平民、受苦的人以及欠债或者走私的在押人员表示了同情。他了解农民的艰难处境，了解蝗虫灾害，明白饥荒的威胁，国家垄断造成缺盐的现实。他主张延缓农民偿还债务的期限，并取得了成效。

无论身处何方，他总是保持自己的个性：有勇气，好交际，对他人仁慈，热情慷慨，冷静并且幽默，热爱生活和家人。他对每件事都很认真。不寻求晋升，并且尽量避免晋升。

苏东坡的诗有时候也是悲情的，特别是很巧妙地表达了对子女的爱、博爱、夫妻之间的爱或者对于故乡的眷念。

苏东坡将其父亲埋葬在眉山之后，于1069年回到了开封。那个时候他三十二岁，刚好度过人生一半的光阴。此后他再也没有回过四川。随着年龄的增长和知名度的提高，他不断感叹家乡四川，想念眉山。

在西方人中是什么印象呢？半个世纪以来，苏东坡的命运和作品在欧洲，特别是法国，激起了专家和"学识渊博的读者"的兴趣，他们将苏东坡视为不仅推动中国更推动世界进步的思想家。

法国最出名的汉学家成安妮女士说，苏东坡体现了"文化和道义方面的人道精神"，而这正是"极具批判精神并附有渊博学识的、不再是苛刻的评论家而更是对万物都好奇的智者"的文人所追求的精神。

还有一位法国作家、著名汉学家帕特里克·卡雷，他很喜欢苏东坡，他将苏东坡被流放到黄州时期这段经历写成小说，书名为《永垂不朽》。

正是因为这一点，苏东坡不仅是中国的，更是世界的。

结　语

如果在古代的名人中选一个作为自己的朋友，我不会选择李白，他太自负，不会选择杜甫，他太凄苦。

我们还是把范围缩短，就在宋朝这三百年里——

——我不会选赵匡胤，他纵然霸气十足，开一代江山，但是他以一己之私度天下，泯灭了一个民族的尚武精神。

——我不会选范仲淹，他廉洁、勤政、自律、博学多才，有人情味，终身为"和谐"这个崇高事业操劳，先天下之忧而忧，后天下之乐而乐。他慷慨悲昂的出征诗，直接为数十年后苏轼的"豪放"一脉指明了方向，连朱熹都评价他是"有史以来天地间第一流人物"，但是他所有的事业还在等待比他小四十二岁的苏轼继承和发扬。

——我不会选择王安石，尽管他刚正峭拔、擅辩论、擅演讲、擅游说，或许他的改革计划于朝廷有功，但是他一意孤行、刚愎自用，他排斥异己、不容异见，他是个无趣的人。

——我也不会选择程颐、程颢，他们存天理灭人欲，灭绝了基本人性，灭绝了自由精神，从此中华民族的人文主义精神在泥淖中跋涉。

——我不会选择黄庭坚，尽管他开创了江西诗派，他写诗讲究学杜、学韩，讲究"无一字无来处"，可正是这些他以为成就他的东西，反而阻碍了他，让他生硬晦涩，甚无趣味。

——我不会选择辛弃疾。他一生抗金，满纸诗歌皆是满腔忠愤。他虽然寡言少语，但是为人为文气势凌厉，一言不合，就开始写，但是，他的忠就是他的直，他的正直就是他的脆弱，他的英明韬略就是他的穷途末路。辛弃疾无一遮拦，不留退路，只可惜他未逢其时、未得其主，纵然他把栏杆拍遍，纵然挑灯看剑，却依然守护不住大宋王朝的残山剩水，他的人生太多遗憾。

只选一人，我会选择苏轼。

评价历史人物，我们常常爱用一句话，他的缺点是，他没有超越时代的局限性。但是，毫无疑问，苏东坡超越了他的时代，而且在千年之后的今天，我们仍然感觉得到他的超越、超迈、超拔。

南岳一声雷

——王夫之与船山精神

2019年，是伟大的思想家、哲学家王夫之诞辰400周年。王夫之，世称"船山先生"，是中国朴素唯物主义思想的集大成者，与黄宗羲、顾炎武并称为明末清初的三大思想家。王船山是中国精神的剪影，也是中国文化的名片。王船山主张"知而不行，犹无知也""君子之道，力行而已"，治学当为国计民生致用，反对治经的繁琐零碎和空疏无物。

近代以来，王夫之的学术思想对后辈学人影响极大，今天对我们治国理政尤其具有现实意义。如何认识船山先生，把握船山思想？在实现中华民族伟大复兴的壮丽征程中，如何对船山思想进行创造性转化和创新性发展？这些问题，尤其值得我们深思。

——题记

一

衡阳县金兰乡高节里，距离湘西草堂四公里，有一座孤独了千万年的山——大罗山。此山荒凉凋敝，良禽过而不栖，山头巨石阴沉黄褐，其状如船，当地人叫它"石船山"。虎形山梁上，与孤山做伴的，还有一座孤独的坟茔。坟茔两边的石柱上刻着两副对联，其中一副写道：世臣乔木千年屋，南国儒林第一人。

这便是一代大儒王夫之的墓庐。

远古的风，像一把无情的利刃，挑落了时间的面纱，还原了历史的嶙峋真相，更剥落出岁月的铮铮铁骨。

王夫之，字而农，小字三三，号姜斋，亦号南岳卖姜翁，1619年生于衡州府衡阳县，1692年逝于衡州府衡阳县。

1690年的一天，斜阳如血，清癯的王夫之伫立在湘西草堂前，面对着石船山，久久地与之对视。四野里，衰草连天，乱石穿空，荆棘丛生。冷冷的秋风掠过他寒瘦的面颊，将他的长衫吹得啪啪作响。

"秋水蜻蜓无着处，全现败荷衰柳。"这是王夫之写于暮年的一句词。而这，何尝不是他生命的写照？

他缓缓地转过身，走进湘西草堂，挥毫写下："船山者即吾山"，光影淋漓，墨汁淋漓，心迹淋漓。王夫之自忖去日无多，早已为自己作下墓志铭。这篇短文通篇只有144个字，序和铭都极其简短，但真情澎湃、真气四溢，船山风格如在眼前，船山风骨跃然纸上。

> 有明遗臣行人王夫之，字而农，葬于此。其左则其继配襄阳郑氏之所祔也。自为铭曰：
>
> 抱刘越石之孤愤而命无从致，希张横渠之正学而力不能

企。幸全归于兹丘，固衔恤以永世。

墓石可不作，徇汝兄弟为之，止此不可增损一字，行状原为请志铭而作，既有铭不可赘。若汝兄弟能老而好学，可不以誉我者毁我，数十年后，略记以示后人可耳，勿庸问世也。背此者自昧其心。

王夫之将他的一腔热血倾洒在这篇墓志铭里。两年后的2月18日，王夫之走完了最后的人生路。

正如王夫之在他自撰的墓志铭中所写，抱刘越石之孤愤而命无从致，希张横渠之正学而力不能企。此时，明王朝已经消亡近半个世纪，在已经剃发易服多年的有清一朝，王夫之落葬时却依旧身着明王朝的衣冠。他走得何等的孤独，何等的落寞，何等的凄凉。就是在这最后的孤独、落寞、凄凉里，他怀抱着对旧国的思念，依依不舍地辞别了人间。

王夫之终身没有剃发。生逢天崩地裂的明清之际，他面临着前所未有的大变局，也做出了前所未有的大抉择。他历尽忧患，孤心独抱，担当大义，舍身赴难。如果要用一句话概说他的人生，那就是一生寻梦，卓绝奋斗。

谁也不曾料想，就是这个孤独、落寞、凄凉的老者，在两个多世纪后，却在中国闹出了天大的动静，他遗留下的"船山思想"，仿佛一桶滚热的油，在华夏大地上，掀起此起彼伏的革命烈火，那个他一生不肯承认且最终落后挨打的清王朝，终于在这滚滚洪流里灭亡。以至于，诸多那个年代的风云人物，异口同声地说道：这个在湘西草堂守望中原、瞭望未来的船山先生，就是二百年后选择用思想做武器去战斗的我们、你们、他们。

"训诂笺注，六经周易犹专，探羲文周孔之精，汉宋诸儒齐退听；节义文章，终身以道为准，继濂洛关闽而起，元明两代一先生。"

晚清思想家郭嵩焘对王夫之给予了极高的赞誉。

王夫之，中华民族历史上伟大的民族英雄、中国思想史上重量级的巨匠。正是因为有了他，中华民族得以构筑起共同的精神家园。

二

1644年，是一个闰年，也是一个猴年。

这一年正值大明、大清、大顺、大西四个政权交替，年号有点复杂：明思宗崇祯十七年、清世祖顺治元年、大顺朝永昌元年、大西朝大顺元年，算上黄帝纪年，或许还可以加上黄历四三四二年。

这一年，王夫之不满二十五岁。

在这之前的王夫之，生活是简单的、纯净的、快乐的、充实的。他的父亲王朝聘毕业于明朝最高学府国子监。王夫之之所以聪颖过人，与父亲的遗传不无关系。三岁起，他就和长兄王介之一起学习十三经，历时三年。父亲南归时，他才九岁，便随父学习经义。四年之后，王夫之应科举，高中秀才。随后，又两次与其兄一道应考，虽未得中，但却饱读诗书。1637年，十七岁的王夫之与十六岁的陶氏成婚。次年，离开家乡，负笈长沙，求学于岳麓书院，师从山长吴道行，与同窗好友邝鹏升结"行社"。

今天的岳麓书院，依然绿荫蔽日，书声琅琅，我们不难想象四百多年前"会讲"的盛景——惟楚有材，于斯为盛。其时，张南轩得五峰先生之真传，让思想与学问冲决了科场应试的形格势禁，开创出"传道济民"的雄健气象。远在福建的朱熹从武夷山起程，来到岳麓山下、湘水之滨。"朱张"曾就《中庸》展开会讲，历时两个多月，思想的余音，绕梁不绝。四方士子莫不喜出望外，奔走相告：为天地立心，为生民立命，为往圣继绝学，为万世开太平！

十八岁的王夫之沐浴着这些圣贤的光辉，如切如磋，如琢如磨。在这里，他读周易老庄，孔孟程朱，读《春秋》经史，思想贯穿于先秦与汉宋，精神悠游于儒、道、释之间。他以经史为食粮，却又从不止于经史的疏笺。他喜欢与古人神交，与历史对谈。从那时起，湖湘学派所特有的原道精神和济世品格，恰如一枚饱满的精神种子，撒在王夫之朝气蓬勃的岁月里。

岳麓书院如同王夫之的一个生命驿站。他从这里出发，同当时的年轻学子一样，试图奔向科举考试之途，却奔向了中国文化的巅峰。

1639年，其兄中副榜。是年，他与郭凤跹、管嗣裘、文之勇发起组织"匡社"。两年之后，湖广提学岁试衡州，王夫之被列为一等。那年，他二十一岁。

1642年，王夫之与两位兄长同赴武昌乡试，王夫之以《春秋》第一，中湖广乡试第五名。王夫之的长兄王介之也中举第四十名，好友夏汝弼、郭凤跹、管嗣裘、李国相、包世美皆中举。秋，王夫之与王源曾等百余人在黄鹤楼结盟，称为"须盟大集"。

那是一段多么美好的读书时光啊！王夫之常常回忆自己这段倥偬而逝的青春岁月，明如山间新月，静如涧外幽兰。令天下士子欣然向往的古老书院，悄然绽放着这些年轻的读书人的灿烂青春。

然而，厄运开始了。1643年，王夫之与兄长王介之自崇祯十五年十一月北上参加会试，因李自成军克承天，张献忠军攻陷蕲水，道路被阻，王夫之兄弟自南昌而返。

几乎是一夜之间，杀人如麻的张献忠所部攻克了王夫之的家乡衡州。烧杀掳抢，杀声四起；鸡飞狗跳，尸横遍野。原本安稳的土地，顿时笼罩着血腥与惊恐。村庄陷入死一般的寂静，唯有那昏弱的灯火，如同凄迷的眼睛。王夫之的父亲王朝聘，原本一介书生，此时却成为张献忠手里的人质。命入虎口，生死一线焉，王夫之与长兄心急如焚。情急之下，他自己刺伤面孔，敷以毒药，乔装为伤员，命人抬入敌阵。凭着智慧，王夫之终于救出父亲，趁着月黑风高，父子逃至南岳莲花峰下，藏匿在黑沙潭畔。

天下已然大乱，被切断的不仅仅是北上的交通，还有平静的生活、浪漫的梦想。

王夫之用饱蘸血泪的笔墨写道：

斜月横，疏星炯。不道秋宵真永。声缓缓，滴泠泠。双眸未易启。

霜叶坠，幽虫絮，薄酒何曾得醉。天下事，少年心。分明点点深。

三

国忧今未释，何用慰平生？

王夫之与父亲躲在南岳莲花峰，哀恸不已，惊慌不已。在哀恸、惊慌中，他们从1644年中秋躲到次年正月。东躲西逃的日子过了没多久，大难又一次降临，他的父亲、叔父、叔母、兄长在战乱中悉数遇难。擦干眼泪的王夫之明白，日子不能再这样过了。

国恨家仇，在他的内心燃起了熊熊火焰。这个曾经迷茫的书生，经过这场家国巨变之后，变成了坚强的战士。两年后的1646年，清兵南下进逼两湖，王夫之只身赴湘阴上书南明监军、湖北巡抚章旷，提出调和南北督军矛盾，并联合农民军共同抗清，未被采纳。又两年后的1648年，他与同道好友管嗣裘、李国相、夏汝弼一起，募集当地乡勇。然而，这支微小的武装力量，又怎敌清兵的强悍？王夫之等旋即兵败。主事者管嗣裘全家遇难。

金瓯残缺的乱世，到处是贪生怕死、投降变节，到处是党争内讧、抢权夺利。王夫之却不然，他逃往肇庆，辗转至广西梧州。

疾风知劲草，板荡识诚臣。桂林留守瞿式耜荐王夫之于永历皇帝，永历感慨这一路劳顿的清瘦书生"骨性松坚"。板荡时节的忠臣义士王夫之怀着慷慨蹈死的信念，同诸多怀抱相同信念的战友一起战斗，在军营里奔波，保家卫国。然而，守着大明的残山剩水，南国瘴气带给他的是更深的失望。纲常不振，人心思变，纵然视死如归，又当如何？又能如何？又该如何？王夫之从征战疆场到守护内心，他着汉服，不剃发，头戴斗笠，不顶清朝的天，脚着木屐，不踏清朝的地，以示与清朝"不共戴天"——王夫之能够守护的，只有心底的这点净土了。在这种氛围里，他努力思考何为正义。何为正义？王夫之道："有一人之正义，有一时之大义，有古今之通义。"他所追求的，是古今之通义。

然而，末世的动荡与威胁，从未给过王夫之生命的平静。孙可望把持永历朝政之后，将军李定国曾击败清兵，收复衡阳。他想再邀王夫之出山，以挽南明残局。而此时的王夫之，泪已干，心也冷，他婉言谢绝。于续梦庵隐居两年后，再避难于姜耶山。这里，漫山多为野姜。他就像一个浪人，自命姜翁，以野姜充饥。此后，他再度隐姓埋名，化身为一介瑶民，于兵匪浩劫中逃过一命。

王夫之是多么想要倾诉，想要表达，可环顾周遭，何人可诉衷肠？日日陪伴他的，只有老庄、孔孟、程朱，只有《尚书》《春秋》与《周易》，只有文明与历史的千百年演绎。1651年，三十二岁的王夫之回到家乡，辗转流徙，四处隐藏，最后定居于衡阳金兰乡高节里，他先住茱萸塘败叶庐，继筑观生居，又于湘水西岸建湘西草堂。1656年，三十七岁的王夫之于耒阳乡下的兴宁寺里找到一张安静的书桌，潜心研索《老子》，日后结集为《老子衍》。五年之后，他重回曲兰乡，筑败叶庐，以读书隐居。在这里，他以为可以找到余生的安宁，哪知道，造化还在弄人。次年，妻子郑氏溘然病逝，经历了太多的死别生离，他老泪纵横，默默地承受了这一切。

继《老子衍》之后，王夫之手不释卷，笔耕不辍。哪怕饥寒交迫，哪怕生死当前，都不曾有一日改变。他相信历史终将回望，也相信那千年回望里定能看见这未绝的薪火。深沉的忧伤让刚过不惑之年的王夫之早早地出现了白发，呜呼！青山秋缓缓，白发鬓匆匆。

过了知天命之年，王夫之遇到了更大的苦难和动荡。

1673年，降清的吴三桂又开始反正，杀死云南巡抚，攻打湖南。旋占衡阳，妄图称帝。吴三桂派人四处搜捕王夫之，以便其用。这对一直心怀天命与大道的王夫之来说，无异于奇耻大辱。他宁愿受死，藏身于麋鹿山洞，日日与麋鹿为伍，亦绝不屈从。

1674年，王夫之再建三间茅草屋，且耕且读。

其时，明清政权交接已历三十年。还有谁知道，在这偏僻的石船山下，一间遮不住瑟瑟寒风的贫寒草屋？还有谁记得，在这青灯黄卷之侧，一个掩卷深思抚案长叹的瘦弱而又坚定的身影？还有谁明白，王夫之字里行间、孜孜矻矻寻找的，是国家兴盛的亘古真理？

日夜不息的湘江，从草屋之西流过，王夫之将草屋命名为"湘西草堂"。

很多年以后，东西方学者不约而同地称王夫之为十七、十八世纪与黑格尔齐名的伟大思想家。王夫之逝世一百年后，黑格尔用鹅毛笔饱蘸墨水，写下了一句至今令我们深思的话："一个民族有一群仰望星空的人，他们才有希望。"

在这间寒陋的草屋，王夫之足不出户，却是思想的行者；他蹇蹇匪躬，却是未来的信使；尽管站在黑夜之中，他却用另一种方式，为中华民族仰望星空。

1678年，吴三桂在衡州称帝，其党强命王夫之写《劝进表》，遭到愤然拒绝。他对吴三桂派来的幕僚说："我安能作此天不盖、地不载语耶！"事后，逃入深山，仿屈原《九歌》，作《祓禊赋》，抒发自己的感想："思芳春兮迢遥，谁与娱兮今朝，意不属兮情不生，予踌躇兮倚空山而萧清。阒山中兮无人，骞谁将兮望春？"对吴三桂极尽蔑视。1689年，衡州知府崔鸣鷟受湖南巡抚郑端之嘱，携米来拜访这位大学者，想赠送些吃穿用品，请其"渔艇野服"与郑"相晤于岳麓"，并图索其著作刊行。此时的王夫之已年逾六旬，身患重病，饥寒交迫，但仍不欲违素心，他写了一封信，婉拒米币，以明心迹，自署南岳遗民。在信中，他写了一副对联，有意以"明""清"两字嵌入："清风有意难留我，明月无心自照人。"

六经责我开生面，七尺从天乞活埋——难得的是，除了打仗，他也没有放下笔，很多南明王朝的历史真相，都在他的书中有完整的记录，那虽然悲情失败，却始终不屈不挠抵抗的南明历史，因为他，才不曾被清朝御用文人们抹黑。早在康熙元年，当永历皇帝殉国的消息传来时，深感希望破灭的王夫之悲愤难忍，留下了诸多诗篇。

咏史已惊开竹素，挑灯无事话沧桑。他开始隐居在湘西草堂，埋头于经济学问之中，这位科举的多年失败者、矢志不移的抗清志士，终于找到了走向未来的最佳路向。他用了数十年的时间，重新反思了明朝灭亡的教训，正因他身世坎坷，扎根底层，所以他看到了时间之外的历史真相，那蛰伏于平静的水面下的湍急细流，那隐藏在繁华背后的人性的丑恶、制度的弊端，他比好些人都看得深刻，看得明白。

可是，他真的老了，饥寒交迫，贫病交加，白发稀疏，瘦骨嶙峋，连他的儿子都说他"迄予暮年，体羸多病，腕不胜砚，指不胜笔"。他一边咳喘，一边叹息："吾老矣，惟此心在天壤间，谁为授此者？"这年五月，他仿照杜甫的《八哀诗》写下《广哀诗》十九首，以悼念他的十九个故去的朋友：他一直追随的前辈瞿式耜，青年时代的好朋友管嗣裘，他衷心敬佩的学者方以智……他们都有一个共同的特点，为追求理想，不惜牺牲生命。

谁信碧云深处，夕阳仍在天涯？

病中的王夫之，即便"药炉烟逼蛛丝重，消受厖眉老病翁"，也从未放下手中的笔。王夫之后半生四十余年中，著述百余种，内容涉及哲学、政治、法律、军事、历史、文学、教育、伦理、文字、天文、历算及至佛道等，尤以哲学研究成就卓著，其主要著作有《周易外传》《张子正蒙注》《尚书引义》《读四书大全说》《老子衍》《庄子通》《思问录》《读通鉴论》《宋论》《黄书》《噩梦》《楚辞通释》《诗广传》等。清末汇刊成《船山遗书》，凡七十种，324卷。每一本，都是一声追问，一道印痕，一段坚忍卓绝的生命。

1689年，王夫之已是古稀之年，他听力渐渐丧失，甚至连草堂外面的杜鹃啼鸣也听不到了。然而，他存心如昔，依然劳其筋骨，苦其心志，笔耕不辍。1691年四月，王夫之咳喘中完成生命最后的思想典籍：《读通鉴论》三十卷，《宋论》十五卷。

从三十七岁回乡到七十三岁辞世，近四十年时光，王夫之由青年而壮岁而老年，人生由清晨到正午到黄昏，他的生活，变得简单、干净、从容，不再有享乐、欢娱、交游、饮酒、酬唱，他余生的全部岁月，只有一件事，只做一件事，著书。生活中的王夫之是寂寞的，文字里的王夫之却未曾寂寞。他在历史中溯游的时候，也在与未来对望。这些数百万字的巨著，凝集着王夫之一生的思考和心血，他一直写到生命最后时刻，终于在临终前完成定稿。这些著作坐集千古之智，博大精深，吞吐古今，包括了中国历史的教训和反思，更包含着中国政治文明未来走向的预言。

翻开这厚重的书卷，我们不难发现，其中有一句石破天惊的呐喊，在王夫之辞世的250年后，震惊了在外忧内患、丧权辱国中苦苦思考的中国人：

"平天下者，均天下而已。"

四

王夫之的心中，生长着两个"中国"。

一个中国是王朝中国，一个中国是文化中国。王夫之认为，王朝中国是一姓之私，代兴代废。唯有文化中国，从炎黄至今，贯穿中国历史始终，只要守住中国文化，捍卫了中国文化价值，中国就永远不会败亡。

王夫之的文化中国，有着丰富的涵义——追溯中国文化的本真本源，寻找中国文化的基本价值，梳理中国文化的历史脉络，并最终以中国文化推动国家强盛、民族复兴，这才是真正的文化中国。国家强盛、民族复兴是贯穿中国历史一个宏大的主题。中国士大夫从来都有着家国情怀，家亦是国，国亦是家，难得的是，王夫之从理论高度定义了国家立场，总结和开掘了传统爱国主义，让这种情感具有了现代精神。

1656年冬，三十八岁的王夫之从常宁返回衡阳，这一年，他创作了对后世影响至深的《黄书》。

所谓《黄书》，顾名思义，是关于黄帝文明的书。王夫之忠君爱国，泣血扶倾，坎坷从政失败后，在流亡湘南期间，开始从理论上思考明亡的原因，探求中国的兴盛之道。他在《黄书》中写道："中国财足自亿也，兵足自强也，智足自名也。不以一人疑天下，不以天下私一人。休养厉精，士饱粟积，取威万方，濯秦愚，刷宋耻……足以固其族而无忧矣。"这是何等的文化自信和民族自豪！王夫之倡言从经济上、军事上和文化上去强盛中国，华夏民族便可以永固于天下。船山这种强烈的民族复兴和中国自强思想贯穿于一生的追求。他断言："公其心，去其危。尽中区之智力，治轩辕之天下。"

看透了明、清两朝的积弊，在主权危机、民族灾难、国家危亡、人民流离的背景下，王夫之向往一个政治清明、社会进步、经济腾飞、文化繁荣的世界。"新故相推，日生不滞。"他在《尚书引义》中写道。新旧事物交相更替，事物每天都在新生变化之中，这是事物的发展规律，也是世界的发展规律。他描绘了一个崭新的国家，这个国家在政治思想方面"以天下论者，必循天下之公"，"不以一人疑天下，不以天下私一人"；在选贤用人方面，"以天下之禄位，公天下之贤者"；在文化建设上，"天下唯器""理不先而气不后"，躬行实践，知行统一。王夫之是中国历史上难得的大百科书式的思想家、哲学家，不论是面对战争还是灾难，不论是遭遇绝望还是悲伤，不论在怎样艰难的环境中，他都怀着无限的憧憬，怀抱无限的生机。他以前无古人的卓识和担当，以"埋心不死留春色"的奋斗、"残灯绝笔尚峥嵘"的理想、"六经责我开生面"的气概、"留千古半分忠义"的精神,坚守着中国文化的精神家园,捍卫了文化救国的历史使命,为中华民族埋下了伟大复兴的燎原火种,这正是他超越以往思想家、哲学家的地方。

中华自强,民族复兴——这是王夫之的政治宣言书,何尝不是现代中国的政治启蒙书?

王夫之故去两个世纪后,晚清政治家、思想家、革命家谭嗣同将他对王夫之的由衷敬佩写进一首诗里:"万物昭苏天地曙,要凭南岳一声雷。"

这位戊戌变法的斗士,是在王夫之思想的直接影响下走向革命之路的。他服膺并信仰王夫之,坦言:"为天地立心,为生民立命,以续衡阳王子之绪脉。"他怀抱船山精神,大义凛然地走向断头台,以死唤醒中国,成为民族复兴的英烈之士。

王夫之在《黄书》中所宣示的中华民族复兴和中国自强思想,直接成为辛亥革命的先声。走在时代前列的知识分子以王夫之名义迅速掀起了一场波澜壮阔的尊黄大潮。推动社会进步、书写中国近现代史的一代大儒王夫之,由此而被人们称为"近现代精神领袖"。

1911年,孙中山主持制定《中国同盟会本部宣言》。宣言宣示,以史可法、黄道周、倪元璐、顾炎武、黄宗羲、王船山等志士仁人作为民族复兴的精神领袖。"当今之世,卓然而能兴起顽懦,以成光复之绩者,独赖而农一人而已。"章太炎分析辛亥革命成功思想源头时说:"船山学术,为汉族光复之原。近代倡议诸公,皆闻风而起者,水源木本,端在于斯。"

不愿成佛,愿见船山——这是人们对王夫之的最高评价。

毛泽东的恩师杨昌济一生景仰王船山。杨昌济对王船山的认识深深影响到以毛泽东、蔡和森为代表的一大批五四时期的进步青年。1921年，中国共产党创立伊始，毛泽东便利用船山学社的经费和社址创办湖南自修大学，为新民主主义革命培养了一批又一批栋梁之材。这些进步的种子，如星火燎原般，从这里走向全国，走向世界。

门外黄鹂啼碧草，他生杜宇唤春归。

王夫之一生贫困潦倒，甚至书籍纸笔多用故旧门生的旧账簿之类，然而，他死后，却留下了无尽的精神财富。今天，王夫之的学术资源已经成为人类共同的思想财富。不仅在中国，在日本、新加坡、韩国都成立专门机构聘请专家学者研究王夫之思想，在美国、俄罗斯和欧洲各国都有王夫之论著、诗文译本。美国学者布莱克说："对于那些寻找哲学根源和现代观点、现代思想来源的人来说，王夫之可以说是空前未有地受到注意。"

1985年，美国哲学社会科学界评出古今八大哲学家，其中有四位是唯物主义哲学家。他们依次是：德谟克利特、王夫之、费尔巴哈、马克思。

2019年冬日的一天，太阳在天边喷薄欲出，晨露澄澈，朝霞璀璨。衡阳县金兰乡高节里，距离湘西草堂四公里，清癯的王夫之石像伫立在湘西草堂前，无所凭依却浩然正气，瘦骨嶙峋却坚韧真挚。清冷的寒风掠过他寒瘦的面颊，将他的长衫高高扬起。这个四百岁的老人面对着石船山，久久地、久久地与之凝视。

新的一天开始了。

山山记水程

——李贽在晚明

"啪!"

一滴血滴在地上。

"啪!"

又一滴血滴在地上。

"啪,啪,啪,啪……"

血流像一根凝重的红丝线,不,红丝线比这要纤细得多,这分明是一条曾经丰盈现已濒临干涸的溪流,曾经鼓荡的生命,正渐渐变成无限的哀婉和叹息。

血,滴在冰冷的地面上。

死神在不远处纵声大笑。他常年游走在监狱的高墙之内,看惯了刽子手砍下犯人的头颅,麻利得如探囊取物。他不相信这个衣衫褴褛、像乞丐一样的糟老头子能挺多久。可是,这一次,他竟然在这里等了整整两天。这个苟延残喘的躯壳里到底有着怎样顽强的意志?他揣摩不透。李贽躺在冰冷的地面上,他用最后残余的力气凝视着死神,以及死神身后遥远的远方。巴掌大的窗口里,只有巴掌大的蓝天，枯索的双眸里，满是慈悲和傲岸。这不屈服的眼神，逼得死神偃旗息鼓，节节后退。死神怀着从未有过的惊恐向后张望，仿佛自己的身后，还站着另一个死神。

李贽早已说不出话来，他的喉咙被割断了，伤口溃烂得像残败的罂粟，腐败的气息游荡在这残败的躯体里。苍蝇嗡嗡叫着一群一群地飞过来，吃得脑满肠肥。血，快要流尽了，从喷涌而出，到干涸如斯。

前不久，有消息传到狱中，某个内阁大臣建议，既然不能将李贽处以死刑，不妨将其递解回原籍，借以羞辱之。李贽闻之大怒："我年七十六，作客平生，死即死耳，何以归为！"

士可杀，不可辱！

两天前，李贽要侍者取来剃刀为他剃头。花白的头发披散着，如同废弃的麻绳，他要理一理这三千烦恼丝。可是，侍者未曾料到，稍不留意，李贽便抢过剃刀用力割开了咽喉。他已经年逾古稀，狱中的粗茶淡饭、离群索居，耗尽了他最后的元气，包括力气，否则，他会一剑毙命，哪怕剑锋指向自己。

颈上血流喷涌而出，整整两天，血流不止。

朝廷无人过问，只有年轻的侍者守在身边，痛哭不止。

"和尚，痛否？"侍者握住他干枯的手，颤抖地问他。

"不痛——"李贽气若游丝。

"和尚何自割？"侍者哽咽。

李贽黯然神伤，他已经说不出话来。

李贽用尽力气，牵过侍者的手，在掌中一笔一画写道："七十老翁何所求！"

袁宏道记载，李贽在自刎后两天，方才死去。

血泊中辗转两日，这究竟是怎样撕心裂肺的痛苦？悲恸中一心向死，这又该是怎样一往无前的决绝？袁宏道不敢想象，只能饱蘸笔墨，奋力写下两个大字："遂绝"。

遂！绝！

李贽的慷慨刚烈，尽在这真气淋漓的两个字中。

李贽想要用自己枯瘦的双肩托住黑暗的闸门，放久被压抑的人到宽阔光明的地方去，可是，过于沉重的闸门却非李贽的双肩所能承受。这一刻，这黑暗的闸门终于重重地落了下来。

天寒夜长，风气萧索。鸿雁于征，草木黄落。

一颗耀眼的流星，划破暗夜沉沉的天际，倏尔陨落。

一、志士在沟壑，勇士丧其元

将头临白刃，一似斩春风。

其实，李贽早就准备好了，将"荣死诏狱"作为最后归宿。

多少个贫病交加的惨淡黄昏，多少个辗转反侧的不眠之夜，多少个彻夜参悟的饮露清晨……李贽拖着羸弱的身躯，在逼仄的狱室里走着，椎心泣血，思绪万千。

他要以死明志，用死来了结这场官司。是的，士可杀，不可辱！

万历三十年的春天，乍暖还寒，御河桥边的冰凌开始融化，棋盘街旁的杨柳开始吐绿。可是，春的讯息藏不住北京城的波谲云诡、杀机四伏。

一场政治阴谋在悄悄酝酿着，这阴谋直指李贽和他的异端思想，株连他的朋友们，扫荡他的追随者，甚至祸及利玛窦之类西方传教士。

从都察院礼科给事中张问达向万历皇帝神宗上疏弹劾李贽、要求逮捕高僧达观，到礼部尚书冯琦上疏焚毁道释之书、厉行科场禁约，再到礼部上疏要求驱逐西方传教士，这些事，都紧锣密鼓地发生在二月下旬到三月之间短短一个月内。有明一朝逾二百年矣，政治机器运转得如此高效、如此整齐划一，这或许还是第一次。

去年的这个时候，曾经写《焚书辨》声讨李贽的蔡毅中在辛丑科的会试中中了进士，被选为翰林院庶吉士。蔡毅中心中恨恨，他的老师耿定向对李贽太多隐忍，现在，他终于有机会了，他要效法孔子诛少正卯，要置李贽于死地而后快。

于是，各种流言蜚语开始在京师流传，其中之一就是李贽公然著书诋毁内阁首辅沈一贯。沈一贯闻知此事，大光其火，却苦于找不到李贽的把柄。他思虑再三，决定以"刊异端以正文体"为名，发动一场清除以李贽为代表的思想异端的政治运动，先从李贽下手，再逮捕高僧达观，进而驱逐利玛窦等西方传教士。

如果你认为，迫害李贽的都是宵小之徒，那你就错了。

在这个向李贽投出匕首和刀剑的队伍中，不仅有观风派，有保守派，有激进派，而且有担当社会进步的贤达先驱、治世能臣。

张问达，东林党中享有盛名的君子之一。《明史》记载，张问达，与东林领袖顾宪成乃同乡。万历十一年（1583）中进士，历官知县、刑科给事中、工科给事中、吏科给事中、右佥都御史巡抚湖广、吏部尚书等职。当万历皇帝派矿监税史对商民进行掠夺时，张问达上疏"陈矿税之害"，为民请命。万历三十年（1602）十月，他又乘天上出现星变之机，再次上疏请"尽罢矿税"。巡抚湖广时，正值万历皇帝大兴土木建造宫殿，要湖广出资420万两皇木银两费，张问达又"多方拮据，民免重困"。

闰二月乙卯（廿二日）这天，张问达呈送的这份奏疏便摆在了神宗的案头：

> 李贽壮岁为官，晚年削发，近又刻《藏书》《焚书》《卓吾大德》等书。流行海内，惑乱人心。以吕不韦、李园为智谋，以李斯为才力，以冯道为吏隐，以卓文君为善择佳偶……以秦始皇为千古一帝，以孔子之是非为不足据。狂诞悖戾……不可不毁。
>
> 尤可恨者，寄居麻城，肆行不简，与无良辈游于庵，挟妓女，白昼同浴，勾引士人妻女，入庵讲法，至有携衾枕而宿庵观者，一境如狂。又作《观音问》一书，所谓观音者，皆士人妻女也。后生小子，喜其猖狂放肆，相率煽惑。至于明劫人财，强搂人妇，同于禽兽而不之恤。迩来缙绅士大夫，亦有捧咒念佛，奉僧膜拜者，手持数珠，以为律戒，室悬妙像，以为皈依，不知遵孔子家法，而溺意于禅教沙门者，往往出矣。

康丕扬，以贤能著称，先后任宝坻县知县、密云县知县、山西道监察御史监管河东盐政、辽阳巡按兼学政，后署理两淮盐课。他中进士后，先于万历二十二年（1594）任宝坻县知县，后调密云县知县。他在宝坻、密云六年间，清理垦田，裁撤县内不必要的建设项目；施行清丈土地安置回乡灾民、平反冤假错案、重修白檀书院。万历二十七年（1599），康丕扬在赴京等待重新安排职务期间，根据密云的战略地位与地形，写出《千秋镜源》六十卷，为山海关一带的治乱和战备，提出诸多颇有建树的见解。

三月乙丑（初三日），山西道监察御史康丕扬向神宗递上了参劾李贽及僧人达观的奏疏：

> 僧达观狡黠善辩，工于笔术，动作大气魄以动士大夫。……数年以来遍历吴、越，究其主念，总在京师。……深山尽可习静，安用都门？而必恋恋长安，与缙绅日为伍者，何耶？昨逮问李贽，往在留都，曾与此奴并时倡议。而今一经被逮，一在漏网，恐无以服贽之心者，望并置于法，追赃遣解，严谕厂卫五城查明党众，尽行驱逐。

如此密集的箭矢让李贽无处躲藏。神宗见张问达、康丕扬等人奏疏，批复道：

> 李贽敢倡乱道，惑世诬民，便令厂卫五城严拿治罪。其书籍以刻未刻者，令所在官司尽搜烧毁，不许存留。如有徒党曲庇私藏，该科及各有司访参奏来，并治罪。

李贽旋即被捕入狱。他已经做好了准备，可是他还是没有料到，他将在狱中度过人生的至暗时刻。袁中道在《李温陵传》中记录了李贽被捕时的情况：

> 至是逮者至，邱舍匆匆，公以问马公。马公曰："卫士至。"公力疾起，行数步，大声曰："是为我也。为我取门片来！"遂卧其上，疾呼曰："速行！我罪人也，不宜留。"马公愿从。公曰："逐臣不入城，制也。且君有老父在。"马公曰："朝廷以先生为妖人，我藏妖人者也。死则俱死耳。终

不令先生往而己独留。"马公卒同行。至通州城外，都门之牍尼马公行者纷至，其仆数十人，奉其父命，泣留之。马公不听，竟与公偕。明日，大金吾置讯，侍者掖而入，卧于阶上。金吾曰："若何以妄著书？"公曰："罪人著书甚多，具在，于圣教有益无损。"大金吾笑其崛强，狱竟无所置词，大略止回籍耳。

落难狱中一个月，李贽陆续写下《系中八绝》，不妨看看他在这八首诗背后的情感历程。第一首题为《老病始苏》："名山大壑登临遍，独此垣中未入门。病间始知身在系，几回白日几黄昏。"遍历名山大川，却独独未曾进入过监狱的大门。刚刚入狱的李贽，将坐牢也视为人生的体验，这是何等的超然！然而，随着时间的流逝，李贽在狱中愈来愈绝望，他用《不是好汉》为第八首题名："志士不忘在沟壑，勇士不忘丧其元。我今不死更何待，愿早一命归黄泉。"

从第一首的超拔淡薄，到第八首的唯求速死，难以想象中间经历了怎样的情感变迁。时间，像一把钝刀，一下又一下，割着他的感觉，也割着他的灵魂。走笔至此，李贽已经明白，寄希望于皇恩浩荡，那无异于白日做梦。他下定决心——

以身殉道，唯求速死。

李贽的学说使他处于万历年间中国社会时代矛盾的焦点上，这就是——继续维护传统的泛道德主义、用"死的"来拖住"活的"？还是冲破传统的泛道德主义，用"新的"突破"旧的"，替朝气蓬勃地创造自己的新生活的人们打开一条新路？

破旧不堪的青布直身宽大长衣，早已看不出原来的颜色，边角磨圆了的黑色纱罗四角方巾，折叠得整整齐齐，码放在一边。原以为对人生还有所留恋。可是，这些天写完这部《九正易因》最后一个字，李贽明白了，"未甘即死"是因为这部著作还未完成。周文王的易经、孔子的易传，被后人穿凿附会到不成文理，如此这般，何谈修身齐家治国平天下？现在，书稿终于完成，他此生了无遗憾。

可是，《九正易因》撰成，李贽的病却更重了。他写过一篇谈论生死的短文，题目叫《五死篇》，列举了人的五种死法："人有五死，惟是程婴、公孙杵臼之死，纪信、栾布之死，聂政之死，屈平之死，乃为天下第一等好死。"为义而死，死得壮烈。谈到自己的死，他写道："第余老矣，欲如以前五者，又不可得矣。……英雄汉子，无所泄怒，既无知己可死，吾将死于不知己者以泄怒也。"李贽对即将到来的死亡早有预感，"春来多病，急欲辞世"，二月初五，他提笔写下遗言：

> 倘一旦死，急择城外高阜，向南开作一坑：长一丈，阔五尺，深至六尺即止。既如是深，如是阔，如是长矣，然复就中复掘二尺五寸深土，长不过六尺有半，阔不过二尺五寸，以安予魄。既掘深了二尺五寸，则用芦席五张填平其下，而安我其上，此岂有一毫不清净者哉！我心安焉，即为乐土，勿太俗气，摇动人言，急于好看，以伤我之本心也。虽马诚老能为厚终之具，然终不如安余心之为愈矣。此是余第一要紧言语。我气已散，即当穿此安魄之坑。
>
> 未入坑时，且阁我魄于板上，用余在身衣服即止，不可换新衣等，使我体魄不安。但面上加一掩面，头照旧安枕，而加一白布中单总盖上下，用裹脚布廿字交缠其上。以得力四人平平扶出，待五更初开门时寂寂抬出，到于圹所，即可

妆置芦席之上，而板复抬回以还主人矣。既安了体魄，上加二三十根椽子横阁其上。阁了，仍用芦席五张铺于椽子之上，即起放下原土，筑实使平，更加浮土，使可望而知其为卓吾子之魄也。周围栽以树木，墓前立一石碑，题曰："李卓吾先生之墓"。字四尺大，可托焦漪园书之，想彼亦必无吝。

遗言如此冷静，仿佛不是在谈论自己，而是谈论旁人的日常琐事，却读来让人五内俱焚。李贽担心自己的死给大家平添烦恼，在遗言中特地叮嘱，用五张芦席安顿我的魂魄就可以了，不要用板材，不要用棺木，落葬的时候穿着平时的旧衣服即可，不需要更换新衣。甚至，他还不忘提醒朋友，一定记得将抬尸骨的木板还给主人。他了无挂碍，更不希望朋友们因为他的离去而痛苦，更不希望自己的离开给朋友们留下任何烦扰，"我心安焉，即为乐土"。

遗言行至后半部，李贽愈加冷静、清醒："我生时不着亲人相随，没后亦不待亲人看守，此理易明。"他希望干干净净，了此一生，生生死死都无牵挂。在遗言的结尾，李贽又反复叮嘱："幸勿移易我一字一句！……幸听之！幸听之！"

呜呼！卓吾远矣！

一身犹在，乱山深处，寂寞溪桥岸。

二、回头十万里，举目九重城

原来，万历三十年对李贽的迫害，只是万历二十八年那场迫害的继续。

今天，我们站在五百年历史的这端，发现李贽回湖北麻城，无疑是一个重大失策。但是身处彼岸，他怎会料想，一时间，上下左右前后的势力竟然合谋对他动手？他年老多病，赶回麻城，原本只想找个偏远僻静的地方聊度余年。

这样看来，或许这不是李贽的失策，而是他在劫难逃。

这一年，李贽寓居南京永庆寺，此间，他还编辑了《阳明先生道学钞》八卷、《阳明先生年谱》二卷。对于这件工作，他至为得意，骄傲地写道："我于《阳明先生年谱》，至妙至妙，不可形容，恨远隔，不得尔与方师（方时化）同一绝倒。"

好朋友都力劝李贽不要回麻城。远在北京的袁宏道致信南京好友，请他们一定留住李贽，不要离开南京："弟谓卓老南中既相宜，不必撺掇去湖上也。亭州（麻城）人虽多，有相知如弱侯老师者乎？山水有如栖霞、牛首者乎？房舍有如天界、报恩者乎？一郡巾簪势不相容，老年人岂能堪此？愿公为此老长计，幸勿造次。"

在南京的那几个月，或许是李贽风烛残年里最欢喜的时光。这期间，六十八卷本《藏书》付刻，他还见到了诸多新老朋友：杨起元、焦竑、马经纶、潘士藻、梅国桢、汤显祖、佘永宁、吴世征、李登、李朱山、吴远庵、徐及、无念、程浑之、方沆、曹鲁川、杨定见、袁文炜……这是一份长长的名单，李贽与朋友往来应和，切磋琢磨。二十一年前，他曾寓居南京，那时，他还鲜为人知，而此时，他已是名震四方的大学者。

未几，河槽总督刘东星以漕务的身份巡河到南京，将李贽接到山东济宁，寓居济宁漕署。在这里，李贽受到刘东星的礼遇，却也受到更多人的攻击。著名闽派诗人、博物学家谢肇淛大肆挞伐："近时闽李贽，先仕宦至太守，而后削发为僧，又不居山寺，而遨游四方，以干权贵，人多畏其口而善待之。拥传出入，髡首坐肩舆，前后呵殿。余时在山东，李方客司空刘公东星之门，意气张甚，郡县大夫莫敢与均茵伏。"他毫不吝惜笔墨，以表达对李贽的极度反感："余甚恶之，不与通。"

这一次，向李贽频频出击的又是正人君子。万历四十年（1612）——李贽逝后十年，天大旱，谢肇淛上疏神宗为民请命。他痛陈宦官搜刮民众的行为，指责国家诸多浪费的弊端，语气恳切。神宗虽然感其诚，传旨嘉奖，但最终还是没有采纳他的谏言。天启元年（1621）谢肇淛任广西右布政使，他痛恨吏治腐败至极，屡屡力挽时弊。他设法抑制土司的权力，增兵边境，以抵御安南侵扰，整顿盐政，发展经济。

这个谢肇淛，可谓博学多才，更是爱憎分明。他与李贽一样，同为闽中翘楚，叙年齿，他还年少李贽四十岁。也是这个谢肇淛，却也不顾乡谊与人伦，眼里就容不下一个落拓的书生，频频向李贽发难，频频向李贽投出利刃和各种污言秽语。一个耿直博学的人，不能容忍他的耿直博学的前辈，这到底是因为什么？

正是在这个时候，李贽准备取道潞河回麻城。他知道，麻城人还记恨着他，随时想滋生是非。他出游在外的时候，就叮嘱守院众僧关门闭户，慎而又慎，可是这些年，还是有人不停到龙湖芝佛院寻衅滋事。

李贽是带着病回到麻城的。此次回来，李贽原想安心编书著述，完成选注《法华经》、编辑《言善篇》、继续改正《易因》。自落发至今已有十多年了，朝朝暮暮唯有僧众相伴，他们随他奔波劳碌，驱驰万里，吃了太多的苦，他实在难以忘记他们的友情，李贽想给跟随自己多年的这些朋友和弟子留下点什么。他在《与友人》中写道："俾每夕严寒或月窗风檐之下长歌数首，积久而富，不但心地开明，即令心地不明，胸中有数百篇文字，口头有十万首诗书，亦足以惊世而骇俗，不谬为服侍李老子一二十年也……"

可是，他发现，麻城开始出现"僧尼宣淫"的风言风语，也有人开始称他为"说法教主"。这到底是怎么回事？他写信给焦竑辩解：

生未尝说法，亦无说法处；不敢以教人为己任，而况敢以教主自任乎？……关门闭户，著书甚多，不暇接人，亦不暇去教人，今以此四字加我，真惭愧矣！

他曾经一再抨击耿定向及一些以救世自命的大人先生的好为人师，却从不愿以导师自居。也曾经有人要追随他，他觉得其人有骨有志，方才予以启发开导，当然，这都是出于友情，怎么能称为"说法教主"呢？他不接受。

紧接着，又有风声传出，因为李贽诲淫诲盗，官方要将他递解回原籍福建泉州，以免他危害风气教化。李贽无疑也听到了这些风声，在同一封给焦竑的信中，他写道："若其人不宜居于麻城以害麻城，宁可使之居于本乡以害本乡乎？是身在此乡，便忘却彼乡之受害，仁人君子不如是也……"他更不接受。

李贽不接受，可是，这些需要他接受吗？他想讲理，可是，他又跟谁讲理去呢？

焦竑回信中以诗寄情，邀请李贽再往南京相聚："独往真何事，重过会可期。白门遗址在，相为理茅茨。"

然而，还没等李贽思考，又一件大事发生了。这年冬天的一个深夜，龙湖芝佛院燃起了熊熊大火，顷刻间，下院、上院、塔屋……全部被大火吞噬。人们在大火中奔跑、逃命。有人说，这是新上任的湖广按察司佥事冯应京放的火。冯应京，他的确是最大的嫌疑人，甫一到任，便扬言要"毁龙湖寺，置诸从游者法"。冯应京放火烧了龙湖的芝佛院，砸毁了李贽为百年之后准备的藏骨塔，抓住寺中的小沙弥，要他们交代妖僧李贽现藏何处，又下令麻城县学行查李贽是否藏匿在杨定见等人家中。墙倒众人推，当地的暴民趁机作案，一时间，麻城乱作一团。

此时，李贽还是享受着四品官员待遇的社会名流，为何麻城人敢蔑视王法、向李贽施暴？我们发现，这纷繁复杂的事件背后，还藏着心思缜密的铁腕人物冯应京。

冯应京，安徽人，进士出身，累官至湖广监察御史。冯应京出任湖广按察司佥事时，遇税监陈奉是当地一霸，在这里百般搜刮，甚至掘坟毁屋，剖孕妇，溺婴儿。受害者上诉，从者万人，哭声动地。然而此案却一直被纵容包庇。陈奉也试图将黄金放在食物中贿赂冯应京，被其揭露。陈奉恼羞成怒，焚民居，碎民尸，湖广巡抚支可大不敢出声，冯应京却大义凛然，上疏列陈奉十大罪。此案最后以冯应京被捕入狱结束，令人感叹的是，冯应京于狱中著书，朝夕不倦。他死后，赠太常少卿，谥"恭节"。

冯应京，一个眼里容不得沙子的好官，那些在他治下企图发横财的土豪恶棍，听闻他的名字，纷纷逃窜。"绳贪墨，摧奸豪"，一时间，冯应京"风采大著"。

又一个正人君子、治世能臣！这些被封建体制裹挟，又推动着体制巨轮的正人君子、治世能臣，一次又一次冲出帷帐，向试图挑战体制的李贽射出暗箭，充当了剿杀叛逆者的凶手。

李贽在哪里？

更多的朋友们冲出来，试图替他挡住时代的暗箭。在火灾之前，麻城城关及四乡已有人张贴《驱李贽文》，扬言为麻城人除害。一年前，北通州前御史马经纶在京郊结识了李贽，担心他的安危，致信湖广当局："卓吾今何在？弟盖奉之寓商城黄蘖山中耳。"他得到李贽在麻城的遭遇，立即南下冒雪入楚，想要迎接李贽到通州。

倔强的李贽岂肯服输远去？他来到离麻城不远的商城，在无念和尚所在的黄蘖山法眼寺暂避一时，随时准备回湖广讨回公道。正是在商城，李贽写下了反对盲从、提倡独立思考的《圣教小引》，重申他对于孔子的态度："果有定见，则参前倚衡，皆见夫子；忠信笃敬，行乎蛮貊决矣，而又何患于楚乎？"也就是，无论处在什么场合都可以见到孔子，不论是南北边远地区还是楚地，都可以通行忠实信用、诚恳恭敬。

然而，这一年十二月，武昌爆发了历史上少见的城市民变，李贽的生命历程就此改变。

万历二十九年春，李贽依依惜别了相交二十多年的无念和尚，在心中默默辞别所有与他相濡以沫、相知相敬的"此间相识人"，离开湖广，北上通州。

一路跟随李贽的有不少老朋友。马经纶、新安汪本钶、麻城杨定见，以及僧众十余人。杨定见家中还有堂上老母、枕边妻子，曾因窝藏李贽受到县学的追查，李贽不想再连累他和他的家人，执意请他返回麻城。杨定见依依不舍，执手相望泪眼。沿途不时有久慕李贽之名的学人士子拜会、加入。李贽感慨——

岁晚登黄山，言此是蓬瀛。
我为何病来，君胡自商城？
惭非白莲社，误作苦寒行。

> 赠我七言古，写君雪里青。
> 古木倚孤竹，相将结岁盟。

麻城，是李贽前世注定的心灵故乡，也是他此生归不得的地方。这次惜别，李贽有多少哀恸，多少无奈，已经无从得知了。可是，他一定知道，这一辈子，他不会再有机会回到这里了。像他这般志向高远的人，从来都是四海为家的吧！

三、古来聪听者，或别有知音

上一次从麻城龙湖踏上北往山西的道路，还是万历二十四年（1596）的秋天。入楚十六年以来，这是李贽第一次离开湖广。

毕竟是七十高龄的人了，每一次启程长途跋涉，李贽都深感悲凉，老来病多，形销骨立，留给他的时间不多了，他的诗里充满了"三秋度沁水，九月到西天"的彻骨之寒。这年秋天，他在《秋怀》中吟咏：

> 白尽余生发，单存不老心。
> 栖栖非学楚，切切为交深。
> 远梦悲风送，秋怀落木吟。
> 古来聪听者，或别有知音。

三年前——万历二十一年（1593）春，李贽从武昌回到麻城。

正是在麻城的龙湖芝佛院，李贽好友、浙江道监察御史梅国桢的三女梅澹然落发为尼。梅澹然称李贽为"卓吾师"，李贽也尊称其为

"澹然师"。梅澹然可谓李贽的红颜知己,他在不久前回复她的信中谈及自己治学的志向和感受,不愿意再钻故纸堆。又说,自己年老体衰,病苦渐多,希望早日回到麻城,麻城是他的第二故乡,哪怕他死也要死在麻城。如今,他在武昌完成了《藏书》的修订,终于回来了。

梅国桢为澹然落发事,特地从北京赶回麻城。李贽亦自觉去日无多,开始思考身后事。他请梅国桢为自己的藏骨塔作记,梅国桢欣然命笔,作《书卓吾和尚塔》。梅国桢在文中说:"卓吾之爱其身可谓至矣。余窃怪世人之爱其身者,必享富厚之乐,有妻子之奉,以快意生前,而后为生后计。卓吾捐家屋,守枯寂,厌甘毳,就恶□,且精洁其藏,而又不比于牛眠马鬣之习尚也。卓吾可以寻常比拟乎?余亦不知所为书矣。"

就在世人皆"快意生前,而后为生后计"之时,李贽却坚持"捐家屋,守枯寂,厌甘毳,就恶□",这是怎样一个苦行僧,怎样一个逆行者!

可是,也正是这样的坚忍执着,李贽又成为某些人的眼中钉,麻城掀起了一轮又一轮迫害李贽的风暴。这些人,这些事,李贽都看在眼里,"改岁以来,老病日侵",他豫立戒约,以使侍者日后有所遵循。李贽的《豫约》共有七条,前五条是戒律式的约言,后两条是遗嘱和自述生平。其中《感慨平生》一文,是后世研究李贽的重要文献。在这部分,他申诉为官的艰难处境,"来而迎,去而送;出分金,摆酒席;出轴金,贺寿旦。一毫不谨,失其欢心";总结"缘我平生不爱属人管"的桀骜性格,是以"宁漂流四外,不归家也":

> 虽然,余之多事亦已极矣。余惟以不受管束之故,受尽磨难,一生坎坷,将大地为墨,难尽写也。

朱熹、苏轼、苏辙、邵雍、司马迁这些大儒的命运给了李贽巨大的鼓励："晦庵婺源人，而终身延平；苏子瞻兄弟俱眉州人，而一葬郏县，一葬颍州。不特是也，邵康节范阳人也，司马君实陕西夏县人也，而皆终身流寓洛阳，与白乐天本太原人而流寓居洛一矣。""盖世未有不是大贤高品而能流寓者"，这个世界上就没有品行不清净高洁而流落他乡的贤者，此时，李贽回望自己的一生，悲喜交集——那些磨难曲折，那些崎岖坎坷，纵使以大地为墨，又怎能书写得明白？他叹息说："我愿尔等勿哀，又愿尔等心哀，心哀是真哀也。真哀自难止，人安能止？"

《藏书》的写作、修订是个巨大的工程，李贽好像放下了背在身上的巨石，松了一大口气。他在给焦竑的信中写道：

> 山中寂寞无侣，时时取史册批阅。……自古至今，多少冤屈，谁与辨雪！故读史时真如与百千万人作对敌，一经对垒，自然献俘授首，殊有绝致，未易告语。今不敢谓此书诸传皆为妥当，但以其是非堪为当前人出气而已。

《藏书》不藏。《藏书》未经刊印，便在师友间广为传抄阅读，万历二十八年（1600）在南京公开刊印，更如巨石投水，波浪滔天，一时"金陵盛行"，洛阳纸贵，"海内又以快意而歌呼读之"（陈仁锡《无梦园集》）。尽管李贽自言："藏书者何，言此书但可自怡，不可示人，故名曰藏书也。"可是，天真的李贽不知道，这又怎么可能？

得知李贽回到麻城，"公安三袁"袁氏三兄弟宗道、宏道、中道开心不已，他们立即邀请朋友王以明、龚散木一行五人自荆州泛舟而下，前往龙湖拜访李贽。

这一天，正值端午，皓月当空，李贽与袁氏三兄弟、王以明、龚散木六人在堂上饮酒赏月。李贽兴致大发，道："今日饮酒无以为乐，请诸君各言生平像何人。"

袁宗道在三兄弟中最长，他沉默了一会儿，说："我最爱苏东坡，但我又不像他，我看自己还是最像白居易吧！"

王以明接着袁宗道说："庄周。"明朝开国二百余年，崇尚儒家之道，老庄之学一度荒凉。李贽曾著《庄子解》，他对庄子"以真为贵"的精神气质大为赞赏。可是，庄子所贵之真，是万物的本相和人的自然本性，而王以明与庄子之间仍差距甚远。李贽坦率地说："庄子太高了，你且说个近似的。如果说是庄子的话，恐怕你还不知道他的学说的着落处。"

李贽又问袁宏道。袁宏道说："我最喜欢竹林七贤中的嵇康。"李贽想了想说："似乎也不大像。"

于是李贽便问袁氏三兄弟中最小的袁中道，中道大笑回答说："我从来只爱齐人，家有一妻一妾，又终日觅得有酒肉。"对这玩世不恭的回答，李贽并不意为忤逆。他评点道："你却有廉耻，不会说像古书中说的那个齐国人，白日在外乞讨，晚上回家哄妻妾说是整日与达官贵人在一起喝酒吃肉。我看，你最是谨慎周密。你的疯癫放浪，都是装出来的，诸位不要信他。"大家都大笑，开怀不已。

李贽再问龚散木，散木说："我最爱李太白。"

少顷，李贽半是顽皮半是认真地说："诸位来评一评我，如何？"袁宗道说："李耳。"李贽连连否认："我怎么能跟老子相比呢？"袁中道说："你就是盗跖。"李贽闻之大笑："盗跖也不容易啊！昔日在黄安时，亦有友人对我说，你就是林道乾，是泉州的大海盗，横行各郡县，无人敢惹。你们了解林道乾吗？他亦有趣。有一次他回到家中，被官兵团团围住，他照样与众人高饮不顾。到了天亮，官兵打杀进去，却不见了他的踪影。你们看，他要戏朝廷命官如同小儿，亦算胆大包天了！"

袁宏道则说，李贽还是像东汉时的太学生领袖李膺。

接着，李贽请众人互评，又为这次"龙湖雅会"做了总结："袁宗道气量像黄书度，学识似管宁；袁宏道像刘禹锡和柳宗元，他二人相扶相持，柳宗元被放逐到柳州，刘禹锡则被放逐到更僻远的播州，柳宗元要求以柳州换播州，可见其患难真情。袁中道像袁彦通，一掷百万，倚马万言。"李贽又说："凡我辈人，这一点情，古今高人个个有之；若无此一点情，便是禽兽。"

李贽也不客气地品评自己："我骨气也像李膺，然李膺事，我却有极不肯做的。"东汉李膺以天下名教之是非为己任，被视为传统的伦理至上主义者。李贽认为李膺虽有骨气，但是自己绝对不会像李膺那样维护名教。袁中道闻之，说："古人有者，我不必有；我所有者，古人未必有。大约风神气骨，略有相肖处耳。"李贽很欣慰，高兴地回答："善。"

五月十五的龙湖，夜凉如水，月映四野。众人谈兴甚浓，话语遂长。不觉时光流逝，已是夜半时分，寒意入骨生凉，六人方才散去。

这场前无古人后无来者的"龙湖雅会"，被袁中道记录在《柞林纪谭》中，今人得以一窥究竟。正是缘于这次"龙湖雅会"，让李贽对"公安三袁"有了足够的了解和认知：袁宗道沉稳忠实，袁宏道、袁中道二人英武奇特，不愧为天下名士。若论胆识与魄力，袁宏道迥绝于世，是真英灵男儿也！也正缘于这次"龙湖雅会"，李贽发现，袁宏道有能力从哲理的高度把握自己的学问精髓，可以交付重任。

在李贽离经叛道思想的启迪下，袁宏道视野大开，"始知一向掇拾陈言，株守俗见，死于古人语下，一段精光不得披露"。从此，他决心改变诗文创作之风，"能为心师，不师于心；能转古人，不为古转。发为语言，一一从胸襟流出"。他受李贽"童心说"影响，在《叙小修诗》一文中提出公安派的文学主张"性灵说"，在文风凋敝的晚明，举起了文学革新运动的旗帜，自此卓然独立。

这一天，李贽终于准备离开令他无比眷恋又无比伤心的麻城了。金秋九月，金桂飘香，李贽抵达山西沁水。也就是在这里，李贽在回复朋友的回答时第一次提到了自己的结局——"荣死诏狱"。"吾当蒙利益于不知我者，得荣死诏狱，可以成就此生。"言罢，鼓掌大笑："那时名满天下，快活快活！"

谁料想，此言一语成谶。

在山西，李贽真正感到茫然无归的痛苦，可是，他决意无怨无悔。此间，他听闻焦竑被贬为行人，继而被谪为福建福宁州同知，写信劝慰：

世间戏场耳，戏文演得好和歹，一时总散。何必太认真乎……觇笔亦有甚说得好者："乐中有忧，忧中有乐。"夫当乐时，众人方以为乐，而至人独以为忧；正当忧时，众人皆以为忧，而至人乃以为乐。此非反人情之常也，盖祸福常相倚伏，惟至人真见倚伏之机，故宁处忧而不肯处乐。人见以为愚，而不知至人得此微权，是以终身常乐而不忧耳，所谓落便宜处得便宜是也。

人生如戏，聚散有时。

李贽天生异禀，冰雪聪灵，他明明看懂了这些，掏心掏肺地劝导焦竑，在信的结尾还贴心地问："兄倘以为然否？"可是，他却在自己的戏场里入戏太深，衷肠百结，以致付出生命的代价。

刊刻《藏书》时，李贽在《藏书世纪列传总目前论》中，反复强调写作动机——人人都有不同的是非标准，"人之是非，初无定质。人之是非人也，亦无定论。无定质则此是彼非，并育而不相害。无定论则是此非彼，亦并行而不相悖矣"。在书中，他提出疑问："后三代，汉唐宋是也，中间千百余年而独无是非者，岂其人无是非哉？"并做出结论："咸以孔子之是非为是非，故未尝有是非耳。"

历史就像一盘大棋，风云变幻，高手云集，千百年来，这些高手将孔子学说打造为封建道德理论的基石。可是，李贽偏偏不以孔子之是非为是非。不仅不以孔子之是非为是非，还按照自己的理解和判断，对千百年来的人物重新做了评估和分类——从来都被认为是"草寇"的陈胜、项羽、公孙述、窦建德、李密，李贽将他们堂而皇之地列入了《世纪》里，与唐太宗、汉武帝等并列。他将评语也重新做了修正，称誉陈胜"古所未有"，项羽"自是千古英雄"；秦始皇"自是千古一帝"，然焚书坑儒，终致覆灭；而汉惠帝呢？仅作附录，因为"无可纪"。他还在《大臣传》中《容人大臣传》末评论："后儒不识好恶之理，一旦操人之国，务择君子而去小人，以为得好恶之正也。夫天有阴阳，地有柔刚，人有君子，小人何可无也。君子固有才矣，小人独无才乎？君子固乐于向用矣，彼小人者独肯甘心老死于黄馘乎？是皆不可以无所而使之有不平之恨也。"将人作为他的出发点，只有人的现实才是真正的现实。这就是李贽的学术之道。

他自信《藏书》定是"万世治平之书，经筵当以进读，科场当以选士"，而他，会在这本书中获得永生。自春秋战国时期百家争鸣时代结束，西汉"罢黜百家，独尊儒术"，此后千百年来封建伦理秩序井然，中国思想文化定于儒教，李贽偏要捅破这严严密密的天空，大喊一声："执一便是害道！"

这还了得？怎容他如此大逆不道！

四、寂寞从人谩，疏狂一老身

"天下嗜卓吾者，祸卓吾者也。"

《藏书》刊刻之后，秉性耿直、富贵显赫的翰林院编修陈仁锡在他的《无梦园集》中这样写道。

若干年后，恰是这个陈仁锡，协助崇祯皇帝朱由检除掉了魏忠贤，惩治了阉党。明王朝建国历270余年，也许，这样的人和事，都是最后的光辉了。

翰林院编修之后，陈仁锡以右春坊右中允出任武举会试主考官，升为国子监司业，再直经筵讲官，以预修神宗、光宗二朝实录，升右谕德，直至黯然退场。

回到这部书，陈仁锡在其中记录了很多亲身经历的有趣事情，涉猎颇广，所记颇详，包括契丹国情、边防地理、屯田茶海，卷端有他手绘的《山海关内外边图》。此部书还被列入了清朝的《禁书总目》《违碍书目》。也是在这部书中，他如此评价李贽和身边的林林总总。离经叛道、肆无忌惮的《藏书》在知识文化界越是受到欢迎，就越是引起卫道者的恐慌。

聪明如李贽者，怎会不知道"嗜卓吾者"与"祸卓吾者"都是何许人也？

越来越多的人走进了他的朋友圈，相知的心灵不需要手臂就可以相拥。可也有越来越多的人加入了猎杀他的队伍，他们虎视眈眈、气势汹汹、枕戈待旦，等待着李贽走进他们精心织就的天罗地网。对那些磊落君子譬如耿定理的哥哥耿定向者，李贽不惜用一辈子时间与他论战。可是，对于那些鸡鸣狗盗的宵小之徒，李贽直接抛出白眼，把不屑写在脸上，最大的蔑视就是连眼珠都不错一错。

自万历十八年（1590）始，整整八年时间，他一直在四处避难，自麻城到武昌，从武昌到汉阳，由汉阳到武昌，又自武汉赴麻城，从麻城至沁水，由沁水到大同。

其实，早在万历十六年（1588），李贽便住进了龙湖芝佛院。这次搬家，他希望躲开那些让他烦恼的人。

龙湖，这端的是个好地方！李贽开心极了，他兴冲冲地在《初居湖上》一诗中写道："迁居为买邻"。

四年后——万历二十年（1592），"公安三袁"同访龙湖。在《龙湖记》中，袁宗道对这里怡情养性的风物大加赞赏："万山瀑流，雷奔而下，与溪中石骨相触，水力不胜石，激而为潭。潭深十余丈，望之深青，如有龙眠，而土之附石者，因而夤缘得存。突兀一拳，中央峙立，青树红阁，隐见其上，亦奇观也。"他发现自己被美景所惑，忘记来意，自嘲道："余本问法而来，初非有意山水，且谓麻城僻邑，当与屠陵、石首伯仲，不意其泉石幽奇至此也。"

龙湖，距麻城三十里，依山傍水，风光旖旎。此时，李贽已逾耳顺之年，在芝佛院这个简朴的寺院，他找到了家的感觉。李贽将芝佛院右边的"聚佛楼"做起居的精舍，在"寒碧楼"侧辟一洞为藏书所，"闭门下键，日以读书为事"，准备在这里安居乐业、了此残生了。

李贽不仅把芝佛院当作了家，还煞有介事地做起了主人。袁中道评价这个爱干净、有洁癖、性耿直，志合则不以山海为远、道不同则不相为谋的老头儿说："性爱扫地，数人缚帚不给。衿裙浣洗，极其鲜洁，拭面拂身，有同水淫。不喜俗客，客不获辞而至，但一交手，即令之远坐，嫌其臭秽。其忻赏者，镇日言笑，意所不契。寂无一语。滑稽排调，冲口而发，既能解颐，亦可刺骨。"

这是怎样一个视书如命、为书而生亦为书而死的人？他读书如痴，他能为之哭，也能为之笑。他的朋友周友山记录了他读书的趣事：手捧书卷，常常读着读着就感动不已，"感激流涕"。

李贽将自己的读书观写成了一篇《读书乐》：

> 天生龙湖，以待卓吾。天生卓吾，乃在龙湖。
> 龙湖卓吾，其乐何如。四时读书，不知其余。
> 读书伊何，会我者多。一与心会，自笑自歌。
> 歌吟不已，继以呼呵。恸哭呼呵，涕泗滂沱。
> 歌匪无因，书中有人。我观其人，实获我心。
> 哭匪无因，空潭无人。未见其人，实劳我心。
> 弃置莫读，束之高屋。怡性养神，辍歌送哭。
> 何必读书，然后为乐。乍闻此言，若悯不谷。
> 束书不观，吾何以欢。怡性养神，正在此间。
> 世界何窄，方册何宽。千圣万贤，与公何冤。
> 有身无家，有首无发。死者是身，朽者是骨。
> 此独不朽，愿与偕殁。倚啸丛中，声震林鹘。
> 歌哭相从，其乐无穷，寸阴可惜，曷敢从容！

尽管书中没有黄金屋，也没有颜如玉，却有歌哭相从，李贽乐在其中，其乐无穷。

麻城，李贽把生命中思维最活跃、生命最旺盛的岁月交付给了这里，《说书》《焚书》《藏书》的个别单篇文章相继在麻城刻行。他在《自刻〈说书〉序》中说："以此书有关于圣学，有关于治平之大道……倘有大贤君子欲讲修、齐、治、平之学者，则余之《说书》，其可一日不呈于目乎？"他在《〈焚书〉自序》中写道：

> 独《说书》四十四篇，真为可喜，发圣言之精蕴，阐日用之平常，可使读者一过目便知入圣之无难，出世之非假也。信如传注，则是欲入而闭之门，非以诱人，实以绝人矣，乌乎可！其为说，原于看朋友作时文，故《说书》亦佑时文，然不佑者故多也。

为何取名《藏书》《焚书》呢？李贽说：

> 自有书四种：一曰《藏书》，上下数千年是非，未易肉眼视也，故欲藏之，言当藏于山中以待后世子云也。一曰《焚书》，则答知己书问，所言颇切近世学者膏肓，既中其痼疾，则必欲杀我矣，故欲焚之，言当焚而弃之，不可留也。《焚书》之后又有别录，名为《老苦》，虽同是《焚书》，而另为卷目，则欲焚者焚此矣。

《焚书》收入他万历十八年以前所写的书信、杂著、史论、诗歌等。李贽之所以不顾"逆耳者必杀"的危险，毅然决定在麻城刻行书稿，因为他认定此书是"人人之心"，必将存之长久。而这些，会是将那些宵小之徒照出原形的。

麻城，也将李贽一生中最好的知音留在这里。只要李贽开坛讲学，不管哪座寺庙，不管哪个衙门，不论是庙堂之上还是江湖之远，官员、商贾、和尚、樵夫、农民，甚至连女子也勇敢地推开锈住了的闺门，他们纷纷跑来听李贽讲课，一时间，满城空巷，路无拾遗。

李贽寓居龙湖，可他还惦记着外面的世界。万历二十年（1592），李贽接到朋友陆思山来信，始知二月间发生了震撼朝野的"西事"——宁夏兵变。临近三月，朝廷多次接到倭寇"谋犯天朝"的告急情报，此是李贽所言"东事"。东西夹击，朝廷焦头烂额。李贽虽处江湖之远，却心忧天下。

对于这一东一西的紧急情况，李贽和刘东星的看法并不相同。《续焚书》收录了这篇《西征奏议后语》：

  刘子明（东星字）宦楚时，时过余。一日见邸报，东西二边并来报警，余谓子明："二俱报警，孰为稍急？"子明曰："东事似急。"盖习闻向者倭奴海上横行之毒也。余谓："东事尚缓，西征急耳。朝廷设一公任西事，当若何？"子明徐徐言曰："招而抚之是已。"余时嘿然。子明曰："于子若何？"余即曰："剿除之。无俾遗种也。"子明时矣嘿然，遂散去。

然而，这一次，李贽或是错了。

西事，也就是宁夏兵变，从二月己酉（十八日）开始，到九月壬申（十六日）才平定。东事，则愈演愈烈。

十六世纪中期，日本除时常寇掠明朝沿海外，还不断地侵扰朝鲜。朝鲜迫不得已，乃派兵将其根据地对马岛肃清。嗣后日本又要求与朝鲜通商，但受到了严格限制。丰臣秀吉在平定各部诸侯，统一日本后，便开始积极整顿内政。丰臣秀吉是一个毫不掩饰野心的人，在给小妾浅野氏的信中说："在我有生之年，誓将明之领土纳入我之版图。"

几千年来，朝鲜是中国东边的屏障，丰臣秀吉侵略中国必须先摧毁朝鲜，万历二十年一月，丰臣秀吉正式发布命令出征朝鲜。五月，日军十数万大军挥师越过对马岛，进犯朝鲜，攻陷王京（汉城），准备进一步侵略中国。朝鲜国王弃城北奔鸭绿江边义州，遣使向明廷求救。七月，神宗派副总兵祖承训率师援朝。

这场历史上著名的抗日援朝战争，历经七年时间，最后以中朝联军的胜利而告终。

历史何其相似乃尔？三百余年后，这一幕又以另一种方式重演。

宁夏兵变事态日渐严重，朝廷天天在征兵选将，李贽也为此焦虑不已。浙江道监察御史梅国桢上疏，推荐李如松为总兵官，表示自己愿以御史监军。四月十七日，梅国桢获准以监军前往宁夏平叛。李贽听到这个消息，"喜见眉睫"，走告刘东星，对平叛充满信心。

李贽对"西事"格外关注，又愤而写下《二十分识》和《因记往事》两篇文章，表达对"国事"和"人才"的迫切关心。

> 有二十分见识，便能成就得十分才，盖有此见识，则虽只有五六分才料，便成十分矣。
>
> 有二十分见识，便能使发得十分胆，盖识见既大，虽只有四五分胆，亦成十分去矣。是才与胆皆因识见而后充者也。空有其才而无其胆，则有所怯而不敢；空有其胆而无其才，则不过冥行妄作之人耳。盖才胆实由识而济，故天

下唯识为难。有其识，则虽四五分才与胆，皆可建立而成事也。然天下又有因才而生胆者，有因胆而发才者，又未可以一概也。然则识也、才也、胆也，非但学道为然，举凡出世处世，治国治家，以至于平治天下，总不能舍此矣，故曰"智者不惑，仁者不忧，勇者不惧"。智即识，仁即才，勇即胆。蜀之谯周，以识胜者也。姜伯约以胆胜，而无识，故事不成而身死；费祎以才胜而识次之，故事亦未成而身死，此可以观英杰作用之大略矣。三者俱全，学道则有三教大圣人在，经世则有吕尚、管夷吾、张子房在。空山岑寂，长夜无声，偶论及此，亦一快也。怀林在旁，起而问曰："和尚于此三者何缺？"余谓我有五分胆，三分才，二十分识，故处世仅仅得免于祸。若在参禅学道之辈，我有二十分胆，十分才，五分识，不敢比于释迦老子明矣。若出词为经，落笔惊人，我有二十分识，二十分才，二十分胆。呜呼！足矣，我安得不快乎！虽无可语者，而林能以是为问，亦是空谷足音也，安得而不快也！

在《因记往事》中，李贽更加愤慨地写道：

嗟乎！平居无事，只解打恭作揖，终日匡坐，同于泥塑，以为杂念不起，便是真实大圣大贤人矣。其稍学奸诈者，又挽入良知讲席，以阴博高官，一旦有警，则面面相觑，绝无人色，甚至互相推委，以为能明哲。盖因国家专用此等辈，故临时无人可用，又弃置此等辈有才有胆有识之者而不录，又从而弥缝禁锢之，以为必乱天下，则虽欲不作贼，其势自不可尔。

　　设国家能用之为郡守令尹，又何止足当胜兵三十万人已耶！又设用之为虎臣武将，则阃外之事可得专之，朝廷自然无四顾之忧矣。唯举世颠倒，故使豪杰抱不平之恨，英雄怀罔措之戚，直驱之使为盗也。余方以为痛恨，而大头巾乃以为戏；余方以为惭愧，而大头巾乃以为讥：天下何时太平乎？故因论之才识胆，遂复记忆前十余年之语。吁！必如林道乾，乃可谓有二十分才、二十分胆者也。

李贽在这篇文章中不惜笔墨称赞巨盗林道乾横行海上三十余年至今犹安然无恙，"其才识过人，胆气压乎群类"，"有二十分才、二十分胆"。他又说："设使以林道乾当郡守二千石之任，则虽海上再出一林道乾，亦决不敢肆，设以李卓吾权替海上之林道乾，吾知此为郡守林道乾者，可不数日而即擒杀李卓老，不用损一兵费一矢为也。……则谓之曰二十分识亦可也。"

如此狂妄之言，也只有李贽说得出来。

今天，我们已经很难想象李贽在当时的一言一行所引起的震荡，更难以想象他所遭受的来自方方面面的巨大压力。毫无疑问的是，不论是在思想道德、在知识建构，还是在公共舆论上，他都引发大明王朝前所未有的山崩地裂、山呼海啸。

五、不见舍利佛，复隐知是谁

万历十六年（1588）夏，大饥。

六月，苏州、松江等府大旱，太湖水涸。

九月，甘肃兵变。

十二月，吏科给事中李沂上疏，极言神宗贪财坏法。神宗震怒，将李沂廷杖六十，削职为民。

年底，工匠刘汝国领导农民起义，自称"顺天安民王"。

有明一朝，山崩地裂、山呼海啸时时浮现。这一年，格外不太平。

然而，这一年，对李贽来说，却是自得自重、收获满满的一年。他从维摩庵搬到芝佛院，生活变得简单、富足。春夏之间，李贽写成了他的《藏书》初稿，评说数千年历史，"颠倒千万世之是非"。袁中道在《李温陵传》记录道："与僧无念、周友山、丘坦之、杨定见聚，闭门下键，日以读书为事。……所读书皆抄写为善本，东国之秘语，西方之灵文，《离骚》，马、班之篇，陶、谢、柳、杜之诗，下至稗官小说之奇，宋元名人之曲，雪藤丹笔，逐字雠校，肌擘理分，时出新意，其为文不阡不陌，摅其胸中之独见，精光凛凛，不可逼视。诗不多作，大有神境。"

这一年，还有一件事，一件今天看来小得不能再小的事，在当时却引起了轩然大波。

时令已是夏季，万历十六年麻城的夏天格外酷热。抄录完书稿，李贽派人专程送到南京请焦竑审阅并为之作序。完成了这件大事，李贽顿时觉得轻松许多。这个夏天，李贽以"有饭吃而受热，比空腹受热者"总好过些为理由，为暑热辩护，为自己解凉。可是完成了这件大事以后，他发现，毒日愈加当空，溽热愈加难耐。

这一日，李贽只觉得热得头皮发痒，浑身难受。汗臭蒸腾，头屑飞扬，这让李贽难以忍受。搔而复痒，痒而复搔，不胜其烦，李贽自觉秽不可当。他是个有洁癖的人，此情此景，更是难受。放眼望去，侍候他的无念和尚弟子在剃头，不禁眼睛一亮。李贽叫来侍者，命其为自己落发。

侍者手艺不凡,转瞬之间,李贽就剃了个干净利落的光头,自是凉快了许多,也痛快了许多。

李贽在《与曾继泉》中谈到落发的原因:

> 其所以落发者,则因家中闲杂人等时时望我归去,又时时不远千里来迫我,以俗事强我,故我剃发以示不归,俗事亦决然不肯与理也。又此间无见识人多以异端目我,故我遂为异端以成彼竖子之名。兼此数者,陡然去发,非其心也。

李贽在给焦竑的复信中,也谈到了毅然落发的原因,那就是:"今世俗子与一切假道学,共以异端目我,我谓不如遂为异端,免彼等以虚名加我,何如?"简单说来,就是——既然你们把我看作异端,我就索性做出异端的样子让你们看看!

落发之后,李贽反复总结自己落发的原因,可见这在当时的的确确是一件天大的事。他说,自己落发的另一个原因是不愿受地方官的管束,他在《感慨平生》中写道,落发实在是不得已的事情:

> 缘我平生不爱属人管。夫人生出世,此身便属人管了。幼时不必言,从训蒙师时又不必言;既长而入学,即属师父与提学宗师管矣;入官,即为官管矣。弃官回家,即属本府本县公祖父母管矣。来而迎,去而送;出分金,摆酒席;出轴金,贺寿旦。一毫不谨,失其欢心,则祸患立至,其为管束至入木埋下土未已也,管束得更苦矣。我是以宁漂流四外,不归家也。其访友朋求知己之心虽切,然已亮天下无有

知我者；只以不愿属人管一节，既弃官，又不肯回家，乃其本心实意。

李贽描述了一幅人们无不生活在枷锁之中的近乎恐怖的画面，而这些，恰恰又正是儒家仁义道德的基本内容，李贽断然落发，是他的"本心实意"，他虽然落发，却并未受戒，照样可以吃肉喝酒，照样可以用"本心实意"说些似乎是疯疯癫癫的真话。所以，他在这篇文章的结尾写道："故兼书四字，而后作客之意与不属管束之情畅然明白，然终不如落发出家之为愈。盖落发则虽麻城本地之人亦自不受父母管束，况别省之人哉！"

李贽落发的事情惊动了好朋友。袁中道在李贽落发的第二年见到了他，为他的形象大吃一惊，他认真记录下这件事："岁己丑（万历十七年），余初见老子（李贽）于龙湖。时麻城二三友人俱在，老子秃头带须而出，一举手便就席。……余曰：'如先生者，发去须在，犹是剥落不尽。'老子曰：'吾宁有意剥落乎？去夏头热，吾手搔白发，秒不可当，偶见侍者方剥落，使试除之，除而快焉，遂以为常。'爰以手拂须，曰：'此物不碍，故得存耳。'众皆大笑而别。"任情适性，率意而为，这就是李贽。

李贽落发的事情不仅惊动了好友，还惊动了那些暗地里张开罗网伺机而动的人，从堂堂四品知府变成闹市中的一个狂禅，这简直是丑闻，简直是骇人听闻！

李贽又一次为旧势力所不容。数千年来，中国男人以长发盘于头顶。那个时候，长发有着特殊的象征意义，特别是男人，甚至把头发看得比生命还重要，头可断，发不可断。

知县邓鼎石亲自登门恳请李贽留发，他是如此情真意切，以致

"泣涕甚哀",他是一县之长,是父母官,有责任维护本地"风化"。为了说服李贽,邓鼎石甚至抬出他的老母亲,说此行是"奉母命"劝"李老伯"蓄发:"你若说我乍闻此事,整整一天不吃饭,饭来也吞咽不下,李老伯必定会留发的。你若能劝得李老伯蓄发,我便说你是个真孝子,是个第一好官。"

可是,李贽不为所动。

他落发的原因是复杂的,面对他落发的外部环境更加复杂。然而,李贽不想因为重重压力退缩,将自己打扮成一个殉道者:"则以年纪老大,不多时居人世故耳",此话甚真。他既有任情适性不惹事不怕事的一面,也有深谋远虑计较厉害,终以余年不多,一无所求,决计豁出去老命一搏。

其实,李贽的所作所为与他的思想观念是密切联系的,这就是他的"童心说"。何为"童心"?李贽说:

> 夫童心者,真心也。若以童心为不可,是以真心为不可也。夫童心者,绝假纯真,最初一念之本心也。若失却童心,便失却真心;失却真心,便失却真人。人而非真,全不复有初矣。童子者,人之初也;童心者,心之初也。

李贽用他的"童心"来生活,便有了他的"任情适性",落发自然。他将这种观念用在了文学思想上,便有了他的"标新立异",自成一格。他在《童心说》中这样写道:

> 诗何必古选,文何必先秦。降而为六朝,变而为近体,又变而为传奇,变而为院本,为杂剧,为《西厢曲》,为

《水浒传》，为今之举子业，皆古今至文，不可得而时势先后论也。故吾因是而有感于童心者之自文也，更说甚么六经，更说甚么《语》《孟》乎？

李贽有一个知识渊博、学养深厚的隐士朋友叫作周晖。李贽辞世八年后，周晖从其稿本《尚白斋客谈》中精选相关内容，编成了四卷本《金陵琐事》，记录了那个时代各种趣人趣事。他在《金陵琐事》中写道："（李贽）尝云：'宇宙内有五大部文章：汉有司马子长《史记》，唐有杜子美集，宋有苏子瞻集，元有施耐庵《水浒传》，明有李献吉集。'余谓：'《弇州山人四部稿》更较弘博。'卓吾曰：'不如献吉之古。'"

李贽认为，天下有五大名著，分别是司马迁的《史记》、杜甫的诗集、苏东坡的文集、施耐庵的《水浒传》、明朝李梦阳的诗文集，他将此并称为"五大"。

以此"童心"而论古人文章，李贽极为推崇苏轼。他在给焦竑的《复焦弱侯》一文中说："苏长公何如人，故其文章自然惊天动地。世人不知，只以文章称之，不知文章直彼余事耳，世未有其人不能卓立而能文章垂不朽者。"从前，人们只会夸东坡文章写得惊天动地，其实他们不知道，与文章相比，苏东坡其人更是卓然不群。只有顶天立地的人物，才能写出来永垂不朽的文章。

更有意思的是，李贽把历史上的大诗人分成"狂者"和"狷者"两类，且引一段如下：

李谪仙、王摩诘，诗人之狂也；杜子美、孟浩然，诗人之狷也。韩退之文之狷，柳宗元文之狂，是又不可不知也。

> 汉氏两司马,一在前可称狂,一在后可称狷。狂者不轨于道,而狷者几圣矣。

李贽还把苏轼和苏辙两兄弟分为了两类,他认为苏轼是"狂者",而苏辙是"狷者"。李贽推崇杜甫,他认为杜甫有真性情,并且说杜甫的人格比其诗更好。当年李贽在杜陵池畔写过《南池二首》:

> 济漯相将日暮时,此地乃有杜陵池。
> 三春花鸟犹堪赏,千古文章只自知。

> 水入南池读古碑,任城为客此何时。
> 从前只为作诗苦,留得惊人杜甫诗。

李贽把杜甫的诗视之为千古文章,并且以"惊人"来形容杜甫的诗作,可见其对杜甫是何等的夸赞。同时他还认为古人中只有谢灵运、李白和苏轼能够称为"风流人物",他在《藏书·苏轼》中写道:"古今风流,宋有子瞻,唐有太白,晋有东山,本无几也。必如三子,始可称人龙,始可称国士,始可称万夫之雄。用之则为虎,措国家于磐石;不用则为祥麟,为威凤。天下后世,但有悲伤感叹悔不与之同时者耳。孰谓风流容易耶?"这三人,真可谓"人中龙"。

人是不是总会活成自己偶像的样子?此时的李贽,也许不会想到,短短五年之后,他将要与朋友们在麻城有一场惊天动地的"龙湖雅集",在群星璀璨、酣畅淋漓的夜晚,他们纵评天下,臧否古今。他更不会知道,在他身后的某一天,袁中道在《跋李氏遗书》中写了一句掷地有声的话:"卓吾李先生,今之子瞻也。"

袁中道将李贽与苏东坡做了全面的比较，得出结论："才与趣，不及子瞻，而识力、胆力，不啻过之。"

李贽虽然有"童心"，鄙视道貌岸然的虚伪，欣赏返璞归真的朴拙，但是以他的智慧和聪敏，他也有看透人生的一面，他在《评三国志演义》中称：

曹家戏文方完，刘家戏子又上场矣，真可发一大笑也。虽然自开辟以来，哪一处不是戏场，哪一人不是戏子，哪一事不是戏文，并我今日批评《三国志》，亦是戏文内一出也。呵呵！

人生如戏，戏如人生，所以一切都用不着认真。所以不难理解他落发之后，何以一如既往喝酒吃肉。这就是李贽的"童心"，于是，他在《焚书》中感慨："出家为何？为求出世也。"

由此，琼州守周思久评价李贽和耿定理，"天台重名教，卓吾识真机"。天台指的是耿定理，卓吾自然是李贽。周思久解释说，"重名教"就是"以继往开来为重"，"识真机"就是"以任真自得为趣"。

不管怎样，李贽落发后的心情是复杂的，却也是平静的，宛如一场暴风雨过后，大地一片安宁，万物一片安详。可是，这安静的背后，焉知不是又一场暴风雨即将来临？

六、歌罢击唾壶，旁人说狂夫

最令人不解的是，姚安知府李贽在官运亨通的时候决定辞官。

李贽的生命里，也许注定了一场暴风雨接着另一场暴风雨。

第一场暴风雨是什么时候开始的？李贽已经不记得了。可是，让历史刻骨铭心的那场暴风雨，发生在万历八年（1580）的春天。

三月，李贽在云南姚安府的任期即将满三年。再稍待一些时日，他即可有望升迁。官场的秘诀就是一个字，"熬"，熬过了山穷水复，就迎来了柳暗花明，最终将抵达前程似锦。这个时候，全中国的官吏加起来还不到两万人，李贽已经是四品知府，像他这样四品以上的官员不足五千人，可谓凤毛麟角。在平常人眼里，跻身这样的群体，是多么荣耀、多么尊贵啊！

初春的滇北，已是春意盎然。奔放不羁的九重葛开遍山野，五彩缤纷的虞美人高傲圣洁，晚风吹拂，残霞似血。

李贽身穿粗布便衣，在姚安府衙署庭院的小路上，焦虑地踱步。此时，他站在生命的十字路口，未来的路该怎么走？他有两个选择——顺着原来的路安然走下去，是高官厚禄、光宗耀祖，也是卑躬屈膝、放弃自我；转身离开，走向自由自在、无拘无束的世界，迎来的是随心所欲，却也可能走向清贫、苦难、凶险，甚至死亡。他时而彷徨，时而坚定，时而蹙眉沉思，时而果决坚毅。

自出仕以来，迭经世事变故，如今已是知天命之年，可是，天命何在？对清议辩学，与众人相左，就已经危险重重；见于之行，施之于政，与上官衙门尽相违逆，就更加巢幕游釜，祸变莫测。

况且，朝廷如今的制度有个不成文的规定，非进士出身不入翰林院，非翰林院士不入内阁。李贽不过是举人出身，纵然"既有大才，又能不避祸害，身当其任，勇以行之，而不得一第，则无凭，虽惜才，其如之何"！加之，"才有巨细，巨才方可称才也。有巨才矣，而肯任事者为尤难"。如李贽这般千里马，又从不见所谓伯乐，如此这般，徒唤奈何！

在递交这份辞呈之前，他再三权衡，这决定是否明智。往事一幕幕闪现，让他心痛不已。云南地方官吏至今提起云南布政使徐樾之死，仍让他齿寒心凉。徐樾年轻时即追随王阳明的心学。王阳明的弟子、泰州学派创始人王艮对徐樾极为欣赏，曾对内人说："彼五子乃尔所生，是儿乃我所生。"将徐樾视为亲生。王艮考察徐樾前后达十一年之久，逝世前授徐樾以大成之学。可是，如此这般天降大任之才，却死于非命。嘉靖年间，元江府土舍那鉴杀土知府那宪，攻州劫县，诱杀了前往议降的徐樾，姚安土官高鹄往救时亦战死，世宗兴兵讨伐不克，便允许那鉴纳象赎罪。时人作歌谣唱道："可怜二品承宣使，只值元江象八条。"如徐樾者，不过如此，人在乱世，犹能奈何，行路难，行路难，多歧路，今安在？

历尽万般红尘劫，犹如寒风再拂面。

李贽下定决心，不再犹豫。这天，正值侍御刘维巡按楚雄，李贽谢却簿书，封了府库，携家离开姚安到楚雄去见刘维，"乞侍公一言以去"，要求刘维批准他辞官退休。

刘维却不同意："姚安守，贤者也。贤者而去之，吾不忍。非所以为国，不可以为风，吾不敢以为言。即欲去，不两月，所为上其绩而以荣名终也，不其无恨于李君乎？"

李贽回答："非其任而居之，是旷官也，贽不敢也。需满以幸恩，是贪荣也，贽不为也。名声闻于朝矣，而去之，是钓名也，贽不能也。去即去耳，何能顾其他？"

刘维坚持不允。

既如此，执拗的李贽独自去了大理的鸡足山，在那里静静地读佛经。

李贽去意已决，刘维知道已经难以挽回，便将他的辞呈上交朝廷，终获批准，得致其仕。此时，已是七月。

李贽得知，如释重负，他性爱山水，在云南的奇山异水中肆意地徜徉数月，尽览滇中之胜。浮世万千，繁花落尽，可是，李贽的心中却依然有花开花落的声音。一朵，一朵，又一朵，在无人的山间静静开放、轻轻飘落。

有客开青眼，无人问落花。暖风熏细草，凉月照晴沙。

万历九年（1581）春，李贽由云南而至四川，买舟东下，直奔湖广黄安。

很多年后，李贽追忆这段往事说，他总是与顶头上司发生矛盾，甚至发生冲突。他之所以弃官而去，本质上是他"不愿受人管束""居官怕束缚"的缘故。云南巡抚王凝是个下流之辈，不足以为道，李贽与他顶顶撞撞，势在必然，理所必至。然而，李贽的另一位顶头上司骆守道，与李贽最为相知。这个人有水平，有能力，有操守，文章也写得不错，而且踏实能干。但是，李贽终不免与他发生了冲突，李贽总结说，原因就在于，"渠（骆守道）过于刻厉，故遂不免成触也。渠初以我为清苦敬我，终反以我为无用而作意害我，则知有己不知有人，今古之号为大贤君子，往往然也"。

李贽信奉的是佛老之治，他对当时官场的"君子之治"相当反感，这是他不为世间所容的根本原因。而他之所以有"归老名山"的想法，与他的出身和经历有着极大的关联。李贽曾写道："独余连生四男三女，惟留一女在耳。……惟此一件人生大事未能明了，心下时时烦懑，故遂弃官入楚，事善知识以求少得。"辞官这年，李贽已经五十三岁，他的妻子黄宜人也是个淡泊名利、甘守贫困的人，她愿与他一道同隐深山，支持他辞官回家。很多年后，黄宜人辞世，耿定力在为她作的墓表中讲述了这段故事："卓吾艾年拔绂，家无田宅，俸余仅仅供朝夕。宜人甘贫,约同隐深山。"有此贤妻拔绂相助,与他相依为命,这也是李贽的福气吧?可是,"冀缺与梁鸿,何人可比踪。丈夫志四海,恨汝不能从"。李贽一生含辛茹苦,四海为家,抛头颅洒热血亦在所不惜,却独对妻子有着亏欠。

李贽辞官这年的早些时候,巡按刘维报请上司奖励群吏,李贽为姚州知府罗琪写作《论政篇》,表达他的政治理念。在这篇文章中,他坚决反对"本诸身"的"君子之治",提倡"因乎人""因性牖民"的"至人之治"。李贽认为,一切有条教之繁和刑法之施,有智愚贤不肖之别和君子小人之分,导民使争的,都是"君子之治"的恶果。而"至人之治"则不然,"因其政不易其俗,顺其性不拂其能",无须求新知于耳目,也无须加之以桎梏,"恒顺于民",社会自然可以治理得很好。因于这种理念,李贽治姚安三年,"一切持简易,任自然",就是这种理论的具体实践。

这篇《论政篇》,引发了骆守道的极大憎恶和反对。他迅速写出了《续论政篇》与李贽辩争:"使君儒者而尤好佛老,宜其说如此,无语刺史素不谙佛老说,礼乐刑政,未敢以桎梏视之也。"信仰之异催生了人性之恶。

李贽说,自己不能像汉朝的东方朔那样含垢忍辱、游戏仕途,又不能做到中庸之道、八面玲珑,所以为官二十余年,"贪禄而不能忍诟其得免于虎口,亦天之幸耳"!所以,这官是决然不能做下去了。

回想三年前,李贽初来姚安,但见承历代之乱、当兵事之后的边塞,满目疮痍,哀鸿遍野。面对贫瘠的土地、凋敝的民生、惊慌失措的百姓,李贽将他的施政纲领放在了一个字上:宽。至道无为,至治无声,至教无言。此时此刻,他想到的是尚宽大、务简易、循自然、不知而治、休养生息。从这样的观念出发,李贽在姚安府任上,"律设大法，礼顺人情",尽可能息事宁人，化干戈为玉帛，让边塞的各民族百姓和睦相处，宽厚安定。

如此这般，姚安终于有了宝贵的三年时间，这三年里，百姓休养生息，地方局势稳定，军民各安其业。

回顾在云南为官的经历，李贽最怀念当时在云南任洱海道佥事的顾养谦。顾养谦是南直隶通州（今江苏南通）人，比李贽小十岁。万历六年（1578），顾养谦调任云南佥事，与李贽相识。当时，李贽正在与云南巡抚王凝、参政骆守道发生冲突，以至云南的官场里，无人不痛斥李贽、无人敢搭理李贽的时候，作为李贽直接上司的顾养谦，却不顾一切与李贽成为挚友，给李贽以最大的安慰和支持。这些支持如此重要，以至王凝、骆守道企图加害李贽的阴谋最终流产。

朝廷批准李贽辞官的消息传出，顾养谦正在北京。听到此事，他立即动身，赶赴云南，一路打听李贽的行踪，希望能在李贽向东行进的道路上与他相会。这种深厚的友谊在等级森严的官场，非常难得，也让李贽终生难忘。直到生命的最后一刻，李贽仍然对顾养谦充满感激。李贽辞世之前，曾经在给顾养谦的信中，无比感激地写道："其并时诸上官，又谁是不恶我者？非公则某为滇中人，终不复出矣。"在另一封信中，他写道："求师访友，未尝置怀，而第一念实在通海。"通海就是南通，是顾养谦的家乡。

李贽写给顾养谦的信，是他心迹的真实体现。他在云南官场的处境可谓相当险恶，如果不是顾养谦的帮助，他真可能生死未卜，因为他得罪的是云南巡抚和云南参政。因为有了顾养谦的帮助，他才得以从险境中脱身，而且还有了升官的机会。可是，李贽厌恶了这一切，这一次却坚决不干了。

李贽为人，清廉简朴，狷介疏狂，爱憎分明。他在姚安府三年，姚安大治，而他自己，"禄俸之外，了无长物"，深得百姓爱戴。此番离开姚安，老百姓对他恋恋不舍，"士民攀卧道间，车不得发。囊中仅图书数卷。巡按刘维及藩臬两司汇集当时士绅名人赠言为《高尚册》，以彰其志。佥事都御史顾养谦亦撰序以赠"。清贫如李贽者，仅有一车书卷相随，这已是他生命中最大的财富了。

李贽的好朋友方沆写作《送李卓吾致仕归里》三首，道尽李贽其人其志其事，其中一首道："歌罢当尊击唾壶，旁人指点说狂夫。休言离别寻常事，万古乾坤一事无。"

然而，并不是所有的人都夹道欢送，那些王凝、骆守道之流伺机猎杀李贽的人早就虎视眈眈，暗藏杀机了。穿越五百年的时光，这股杀气至今未散。

可是，李贽义无反顾地走了。他要把所有的白日还给太阳，把所有的夜晚还给星河，把所有的春光还给绿野，把所有的肃杀还给昨天，期待明天——

胸中藏丘壑，笔下有山河。

七、听政有余闲，做官无别物

李贽幼年丧母，很小的时候就随父亲辗转于大海之上，颠沛流离中勉强糊口。七岁的时候，李贽开始随父亲读书歌诗，学习礼文。父亲名钟秀，号白斋。白斋先生是位有名的塾师，李贽在文中称："吾大人何如人哉？身长七尺，目不苟视，虽至贫，辄时时脱吾董母太宜人簪珥以急朋友之婚，吾董母不禁也。此岂可以世俗胸腹窥测而预贺之哉！"白斋先生闲暇时，便送李贽到训蒙之馆读书，李贽聪慧好学，每学必有斩获。

嘉靖十七年（1538），十二岁的李贽写出了《老农老圃论》，不满孔子对学生樊迟问农事的指责，把孔子视种田人为"小人"的言论大大挖苦了一番，轰动乡里。《卓吾论略》记载：

年十二，试《老农老圃论》，居士曰："吾时已知樊迟之问，在荷蒉丈人间。然而上大人丘乙已不忍也，故曰'小人哉，樊须也'。则可知矣。"论成，遂为同学所称。众谓"白斋公有子矣"。居士曰："吾时虽幼，早已知如此臆说未足为吾大人有子贺，且彼贺意亦太鄙浅，不合于理。彼谓吾利口能言，至长大或能作文词，博夺人间富若贵，以救贱贫耳，不知吾大人不为也。吾大人何如人哉？身长七尺，目不苟视，虽至贫，辄时时脱吾董母太宜人簪珥以急朋友之婚，吾董母不禁也。此岂可以世俗胸腹窥测而预贺之哉！"

十二岁的孩子，能写出这样有见地的文章，实属不易。这篇习作，得到了父亲的赞扬，亲友们也纷纷祝贺李贽父亲："白斋公有子矣！"泉州，海上丝绸之路的起点，马可·波罗笔下的刺桐城，她的包容、开放、文明、进步，白斋先生坦荡的胸怀、自由的意志、乐善好施的精神，都给李贽以人生宝贵的启蒙。李贽晚年回忆自己幼时性格，说道："余自幼倔强难化，不信学，不信道，不信仙释，故见道人则恶，见僧则恶，见道学先生则尤恶。"

青年时代的李贽，"糊口四方，靡日不逐时事奔走"。他"糊口四方"的地点和职业今天已经无从考证。二十一岁，李贽迎娶十五岁的黄宜人，妻子温厚、贤惠。

二十六岁，李贽参加福建乡试，中黄昇耀榜举人。次年春，李贽在京参加会试,不第而归。三年后,李贽又在北京参加会试,再次不第而归。尽管如此,李贽却对科举制度充满厌恶。《卓吾论略》记载:

> 稍长,复愤愤,读传注不省,不能契朱夫子深心。因自怪。欲弃置不事。而闲甚,无以消岁日。乃叹曰:"此直戏耳。但剽窃得滥目足矣,主司岂一一能通孔圣精蕴者耶!"因取时文尖新可爱玩者,日诵数篇,临场得五百。题旨下,但作缮写誊录生,即高中矣。

这一年,李贽已经三十岁,而立之年,他厌倦了八股文章、科举制度,于是向吏部提出申请,就任河南卫辉府教谕:

> 吾初意乞一官,得江南便地,不意走共城万里,反遗父忧。虽然,共城,宋李之才宜游地也,有邵尧夫安乐窝在焉。尧夫居洛,不远千里就之才问道。吾父子倘亦闻道于此,虽万里可也。且闻邵氏苦志参学,晚而有得,乃归洛,始婚娶,亦既四十矣。使其不闻道,则终身不娶也。余年二十九而丧长子,且甚戚。夫不戚戚于道之谋,而惟情是念,视康节不益愧乎!

他将这段经历记录为"丐食于卫":

> 某生于闽,长于海,丐食于卫,就学于燕。

李贽的青年时代几乎无可记录,三十三岁升南京国子监博士,到任数月，即丁父忧，守制东归。五年后，任北京国子监博士。这时，正逢河南大旱，管理河槽的官员因勒索财物不遂，竟挟恨把所有泉水引入河槽，不许百姓灌溉。他安置在河南的家眷遭遇灾难，他的两个儿子两个女儿相继病死。他在卫辉写了不少诗，从中可以一窥他的心境：

> 世事何纷纷，教予不欲闻。
> 出郊聊纵目，双塔在孤云。
> 雨过山头见，天晴日未曛。
> 骑驴觅短策，对酒好论文。

"觅短策""好论文"的李贽开始接触王阳明的著作，他从小就不满于朱熹的传注，因而更加同情于王阳明的易简功夫："乃知得道真人不死，实与真佛、真仙同，虽倔强，不得不信之矣。"李贽在礼部司务任上，因一次生活经历，受"饥而忘食之道"启发，认识到对孔、老之学不存在选择谁的问题，于是"自此专治《老子》"，并经常读北宋苏辙所注《老子解》。专治《老子》和崇信《金刚经》及广泛听取各学者讲学，这便是后来李贽所说的"就学于燕"。

在北京礼部任职的五年中，李贽"不愿受人管束""居官怕束缚"的个性开始崭露，这令他与上司时有矛盾和抵触："司礼曹务，即与高尚书、殷尚书、王侍郎、万侍郎尽触也。高殷皆入阁……高之扫除少年英俊名进士无数矣，独我以触得全，高亦人杰哉！"

高尚书，即高仪，嘉庆四十五年任礼部尚书，至隆庆二年致仕，隆庆六年诏兼文渊阁大学士入阁。殷尚书，即殷士儋，隆庆二年任礼部尚书，隆庆四年入阁。王侍郎，即王希烈，隆庆二年任右侍郎，隆庆四年转礼部左侍郎。万侍郎,即万士和,隆庆二年任右侍郎,同年转左侍郎。尚书、侍郎,是礼部的最高长官,李贽与他们都有抵触,抵触后还能对他们给予很高的评价,说明了他的任性,也说明了他的坦荡。性格就是命运,李贽的经历再次证明了这个真理。

隆庆五年(1571),李贽转任南京刑部员外郎。正是在南京,他认识了耿定理,他们相见恨晚,遂成至交。也是因为耿定理,李贽又结识了耿定理的兄长耿定向,从此开始了被天罗地网追捕和构陷的生活。

也是在南京,李贽接触到泰州学派,并开始从事著作。这一年,李贽已经四十八岁,他也许还不知道,他真正的人生即将开启。

万历四年(1576),李贽就任南京刑部郎中。这一年,李贽五十岁,人生到达知天命之年,他想对自己做一个深刻的回顾,写下了《圣教小引》:

> 余自幼读《圣教》不知圣教,尊孔子不知孔夫子何自可尊,所谓矮子观场,随人说研,和声而已。是余五十以前真一犬也,因前犬吠形,亦随而吠之,若问以吠声之故,正好哑然自笑也已。五十以后,大衰欲死,因得友朋劝诲,翻阅贝经,幸于生死之原窥见斑点,乃复研穷《学》《庸》要旨,知其宗贯,集为《道古》一录。于是遂从治《易》者读《易》三年,竭昼夜力,复有六十四卦《易因》锓刻行世。
>
> 呜呼!余今日知吾夫子矣,不吠声矣;向作矮子,至老遂为长人矣。虽余志气可取,然师友之功安可诬耶!既自谓知圣,故亦欲与释子辈共之,盖推向者友朋之心以及释子,使知其万古一道,无二无别,真有如我太祖高皇帝所刊示

者，已详载于《三教品刻》中矣。

夫释子既不可不知，况杨生定见专心致志以学夫子者耶！幸相与勉之！果有定见，则参前倚衡，皆见夫子；忠信笃敬，行乎蛮貊决矣，而又何患于楚乎？

李贽将五十岁作为人生的一个重要转折点，"余五十以前真一犬也"，五十岁以前的生活就是一条狗啊！他的思想观念在这一年都发生了翻天覆地的变化，对传统、对历史进行了更深刻的剖析，他的深刻思考引发了晚明社会思想的巨大变革，这巨大变革一直延伸到今天，犹有回响。

万历五年（1577），李贽由南京刑部郎中出任云南姚安府知府。又是一个春天——或许是命中注定，李贽总是在春天启程，又在春天辞别。这次，李贽携妻将子取道湖广，一路南行，准备开启一段新的生活。他在楚地流连忘返，这里与他深相契合，此时，他已有寓安之意。

三年之后，他将以另一种心情，返回这里，这个让他又爱又恨的麻城。

八、天台重名教，卓吾识真机

嘉靖六年（1527）十月二十六日凌晨，滨海古城泉州。

一阵鞭炮声将四邻八乡惊醒。

原来，这家昨晚添了一件大喜事——长房长孙呱呱坠地。这家的父亲是秀才兼塾师白斋先生林钟秀，这个孩子就是李贽。

李贽原名林载贽，考入秀才入泉州府学后，归宗李姓，为回避明穆宗朱载垕名讳，李载贽改为李贽。

谁也不会想到，这个孩子日后将因其桀骜不驯的性格、离经叛道的才华而饱受争议，被视为"明朝第一思想犯"。谁也不会想到，这个自甘"堕落"的孩子、这个被时代放逐的"异端"，其实怀抱着惊世骇俗的文化理想和道德判断，并终将成为名震华夏的一代宗师。

夜里一场霜冻陡降，满塘秋荷顷刻间残败枯索。又是异木棉最绚烂的花季了，千手岩、碧霄岩上的枫叶鲜艳如血，远远望去，像一片片晚霞。栾树的果实渐渐由青转黄，又由黄转红，那深绿的树叶簇拥着青黄红的累累硕果。

五个世纪光影转换，当年泉州府晋江县南门外的浯江祖居，变成了今天的泉州市鲤城区万寿路123号。高高的院墙阻隔了外面的热闹和喧嚣，五个世纪似乎从未老去，高墙外是车水马龙、红尘万丈，高墙内是绿荫环绕的素朴庭院，有谁还记得这道大门里曾经发生过的翻天覆地的一切？

庭院后面那条清清浅浅的小河，河水淙淙，河里的鱼儿欢快地畅游。时光倒转，仿佛一切都未曾远逝，往事尽在眼前。

泉州，背靠巍峨的武夷山，面向着辽阔的东海，滔滔晋江从小城的西北流向东南，绕过古城流入泉州湾，成就了这个得天独厚的天然良港。

自唐代始，泉州就是中国的对外通商口岸，海上丝绸之路从这里开启。唐太宗继位后，对州、县大加并省，并依据山河形势、地理区域分全国为十道，丰州（治所在今泉州）、泉州（治所在今福州）、建州（治所在今建瓯）同属岭南道。海市的便利、人丁的兴旺、商业的繁荣，使得泉州成为名副其实的国际化大都市，在这里，不同文化背景、不同宗教信仰、不同民俗习惯的人互敬互爱，许许多多波斯商人在这里繁衍生息，许许多多摩尼教徒和伊斯兰教徒和平共处。

唐僖宗光启年间，李氏人家逃离河南光州固始，跋涉至闽南避乱。尽管大海风波莫测，经商盈亏难定，李氏家族仍以不畏艰险的姿态履危蹈险，出生入死，此后祖祖辈辈定居泉州，靠海为生。终元之世而迄明初，李氏跃为泉州巨贾。自李贽上溯，第八代祖李闾承借先人蓄积之资，尝以客航泛海外诸国。李贽第七代祖李驽，壮年时航吴泛赵，亦是商界巨子。

明洪武十七年，李驽被征为官商航行西洋，途中遭遇"忽鲁谟斯"（伊朗）纷争，被困于异国他乡，只好皈依伊斯兰教，并在当地娶色目人女奴成家。这就是李贽有阿拉伯血统和伊斯兰教文化背景的原因。清朝光绪年间编写的《荣山李氏族谱》中写道，李驽"奉命发舶西洋，娶色目人，遂习其俗，终身不革，今子孙繁衍，犹不去其异教"。此后，李驽历尽千辛万苦携家眷归国。为免受歧视，李驽改姓"李"为"林"。

李贽六世祖林仙保通晓外语，被录为"通事"（翻译官），后不乐随侍官差，于广东经商。五世祖林恭惠，亦通晓外语，被荐为"通事"伴引日本诸国使者入贡京师。然而，如此非官非吏不得承接祖上家业，家道由此一蹶不振。至四世祖即曾祖父，家业衰败，举家沦落为平民，以致曾祖父母死后五十多年无钱入土落葬。李贽的祖父竹轩林公总结几代家史，明白"士农工商"是中国不可突破的阶层痼疾，"商"只能居于末位，而要儿子也就是李贽的父亲白斋林钟秀改习"学而优则仕"的正途。

这就是大明王朝一个南方家族的生存和繁衍。世世代代为生计的辛苦奔忙，将他们修炼成"航海世家"。蔚蓝色的大海给予了这个家族超拔雄健的力量、无与伦比的想象。李贽从祖祖辈辈那里了解到的中国国情，也许比他在学堂庙堂里受到的所有教育和教化，更真实，更深刻。

这一年，是明世宗嘉靖六年，丁亥之岁。

如果我们放眼看，还可以看到更多。这一年，是张居正十年改革失败的二十周年。这一年，在遥远的西方哥白尼出版《天体运行论》，西班牙和神圣罗马帝国军队攻入罗马，灿若云霞的文艺复兴就此终结。

四十年后，历史上第一次成功的资产阶级革命——尼德兰革命在遥远的西方爆发；明朝蓟州镇总兵戚继光率官兵完成蓟、昌两镇1200多里长城加固改造工程，加筑1489座空心敌台，边备整饬一新，雄心勃勃地准备将敌人挡在关外。

如果我们将眼光再放远点，可以看到那个时代更多上上下下罔顾的事实——

万历二十六年（1598），宦官陈增监山东矿税，凿山民夫多死，又逮及代纳税款稍缓的吏民，民众大哗。

万历二十七年（1599），临清民变，聚众四千，驱逐税监马堂，毙其爪牙三十七人，沙市和黄州团风镇民众轰走税监陈奉的徒党；武昌、沈阳一万人，反对湖广税监陈奉，发生武昌民变、沈阳民变。

万历二十八年（1600），京畿兵民苦于连年旱灾、矿税，群起而盗；浙江流民结党，伺机举旗造反。

万历二十九年（1601），武昌民众数万人围攻税监陈奉官舍，投其徒党十六人于长江；苏州市民包围税监衙门，乱石打死税使孙隆杀参随黄建节，焚毁帮凶汤华大居室。

万历三十年（1602），腾越（今腾冲）人民暴动，他们不胜税监杨荣之肆虐，遂愤而烧厂房，杀官吏；两广以矿税害民，激起民变，言官请罢矿使，神宗不理。

因缺乏张居正这样的贤士应对督导、国本之争等问题而倦于朝政，神宗越发荒于政事。李贽辞世的第二年——万历三十一年（1603），神宗诏谕洛阳老君山为"天下名山"。自此愈加不再上朝，累二十多年，国家运转几乎停摆。明神宗执政晚期，付万事于不理，导致朝政日益腐败，百官不修职业，内外多变，政以贿成。

朝廷党争趋于白热化，逐渐形成两大政治派别：一派是由京、宣、昆、齐、楚、浙等地方宦官、王公、勋戚、权臣组成的联合阵营，他们坚持维护秩序，努力延续正统，坚持国家大义，固守传统伦理；一派是以江南士大夫为主的东林党，他们讽议朝政、评论官吏，廉正奉公，振兴吏治，开放言路，革除朝野积弊，反对权贵贪纵枉法。

政争党争无处不在，从小到大，从暗到明，从分散到聚集，从观念到日常，从政治主张到生活态度——于是，国本案、梃击案、红丸案、移宫案……一件小得不能再小的事情，都会演变成一件又一件天大的事情，整个国家被裹挟着，像滚雪球一样身不由己滚下坡去。

万历四十二年（1614），福州万余人，抗议恶税，终致福州民变。

万历四十七年（1619），明军在萨尔浒之战中被努尔哈赤击溃，从此明朝在辽东的控制陷于崩溃。

万历四十八年（1620）七月二十一日，神宗驾崩，终年五十八岁，庙号神宗，谥号范天合道哲肃敦简光文章武安仁止孝显皇帝，葬十三陵之定陵。

神宗逝后，长子朱常洛继位。仅仅二十四年后，历光宗、熹宗、思宗三帝，大明王朝灭亡。

大明王朝行至此时，已经277年了。或许，命运的拐点便是王朝的终点，街坊里巷无处不萦绕着末日气象——暮霭沉沉取代了朝气蓬勃；开国时的"天子守国门、君王死社稷"，变成了"昨日入城郭，归来泪满巾。遍身女衣客，尽是读书人"；从前鲜衣怒马、饱读诗书、治家安国的读书人，变成了脂粉罗裙、寻花问柳、行为乖张的花间男儿；党争与私仇夹杂于宫廷政治，处处是以邻为壑、党同伐异，动不动便连坐罪死者无数，不论是朝廷还是民间，邀名取誉，相互攻讦，高度撕裂，突破下限。

历史上，有"秦以任刀笔之吏而亡天下"之说。明朝刀笔之吏亦为天下大害。谢肇淛在《五杂俎》中说："从来仕宦法网之密无如本朝者，上自宰辅，下至驿递、巡宰，莫不以虚文相酬应。而京官犹可，外吏则愈甚矣。大抵官不留意政事，一切付之胥曹。而胥曹之所奉行者，不过已往之旧牍、历年之成规，不敢分毫逾越。而上之人既以是责下，则下之人亦不得不以故事虚文应之。一有不应，则上之胥曹又乘其隙而绳以法矣。"

神州板荡，宗社丘墟。国将不国，败象渐露。

这一年，距李贽割颈自刎，已经过去四十二年了。

魂魄已化为袅袅青烟的李贽不会知道，他逝后第十四年——万历四十四年（1616），就在明王朝内部纷斗不已、党争日趋激烈之时，关外的白山黑水之间，一支叫作女真的部落正在成长壮大。这一年，一个叫作努尔哈赤的部落首领在赫图阿拉称汗建元天命，国号大金。努尔哈赤卧薪尝胆，窥伺中原，二十年后，势如破竹，一举入关。

再向前回溯至嘉靖六年。仲秋的一天，泉州一个普普通通的院子里，一声啼哭打破了清晨的宁静。

鞭炮噼里啪啦炸响，浓郁的硫黄味道飘浮在空中。祝福纳吉声中，谁也不会想到，这个孩子的一生将是个悲剧。他以极其刚烈的方式出生，又以更加暴烈的方式辞世，他在千古流芳的作品——《焚书》《藏书》《续焚书》《续藏书》中，将人们供奉了几千年的圣人拉下圣坛，将人们遵守了几千年的道德准则放在审判台上。在他死后，他的著作被列为禁书，全部被烧毁。《明史》没有为李贽立传，只是在他相爱相杀的死敌耿定向的传记中提及他。时至今天，耿定向早已在浩瀚的历史里化为尘烟，每每被提及，也只有在李贽的传记中。世界如此荒谬，令人啼笑皆非。假若李贽地下有知，他又该怎样评价这荒谬至极的世界？

李贽的一生，与大明王朝紧密相连。李贽明白这一切，更鄙夷这一切。他在《自赞》一文中，毫不谦虚也毫不掩饰地说：

> 其性褊急，其色矜高，其词鄙俗，其心狂痴，其行率易，其交寡而面见亲热。其与人也，好求其过，而不悦其所长；其恶人也，既绝其人，又终身欲害其人。志在温饱，而自谓伯夷、叔齐；质本齐人，而自谓饱道饫德。分明一介不与，而以有莘借口；分明毫毛不拔，而谓杨朱贼仁。动与物违，口与心违。其人如此，乡人皆恶之矣。昔子贡问夫子曰："乡人皆恶之何如？"子曰："未可也。"若居士，其可乎哉！

毁李贽者几多？知李贽者几何？恨他的人恨得咬牙切齿，爱他的人爱得刻骨铭心。

因创办东林学院而被称为"东林先生"的顾宪成，或许知道一二。李贽逝后，对于这个"性褊急""色矜高""词鄙俗""心狂痴""行率易""交寡而面见亲热"的狂人，他坚持送上他的狼牙棒：

"李卓吾大抵是人之非，非人之是，又以成败为是非而已。学术到此，真是涂炭，惟有仰屋窃叹而已！如何如何！"

袁中道则在《李温陵传》中对李贽极尽赞美："……骨坚金石，气薄云天；言有触而必吐，意无往而不伸。排拓胜己，跌宕王公，孔文举调魏武若稚子，嵇叔夜视钟会如奴隶。鸟巢可复，不改其凤味，鸾翮可铩，不驯其龙性，斯所由焚芝锄蕙，衔刀若卢者也。嗟乎！才太高，气太豪……"

更有肝胆相照如马经纶者。李贽落难麻城，马经纶冒着风雪，长途跋涉三千里，赶赴湖北黄檗山中救援。李贽入狱，马经纶除千方百计设法照料他，上书有司，为他辩诬，替他申辩："平生未尝自立一门户，自设一藩篱，自开一宗派，自创一科条，亦未尝抗颜登坛，收一人为门弟子"。

听闻李贽狱中自刎的消息，马经纶悲愤至极，顿足捶胸，连声呼号：

> 天乎！天乎！天乎！先生妖人哉！有官弃官，有家弃家，有发弃发，其后一著书学究，其前一廉二千石也。

真正的诗人在做梦的时候也是清醒的。漫游在理想国的圣林里，他会沿着思念走回故乡。可是，李贽回不去他的故乡了。李贽死后，马经纶将他的遗骸葬于通县北门外迎福寺侧，在坟上建造了精美的浮屠。

"李贽的悲剧不仅属于个人，也属于他所生活的时代。"李贽辞世380余年后，学者黄仁宇创作了别具一格的《万历十五年》，试图从中找到一个大明王朝从兴盛走向衰颓的原因，乃至整个中国古代社会成功和失败的根由。

　　黄仁宇在这本书中，单独辟出最后一章专论李贽。大明王朝行至晚期，天道陵夷，气脉衰微，他对于这个"传统的政治已经凝固，类似宗教改革或者文艺复兴的新生命无法孕育"的环境百感交集："社会环境把个人理智上的自由压缩在极小的限度之内，人的廉洁和诚信，也只能长为灌木，不能形成丛林。"

　　黄仁宇最终得出结论说："中国两千年来，以道德代替法制，至明代而极，这就是一切问题的症结。"

　　李贽，生于1527年，卒于1602年。字宏普，号卓吾。

第二辑　夏露集

能不忆江南

——杭州，一座城的前世与今生

江南好，风景旧曾谙；日出江花红胜火，春来江水绿如蓝。能不忆江南？

数千年来，杭州——这座叫作天城的古城，傲岸地俯视着接踵而至的拓荒者、朝拜者、淘金者、筑梦者、远征者，他们兴师动众而来，兴师动众而去。在朝圣的故事里，杭州是——有无数个前世、却是唯一可以今夜枕梦的城市。在游子的梦呓中，杭州是——人人尽说江南好，游人只合江南老，绿水碧于天，画船听雨眠。在乡朋的宴席上，杭州是——为我踟蹰停酒盏，与君约略说杭州；山名天竺堆青黛，湖号钱塘泻绿油。在远方的客人不辞万里的驱驰中，杭州是——一叶扁舟泛海涯，三年水路到中华；心如秋水常涵月，身若菩提那有花。

"天城，在哪里？"

冷峻的风，从黑黢黢的空中刮过，沿着犬牙交错的高耸檐廊，掠过清凌凌的湖面，悄然降落在夜的深处。

这里，是杭州。可是，对于隔着大洋的遥远西方来说，这里，叫作天城。

——这是公元1492年的秋风。

这一年，在中国是弘治五年，大明王朝经历了奸佞当道、万马齐暗的成化一朝，抖落了一路的风尘，舔舐着满身的伤口，正在喘息着、低回着、观望着，等待期许久已的辉煌。他们也许并不知道，令人兴奋的弘治中兴即将到来，因为一个少年的诞生，这些年、这些事，注定被写入厚厚的史册。

这个叫作朱祐樘的皇帝已经二十三岁了。五年前，在位二十三年的父亲驾鹤西归，老皇帝给他留下了一个糟糕无比的烂摊子。国丧之后，不到十七岁的少年朱祐樘无奈地扛起了大明王朝这副沉甸甸的江山。他即位初期便遭遇天灾人祸，黄河发大水，陕西闹地震；五年过去了，天灾人祸依然不断，广西古田壮族人民起义，贵州都匀苗民起义，件件都是麻烦事。

他是明朝十六个皇帝中的第九个，大明王朝的国运刚刚行进到半程，便已千疮百孔。未来，在岁月的古井里，静静地等候着他，像等候着一个力挽狂澜的巨人。很多年以后，历史，这个慈祥严厉又睿智的老人给了他一个赞许的称号：明孝宗，而这少年确实不曾辜负过他肩负的这个江山。他宽厚仁慈、勤于政事、励精图治，一次次为濒危的王朝扭转乾坤。这一年，他又要出场了。

秋，早已在不知不觉间来临。夜幕四合，夜凉如水，空落落的树林里寂静无声，倦鸟早已归巢，鼎沸的人声随着坠落的夕阳消失在黯淡的夜色里。草地上一些新黄代替了旧绿，枯叶捧着薄薄的露水，静静地散发着潮湿的气息。银杏树小扇子般张开的叶子开始由翠绿转成金黄，在夜色中熠熠发光，随即飘然四散，铺就了一地灿烂的碎金。

这是一个平平常常的秋天。夜将要走到尽头，黑而且凉。启明星那如水波跳跃的音符，如常般照亮着无数后来者的征程。在地球的另一端，欧洲的史官谨慎地记录下这个日子——1492年10月12日。

两个多月前的8月3日，意大利航海家哥伦布带着87名水手，驾驶着"圣玛利亚"号、"平塔"号、"尼雅"号三艘帆船，离开了西班牙的巴罗斯港，开始远航。

海上的生活沉闷单调，水天茫茫，无垠无际。过了一周又一周，水手们沉不住气了，吵着要返航。就是在这样艰难的旅途中，哥伦布率领三艘帆船，经过两个多月的航行，前方仍然是漫长的黑暗。

10月11日，哥伦布看见海上漂来一根芦苇，他高兴得跳了起来！有芦苇，就说明附近有陆地！果然，这天夜里十点多，他们发现了前面有隐隐的火光。第二天拂晓，水手们终于看到了一片黑压压的陆地，全船发出了欢呼声。

哥伦布开心极了。那时候，充满迷信色彩的欧洲，大多数人认为地球是一个扁圆的大盘子，认为海洋的尽头有魔鬼守候着，再往前航行，就会到达地球的边缘，帆船就会掉进深渊。然而，只有哥伦布坚信，海洋的尽头是一片新土地。现在，他终于用事实证明了那些传说的虚妄不经。

1492年的天空布满钢铁般的倒刺，一个伟大的时代等待着云开雾散。月牙从一团淡淡的云层后透出氤氲的白光，雾气不知不觉地包围过来，像一枚枚疾驰的子弹，在海面上、在每个人的身上铸就了一层冰凉而透明的盔甲。

此时此刻，哥伦布的内心洋溢着难以言表的喜悦，因为他坚信自己已经到达了亚洲的东部沿海，坚信自己不久就可踏上梦寐以求的黄金之路——中国。

哥伦布出生于意大利的热那亚。他从小最爱读《马可·波罗游记》，从那里得知，中国、印度这些东方国家十分富有，简直是"黄金遍地，香料盈野"，只要坐船向西航行，东方的财富就唾手可得。于是便幻想着能够远游，去那诱人的东方世界。

这其实是一次横渡大西洋的壮举。在这之前，谁都没有横渡过大西洋，不知道前面是什么地方。

哥伦布也不知道。他努力控制住自己激动的情绪，站在船头，目光越过茫茫的海面，投向远方的海岸线。

他在寻找什么？

一座城市，一座马可·波罗所说的世界上最为雄伟、壮丽的城市——天城。找到了这座城市，就找到了传说中的中国！"天城，在哪里？"哥伦布自问。他满怀憧憬，甚至想象自己跨越天城里成千上万座石桥去见中国皇帝的场面……此时此刻，他浮想联翩，他不知道这座城市在哪里，在中国政治与文化中的地位，不知道它在历史上举足轻重的分量——那个时代，西方对中国了解得太少太少了。他不知道这里的百姓长什么样子，说什么语言，如何作息劳动，他不知道自己将面对什么，将看到什么，他不知道的还有很多很多。他不知道，是的，他一定不会知道，这座"天城"的中文名字就是——

杭州。

"岩石，岩石！汝何时得开！"

然而，哥伦布错了。

10月12日，哥伦布带领三艘帆船，终于踏上了新大陆。他认为，这毫无疑问是他找寻已久的亚洲。但是,他错了,这是美洲。那时的人们根本不知道在欧洲与亚洲之间,还存在着一个美洲——哥伦布更是压根儿连想都没想到过。

不需要再讨论——究竟是人找到了世界,还是世界找到了人。哪里有比这更亘古的传说、更痴迷的寻觅?哪里有比镌刻在人们心头更永久的伫望?苍茫的大海上,哥伦布播撒的种子已化作满天繁星,可是,怀揣着梦想的欧洲,同四处寻找这梦想的哥伦布,又一次失望地发现,存在于他们的想象中的那个遥远的中国、那个遥远的天城,仍然是一个无比遥远的梦。

天城——杭州,几乎可以认定是唯一曾经无数次托梦给西方、让整个欧洲为之迷醉的中国城市。

史学家从残存的史料推测,西方人将杭州称为天城,源于"上有天堂,下有苏杭"这句谚语,口口相传中的天堂,毫无疑问就在中国。

可是——杭州,在哪里;天城,在哪里?

中国,又在哪里?

中国与欧洲,分别位于欧亚大陆的东西两端,相距遥远,中间还有崇山峻岭、江河湖海、戈壁沙漠。公元前六世纪,在地中海地区诞生了辉煌的古代希腊文明。至少在公元前五世纪,中国所产的丝绸、茶叶已经远销到古代希腊文明的中心——雅典。尽管如此,以希腊为中心的西方,仍然对中国文明一无所知,甚至在很长一段时间,他们坚信居住在世界最东方的居民就是印度人。

公元前二世纪后期,西方人通过横贯中亚的陆上"丝绸之路"获悉,在遥远的东方有一个盛产丝绸的民族"赛里斯";一世纪中期,西方人又通过海上"丝绸之路"得知东方有一个被称为"秦尼"的国家。最初,他们认为,这是两个不同的国家,古希腊科学家托勒密的

《地理学》则支持了这种误判。在他的著作中,托勒密言之凿凿地写道:

> 从欧洲最西端越过大西洋向西航行,距东亚并不遥远。在东亚地区有"赛里斯"和"秦尼"两个国家。赛里斯在北部,被群山环绕,这里有几条大河,它的都城是赛拉城,其经、纬度分别是177°15′、37°35′。赛里斯的东面是未知的土地,它的南面则与秦尼接壤。秦尼的东面及南面都是未知的土地,西面与印度相邻。秦尼都城的位置是经度18°40′,南纬3°。秦尼的南部濒临一个"大海湾"……秦尼的海岸线沿着秦尼湾不断地向南延伸,跨过了赤道,最后与印度洋以南一个不知名的大陆相连,秦尼的著名港口城市卡蒂加拉就位于赤道以南的秦尼湾边,而这块不知名的巨大陆地西端又与非洲相连。这样,印度洋实际上是一个被陆地包围的内海。

托勒密对于中国的论述,长期影响了欧洲。就在整个欧洲为托勒密所误导、在一片黑暗知识的黯淡背景中屡屡冲破迷雾努力寻找中国的时候,有且只有一个名字,在他们的梦想中从未动摇,那就是作为"人间天堂"的"天城"杭州。

秦朝设县治,隋朝筑城郭,吴越建王城,南宋立国都,往事和传奇在数千年的日日夜夜中流转,层层叠叠积淀在这片土地上,累积在这座古城里。光阴像一只又一只惊慌失措的鸟,箭一般地飞向高空;然而,大地和古城却神态自若,列祖列宗在这里繁衍生息,子子孙孙在这里绵延赓续——这是一群人的力量,也是一座城的力量;这是一群人的魔法,更是一座城的魔法。

找到了杭州,就找到了中国,就找到了天堂。

西方寻找天城的行动轰轰烈烈，找到天城的故事却是悄无声息——

十三世纪中期，法兰西国王路易九世的一名随从鲁布鲁克从君士坦丁堡出发，横穿黑海，在克里米亚半岛上岸，一路东行，经过俄罗斯南部草原，进入蒙古高原，终于抵达中国。中国文化令他啧啧称奇，他在日记中写道："他们用一把像漆匠用的刷子写字；他们在一个方块里写几个字母，这就形成一个字。"他试图继续向南方行进，找到长生不老的"蓬莱仙境"，然而，他失败了，但值得庆幸的是，他第一次将杭州的信息带到了欧洲，这些信息间或道听途说、真真假假，间或模糊不堪、以讹传讹，比如他说，中国有一座城市，城墙是用白银砌的，城楼是用黄金造的，而这座城市，就是古希腊和古罗马传说中的那个以丝绸著称的"赛里斯"。

半个多世纪后，一名意大利的传教士鄂多立克离开他的家乡诺瓦，从波斯湾乘船前往印度，又从印度经海路抵达中国，最后经过广州、泉州、福州最终到达杭州。此后，他沿着大运河来到北京，出河西走廊，沿着陆路"丝绸之路"到达西亚，最后返回故乡。他的身体在长途旅行中累垮了。去世前，他在病榻上将沿途所见所闻记录成书，不吝用最美的语言描述杭州："它是全世界最大的城市，确实大到我不敢谈它。它四周足有百里，其中无寸地不住满人……城开十二座大门"。"城市位于静水的礁石上，像威尼斯一样有运河，它有一万两千多座桥"。"男人非常英俊，肤色苍白，有长而稀疏的胡须；至于女人，她们是世上最美者"。

1338年，居住在法国南部阿维尼翁的教皇派出一个使团来到中国，其中一个成员马黎诺以非凡的热情记录了杭州："中国是世界上最美丽的国家，国土最为辽阔，人民最为幸福。此国有一个著名的城市，名为杭州"，"此城最美、最大、最富，在现在世界上的所有城市中，它是最为神奇、最为富贵、最为壮观的城市。没有见过此城的人，都认为简直难以相信，还以为讲述者在说谎"。

十六世纪末，意大利传教士利玛窦来到中国，这个被大学者李贽赞誉为"到中国十万余里""凡我国书籍无不读"的虔诚教徒，着手绘制一份影响了整个世界的中文世界地图，"明昼夜长短之故，可以契历算之纲；察夷隩析因之殊，因以识山河之孕"，利玛窦将其命名为《坤舆万国全图》。在这幅气势磅礴的地图中，杭州相当准确地被标注在北纬30°的位置。

十六世纪始，从大西洋绕过非洲通往东方的新航路被开辟出来，越来越多的欧洲人来到中国东南沿海，他们逐渐认识了中国，认识了杭州。在近代西方工业化以前，以丝绸、茶叶为代表的产品在国际市场具有相当的诱惑和竞争力，这是中国文明辉煌的一页，也是世界近代文明的开始。然而，令人遗憾的是，此时的中国开始实行闭关锁国的政策，严守明太祖"寸板不许下海"的禁令。更多深怀遗憾远眺这块神奇大陆的人，却从未有缘踏进中国，遑论杭州？他们在内心发出无限的感喟：这真是一个不可思议的国家，但为什么就是不愿打开国门拥抱世界呢？

1574年，意大利传教士范礼安远渡日本，遥望中国，他大声呼喊："岩石，岩石！汝何时得开！"

"那么，光荣应该属于中国"

一去楼台三十里，不知何处觅神州？

几场大雨之后，又一轮酷热卷土重来，那种秋雨霏霏、野草疯长的湿漉漉的日子已经很遥远，很朦胧，风干的往事因潮湿重新舒展开来——岁月是那么短,思念却总是那么长。

摩肩接踵的人潮、美丽的湖光水色、逶迤苍茫的群山,是人间的海市蜃楼,是天堂的红尘景象,灯火家家市,笙歌处处楼。八千年前,跨湖桥人凭借一叶飘摇风浪的小舟、一双满是厚茧子的大手,创造了璀璨的跨湖桥文化,浙江文明史从此上推千年。五千年前,良渚人在"美丽洲"繁衍生息,耕耘治玉,修建了中华第一城,创造了被誉为中华第一城的灿烂的良渚文化。而今,这座有着八千年文明史、五千年建城史的天城,骄傲地向着生命的晨曦、向着饱满的成熟走去,她的目光星辉聚敛,她的身姿摇曳生香,她的脚步坚毅稳健。明朝田汝成编纂的《西湖游览志余》记载:"自六蜚驻跸,日益繁艳,湖上屋宇连接,不减城中,其盛可想矣。"东南形胜,三吴都会,端的是钱塘自古繁华,端的是天城长盛不衰!

数千年来,这座叫作天城的古城,傲岸地俯视着接踵而至的拓荒者、朝拜者、淘金者、筑梦者、远征者,他们兴师动众而来,兴师动众而去。在朝圣的故事里,杭州是——有无数个前世、却是唯一可以今夜枕梦的城市。在游子的梦呓中,杭州是——人人尽说江南好,游人只合江南老,绿水碧于天,画船听雨眠。在乡朋的宴席上,杭州是——为我踟蹰停酒盏,与君约略说杭州;山名天竺堆青黛,湖号钱塘泻绿油。在远方的客人不辞万里的驱驰中,杭州是——一叶扁舟泛海涯,三年水路到中华;心如秋水常涵月,身若菩提那有花。

时间行进到二十世纪三十年代,在遥远的不列颠群岛,年届不惑的英国生物化学家、科学技术史家约瑟夫·特伦斯·蒙特格马瑞·尼哈姆挽着他相交至深的中国女友沿着冰封的泰晤士河边散步,他在日记本上用中文歪歪扭扭地写下了她的名字——"鲁桂珍"。李约瑟端详自己的杰作,发誓道:"我必须学习这种语言。"接着,鲁桂珍为他取了个中文名字——李约瑟。

此后，这个有着中国名字的英国人由衷地对中国产生了兴趣，最后难以自拔地爱上了中国。出于对社会主义和中国的认知，李约瑟在激烈的反战情绪影响下，开始了他的中国研究。他在集中精力完成第二本著作——被称为"继达尔文之后真正具有划时代意义的生物学著作之一"的《生物化学与形态发生学》同时，给英国的报刊写文章，到伦敦参加游行，并出版小册子，支持中国人民。1942年，李约瑟受英国文化委员会的资助来到中国，支援抗战中的中国科学事业。他访问了三百多个文化教育科学机构，接触了上千位中国学术界的著名人士，行程遍及中国的十多个省。李约瑟认为，中国对世界文明的贡献，远超过所有其他国家，但是，所得到的承认却远远不够。

1948年5月15日，李约瑟正式向剑桥大学出版社递交了《中国的科学与文明》的"秘密"写作、出版计划。他提出，这本一卷的书面向所有受过教育的人，只要他们对科学史、科学思想和技术感兴趣；这是一部关于文明的通史，尤其关注亚洲和欧洲的比较发展；此书包括中国科学史和所有的科学与文明是如何发展的两个层面，由此，不仅提出著名的"李约瑟之问"，而且做出更杰出的"李约瑟之答"："如果真正要说具有历史价值的文明的话，那么，光荣应该属于中国。"

凡益之道，与时偕行。培根说过，黄金时代在我们面前，而不是身后。年轻的李约瑟一定未曾料到，这部卷帙浩繁的著作，不仅是中英文化交流的一个缩影，是世界文化互鉴的一个生动诠释，更是世界文明在交流、交融、交锋中走向黄金时代的伟大见证。

李约瑟用这部著作科学地证明了，中国的文明不仅是东方文明的典范，更应该是世界文明的重要组成；中国的光荣不仅属于中国，更应该属于全世界。1992年，为奖励李约瑟对于世界科技和世界文明的贡献，英国女王更授予他国家的最高荣誉——荣誉同伴者勋衔，这是比爵士更为崇高的勋号。

让我们随着时间前溯五个世纪，回到1492年。这一年，哥伦布发现新大陆，由此开始了欧洲的大航海时代，推动世界历史的现代化进程。这一年，一个叫作朱祐樘的少年迅速地成熟了，他的面庞依然稚气，他的内心却已无比强大。他在紫禁城漫步，沉思；回首，远望。年轻的皇帝，殚精竭虑，呕心沥血，努力尽毕生之力，推动沉重的王朝、肩负古老的中国，让她重新萌发生机，充满朝气地向前奔跑。

这是一个平平常常的秋天。夜将要走到尽头，黑而且凉。启明星那如水波跳跃的音符，如常般照亮着无数后来者的征程。

御史官铺展书卷，焚香研墨，谨慎地写下这一年的大事——明孝宗更新庶政，言路大开，凡是明宪宗亲信的佞幸之臣一律斥逐。孝宗嘉纳内阁大学士丘濬雅言，收集整理天下遗书。孝宗加总兵官，给总兵长印关防。刑部尚书彭韶等奏请问刑条例之裁定，孝宗从之。吏部尚书王恕提议停纳粟例，以免贪财害民之事由是而生，孝宗停之。洪武盐法渐坏，权贵专擅盐利，官商勾结，孝宗改开中纳米为纳银。吏部主事蔡清上言曰，贤者必用，不肖者必去，功必赏，罪必罚，此乃纪纲之大要，孝宗准奏……于是吏部尚书万安、礼部侍郎李孜省、僧人继晓等，或杀，或贬，或逐出京师；获罪较轻的或贬官放逐，或流放边地，或孝陵司香。大量起用正直贤能之士。同时，更定律制，复议盐法，革废一应弊政。

这一年的天城，正在数不清的困厄中挣扎。杭州府志载：杭州春二月，大旱；夏六月，大风雨，西山水发，大雨害稼；冬十一月、十二月，又大水，城墙崩坏，街市可乘舟而行。与此同时，仁和县虎灾数年，民饥而难。少年皇帝悯恤众生，赈济灾民，安抚百姓，并着令杭州府免征一年税粮，百姓终于得以喘息，安生。

一时间，政治清明，经济繁荣，百姓富裕，朝野称颂。

拿破仑征战沙场数十年，创造了无数军政奇迹与文化辉煌。回顾自己的一生，他感慨地说，世上有两种力量：利剑和思想；从长而论，利剑总是败在思想手下。

诚哉斯言！

长相思，忆长安
——写在长安建都1400年之际

  距今1400年的公元618年，唐朝建都长安。随着"丝绸之路"的日益繁荣，中外经济文化交流空前频繁，长安城繁华一时，堪称世界第一大都会。这时的长安，是世界的中心，是中国精神的文化符号。

  千百年来，长安一直为人们津津乐道，魂牵梦萦。长相思，忆长安，忆唐诗故里，忆盛唐气象。

——题记

绛帻鸡人报晓筹，尚衣方进翠云裘。
九天阊阖开宫殿，万国衣冠拜冕旒。
日色才临仙掌动，香烟欲傍衮龙浮。
朝罢须裁五色诏，佩声归到凤池头。

——王维《和贾舍人早朝大明宫之作》

一

数不清的诗词歌赋、数不清的记事本末，从数不清的侧面记载了开元十七年的那场盛宴。

这是729年，八月五日，唐玄宗李隆基为自己四十岁大寿举行了盛大的庆贺活动，并诏令四方，以每年八月五日为千秋节。

夏末秋初的长安，刚刚从淋漓溽暑中走来，像丰韵的少妇，更像成熟的智者，美得雍容华贵，美得不可方物。红尘紫陌，斜阳暮草，朝元阁峻临秦岭，羯鼓楼高俯渭河，难得的天高云淡、满城的普天同庆。在沟壑纵横的黄土高原上，这座城堪称是一个奇迹——它有红墙、碧瓦、金吾卫；也有霓裳、胭脂、堕马髻。它有宫阙九重，廊腰缦回；也有渊渟岳峙，马咽车阗。它有宫苑依傍着山明，也有夜弦追逐着朝歌。

这是大唐的长安，也是长安的大唐。一个充满自信的大唐王朝，一个万种风流的大唐皇都。

千余年后，二十世纪七十年代的某一天，日本作家池田大作见到英国历史学家汤因比，两位风云人物抵膝畅谈。池田大作问道："假如给你一次机会，你愿意生活在中国这五千年漫长历史中的哪个朝代？"汤因比毫不犹豫地回答："要是出现这种可能性的话，我会选择唐代。"池田大作哈哈大笑："那么，你首选的居住之地，必定是长安了！"

"九天阊阖开宫殿，万国衣冠拜冕旒。"被后世誉为"诗佛"的王维在一首奉和中书舍人贾至的诗中，无比自豪地写道。凭借着过人的音乐天赋和一手好书画，王维十五岁时已名动长安。《唐国史补》记载了这样一段故事：一次，一个人弄到一幅奏乐图，但不知题名为何。王维见后答曰："这是《霓裳羽衣曲》的第三叠第一拍。"此人请来乐师演奏，果然分毫不差。开元十七年，王维二十八岁，他还不知道，两年之后，他将要状元及第。此时，他自豪于自己置身的伟大恢宏的时代，唱出无比真挚热忱的歌吟。

这一年，"诗仙"李白同样二十八岁了。五年前，二十三岁的青年才子满怀抱负，离开故乡江油，踏上远游的征途。他由德阳至成都、眉州，然后舟楫东行，下至渝州。次年，李白出蜀，"仗剑去国，辞亲远游"。再次年，李白春往会稽，秋病卧扬州，冬游汝州，抵达安陆。途经陈州时与李邕相遇，结识孟浩然。越明年，全国六十三州水灾，十七州霜旱，吐蕃屡次入侵，唐玄宗诏令"民间有文武之高才者，可到朝廷自荐"，天下慨然应者云集。

开元十六年早春，李白走到了江夏，在这里，他与孟浩然欣然相逢，开怀畅饮。此时的李白，摩拳擦掌，踌躇满志，他将要发出"天生我材必有用，千金散尽还复来"的长啸。开元十七年，李白终于来到了江汉平原北部的安陆。这里离他向往的长安还很远、很远，然而，西北望长安，不夜城的音讯比鸿雁飞得还快——暗闻歌吹声，知是长安路。对于李白来说，暗夜之旅不啻一条光明大路。

又一年过去了，李白终于从安陆长途跋涉来到心中的圣地——长安。他欢呼雀跃，欣喜若狂，腹中已经酝酿着"幸陪鸾辇出鸿都，身骑飞龙天马驹。王公大人借颜色，金璋紫绶来相趋"这样的诗句。可惜，此时的长安，车水马龙，人才浩荡，政治、经济、文学、艺术、农桑、军事、人口、外交……世界各地的能人才子皆聚于此，与造化争锋。小小一个李白，还只是一个无名之辈。

这一年，京兆望族的纨绔子弟杜甫不满十七岁，还在写着"庭前八月梨枣熟，一日上树能千回"的顽皮诗句。十四岁的岑参刚刚经历父丧之痛，正准备举家从晋州移居嵩阳。作为关中望姓之首韦家的重要接班人，豪纵不羁的少年韦应物才满八岁，他同样不知道，七年之后，他将以三卫郎身份作为唐玄宗近侍，趾高气扬地出入宫闱，扈从游幸。

再过四十余年，古文运动倡导者、被苏东坡评价"文起八代之衰，而道济天下之溺"的韩愈，共同倡导新乐府运动的白居易与元稹，被欧阳修赞为"投以空旷地，纵横放天才"的柳宗元……才会接踵而至。李贺、杜牧、温庭筠、李商隐、皮日休、陆龟蒙、刘禹锡……这些将要在中国文学长河中熠熠发光的名字，还都是漫天飘洒的尘埃。然而，在未来的两个多世纪里，他们将络绎不绝地聚集在同一个城市——长安。

二

长安周边，八水环绕。泾水、渭水、灞水、浐水、沣水、滈水、潏水和涝水相互依傍，形成密布的水道。

时光，如夤夜的水波，诡谲又鬼魅。

开元十七年，这是大唐王朝近三百年中平凡而又不平凡的一年，是注定被时光湮没又注定被时光铭刻的一年。

——这一年，天才佛学家、思想家、翻译家、旅行家、外交家玄奘法师驾鹤西去已逾六十五载。这位出身于书香世家的行者历经十七年，行程五万里，在印度学经交流，并带回来经论657部，开创了一条从中国经西域、波斯到印度全境的文化之路。玄奘回到长安，又潜心翻译经书近二十年，留下千余卷佛经译本和《大唐西域记》一书，使得源于印度的佛教，在大唐发扬光大。如今，中国佛教八大宗派中的六个祖庭都在长安。玄奘不安于现状，历经千辛万苦去寻求真理、追求卓越，从而不断超越自我的精神，是那个时代的写照，也是大唐王朝走向辉煌的动力之源。

——这一年，唐玄宗加封六十六岁的宋璟为尚书右丞相，授开府仪同三司，晋爵广平郡公。此时，天才政治家姚崇已驾鹤西去，文武双全的张说、忠耿尽职的张九龄即将登场。开元元年，姚崇密奏"十事要说"，此后力排众议灭蝗救荒，他将为政之道归结为简单的四个字："崇实充实"，襄助唐玄宗打开开元初期的艰难局面。姚崇、宋璟、张说、张九龄，作为有唐一代四位名相，他们各尽其才，忘身徇国，终于辅佐唐玄宗成就盛世伟业。

——这一年，大唐王朝的天才书法家张旭早就过了知天命之年。史料典籍无从显示这一年的张旭是否在唐玄宗的盛宴嘉宾名单里，然而，"草圣"的名号早已传遍长安的大街小巷——醉辄草书，点画之间，旁若无人，挥毫落纸如云烟，以头濡墨而书之，天下呼为"张颠"。这个姓张的天才加疯子，满街狂叫，狂走，狂书，醒后狂赞自己的作品。不在这个海纳百川的时代，焉得有这样的俊杰脱颖而出？不说今日，纵是当时，人们只要得到张旭的片纸只字，都视若珍品，奔走相告，世袭珍藏。张旭逝后，杜甫入蜀曾见其遗墨，万分伤感巨星之陨落，挥毫写下："斯人已云亡，草圣秘难得。及兹烦见示，满目一凄恻。"

——这一年，大唐王朝的天才音乐家李龟年已过而立之年。在这场盛宴中，他是唐玄宗当之无愧的座上客。作为宫廷御用的乐工，李龟年常在贵族豪门歌唱。唐玄宗时，李龟年、李彭年、李鹤年兄弟三人都有文艺天分，李彭年善舞，李龟年、李鹤年则善歌，李龟年还擅吹筚篥，擅奏羯鼓，擅长作曲。他们创作的《渭川曲》是那个时代的绝唱，在数千年音乐史中也堪称绝响。

——这一年，大唐王朝的天才军事家王忠嗣还不满二十三岁。数年前，唐玄宗将在"武阶之战"中牺牲的烈士王海宾的幼子接入宫中抚养，收为义子，赐名忠嗣。此时，当年的孩童已成长为勇猛刚毅、富于谋略的猛将。寡言少语的王忠嗣一定不会知道，这场盛宴的翌年，唐玄宗便将重担交付他，派他出任兵马使，随河西节度使萧嵩出征。初出茅庐，王忠嗣便锋芒毕露，以三百轻骑偷袭吐蕃，斩敌数千。此后二十余年，王忠嗣北出雁门关讨伐契丹，大败突厥叶护部落，大破吐蕃决战青海湖，一时间勇猛无双，威震边疆。正是缘于无数个忠心耿耿、征战边陲、不惜抛洒一腔热血的王忠嗣，才有了大唐王朝的和平崛起，有了中华民族的赓续绵延。

无数的天才会聚到唐都长安。他们往来穿梭，尽情讴歌这座伟大的城市，礼赞这个伟大的时代。岑参写道，"花迎剑佩星初落，柳拂旌旗露未干"；刘禹锡说，"莫道两京非远别，春明门外即天涯"；骆宾王则挥毫，"三条九陌丽城隈，万户千门平旦开。复道斜通鸤鹊观，交衢直指凤凰台"。

这时的长安，是世界的中心，是中国精神的文化符号。开放的胸怀、开明的风尚、包容的气度，纵使今天的美国纽约、日本东京、英国伦敦、法国巴黎，都无法与之比肩。全盛时期的长安，正如唐代诗人时常吟咏的"长安城中百万家"，总人口超过了一百万，是无可争议的国际第一大都会，其中各国侨民、外国居民超过五万人，仅仅是流寓在长安的西域各国使者就达四千余人。哥伦比亚大学历史学教授卡林顿·古德里奇在《中国人民简史》中感慨："长安不仅是一个传教的地方，并且是一座有世界性格的都城，内中叙利亚人、阿拉伯人、波斯人、鞑靼人、朝鲜人、日本人、安南人和其他种族与信仰不同的人都能在此和平共处，这与当时欧洲因人种及宗教而发生凶狠的争端相较，成为一个鲜明的对照。"

的确，长安是"一座有世界性格的都城"，它不是一个人的长安，却是每一个人的长安，它是中国的长安，更是世界的长安——君王、美人、使者、名士、商贾、游侠、僧侣、王侯、将相。满城金甲的征战武士，夜夜笙歌的勾栏瓦肆，日暮云沙的边塞烽火，皎洁月色里的万户捣衣声……长安的记忆何尝不是中国的国家记忆？夜半不敢眠，忽然追忆起——秦川人家的炊烟，是怎样的遥衮？异域凛冽的酒香，是怎样的醉人？江湖侠客的芙蓉剑，应该何时出鞘？西市胡姬的紫罗裙，又是何等妖娆？

这是真正的盛世气象。

百花齐放，姹紫嫣红。在政治上，整顿武周以来的弊政，择贤臣为良相，整饬腐败吏治，建立完善的考察制度，精简官僚，裁减冗官；在经济上，推崇节俭，加强义仓制度，通过括户等手段缓解土地兼并导致的逃户弊端；在军事上，改府兵制为募兵制，兴复马政，对外收复了辽西营州、河西九曲之地，并再次降服契丹、奚、室韦、靺鞨等民族，吞并大小勃律并且攻灭突骑施，降服复国的后突厥。

在唐玄宗李隆基的带领下，大唐王朝休养生息，春种秋藏，正在沉稳地走向它的巅峰。毫无疑问，开元盛世——这是中国历史最傲岸挺拔的时刻，是中国社会最繁华鼎盛的时期，是中国文明最光辉璀璨的时代。

三

让我们将时间的指针再向前拨动 111 年。公元 618 年 6 月 18 日，唐朝建都长安。

这一天，恰值端午，满眼所见，皆是情不自禁的歌舞与欢语。

时光宛若一条柔软的丝线，隔着1400年的风尘，隔着遥远的山河与旧梦，我们在这一端的遥望，便会牵动那一端的驻守，牵动那一刻的长安、那一端的大唐。沉淀在岁月深处中的辉煌、荣耀、骄傲和尊严，清晰地浮出水面，又被曝晒在干涸的河床。

秦川雄帝宅，函谷壮皇居。
绮殿千寻起，离宫百雉余。
连甍遥接汉，飞观迥凌虚。
云日隐层阙，风烟出绮疏。

唐太宗李世民一首《帝京篇》，以其君临天下的豪迈气魄、写意挥洒的笔触，描摹了唐代都城长安的盛景。

长安是中国古代数个朝代的建都之地，而大唐长安更是作为中国历史最鼎盛时期的都城，曾经以东方最大最繁华都市的身份，尽享全世界的荣耀，美誉数千年。

实际上，大唐长安是在隋大兴城基础之上兴建而成的。

杨坚建立隋朝后，因沿袭下来的汉城城区狭小，无法适应新建的大隋王朝之需，而且"水皆咸卤，不甚宜人"，于是在582年6月18日这一天，隋文帝下令宇文恺在原汉城的东南侧修建新城。宇文恺参考了北魏洛阳和北齐邺都的建筑布局，只用了一年多时间，新的隋大兴城便竣工了。

谁料想，短暂隋王朝历三十余年而亡。武德元年（618），唐国公李渊于晋阳起兵，逼迫隋恭帝禅位，建立唐朝。他对集隋唐两代建筑的都城进一步扩建,将大兴城改为长安城。

唐都长安基本保留了旧城的布局,但后来在郭城、街坊、道路及东西两市进行了改造和扩建,以适应这个东方大帝国政治、经济、文化各方面的需要。整个长安城坐北向南,布局极为规整,正南正北,左右对称。正如白居易所写:"百千家似围棋局,十二街如种菜畦。"

外郭城中包括皇城和宫城。唐代延续了汉代"左祖右社"的制度,即祖庙在宫殿左侧(东),社稷在宫殿的右侧(西)。城内分为110个坊,东西共14条大街,南北共11条大街。城中以朱雀大街为界,将长安城分为东西两半,街西辖55坊,归长安县管;街东辖55坊,归万年县管。朱雀大街宽达150米,南北走向,宽广平坦。这是大唐帝国都城的博大气势。

唐长安的主要宫殿是太极宫、大明宫和兴庆宫。前两宫在城内北侧。太极宫在长安正中偏北,皇城之内,沿用了隋代的大兴宫。太极宫是唐高祖、唐太宗当年理政之处,"贞观之治"的很多诏令都出自太极宫,这里也有不少唐太宗和魏征君臣之间进谏和纳谏的故事,后来高宗时将理政移至大明宫。

大明宫建于贞观八年(634),在城北的龙首原上,地势较高,"北据高原,南望爽垲"。大明宫的正门是丹凤门,门前是宽达176米的丹凤门大街。丹凤门正北方向是大明宫的中轴线,由南向北依次建有含元殿、宣政殿、紫宸殿、蓬莱殿、含凉殿、玄武殿。丹凤门和含元殿、紫宸殿建在龙首原最高点,高大雄伟。遥望1400年前的长安,这些规制严谨的建筑、含义隽永的名字,展示了唐王朝的威严和强大。

大明宫中由龙首渠引水入内,修太液池。这样不但解决了宫内吃水问题,也大大改善了环境园林。后来高宗皇帝令增修麟德殿,在大明宫北部偏西，另建有殿和观、亭、楼诸如拾翠殿、跑马楼、斗鸡台等设施三十余处，供自己和后宫享乐。

长安城共有十二座城门，即东面的延兴门、春明门、通化门，南面的启夏门、明德门、安化门，西面的开远门、金光门、延平门，北面的玄武门、芳林门、光化门。其中明德门为南面正门。

杜甫在诗中吟道："秦中自古帝王州。"唐朝是一个辉煌的时代，长安是一座伟大的城市。再没有一座城能像大唐的长安那般让人心驰神往。唐都长安不仅在当时创造了巨大的物质财富，而且积淀了自信自豪、开明开放、创新创优、卓越超越、求实务实的精神财富。

这是中国历史上真正文化自信的时代。

四

717年，十九岁的日本贵族士子阿倍仲麻吕以遣唐留学生的身份来到长安，进入当时的国立大学——国子监太学学习。

阿倍仲麻吕聪明勤奋，成绩优异，太学毕业后参加科举考试，一举就考中了进士。之后他一直在唐朝做官，七十三岁在长安去世，生前最高官职是光禄大夫兼御史中丞，是国家最高监察机构中权力仅次于御史大夫的高官。

像阿倍仲麻吕这样在唐朝做官的外国人数以百计。唐玄宗创造的大唐极盛之世，国力强盛，中外交往异常频繁，高丽、新罗、百济（均在朝鲜半岛）、日本、林邑（今越南）、泥婆罗（今尼泊尔）、骠国（今缅甸）、赤土（今泰国）、真腊（今柬埔寨）、室利佛逝（今印尼苏门答腊）、诃陵（今印尼爪哇）、天竺（今印度、巴基斯坦、孟加拉）、狮子国（今斯里兰卡）、大食（今阿拉伯）、波斯（今伊朗）等国都与唐朝有广泛的经济文化交流。长安城内包括做官、求学、经商的外国人，曾超过十万人，留学生最多的时候达到八千多人。朝廷允许外国人及其他民族的人在唐朝居住、结婚，也极大地促进了民族融合、文化交流。

当时的唐都长安，有东市、西市两个繁荣的市场，东市主要从事国内贸易，西市主要从事国际贸易。西市占地1600多亩，有220多个行业、40000多家固定商铺，聚集了世界各地的客商，从酒店到药店，从食店到粮店，可谓名副其实的"自由贸易区"，不能不承认，早在千余年前，长安人就已经过上了"买全球、卖全球"的生活。

西市不仅是商贸的平台，也是创业的舞台。唐代中期的窦乂，从西市起步，务实经营，不断创新，从种树、卖树的小生意，发展到"商业地产开发"，不仅成为长安首富，还把商铺"窦家店"开到了遥远的罗马城。

特别值得一提的是，随着"丝绸之路"的日益繁荣，中外经济文化交流空前频繁，长安城经济繁华一时。作为当之无愧的世界的政治中心、经济中心、时尚中心、商贸中心，长安的中国读本早已经成为世界读本了。

由长安出发的"丝绸之路"把世界的东方与西方联系了起来；航海事业蓬勃发展，三条水路可以直达日本，还有从广州、泉州等地越南海到东南亚、西亚及埃及和东非的海上交通。通过绵延万里的"丝绸之路"而来的西域、西亚乃至欧洲、非洲的客商或官员，来自日本、朝鲜半岛的客商及留学生、留学僧们，在长安的大街上三五成群，悠闲漫步。当时像阿倍仲麻吕这样在朝廷做官的外国人比比皆是，正是大唐对外开放、包容的态度，引得万邦来朝。据记载，当时与唐朝交往的国家多达七十多个，外国贵族委派子弟到长安的太学学习中国文化，不少僧人在唐长安的寺院里学习佛学。

世界各地的游客以造访长安为荣耀。爱尔兰记者、摄影师、人类学家基恩在《北亚和东亚》中描述说，长安是维系鞑靼斯坦、西藏和四川与中华帝国腹地贸易的要地，向甘肃运送陶器和瓷器、棉花、丝绸、茶叶以及小麦，接受兰州的烟草、豆油、毛皮、药材与麝香，宝石也通过这里输送到西藏与蒙古。

大唐长安，不仅是世界上第一个人口超过一百万的国际化大都市，而且城市面积超过八十平方公里，相当于六个巴格达、七个拜占庭、七个古罗马。有唐一朝不仅经济发达，而且文化繁荣，影响遍及世界，直到今天余音依然绕梁不绝，海外华人聚集区仍被称为"唐人街"，中国传统服饰仍被称为"唐装"。

五

开元十七年那场盛宴，端的是绣衣朱履，觥筹交错，开琼筵以坐花，飞羽觞而醉月。然而，酒香未散，弦歌未尽，华灯依旧，岁月却已经走过了二十余个春秋。

承平日久，国家无事，唐玄宗沉溺宫闱，渐生懈怠之心，742年，将年号由开元改为天宝。天宝十四载（755）十一月，手握重兵的胡人安禄山乘朝廷政治腐败、军事空虚之机发动叛乱，次年十二月，攻入洛阳，唐玄宗率众仓皇出奔。

历史上将这场长达八年的叛乱称为"安史之乱"。这次叛乱，让大唐王朝元气大伤，一蹶不振，为其衰落埋下了伏笔，尽管贞观之治、开元盛世之后还有过元和中兴、会昌中兴、大中之治等短暂的复苏，大唐却始终未能回到曾经的巅峰。

其兴也勃焉，其亡也忽焉。

繁华的长安，于晚年的唐玄宗而言，不仅是遥远的往昔，更是不可追悼的故乡。一代中兴之主，终生未归长安。此前，唐玄宗领养的义子王忠嗣，数次上书奏言安禄山将大乱天下，唐玄宗始终置之不理。对于大唐的危机，唐玄宗没有丝毫察觉，听闻王忠嗣之言，却暴跳如雷，对其严加审讯，意欲处以极刑。昏聩若此，怎不危机四伏；忠言逆耳，岂止忠嗣一人？

大唐建都长安，到今天，已经整整1400年。寂寥扬子居畔的桂花芬芳犹然在侧，金阶白玉堂前的青松仍是昔时模样，时光却似流水，一去不复返了。永远的荣耀，变成了深长的忧叹。

长安，依旧繁华如梦。但是，这里不再是唐玄宗的长安，也不再是李白的长安了。抽刀断水水更流，举杯销愁愁更愁，豪放不羁的诗仙终于厌倦了长安的生活，远走他乡，仗剑遍游天下。多年以后，李白一反其诗词的豪迈飘逸，用汉乐府歌辞的寄寓手法，写下了缱绻悱恻的《长相思》：

> 长相思，在长安。
> 络纬秋啼金井阑，微霜凄凄簟色寒。
> 孤灯不明思欲绝，卷帷望月空长叹。
> 美人如花隔云端！
> 上有青冥之长天，下有渌水之波澜。
> 天长路远魂飞苦，梦魂不到关山难。
> 长相思，摧心肝！

漂泊中的永恒

> 西起奉节白帝城,东到宜昌南津关,三条大峡谷气势如虹,一路昂首东去。大自然用两百万年的耐心和伟力,打造出数不清的神秘与神奇,从而成就了长江三峡这幅迤逦诡谲的风情画卷。
>
> ——题记

放舟下巫峡,心在十二峰。

两百余年前的清康熙某年,穷困潦倒的诗人徐夔越高唐、穿龙门、过巫峡,兴之所至,慨然写道。

徐夔,字龙友,号西塘。现存徐夔的资料不多,《清诗别裁集》收录其诗只有九首,他初学韩愈,后学李商隐,曾与沈德潜结诗社,诗趣相投,颇多唱和。徐夔少时家贫,馆谷不足供母,游京师僻处萧寺,不谒贵人,终无所遇而归——其率性真情、孤傲不驯,由此可见一斑。

我们不妨设想——这一天,清风徐来,水波不兴。徐夔衣袂飘飘，荡舟而来，他或许孤身一人，或许结伴城南诗社诸朋，煮酒青梅，指点江山，兴之所至提笔赋诗，激扬文字，心逐巫峡。

一江碧水，两岸青山，三峡红叶，四季云雨，千年古镇，万年文明。

在中国的历史版图上，从没有哪道山湾水景，像巫山巫峡这般鼓荡旅人的情思、放纵行者的想象。

一

山高，壁陡，流急。

长江裹挟岁月风尘，浩浩汤汤，呼啸而至，像一把利刃，切开了巫山坚实的腹地，造就了巫峡的壮美。

美国总统罗斯福曾说，每个美国人都一定要去看看科罗拉多大峡谷，因为峡谷是用时间缓慢雕刻出的惊心动魄。

巫峡何尝不是如此？时间缓慢地推动着历史，雕琢着历史，也记录着历史，缓慢中的尖锐锋利让人惊心动魄，缓慢中的一往情深令人荡气回肠。根据现有资料的地貌分析，三峡地区的峡谷主要是通过溯源深切与河流袭夺而成。地质学家推断，在长江三峡贯通以前，四川盆地的水流本是汇入藏南地带的古特提斯海，之后又汇入云贵地区一些沿断裂带分布的湖泊。由于自新第三纪以来青藏高原及云贵高原的强烈隆起，藏东形成向东倾斜的大斜坡，从而开始出现大面积汇水的向东流，它横截了一条条原向南流的水系，又经三峡地区向东入海，从而形成现在这条长约6400公里的长江。

西起奉节白帝城，东到宜昌南津关，三条大峡谷气势如虹，一路昂首东去。大自然用两百万年的耐心和伟力，打造出数不清的神秘与神奇，从而成就了这幅迤逦诡谲的风情画卷。

巫峡山高谷深，湿气蒸郁不散，易成云雾，故有"云雨巫山十二峰"之称，这也是徐夔诗中"十二峰"的由来。今天，这句诗被当地人改成"放舟过巫峡，心在神女峰"。其实，绵延不息的巫峡群山，白壁苍岩无数重，还有零星百万峰，峰峰不同，各美其美，岂是神女峰和十二峰就能够尽展其美？古事流传至今，附会之说杂糅了太多的世态炎凉。

连绵七十余公里，巫峡奇峰嵯峨，烟云氤氲缭绕，景色清幽迂回。巫峡阴晴雨雪各有其美。晴时，白雾悬浮于峰峦之巅，似烟非烟，似云非云，如雾非雾。雨时，宛若沧海巨流，云从天降，呼啸而至，铺天盖地。雨歇，云雾在峡谷间游弋，忽飘忽荡，忽升忽降，忽聚忽散。

三峡是风与水的杰作，是美与真的童话，曾经有山与山绵绵不绝的心手相拥，而今却任由风的蹂躏、水的侵蚀，铺陈出这傲岸的嶙峋、巨大的坚硬。旷世的宁静之中，是生命的飘逝和生命的接续。三峡风格迥异。瞿塘山势雄峻，斧削而成，可是多了些悬陡的稚嫩、初生的鲁莽。西陵怪石横陈，滩多水急，可是多了些草率的刚愎、青春的犹疑。也许巫峡的幽深奇秀、峰峦跌宕最适合疲惫的诗人搁置桀骜的灵魂，所以才有了徐夔的放舟巫峡吧。考古学家论证，三个峡谷的各自特点，表明它们的形成时代与发展阶段大不一样。巫峡的支流，截断面多呈V字形，仅在小支流口有岩坎跌水；谷壁多呈垂立三角面状；峡谷切深大且多起伏——他们据此大胆揣测，如果说瞿塘峡处于青年期，西陵峡处于回春发育期，那么巫峡则处于生命中最宝贵、最稳定的壮年期。青春的暗潮已过，逆袭的可能已无，巫峡正沉浸在生命最美好的时光里，欢喜地等待与它迎面相逢的有缘人。

即从巴峡穿巫峡，便下襄阳向洛阳。杜甫在诗中写道，这是漫卷诗书的喜悦。

曾经沧海难为水，除却巫山不是云。元稹在诗中写道，这是悼念亡妻的哀伤。

而今，流光散去，岁月渐老，漫卷诗书的愉悦定格为砥砺风雨的雷霆万钧，悼念亡妻的凄凉幻化为阅尽沧桑的悲歌传响，这是巫峡的至大至美、至幻至真、至柔至刚、至性至情，这才是真正的巫峡。

万峰磅礴一江通，锁钥荆襄气势雄。田野纵横千嶂里，人烟错杂半山中——万峰磅礴、幽深曲折、田野纵横、人烟错杂，这是壮年巫峡的气势与气韵。雄踞长江中游，巫峡为川东门户，沿途滩多水急，南北两岸山峦耸峙，群峰如屏，壁立千仞，最狭窄处，两江之距不及百米。壮哉巫峡！一夫当关，万夫莫开。

二

巫峡，是中华文明的心灵故乡。

某一天，一位老人过河时无意间踩到一个奇怪的物件，他将这个物件辗转交给考古学家。考古学家发现，这竟然是一件罕见的殷商遗物——"鸟形铜尊"，此器物与中国国家博物馆"羊头方尊"器形极为相似，尊上精美的饕餮纹饰令考古学家啧啧称奇。为了复制一份相同的"鸟形铜尊"，考古学家和科学家做出了种种假设，也遭遇了重重难关。一次又一次的失败使他们对三千年前的能工巧匠充满敬畏和疑惑："他们究竟怎样完成这件杰作的？"

茫茫莫辨的时间彼岸，在此成了一个永久的谜。

今天，这座铜尊与其他铜镜、铜剑、铜币及汉砖、唐三彩、巴式兵器等许多不可多见的文物，静静地陈列在重庆中国三峡博物馆，述说着沉淀了三千年的迷思与荣耀。

巫峡及其周边地区，历来是中国历史上南北文化长期碰撞与融合的区域，也是长江流域东西部文化的交汇地带。在这片神奇的土地上，二百万年前的"巫山猿人"和五千年的"大溪文化"留下了许许多多的千古之谜，悬棺、栈道、野人……正是这些难以拆解的千古之谜，激发了无数专家、学者和探险者前来探秘。

"世人都健忘，遗忘了世人。"面对岁月的消逝与世事的更迭，英国诗人蒲柏喟然长叹。众所周知，蒲柏有着惊人的想象力，他曾为牛顿写下著名的墓志铭："自然和自然的法则在黑暗中隐藏，上帝说，让牛顿去吧。于是一切都被照亮。"

铭文中的深意值得沉思。当自然的法则隐匿于自然的浩瀚，人类的智慧之光将照亮无边的暗夜。在历史上，黄河流域被誉为中华民族文化的摇篮。炎黄子孙从亘古绵延的黄土高原沿黄河两岸向东迁徙，一直将人类文明的火种播向中原大地。而位于长江中游的巫峡地区则是这类文明的主要成长地，在几百万上千万年的沧桑变化中，日出而作、日落而息的巫峡人民创造了源远流长的历史文化。

然而，遗憾的是，至今还有许多秘密仍埋藏在泥土之下。

在所有的记载和传说中，巴人留给人们最深的印象，就是劲勇尚武。在出土的巴式器物上，考古学家发现了大量的象形图语和难以破解的异样铭文，因为缺乏相关考古学实物的证明，"巴人之谜"一直是中国考古学的一大悬案。正如许多古代文明一样，他们的文明早已失落，他们的形象只能在我们拼凑出的想象中还原。

无边的暗夜之中，时间发出断裂的声响。

历史的格局是，当时在巴国的东面有强大的楚国，北面是雄踞关中的秦国，秦楚都是当时最强大的国家。问题是，国力相对处于弱势的巴国靠什么与之抗衡？史书记载巴人相继与秦楚发生过大规模的战争，并几度进逼楚国的都城江陵。二十世纪二三十年代，美国学者格尔阶·纳尔逊、传教士埃德加先后来到这里实地考察，获得大量的标本和资料，这些资料今天仍珍藏在美国纽约自然博物馆里。他们的考察拉开了巫峡考古的序幕。

二十世纪末，世界上最大的水利枢纽工程在长江三峡地区破土动工，世界上最大的考古工地在这里出现，巨大的巴人聚落遗址、宽阔的遗址面积、丰富的文化堆积令考古界为之震撼。青铜剑、青铜钺、青铜矛、青铜戈……成群的战国士兵恍若一夜之间携兵器走入墓群，长眠地下。这里究竟发生过一场怎样血腥残暴的厮杀？沉积着一个怎样惊天动地的故事？史书上没有只言片语的记载。

我们不妨设想，当秦楚等大国庞大的战车在平原上冲突酣战时，在巫峡不远处的峡谷沟壑间，巴人的军队却靠他们强健的四肢翻峰越岭、跋山涉水，特殊的地形成为他们御敌的天然屏障。人们猜测，作为世界上最骁勇善战的部落，巴人也许是唯一用战争书写自己历史的民族。然而，每一件兵器都如同锁链，宛若谜语，锁住了岁月的云烟，参不透历史的谜题。

一切复归沉寂。

三

北魏郦道元在《水经注》中说道：

> 两岸连山，略无阙处，重岩叠嶂，隐天蔽日，自非亭午夜分，不见曦月。至于夏水襄陵，沿溯阻绝。或王命急宣，

有时朝发白帝，暮到江陵，其间千二百里，虽乘奔御风，不以疾也。春冬之时，则素湍绿潭，回清倒影。绝巘多生怪柏，悬泉瀑布，飞漱其间，清荣峻茂，良多趣味。每至晴初霜旦，林寒涧肃，常有高猿长啸，属引凄异，空谷传响，哀转久绝。故渔者歌曰："巴东三峡巫峡长，猿鸣三声泪沾裳"。

极言三峡之壮景。

顽强的地壳运动堆砌了巫山的雄浑，柔弱的流水作用雕刻了巫峡的隽秀，蛰伏的光阴之须不时地缠绕过来，于是便有了两岸云雾缭绕的尖峭高峰，有了十二峰的变幻莫测、奇崛峥嵘。晨曦澄澈之时，随轻舟飘荡，云霞缥缈的群峰静静卧在云雾之间，连绵的山峦是一缕又一缕悄无声息的翠黛。挥别天边落日，肃静神秘的山林一下子收敛起白日里的喧嚣，奔涌的江河是一道又一道万马嘶鸣的金紫。

正是这不言的壮美，吸引了无数骚人墨客来此直抒胸臆。"宾客纵能齐摈斥，文章终不废江河。鹭鸶飞上石枰去，犹听沧浪水上歌。"徐夔英年早逝，他的诗作没来得及走进文学的册页，却刻进了巫峡的历史。徐夔的诗，气象空灵，响晴高远，不染纤尘，难得的是其优游山水之外的悲苦孤寂，悲苦孤寂之后的怒剑出鞘。巫峡坦诚地将自己的山山水水交付于擦肩而过的寂寥之人，寂寥的诗人也尽情地将扣人心弦的诗句揉入了巫峡的骨骼。

巫峡之美，是留给得志者的熨帖，更是留给失意者的慰藉，是厚重、凄婉、磅礴、空灵组成的真美。"美是显现真理的一种方式。"一个多世纪前，海德格尔说。他的断言，仿若旷野中的呼告。

世界因希望的坚守者而免于沉陷，历史因黑夜的拉纤者而持续向前。

奔腾不息的峡江是中华民族的智慧之源，巍峨耸峙的群山是华夏文明的座座丰碑。资料表明，巫峡文化是一种流传有序的始源性文化，从巫山猿人到长阳智人，从旧石器时期到新石器时期，直至今天的文明社会，源远流长，生生不息，像长江一样无从中断。每一山，每一水，每一村，每一树，每一户，每一人，都赓续着远古的血脉，传承着新生的冲动。弃舟登岸，置身栈道，让薄雾和露珠稍润衣衫，听枯枝在脚下噼啪作响，听莫名的精灵在树枝间穿梭掠过，看无畏的野蛇在草丛中傲然游走，用心灵触摸巫峡的凝重与空灵，触摸她仍未被现代文明玷污的粗野与奔放、清纯和朴拙，如同触摸沉睡千年万年的人类童年。

位于巫峡上口的大宁河和巫峡下口的神龙溪，坡陡水急，溪中有一种头尾上翘的"尖尖船"。逆水行舟，船夫肩负纤索，奋力向前；顺水行舟，任由急流推涌，犹如漂流。上行三个多小时的航程，下行只需三四十分钟。放眼回望，我们似乎看到徐霞迎风而立，驾舟远行，仿佛漂泊在巫峡悠长的历史中。

漂泊中的永恒，没有一个词能够比这更恰当地道出巫峡百万年来的生命本色。寂寞而不空虚，痛苦而不挣扎，沉潜而不窒息，漂泊而不放佚。"尖尖船"渐行渐远，船上，那幽微的烛火正是点燃人类文明之灯的希望火种。

巫峡的故事，才刚刚开始。

成都的七张面孔

土耳其诗人纳齐姆·希克梅特（1902—1963）说，人的一生有两样东西是不会忘怀的，一个是母亲的脸庞，一个是城市的面孔。

然而，随着城市更新的不断推进，越来越多伴随着我们成长的记忆在渐次远去。隔过浩荡的时光，回望疾驰的岁月，能够留在我们记忆深处的城市面孔还有多少？

毋庸置疑，其中一定有成都。

成都外揽山清水秀，内胜人文丰赡，是一座迷人的城市。成都有着4500年城市文明史，她的源头可以追溯到2500年以前。公元前五世纪中叶，古蜀国开明王朝九世时（前367）将都城从广都樊乡（华阳）迁往成都，构筑城池。《太平寰宇记》记载，"成都"这个名词，是借用了西周建都的历史，周王迁岐，一年而所居成聚，二年成邑，三年成都而得名蜀都。在四川话里，"成都"两个字的读音就是"蜀都"的意思。所谓成者，毕也、终也。成都的含义，其实就是蜀国建完的都邑，或者说最后的都邑。

千年时光倥偬而过，到今天，成都留下了无数让人回味的瞬间，这无数的瞬间婀娜多姿、顾盼生辉，串联起成都令人怦然心动的回忆。成都，给我们留下了各种各样的侧面，我们不妨从中撷取七个。

成都的七个面孔就是：诗歌成都、神秘成都、生态成都、美食成都、安逸成都、财富成都、创新成都。

一、诗歌成都

我们知道，成都是中国文化的一块高地，是最有文化积淀、最有人文底蕴、最有开放精神、最有书香气息、最适合居住的城市，也是世界闻名的国际化大都市。当然，成都还是举世闻名的"诗歌之城"，是中国诗歌不可忽视的地标。成都具有丰厚的诗歌资源，历代文学巨匠大多游历过成都，留下了大量的翰墨珍藏。杜甫草堂不仅是当代中国，更是整个世界范围内诗人祭拜的圣地。

2017年成都国际诗歌节上，诗人吉狄马加赞誉成都是一座"诗歌和光明涌现的城池"。他说："当我们把一座城市与诗歌联系在一起的时候，这座城市便在瞬间成为一种精神和感性的集合体，当我们从诗歌的维度去观照成都时，这座古老的城市便像梦一样浮动起来。"此言不虚。

古诗人皆入蜀，入蜀必然入成都。我们翻开历史，不难发现，著名的诗人，大都曾经在成都留下足迹，留下传诵后世的名诗名句。成都是属于诗歌的，是无数诗人的精神远方——

被称为中国诗歌黄金时代的唐朝，拥有一个又一个伟大的诗人，李白、杜甫、白居易、岑参、刘禹锡、高适、元稹、贾岛、李商隐、温庭筠、王勃、杨炯、卢照邻、骆宾王，等等。唐代诗人杜甫写过《成都府》："翳翳桑榆日，照我征衣裳。我行山川异，忽在天一方。

但逢新人民，未卜见故乡。大江东流去，游子去日长。"蜀地诗歌称霸中国，杜甫功不可没。杜甫与成都风景，已经是浑然一体、不可分离，提到成都，我们会联想到这位伟大的诗人。我们从杜甫诗中了解成都、怀念成都、赞美成都。成都伴随着杜甫，一同走进中国历史的光辉岁月。

中唐诗人张籍（约766—约830），崇拜杜甫已经到了近乎疯狂的地步。他曾经把杜甫的诗集焚烧成灰烬，再以膏蜜相拌，全数吃下，之后抹嘴大叫：我的肝肠从此可以改换了。张籍在《送客游蜀》诗中写道：

行尽青山到益州，锦城楼下二江流。
杜家曾向此中住，为到浣花溪水头。

白居易（772—846）称赞"诗家律手在成都"。史称杜元颖长于律诗，不过《全唐诗》仅存其诗一首。而白居易的好友元稹（779—831）在《送东川马逢侍御使回十韵》一诗中开篇就说"风水荆门阔，文章蜀地豪"。

在宋朝，与成都结下深厚情谊和缘分的诗人、词人，甚至更多，他们不约而同来到成都，在这里逗留，在这里居住，在这里生活，放飞梦想，放飞心灵。柳永初来成都，便被这里繁荣、壮丽的景象震住了，他填了一阕《一寸金·井络天开》的词，以赋体形式极力铺陈，将宋朝的自然风光、风土人情描绘得淋漓尽致。柳永离开成都二十余年后，写出名句"红杏枝头春意闹"的宋祁，到成都担任益州知州。

苏家父子赴京师赶考，从成都出发，那时苏洵四十七岁，苏轼十九岁，苏辙十七岁。尽管苏轼在成都停留的时间不长，但对成都一直念念不忘，他在《临江仙·送王箴》词中写道："忘却成都来十载，因君未免思量。凭将清泪洒江阳。故山知好在，孤客自悲凉。"苏轼直到四十七岁时，还追忆眉山老尼讲述蜀主孟昶与花蕊夫人在摩诃池上夜间纳凉的故事，填词《洞仙歌》，留下"冰肌玉骨，自清凉无汗"的美妙辞章。南宋中期，著名诗人陆游与范成大相继入蜀，书写了宋代成都最夺目的篇章，范成大认为成都的繁华与扬州很是相似，将成都万岁池与杭州的西湖相提并论。离开成都的范成大，心心念念总是成都的花事，他在词作《念奴娇》中倾诉衷肠："十年旧事，醉京花蜀酒，万葩千萼。"

陆游对于宋代成都的意义，堪比唐代杜甫。他热爱城市、园林、山水、民俗、物产、花草、饮食、文化，涉及世俗生活的所有方面。陆游四十七岁到成都，作《汉宫春》两阕，他初来已经被成都的繁盛惊住了："看重阳药市，元夕灯山。花时万人乐处，欹帽垂鞭。"陆游在《风入松》中总结蜀中生涯，说道："十年裘马锦江滨。酒隐红尘。万金选胜莺花海，倚疏狂、驱使青春。吹笛鱼龙尽出，题诗风月俱新。"陆游还写过一首《成都行》："倚锦瑟，击玉壶，吴中狂士游成都。成都海棠十万株，繁华盛丽天下无。"

我们知道，发生在二十世纪七八十年代的中国当代诗歌运动，深切体现了其中所隐藏的当代中国人生存体验的思考和颖悟。以成都和重庆两地为中心的巴蜀诗人群体是中国当代诗歌运动的重要组成部分，其在历史上的意义，与首都北京的诗人群体不相上下。环视当下中国诗坛最活跃、最具有影响力的诗人，我们可以数出几十位，他们都是从成都走出来的。成都毫无争议地被公认为中国当代诗歌运动最重要的城市之一，成都又一次穿越了历史，成为中国诗歌史上始终保持"诗歌地标"的重镇。

成都不仅盛产诗歌和诗人，还产生了许许多多震古烁今的文学家。司马相如、扬雄、王褒、陈寿、陈子昂、李白、苏洵、苏轼、苏辙、杨升庵、李调元、郭沫若、李劼人、巴金、沙汀、艾芜……非川籍而进入第二故乡，在安逸之地继续挥洒诗意、锐进升华者，有文翁、杜甫、王勃、岑参、李商隐、薛涛、黄庭坚、陆游，以及抗战八年间长期流寓四川的茅盾、叶圣陶、朱自清、老舍、张恨水、曹禺、吴祖光等。不止诗人、作家，正如古人所说，"天下才人皆入蜀"。

从某种意义来讲，成都成了不同历史时期的许多诗人在诗歌上的栖居地，成为文学家精神上的故乡。在漫长的中国历史上，成都一直是一个在文学的繁荣史上从未有过低落、有过衰竭，甚至一直保持在高峰姿态的城市，这是文化的奇迹。

一个直观的原因是，与中国别的地域相比，甚至与不远的"巴蜀"中的"巴"相比，蜀地更加丰衣足食，少有自然灾害发生，政治局势和平民百姓的生活都趋于稳定，特别是以成都为中心的千里沃野的平原地带，可以说是中国农耕文明最精细发达，同时也是存续时间最长的地方。正因为此，古代的许多中国诗人都把游历、寻访成都作为自己的一个夙愿和向往。其中还有一个重要原因，就是千百年来成都似乎孕育了一种诗性的气场，它特殊的地理环境和能把时间放慢的市井与乡村生活，毫无疑问是无数诗人颠沛流离之后灵魂和肉体所能获得庇护的最佳选择。

二、神秘成都

历史和地理的双重因素，铸就了成都许多不可言说的神秘。成都的地理位置是东经 102°54′～104°53′、北纬 30°05′～31°26′。曾经有科学家提出,这条30°纬度线,贯穿了世界上一切不可言说的神秘,是一条地地道道的神秘之线,它穿起了一系列世界奇观以及难以解释的神秘现象,比如,埃及的金字塔、大西洋的百慕大三角、英国的巨石阵、马耳他的车轨,甚至是公元前六世纪在古巴比伦王国建成的巴比伦通天塔……这些人类文明中具有神秘色彩的地域全都集结在这个纬度。

如果再把这条线所在区域扩大,我们会发现,四大文明古国(位于西亚的古巴比伦、位于北非的古埃及、位于南亚的古印度、位于东亚的中国),世界五大宗教(基督教、伊斯兰教、佛教、儒教、道教),也都发源于此。

成都的神秘之处还不止于此。在中国乃至全世界,有谁不知道成都的大熊猫吗?相信没有。作为来自800万年前的远古使者,大熊猫是成都最有亲和力也是最有影响力的名片。

大熊猫是历史的"活化石"。根据记载,人类不过150万年到200万年的进化历程,大熊猫却在800万年前就已经生活在地球上。研究表明,300万年前的大熊猫,它的毛色、体态、体形跟现在是差不多的,300万年如一日。难道生物演化规律没有发挥作用?为何全球万千物种,独独大熊猫历经800万年而不灭?科学家无法给出答案。800万年以来,与大熊猫同时生活的动物,比大熊猫晚期的动物,它们都在漫长演化过程中被淘汰,不论是瘦弱还是强壮,不论是温驯还是凶猛,不论适应性强还是不强,灭绝动物的名单越来越长:剑齿象、剑齿虎、剑齿马……近年来,随着环境的恶化,这份名单还在不断拉长:渡渡鸟、大海牛、恐鸟、大海雀、开普狮、阿特拉斯棕熊、南极狼、斑驴、圣诞岛虎头鼠、旅鸽、墨西哥灰熊、得克萨斯红狼……然而,幸运的是,大熊猫顽强地生活到了今天。800万年来,到底是什么样的生存机制，让某些动物消失，又让某些动物顽强地生存到今天？生物学家没有给出答案，这就让大熊猫这种来自远古的使者显得愈加神秘。

800万岁的大熊猫从远古走到今天，带给我们无数至今无法解开的谜。首先，大熊猫是食肉动物，经过演化变成以竹子为主要食物的动物。可是竹子的营养成分非常低，连草都不如。大熊猫为什么要放弃高蛋白高营养的食物，转而选择低蛋白低营养的竹子？生物学家试图寻找答案，甚至对死亡大熊猫进行解剖，研究大熊猫的消化系统，但是他们至今没有找到答案。

"素食主义者"大熊猫也没有一般食草动物细长的肠道和复杂的胃或发达的盲肠，它的消化道粗短而又简单。此外，在大熊猫的基因序列于2009年公布之后，科研人员还发现大熊猫消化道内缺乏一些帮助食草动物消化纤维素和半纤维素的酶。这更让他们非常困惑，缺乏这些必要条件的大熊猫是如何消化竹子的呢？魏辅文课题组进一步研究发现，大熊猫的消化道内确实含有微生物，而且和一些食草动物体内的微生物非常类似。不过尽管如此，大熊猫为什么喜欢吃素这个问题，迄今为止，仍然没有一个完美的或者是简单的解释。

其次，大熊猫毛色只有黑白两色，每一只大熊猫的黑白花纹都不尽相同。但是这黑白两色的简单搭配之间，似乎蕴藏着无穷的玄机。黑白两色是最基础的颜色，有人称之为宇宙色，有人认为其中有道家八卦图的玄机，非常难调配的两个颜色在大熊猫身上却非常和谐，让它们显得憨态可掬又灵动可爱。

第三，大熊猫的生活习性也很神秘。人们往往认为大熊猫较懒惰，一天到晚不怎么动，笨笨的，憨态可掬。专家们说，大熊猫其实不懒，大熊猫在树林的奔跑速度超过人类，150公斤的大熊猫比150

公斤的人爬树可快多了；大熊猫的平衡性非常好，它可以睡在很高、很细的树枝上不会跌落；大熊猫据说也可以游泳。

《纽约时报》曾登过一篇文章，从基因的角度分析，哪些动物能够使人改变内分泌、产生悦感，不要太凶猛，颜色不要太刺眼，形状圆滚滚，等等，十大标准不一而足，大熊猫符合每一条标准。

成都的神秘还有很多，比如金沙遗址。

金沙遗址是2001年在施工中被偶然发现的，这其实是公元前十二世纪至公元前七世纪的古蜀国都城遗址。金沙遗址是继三星堆文明之后，商代晚期至西周时期古代蜀国的都邑所在，它与成都平原的史前古城址群、三星堆遗址、战国船棺墓葬共同构建了古蜀文明发展演进的四个不同阶段。金沙遗址的发现，极大地拓展了古蜀文化的内涵与外延，对蜀文化起源、发展、衰亡的研究有着重大意义，特别是为破解三星堆文明突然消亡之谜找到了有力证据。金沙文明就是直接秉承三星堆文明的精髓，并在此基础上进一步发展壮大，辉煌的金沙文明实是三星堆王国政权迁徙南移的结果。

此外，在三星堆遗址和金沙遗址出土的数以亿计的陶器残片，以及这些陶器上不规则的图形符号，即所谓的"巴蜀图语"。它们是文字，是族徽，是图画？还是地域性宗教符号？也许其中某些部分具有文字意味？虽然这是一部千古难解的"天书"。

考古学家陆续发现，四川盆地及周边地区同时存在的几十处文化遗存，如同满天星斗，围绕在金沙遗址周围，烘托出金沙遗址在这一时期不可动摇的中心地位。金沙遗址的发现，同时也带来了一连串千古之谜。遗址中有一件文物最能代表金沙遗址的神秘，这就是金沙遗址博物馆的镇馆之宝"太阳神鸟"。太阳神鸟是古蜀国太阳崇拜的最直接的信物，古蜀先王认为，太阳的运动是由鸟驮而行，因此才将鸟与太阳联系在一起，十二道光芒代表了十二个月，四只鸟代表了一年四季。

2006年，我国第一个文化遗产日，将太阳神鸟图案作为中国文化遗产标志，不仅因为太阳神鸟图案寓意深远、构图严谨、线条流畅、极富美感，是古代人民"天人合一"的哲学思想、丰富的想象力、非凡的艺术创造力的完美结合，还因为太阳神鸟里面包含着今天我们都无法破解的谜题——这件金箔，至少采用了热锻、锤揲、剪切、打磨、镂空等多种工艺，外径12.5厘米，重20克，只有一张复印纸那么薄，含金量达到94.2%，这些指标，即便放在今天，无论是艺术设计还是工艺水平，都难以实现。那么我们禁不住要发问，在3000年前的古代，人类还没有开始大规模使用铁器等锋利工具，如何完成如此轻灵薄透的金饰？又怎样锤揲金箔变成天衣无缝的圆环标记？金沙遗址的发现使3000年前一段辉煌灿烂的文明奇迹般地展示在世人眼前，人们不禁要问，是谁创造了这段历史？是谁铸造了这个奇迹？他们何以如此辉煌？他们来自哪里，又去向何方？

金沙遗址中，有1400多件精美的玉器，成功搭建起了金沙文明的祭祀体系，其中一件重达3918克的"玉琮王"，经考古学家证实，它是遥远的良渚文化的产物。

前不久，"良渚古城遗址"被联合国教科文组织纳入世界文化遗产名单。良渚，发源于浙江余杭长江下游的环太湖地区，比古蜀文明早近2000年，是中华文明的黎明时代，是实证中华五千年文明的圣地。然而，在金沙遗址中，竟然出土了良渚的礼仪重器，这让人百思不得其解。这件玉琮是如何跨越了近2000年的历史长河，辗转流离到了古蜀金沙？是国破后重器的迁播，还是商品交换的结果？我们不得而知。我们知道的是，一块神秘的玉琮之王，就这样连接起了两个伟大的文明。

尽管金沙仍是迷雾重重，但通过一些文物和记载，考古学家和历史学家仍然能够清晰勾勒出金沙古国的轮廓：它是一个强大的古国，它的疆域最大时覆盖了如今的中国西南数省；它是一个悠久的古国，延绵近千年；它是一个文明的古国，创造了独特而灿烂的文化；它是一个开放的古国，通过各种艰难坎坷的蜀道，与全世界发生着关联。

三、生态成都

作为长江上游一道生态屏障，"窗含西岭千秋雪，门泊东吴万里船"的成都，自古以来，绿色就是这座城市的鲜明底色。今天，成都市贯彻落实"绿水青山就是金山银山"理念，加强顶层设计，通过铁腕治霾、科学治堵、重拳治水、全域增绿，把经济社会发展同生态文明建设统筹起来，建设美丽宜居公园城市，一幅宜居宜业的城市画卷正在徐徐展开。

生态成都，首先是山水成都。细数成都的好山好水，我们发现，不仅仅是都江堰、青城山，以山而言，成都西部大邑县境内，有杜甫笔下"窗含西岭千秋雪"的西岭雪山，最高海拔5300多米，集林海雪原、险峰怪石、奇花异树、珍禽稀兽、激流飞瀑于一体，冬可滑雪，夏可滑草，是人们休闲的好去处。而市东则有横卧逶迤的龙泉山，山虽不高，但果木繁多，一到春天，满眼桃花梨花，一片锦绣，自然是农家乐的必选场所。再说那川西坝子，绿意幽幽竹林深处，一团团，一簇簇，不时传来咿呀人声，冒起缕缕炊烟，这就是中华大地独一无二的农居景致——"川西林盘"。林盘由林园、宅院和外围耕地组成，宅院隐于林丛中，绿水绕着竹林走。据统计，成都有9万个林盘，恰似9万颗珍珠，镶嵌在巨大的绿地之上。

老舍曾经在一篇名为《青蓉略记》的文章中记载成都：

> 灌县的水利是世界闻名的。在公园后面的一座大桥上，便可以看到滚滚的雪水从离堆流进来。在古代，山上的大量雪水流下来，非河身所能容纳，故时有水患。后来，李冰父子把小山硬凿开一块，水乃分流——离堆便在凿开的那个缝子的旁边。从此双江分灌，到处划渠，遂使川西平原的十四五县成为最富庶的区域——只要灌县的都江堰一放水，这十几县便都不下雨也有用不完的水了。

我们在今天，难以想象两千年前的李冰父子是怎样掌握了在中国乃至世界上都是非常先进的水利思想，巧借地利，疏通水道，兴建水利。都江堰工程之所以与众不同，在于其顺乎水情，更在于其善于利用成都平原的自然地理特征，利用各种不同的地势、水脉、水势、地形，采取无坝分水，壅江排沙，继而自流灌溉。这一切无不透着一种顺应水的自然特性，譬如鱼嘴、百丈堤、飞沙堰等均是顺应水势，而非逆水阻水，更非拦坝蓄水之类的做法。两千多年来，都江堰水利系统一直滋润着成都平原的百姓，养育着他们的生活生产。这在高科技日益发达的今日仍有非常现实的启示意义。

望得见山，看得见水，记得住乡愁。山水成都，成都山水。走遍中国，大概再也找不到一个如此清闲安逸的地方了。在城市生态文明建设发展中，成都正在以更多优质生态产品供给，让人们深切感知成都的美，这是一种沉甸甸的获得感、幸福感。

四、美食成都

2010年,成都被联合国教科文组织授予亚洲首个世界"美食之都"称号。

成都,是毫无争议的美食之都。2018年,成都全市餐饮业零售额销售收入就达900亿元,占成都市GDP总值的5.87%,同比增长13.7%。

明代傅振商曾经编辑《蜀藻幽胜录》,他在开篇写道:"蜀之位,坤也。"《周易》之"坤"位,与乾所代表的"天"相对,属阴,代表"地"。万物并育而不相害,道并行而不相悖。大地孕育万物,万物秉坤而生,世界上很多民族将大地视为母亲,不无道理。

有专家研究指出,成都气候温和,年平均气温在15～16摄氏度,加之成都平原的土质大部分是微酸性灰色沙质土壤,土质疏松,含有多种肥料成分,渗透性好,保温力强,通气易碎,涵水力很好,适宜农作物的生长。复次,成都平原的地势是西北高而东南偏低,平均坡降度为千分之四,为都江堰进行自流灌溉提供了极其便利的条件,水旱从人,沃野千里,物产丰饶,绝非溢美之词。李实的《蜀语》在"沃土为鱼米之地"条引载田澄诗"地富鱼为米,山芳桂是樵"作注,充足的食物、温润潮湿的气候,使成都形成"尚滋味、好辛香"的饮食风尚。一句话,"成都形成独特的饮食文化,究其根本,乃山川地利之功"(《从历史的偏旁进入成都》)。

成都拥有着大自然最神奇的厚爱,物华天宝,琳琅满目。蔬菜、瓜果,应时而生;家禽、家畜,应势而长。成都不仅盛产各种食材,还盛产各种调料,我们似乎很难在其他地方找到如此丰富的佐料了——自贡贡盐、汉源花椒、太和酱油、保宁醋醋、郫县豆瓣、资中冬菜、叙府芽菜、夹江豆腐乳、涪陵榨菜、永川豆豉……每一种佐料都有数种甚至数十种选择。我们不难理解何以川菜能够走出成都，走出四川，走出中国，走向世界。走遍全世界的唐人街，哪一条街上没有川菜？走遍全世界的大小城市，哪一个城市没有川菜馆？

双流兔头、夫妻肺片、担担面、龙抄手、钟水饺、韩包子、串串香、三大炮、酸辣豆花、肥肠粉……菜单上的川菜，毫无疑问已经是中华料理的基本菜品。麻辣味是川菜的招牌，然而，你如果认为川菜都是麻辣味，那你就狭隘了。川菜里有一半甚至一半以上是不沾海椒、花椒、胡椒、辣椒的美味菜品。智慧、乐观、热爱生活的成都人，用大自然赐予他们的神奇植物和动物，将他们的餐桌经营得红红火火，也将他们的生活经营得红红火火。

成都盛产美食，重要的原因在于成都的普及能力、变革能力、包容品性。如果你熟悉川菜，你会发现，成都人不论是家常还是酒店餐桌上的菜单，都是与时俱进、日日常新的。成都美食，有容乃大，无远弗届，天下无敌。山珍海鲜，飞禽走兽，野菜时蔬，辛辣清淡，红鸳白鸯，只有你想不出来，没有成都人做不出来的。

成都美食之所以能够遍布全球，还有一个重要的原因就是从古至今数不胜数的名人雅士甘心情愿做成都美食的俘虏，做美食成都的粉丝。到了美食遍布的成都，再优雅的儒士都不能抵抗这份诱惑。

宋代诗人陆游自号放翁，以彰显其达观豪放的品格，可是纵然收放自如能如此翁者，在成都美食里，也只好乖乖就缚。他曾经写过一首《蔬食戏书》："新津韭黄天下无，色如鹅黄三尺余。东门彘肉更奇绝，肥美不减胡羊酥。贵珍讵敢杂常馔，桂炊薏米圆比珠。还吴此味那复有，日饭脱粟焚枯鱼。人生口腹何足道，往往坐役七尺躯。膻荤从今一扫除，夜煮白石笺阴符。"

吃完了他还会跃跃欲试，自己动手，他曾经写道："东门买彘骨，醯酱点橙薤。蒸鸡最知名，美不数鱼蟹。"采买食材的乐趣尽览无余。给远方的朋友写信，谈到的还是吃（陆游《成都书事》）：

剑南山水尽清晖，濯锦江边天下稀。
烟柳不遮楼角断，风花时傍马头飞。
芼羹笋似稽山美，斫脍鱼如笠泽肥。
客报城西有园卖，老夫白首欲忘归。

陆游在成都宦游多年，在这里，他惊奇地发现，新津的韭黄、彭山的烧鳖、成都的蒸鸡、新都的蔬菜，都是难得的美味；他还发现了，排骨用加有橙薤等香料拌和的酸酱烹制或蘸美味至极。除此之外，他津津有味地写道，用新鲜竹笋炖的菜羹，就像从稽山上挖下来的竹笋炖的一样，味极鲜美；从锦江里打捞、垂钓上来的鱼儿，就像从笠泽江里打捞、垂钓上来的一样，壮实肥大。后来离开成都多年，陆游还对这里的美食念念不忘，津津乐道。

五、安逸成都

有一个城市的一个广告语，响亮地传遍大江南北：成都，一个来了就不想走的城市。

为什么来了成都就不想走？一个最重要的原因就是："因为成都安逸得很嘛！"接待我们的市政府新闻办小徐，一脸怡然自得。

什么是安逸？《诗经》曰："安之逸之，适之豫之。"指的是一种从内到外、通体舒泰的精神感受。而在四川方言里，"安逸"则有着更丰富的含义,不仅仅是指从内到外、通体舒泰的精神感受,还有那种自信从容、悠闲巴适的精神气度。

香港作家黄裳在《闲》中曾写到成都的安逸:"一个在上海住惯了的人初到成都,一定会有一种非常鲜明的感觉,就是这个城市的悠闲。"他在文章中写了自己经历的几个有趣的故事。他从成渝铁路终点站走出来,天正好下雨。手里提了两件行李站在泥泞的空地上,想找车子,可是只看到几位悠闲地坐在那儿休息的三轮车、人力车工友同志。向他们提出请求,他们就摆摆手,摇摇头,发出悠长的声音来,说道:"不——去——喽!"

黄裳喜欢在成都大街小巷漫步,人民公园里临河的茶座、春熙路上有名的茶楼、由旧家花园改造的三桂花园,都曾留有他的足迹。"只要在这样的茶馆里一坐,是就会自然而然地习惯了成都的风格和生活基调的。"黄裳说,"这里有唱各种小调的艺人,一面打着木板,一面在唱郑成功的故事。卖香烟的妇女,手里拿着四五尺长的竹烟管,随时出租给茶客,还义务替租用者点火,因为烟管实在太长,自己点火是不可能的。卖瓜子花生的人走来走去,修皮鞋的人手里拿着缀满了铁钉样品的纸板,在宣传、劝说,终于说服了一个穿布鞋的人也在鞋底钉满了钉子。出租连环图画的摊子上业务兴隆。打着三角小红旗,独奏南胡,演唱流行时调歌曲的歌者唱出了悠徐的歌声。"

在成都,你会发现,所谓安逸,其实是从人们内心里悄悄散发出来的文化自信和文化自觉。鬼才作家魏明伦用十二字概括成都:文采之城,安逸之地,成功之都。他毫不克制地写下对成都的赞美:"文史丰厚,生活精美,经济发达,三足鼎立。成都的特征是综合优势!"

让魏明伦颇为不解的是,何以如此安安逸逸的成都人,却发明了一个轰轰烈烈的口号——"雄起!"在体育场上,比赛正在胶着之际,成都观众席里喊起的不是"加油",而是感天动地的"雄起"!在生活场里,人生遭遇坎坷和挫折,成都这个城市的角角落落里喊起的不是"加油",而是撼天动地的"雄起"!魏明伦对这个问题思考了很久而未得要领,他猜测,成都人也许在选择用另一种方式来"安逸",成都人慢悠悠享受生活、追求娱乐的生活,泡茶馆是一种舒缓的娱乐,看球赛则是一种激烈的娱乐,有什么不同呢?目的都是"安逸"。魏明伦还用四句话来说明成都人对于"安逸"的把握——"好逸而不恶劳,好吃而不懒做,玩物而不丧志,享乐而不苟安",这种分寸的拿捏,也许只有安逸成都里的百姓才做得到吧!

成都为什么安逸?

道理也许并不复杂。

四川乃天府之国,成都,恰似镶嵌其中的一颗明珠。四围皆群山,中间一块硕大的绿色盆地,这仿佛是老天赐予的"飞来之地"。生活在这样的地方,想不安逸都不行。

每个城市都有自己的城市性格。成都的城市性格是什么?恬淡,冲和,包容,幽默。在成都,男人怕老婆不是缺点,而是优点,丈夫常常在妻子面前以"粑耳朵"自居,为的就是——尽我绵薄之力,博你红颜一笑。而妻子呢?深谙进退自如的法则,夫妻之道,尽在一笑之中。武侯祠"三顾园"有一道菜,一盘炸鸡,周围码有八粒大蒜。用餐之前,服务员会请宾客猜菜名,谁都猜不到,原来是"神机妙算"——这就是成都的幽默与诙谐。

今天,让我们不妨用四川话喊出我们心底的安逸:

"在成都过日子,硬是好安逸哟!"

"成都,一个来了就走不脱的城市!"

六、财富成都

在成都，我们会不时听到一个词，慢生活。

成都给人的感觉慢慢的，似乎经济并不活跃，成都人跟财富无关。然而事实并不如此。从中国第一张纸币——交子诞生在成都，就可以看出，从古至今，成都的经济金融活动，一直都在快速运行着。我们举目四望，不难发现花旗、汇丰、渣打、摩根大通、友利、东亚……这些来自全球五大洲的银行随处可见。在成都繁华的高楼大厦间穿梭，时不时地会以为自己是在某个著名的世界金融中心。凭借着自身庞大的市场以及巨大的城市魅力，成都吸引大量资本和创业者纷纷涌入。

作为南方丝绸之路的起点，2300多年前，成都已与金融有着深厚的渊源。两汉时期，有"五都"之谓——指的是长安以外的五个大都市，它们分别是成都、洛阳、邯郸、临淄、宛（今河南南阳），成都是当时著名的五都之一。从汉代开始，成都就一直是中国乃至世界的商业和金融中心。最令人瞩目的是成都诞生了世界上最早的纸币——交子，比西方还早了600余年。从汉代开始，成都还是中国最重要的纺织业中心之一，丝绸制品、蜀锦蜀绣正是从这里走向欧洲，引领欧洲的时尚生活。

唐代，全国城市经济有"扬一益二"之说，"扬"指的是扬州，"益"就是成都，说的就是经济发展在全国数一数二。在唐代，成都还出现了新的支柱性产业：造纸业和雕版印刷。欣欣向荣的文化产业，是与成都繁荣的文化创作息息相关的。成都的造纸质量非常高，政府有一个规定，皇帝的诏书和官府文书必须用成都出品的麻纸来书写。唐代皇家图书馆里的抄书，也指定用成都的麻纸。与此同时，成都不仅率先把雕版印刷术产业化，而且其印刷品远销海内外，今天国内外的许多博物馆所收藏的世界上最早的印刷品，都是成都出品。

从秦汉一直到南宋末年的千余年时间里，成都一直处于持续性的繁荣阶段。北宋时期，成都诞生世界上最早的纸币——交子。交子的产生，有着时代的契机。交子产生于成都，离不开唐代之后产生并领先于时代的造纸术和雕版印刷术，它们为交子的出现解决了最后的技术性难题。交子是宋代四川地区经济发展及其需要的必然产物。值得一提的是，当时的统治者曾试图在与四川毗邻的地区如陕西推行交子，其结果是交子"可行于蜀，不可行于陕西，未几竟罢"（《宋史·食货志》）。

货币的使用和流行是人类社会的一大发明。法国历史学家费尔南·布罗代尔还为我们提供了一个货币使人感到有魔鬼在背后操纵、使人瞠目结舌的例证。十八世纪中叶，英国不少著名哲学家、史学家、经济学家等坚决反对"新发明的票证""股票、钞票和财政部凭证"，建议取消纸币在英国的流通，以使新的贵金属大量流入英国。幸好这一提议并未在英国得到实施，否则英国在经济发展上会有很大的退步。

二十世纪九十年代，成都首设新中国第一家股票场外交易市场——"红庙子"，这是成都试水证券的一次大胆尝试。我们知道广东、深圳是改革开放的前沿重镇，却忽视了成都是带领西南地区发展的马前卒。

2019年1月8日，成都向全世界发布了一个令人振奋的消息：2018年，成都市加快建设西部金融中心，金融业占地区生产总产值提高到12%左右，金融综合实力保持全国第六、中西部第一。

今天的成都，站在了建设国家中心城市的新起点，迈步新的跨越，期待新的崛起，这更加凸显成都作为财富之都的金融发展战略定位，那就是肩负建设西部金融中心的重大使命。

作为中国西部金融竞争力强和金融资源聚集度高的城市，成都金融业在全国金融版图中扮演着日益重要的角色。一直致力于西部金融中心建设的成都，无论是在金融组织体系，还是在金融市场规模等方面，拥有众多叠加的第一。此前，中国综合开发研究院发布的"中国金融中心指数"显示，成都金融中心综合竞争力排名中西部第一。世界500强中的近300家企业已经落户成都，随着成都世界影响力和国际知名度的不断提高，越来越多的财富正在如潮水般向成都涌来，财富成都正在成为当下年轻人创业创新的首选之地。

七、创新成都

"为什么是成都？"

"为什么在成都？"

"为什么去成都？"

进入新时代以来，人们常常在各大国际会议、各种国内媒体见到成都的频频亮相，见到人们的惊奇发问，这是新时代的"成都之问"。

在北京、上海、广州、深圳之后，谁将成为中国第五大城市？世界在关注，杭州、成都、南京、厦门、青岛……各大城市也在悄悄发力、暗暗较劲。2019年7月23日，世界文化名城论坛再次在成都举办，世界的目光聚焦成都，这无疑也是对成都的肯定、激励和鞭策。

数千年来，成都一直是中国西南的中心。但是，近年来，成都阔步创新、奋力奔跑的姿态，早已经超出了她作为西南中心的定位。每每提到成都，你联想到杜甫、熊猫、火锅时，或许未必能想到，这座具有3000年历史的西南古城，如此古老又如此现代，她不仅已经与全中国，更与全世界人民的生活、工作发生着紧密的联系。

不难想象，当我们开始早餐，厨房的电器可能产自成都；当我们来到公交车站，发现一辆氢燃料电池公交车正缓缓驶出车站，这辆公交车可能产自成都；当我们走进办公室，屏幕提示电脑可能产自成都；当我们走进超市，琳琅满目的商品显示，蓉欧快铁货运班列沿着古丝绸之路将欧洲的商品运进来、将中国的商品运出去；当我们走进附近的社区，发现平素里见到的一位多年瘫痪在床的患者，竟然能起身、站立，帮助他起身和站立的"外骨骼机器人"可能产自成都；英特尔、戴尔、德州仪器、富士康……世界500强中有近300家已经落户成都。成都计划到2025年，建成全国领先、国际知名的创新之城、创业之都，这并不是遥不可期的未来。古人说："少不入川，老不出蜀。"而今，"老不出蜀"依然是人们对宜居成都的最好选择，而"少不入川"却早已成为旧日传说。

成都，站在"一带一路"倡议和长江经济带建设的交汇点上，作为面向西南、面向全国乃至面向世界的创新平台，栽满了梧桐树，正在等待凤凰来。

死生契阔，与子成说

  呼伦贝尔的名字滥觞于美丽的呼伦湖和贝尔湖，数千以至数万年来，呼伦贝尔以其丰饶的自然资源孕育了中国北方诸多的游牧民族，从而成为中国北方游牧民族成长的历史摇篮。东胡、匈奴、鲜卑、室韦、突厥、回纥、契丹、女真、蒙古等十几个游牧部族，或在此厉兵秣马，或在此转徙、征战、割据。

  两千年如流水般远逝，不胜唏嘘多于无限惊喜，河水带走了两岸，流光氤氲了旧年，在这里，量词暴露了它的局促，形容词变得无力。如烟的往事、天籁般的青葱岁月，让我在喧嚣和躁动的世界里，懂得驻足远望，懂得凝神静听。

  时间将使得时间得以生存，岁月却因岁月而灰飞烟灭。

——题记

  今天的我，似乎再也无缘相逢2200年前的那场大雪。

  而今天的我，似乎比2200年前更看得清那场雪。雪花就在我的身畔，铺天盖地，倾情挥霍残冬的凛冽，我听到它们沉重的脉搏、沉重的呼吸、沉重的脚步，而我的心，像接过一副重担一样，接过它们的欢喜与疼痛。

这是我遥远的故乡，呼伦贝尔。

两千年因缘未断，此生却素未谋面，这是我的呼伦贝尔。岁月侄偬，时光轮转，我的心却与我的故乡渐行渐远。去乡多年，最怕听到的是王维的那首诗：君自故乡来，应知故乡事。来日绮窗前，寒梅着花未？时间，就像卑微的西西弗斯，每个凌晨推巨石上山，每临山顶随巨石滚落，周而复始，不知所终。

很多时候，遥望天边飘逸着的云朵，遥望时间空洞里的未来，我都在设想，自己就是一个穿着树皮、钻木取火的扎赉诺尔人，与另一个手执木棍、惕然鹤立的扎赉诺尔人，相响以湿，相濡以沫，日出而作，日落而息。

很多时候，俯身大地之上，侧耳倾听在荒原深处传来的远古的雷声在头顶轰然作响，倾听凛冽的寒风吹拂着雪花的飒飒细语，倾听过冬的獾子、麋鹿、野兔、狐狸在坚硬的泥土之下倾诉着的无尽呢喃，我想象着自己站在古老草原的敖包旁放眼远眺，想象着自己跟随强大的匈奴部落征服东部、统一北方，从此逐水草而居，以狩猎为生。

很多时候，跋山涉水，优游卒岁，我驾车驶过了大大小小乡村的心脏，徒步走过了充溢着泥土芳香的田野，心情一直处于欢愉与漂流之中。可是，想到再也不会钻木取火、再也不会俯听雷声、再也找不到遥远的故乡时，我的心里便充满了哀伤。

很多时候，我等待着，等待着2200年前的那场大雪将我尽情覆盖，等待着我的扎赉诺尔人来找到我，抚摸着我的胎记，对我说，看！这就是我走失的亲人。我是一个流落人世间的孩子，不知冷暖，不知困乏，不知家在哪里，我迷失在这个世界上，如同困兽在丛林般的世界里徘徊。我就这样，等待着那个人裹挟着雪花找到我。他没来的时候，我的一部分还没有复活；有一天他走了，我的另一部分也开始死去。

更多的时候，我却是在一世又一世的世俗中辗转，一次又一次在这个喧嚣的世界里轮回。两千多年来，为着不同的目的，我东奔西走南征北战，在饥饿中厮杀，在厮杀中奔逃，在奔逃中绝望，在绝望中坚守。在风调雨顺、风情万种的时日里，我曾经短暂地扎下根来，并无数次幻想，周围的平静就是我永远的家。

然而，我错了。

每一次，怀着失望和怅惘，匆匆挥别我曾经无限向往并一度驻留的驿站时，那种巨大的恐惧就会像阴影一般笼罩下来，融化着我的原本并不坚强的神经，压迫并阻挠着我越来越犹疑的脚步。从北向南，由东到西，一次又一次，我试图让我的脚步变得从容一点、再从容一点，沉着一些、更沉着一些，然而，我愈来愈宿命般地发现，面对着这个无限异化的世界，我的任何努力都是徒劳的。每一次，徘徊于五彩缤纷的霓虹灯的光影里，徜徉在鳞次栉比的摩天大楼间，跻身于形形色色沉默而搁置的面孔中，扑怀的寒意便席卷而来，那种赫然有序的冰冷的感觉无时无刻不环绕着我，心底总有些隐隐的牵痛。

直到有一天，一个偶然的机会，一切重新开始。

想必有一些东西冥冥之中自有安排，让我们在最狂妄的时候学会宽容，在最悲观的时候懂得淡泊，在最绝望的时候懂得希望，在最骄傲的时候，洞悉任何用优雅的道貌岸然来反抗放荡与堕落的行为同样廉价，在最寒冷的时候，找到温暖的胸膛。

仲夏的草原，天高气爽。天空晴朗得让人心碎，草原的风在耳畔猎猎作响，野雏菊铺满了山坡。阳光明亮、澄净、神秘，将远方重重叠叠的山巅炼化为一层又一层金光耀眼的轮廓。从地面喷涌上来的热浪，让这些金色的轮廓微微起伏。我们摇下车窗，在风驰电掣的速度中感受风的力量。风很硬，空灵而有力，清新中有些微的苦涩，把我们的衣衫吹得鼓荡起来。云却很平静，一朵一朵点缀在蓝天上，松松蓬蓬，像一大片一大片弹散的棉花。远山连绵起伏，像一大队扎缚得当的少年武士，更像一大队桀骜不驯的奔马，一代天骄成吉思汗驰骋厮杀的呐喊声犹在耳边回荡。

恺撒大帝曾经呐喊："我来了！我看见了！我胜利了！"

我来了，我看见了，我胜利了——这就是呼伦贝尔。

呼伦贝尔的名字滥觞于美丽的呼伦湖和贝尔湖，数千以至数万年来，呼伦贝尔以其丰饶的自然资源孕育了中国北方诸多的游牧民族，从而成为中国北方游牧民族成长的历史摇篮。东胡、匈奴、鲜卑、室韦、突厥、回纥、契丹、女真、蒙古等十几个游牧部族，或在此厉兵秣马，或在此转徙、征战、割据。

两千年如流水般远逝，不胜唏嘘多于无限惊喜，河水带走了两岸，流光氤氲了旧年，在这里，量词暴露了它的局促，形容词变得无力。如烟的往事、天籁般的青葱岁月，让我在喧嚣和躁动的世界里，懂得驻足远望，懂得凝神静听。

骑着马，我在山间穿行、在风中驰骋。山的余势束成一道小溪，溪水奔流，波光涟滟，好似藏在草丛中的一面面形状各异的小镜子。鸟音踏水而来，宛如梦面上的浮雕，温润如玉，湛然无思。云朵在辽阔而寂静的大地上投下巨大的阴影，低矮的沙蒿星星点点地分布，将阳光的影子固执地盘踞在自己的脚下；一队队洁白的羊群悠然漫步，在沙蒿间穿行，远远地，仿佛天地间冷冷对峙的残局，白方步步紧逼，黑方壁垒森严——在这一刹那，在这充满神奇的寂静之中，谁能说这片刻不就是永恒？谁能不领悟这巨大的空间中所蕴含的深厚的时间？所有的悲伤和困惑，就像一抹染色的轻烟，一撮破碎的残云，悠悠地飘远，淡淡地飘散。

不走进呼伦贝尔，就永远不会读懂我们自幼已经烂熟于心的"天苍苍，野茫茫，风吹草低见牛羊"那苍凉雄浑的意境，体味不出飘荡在草原上空悠扬缠绵的歌声中的蓬勃葱郁之气，明白不了蒙古人刚毅、淡泊、豪爽、粗粝的性格何以得生，更无法理解这个逐水草而居的草原民族无视万丈红尘的自信与从容。

呼伦贝尔，没有一个地方能够像这里一样，抚慰一个个颠沛流离的身躯；呼伦贝尔，没有一个地方能够像这里一样，疗治一颗颗千疮百孔的心灵；呼伦贝尔，没有一个地方能够像这里一样，修葺一簇簇支离破碎的梦想；呼伦贝尔，没有一个地方能够像这里一样，让人流连忘返，魂牵梦萦。

夜空下，星星冷漠而忧伤，远山朦胧而柔和，千万萤火明明灭灭，万千思绪起起伏伏。我的呼伦贝尔，此生此世，我该怎样与你相逢，又该怎样与你挥别？光阴的底子黯淡下去，岁月的蛰须缠上来，勒得我发痛。草原深处的灯光细弱而具有穿透力，月色如水，穿窗而过，映照我的欢欣和悲恸，映照我的无眠。

很多时候，时间是不能用尺度来衡量的，命运亦是如此。生命中的繁荣与衰败，平淡和离奇，大悲与大喜，短短的思念、薄薄的留恋又怎能承载得起？

牧民们风餐露宿、兀兀穷年，在荒凉的沙漠中创造出奇迹，去年在冻土上播种下的固沙植物踏狼的种子已及人高，具有了湮没土地的气势，开满葡萄串般惹人怜爱的紫花，灰鸫在草丛间飞起飞落，踏碎缕缕残阳，其壮美溢于言表。踏访辽文化遗址，感念契丹民族悠远、浑厚的性格；在那达慕大会摔跤手嘹亮的出征歌中，在赛马场嗒嗒的马蹄声中，体味到了蒙古人民积健为雄，化浑茫为平淡的民族气魄，以及他们在豪放与淡泊的外表下所蕴藏的坚定的操守和卓越的见识；在松软的沙土深处掘出小鼠，看到它们那惯于在黑夜中行走的眼睛在遭遇光明时的惊慌失措；跟踪过在草场上悠然漫步的绵羊，感动于在汽车已抵到它们尾巴，它们仍胜似闲庭信步的坦然自若；目击了手把羊肉制作的全过程，震动于那些久荷高雅的人类在面对弱小生命时的杀气腾腾，以及弱小生命在面对血刃时的无可奈何……每一次的震撼都无法形容。

时光雕刻的草原，如同海底失落的光，而我，则是在海底失掉尾鳍，焦急等待变成人类的小人鱼。也许，我的命运就是在某个清晨，化作泡沫，浮上海面，在咸涩的海水和泪水中挥别我永远的挚爱。

夜已阑珊，草原寂静如洗。风萧萧过树，月苍苍照台。这条曾疯狂肆虐、斩岸湮溪的河水，此时温驯、孱弱、沉默，似乎仅盈地寸表。萤火虫停泊在水面的腐叶上，远远地漂来，打了个转，继续前进，照亮了好长的一段水路。宿鸟呜咽着，低低地掠过。夜晚在我们的脚步声中轰然作响，令我沸腾的思绪陡然生凉。岁月无敌，天曷言哉？天曷言哉？就在那一刻，不期然地，我找到了我童年的那颗星，好低，好沉，像一盏明亮的油灯，触手可及。我奇怪为什么几十年来我一直找不到它。想到那些流逝的岁月，那些流逝的音容笑貌，我的心里充满了寂寂的哀伤。岁月是一条流淌的河，不论在哪个转角掀起波澜，在哪个转角平静安谧，都不容人忽视。

历史的不公道常常以个人痛苦的形式出现，好在历史的负重和生命的强大是无可估量的。对于人类来说，仅有这份力量已经足够。批判的锋芒、反讽的情绪、圆熟的心态、浮躁的信念、犹疑不安的呐喊，固然能使人痛快一阵子，但作为牢固而成熟的维系社会前进的精神纽带，却远远不够。

那些晴朗的午后、那些不眠的深夜，许多东西慢慢温暖我在寒冬中业已冻僵的灵魂，让我发现在我的心底，不泯的回忆仍在以异质的形态与岁月苦苦对峙。一刹那的拥抱，一刹那的分飞；瀼瀼的朝露，皱皱的水波；都市繁密的脚印，群山裸露的脉络；残灯耿然的夜晚，筚路蓝缕的行程……许多时候，完美恰恰在于破碎。感知生命的捷径，不在于面对面的彻悟，更在乎背后的引得。

时间将使得时间得以生存，岁月却因岁月而灰飞烟灭。

难道不是吗？

远离故乡的日子里，故乡，是我们生命的圣地，也是我们推石的动力。而今，走在故乡浩荡的变革中，我们却时时绝望地发现，那些被喧嚣遮蔽的废墟、被繁花粉饰的凌乱，以及被肆意破坏的传承密码，它们切断了我们还乡的心路，让我们在迷失中一路狂奔。记忆中的故乡，是不灭的灯塔，现实中的故乡，却是已沉没于黑暗水域的岛屿。

启明星渐渐地升起来，这就是陪伴了我两千多年的那颗星，它曾经伴随我，一次又一次照亮从黑暗中匍匐前行的道路。我知道，是到了我应该回去的时候了。

感谢那些如启明星般带我寻路的朋友。是他们，陪伴我找到心灵的故乡，每于黑暗时刻、每于彷徨时分，便如神助般出世，举助我，从沉沦中浮上岸来。

纵使化作泡沫，我也心甘情愿。

呼伦贝尔——

死生契阔，与子成说，执子之手，与子偕老。

天　堂

东经100°，北纬30°。

——海拔3500米。

壤塘，离天堂最近的地方。

冈底斯、喜马拉雅构造裹挟青藏高原一路向东、向南，在龙门山古老大陆、古老海湾骤然止步，高高隆起成藏民族的香拉东吉神山。四条发源自雪域的河流——梭磨河、杜柯河、则曲河、足木足河，一路翻越高原，穿过峡谷，集扎成束，将纯净的雪山之水汇聚为闻名遐迩的大渡河。

神山、神水拱卫着的辽阔高原，这就是壤塘。

壤塘，是被神灵赐福的土地。壤塘之名，源自境内的一个自然村寨。寨子坐落于山巅上，其山形似手托宝幢的"瞻巴拉菩萨"。瞻巴拉，义译持赠，梵音译作阇婆罗，旧译布禄金刚，也就是藏传佛教中的财神。"瞻"字译成汉字时走了音，成为"壤"，藏语中称平坝为"塘"，"壤塘"由此得名，也就是"财神居住的地方"。

一

在壤塘，才明白秋天原来是彩色的。

深秋时节，壤塘像走进了画家的调色盘，一场秋雨之后，全世界的色彩都汇聚在这里。千树万木姹紫嫣红，千山万水五彩缤纷，千林万壑争奇斗艳，绿野、蓝天、白云、青山，沃野、林海、丘壑、溪涧，构成了醉人的金秋画卷。

二十五岁的戈登特静静地坐在绣榻前，聚精会神地绣着一幅宋代花鸟图。他穿着朴素的"勒规"（劳动服），露出里面整洁干净的白茧绸短衬衫，红绿青紫四色间隔的"加差朵拉"长带子，将宽袖长袍利落地系在腰间。时光静静地从他的手中流逝，从他的眼底流逝，他却波澜不惊，几乎一动不动。

高原的阳光透过雨后的玻璃窗，映照在空旷的房间里，澄澈，清冽，宁静。玻璃窗上未及蒸发的雨滴，恍若晶莹的宝石，在戈登特的脸上投下五彩斑斓的光影，空气中细小的尘埃，在阳光中时而微微颤抖，时而欢快跳动。高挺的鼻子，明亮的双眸，饱满的脸颊，鬈曲的头发——这一刻，戈登特不是一个人，而是一尊雕塑，是米开朗基罗刻刀下健美伟岸、果敢勇毅的大卫，是阿历山德罗斯的高贵典雅、神秘莫测的维纳斯，是罗丹的沉稳深邃、遥望未来的思想者。

戈登特俯身在硕大的绣架上，穿针引线，飞针走线。远远望去，他像是用银针舞蹈，顷刻之间，一枝散发着千年古韵的鸢尾兰从空旷之中，渐渐地开枝散叶，又渐渐地开出紫色的花朵。这种鸢尾兰，传说源自南美洲的植物，花期极短，刹那间盛开，刹那间谢幕，为便于沙漠中的昆虫在极短的时间授粉，鸢尾兰娇嫩的花朵仅仅在夜幕四合之后得以怒放，因此世人很难一窥其真容。此时，戈登特用他的绣针,将美丽凝固在他的绣架上。

很多时候,绣针下的人物、花朵、树木、飞虫常常走进戈登特的梦里,他好像就生活在他们和它们中间,生活在那个遥远的世界。

那个世界真的遥远吗?

昨天的喧嚣和今天的安静总是让戈登特感慨万端。谁能想到,十年前的戈登特还是一个顶着一头红发、桀骜不驯的男孩。十五岁的少年初中毕业,找不到高中的大门,更不知道人生的路究竟在何方。他像一匹难以驯服的烈马,没有目的地东奔西跑,用各种无聊填满时间的空谷,抽烟、酗酒、打架、斗殴,在街上横着膀子闲逛,偷鸡摸狗,顺手牵羊,缺钱了就骑着摩托车到山上挖几株虫草、雪莲卖掉,有钱了就聚集一群同样年纪、同样迷茫的年轻人赌博。有一天,他甚至一次就输掉了几万元。还不起赌债,戈登特悄悄从家里牵出两头牦牛顶替。家人没有办法,只能把他锁在家里,他撬开锁头像午后的薄雾般消失得无影无踪。村里人没有办法,一次又一次把他送进警察局,可是又能怎样?上午刚走出警察局的大门,下午说不定他又摇头晃脑出现了。

从警察局到传习所,仅仅数百米之遥,可是,戈登特走了整整十年。

十年前,谁能想到,戈登特竟然会有今天。十年前的那一天,他被人从警察局领进传习所,从此戒掉了烟酒、赌博,不再出去招猫逗狗、滋事生非。

立志,立德,立身,立业——今天的戈登特已经成为传习所里最优秀的非遗传承人,传习所组织传承演艺大赛,戈登特被选作演员,饰演俊美儒雅的"格萨尔王",观众们为他的高贵沉静所打动,一潮又一潮涌向后台,向他献上哈达,为他送上祝福。

只要戈登特拿起他那枚精巧的绣针，各大博物馆、拍卖行便会竞相发来订单，期待他的刺绣作品远渡重洋，成为他们精心收藏的珍品。可是，戈登特不愿将自己和自己的作品变成流水线，他拂开纷至沓来的诱惑，努力将自己的每一件作品都打造为传世之作。

一针，一线，针针线线，绵绵密密，全世界的色彩都汇聚在戈登特的绣针里。

戈登特全神贯注，沉浸在他的色彩世界，漂亮的眼眸盛满了虔诚、敬畏、慈悲。

天空高远，云蒸霞蔚，染了秋霜的斜阳，将云朵在大地上神秘的影子拉得又细又长，这是阳光在大地上抒写的经卷、吟唱的诵歌。

二

在壤塘，才明白秋天原来是喧阗的。

松涛阵阵，经幡猎猎，溪水潺潺。雁阵呼啦啦向南飞去，在斜阳和云朵间啾啾长鸣。雪域高原清洌的泉水，从山涧喷薄而出，击打着寂寞的石窟，像九曲柔肠，如隐秘心事。成群结队的牦牛悠闲地漫步，在低伏的草棠里寻觅嫩叶。星星点点的马队纵横驰骋，追寻着牧人的哨音。

"叮叮当当，叮叮当当……"墨吉俯身在工作台上，握着刻刀，聚气凝神，布满老茧和伤疤的双手灵活地飞舞，每一刀下去，石头的碎屑便从他的手中飞溅。一块坚硬如铁的顽石，在他的刻刀之下，转瞬之间便拥有了灵魂——结跏趺坐的壤巴拉法相庄严，拈花微笑，袈裟斜披在他的肩头，蝉翼一般轻薄，衣服的皱褶清晰可见。

墨吉身后的木架上，摆满了他的作品，大大小小的石头上刻满六字真言，这是他深情的礼敬、满满的虔诚。

不远处，是香雾缭绕的棒托寺。远处，壤巴拉山像一尊神佛巍峨耸立，传说公元前四世纪印度的一位圣人跋山涉水来到这里，修行成佛，坐化为山。五彩缤纷的风马旗猎猎飘扬，潺潺的溪水奔涌不息，古老的梵音如泉水般流淌，动人心魄，响彻云霄，这是来自古老民族灵魂深处的歌唱。

叮叮当当的声音，叫醒了墨吉的耳朵，也叫醒了很多很多个墨吉们的心。墨吉一家是壤塘的建档立卡贫困户，家里有年老的双亲，还有未及成年的三个孩子。家庭负担重，加上没有稳定的收入来源，除了起早贪晚在贫瘠的地里种点青稞，墨吉一家人的生活就这么简单。很多很多年里，"穷得叮当响"，是他所知道的世界的全部含义。他怎么也没有想到会有这样一天，他在传习所里免费学到了雕刻石刻作品的手艺，靠着这种"叮叮当当"石刻技艺走进小康。

2016年，墨吉与附近村里的一些贫困户的伙伴一道，走进了石刻传习所，从选石、勾画、雕刻、上色等工序学起。过够了贫穷日子的墨吉很珍惜在这里的每一分每一秒，他很快就熟悉了石刻作品的制作工艺，从学员变成了正式员工。这些石刻，小的能卖几十元，大的能卖上千元，有的甚至可以卖到数万元。每次看到自己的作品换回了实实在在的粮食、五花八门的生活用品，墨吉的脸上笑开了花。像墨吉这样的建档立卡贫困户，在壤塘还有很多，他们正与墨吉一道，通过一门扎实的手艺改变了自身的命运，让一家老小走上了小康之路。

石刻，其实是祖先留给壤塘的福泽。

明末清初，仁青达尔基精心挑选了六十多名经验丰富的石匠弟子，牵了二十多头牦牛，驮着酥油、人参果和银元，翻过六十六座大山，渡过六十六条河流才到达了康区文明古城——德格印经院，迎请朱砂版的藏文大藏经《甘珠尔》，此后又翻山越岭、千辛万苦抵达茸木达，从而开始了规模宏大的雕刻工程。当时的壤塘以茸木达则茸百户为中心，来自四川甘孜和青海果洛的信众和弟子纷至沓来，他们有的挖掘石片、有的搬运石板、有的捐铁捐刻刀。历时九年，他们终于将三万多页的《甘珠尔》一字不漏地雕刻在五十多万块大小不一的石片上。

藏文大藏经是由《甘珠尔》和《丹珠尔》两大部分组成。"甘珠尔"的意思是佛祖释迦牟尼语录，是佛教两大派别密宗和显宗经律部分的总和；"丹珠尔"的意思是论部，主要是佛经的解说和注释，以及密宗仪式的叙述等内容。

藏民族用自己的虔诚和笃定，雕刻了世界上最完整的石刻大藏经，又将这些大藏经完整地保存在古老的棒托寺。

据《棒托寺志》记载，棒托石刻大藏经周围有三十九座佛塔，其中有藏传佛教后弘期噶陀智擦冈巴尊哲让波的弟子喇嘛阿珠·诺吾桑木周改建为藏式佛塔的阿育王塔，有确尔基杰瓦尚波修建的降妖塔，有斋戒喇嘛仁钦达尔基修建的吉祥多门巨塔，有藏区少见的噶当塔，以及其他大小不一的各类佛塔，塔中有寺，寺中有塔。

棒托寺，就像是一面历史的镜子，映照着古远的过去、丰富的今天、神秘的未来。它经历千秋风雨，之所以屹立到今天，是因为它承载着一个民族的历史重负、未来期盼，凝固了过去时代的人们对精神家园的殷殷眷恋。

然而，仅仅有祖先的福泽是不够的，精准扶贫、精准脱贫的治贫方式，将祖先的传承变成了今天的财富。而今，棒托寺内，卷帙浩繁的大藏经石刻被分类码叠，俨然是一堵气势磅礴、高耸入云的石经高墙；传习所里，聚精会神的传承者屏气凝神，努力将祖先的文化遗产的星星之火传给后世，让壤塘的文化密码为世界所洞悉。

突突突，突突突……远方的河谷中传来微耕机的声音，那是村民在蔬菜基地里耕地，成熟的青稞翻落在黑褐色的土地上，散发着新鲜的草木和泥土的香气。突突突的发动机声伴随着叮叮当当的雕刻声，构成了壤塘晚秋的声音奏鸣曲。"我喜欢微耕机突突突的声音，也喜欢叮叮当当的声音，感觉前方有数不清的牦牛和骏马在奔跑，有数不清的幸福日子在前面等待着我。"墨吉遥望着远方，开心地说。

三

在壤塘，才明白秋天原来是有味道的。

逐水草而居的民族在高原牧场放牧牦牛，也放牧自己的人生。在藏民族聚集的地方，总能闻到类似炊烟的牛奶清香，这是酥油灯的味道。

卓玛弯着腰，虔诚地将酥油灯供奉于神案上。

一盏，一盏，一盏……奶黄色的酥油慢慢融化，奶香悠然四散，明亮的灯芯愈燃愈烈，温暖的火焰欢快地跳动。

卓玛出生于南木达乡夏炎村，这是壤塘一座偏僻的村庄。壤塘有一座古老的寺庙，叫作夏炎寺，全称夏炎扎西赞拉贡巴寺，是觉囊派的圣寺。夏炎寺曾经一度遭遇破坏，所幸后来不断被修复，重现往日的辉煌。

卓玛今年整整六十岁了，从记事的时候起，她就开始重复这个动作，离开黄泥垒成的家，将酥油灯运送到夏炎寺，敬奉给至高无上的神明。长明不灭的酥油灯里藏着她的前世、今生、来世，也藏着藏民族的前世、今生、来世。

经书上说，点酥油灯可以将世间变为火把，使火的慧光永不受阻，肉眼变得极为清亮，懂明善与非善之法，排除障视和愚昧之黑暗，获得智慧之心，使在世间永不迷茫于黑暗，转生高界，迅速全面脱离悲悯。

在壤塘，成百上千年来，无论是家中举行念经法事，还是为逝者做祭祀活动，都要点上几盏或上百盏酥油灯，这些酥油灯大都出自卓玛之手。

历史上，这里非常封闭，曾经有僧人沿着古道走出大山。他们身着袈裟，口诵时轮金刚经。他们披星戴月、风餐露宿。他们离开壤塘，走出四川，走进西藏、云南、贵州，走到泰国、越南、缅甸，甚至卓玛记不住名字的更远的地方。然而，无论他们走得有多远，他们都要带一盏卓玛的心灯。

藏区需要酥油灯的，村民有喜丧之事，都要找卓玛定做酥油灯，村里接了酥油灯活计的，也大多交给她——原来是交给她的父亲，现在是交给她。

卓玛制作酥油灯所用的酥油，是从牦牛奶中提炼出来的。卓玛是壤塘的牧民，从小就跟着父母在冬牧场和夏牧场之间奔波，放牧牦牛。哪块草地有新鲜的水草，哪块草地有莫测的风险，她比牦牛的嗅觉还灵。

高原夏季短暂，冬日漫长苦寒，牦牛是藏牧民寒冷冬日里的伙伴，更是他们的依靠，朝朝暮暮伴随着牧人的脚步。一盘香喷喷的牦牛肉、一碗热腾腾的牦牛奶，是藏牧民早中晚的餐食，伴随他们从夏到冬，又从冬到夏。卓玛家里有五十多头牦牛，每一头都有名字，卓玛常常叫着它们的名字，与它们交流、诉说，或者倾听它们每日的心绪。每天清晨，卓玛会喊着它们的名字赶它们到水草肥美的山坡，傍晚又喊着它们的名字，与它们一起走向炊烟袅袅的家。

卓玛的父母心灵手巧，可以用牦牛毛、牦牛绒织成美丽又实用的勒规（劳动服）、赘规（礼服）、扎规（武士服），还能织成硕大结实的帐篷。小卓玛就是穿着这样的衣服在这样的帐篷里长成了大卓玛。千百年来，黑色的牦牛毛帐篷就是逐水草而居的藏牧民的家。用牦牛毛编织的帐篷，天晴时毛线会收缩，露出密密麻麻的小孔，投进阳光和空气；暴雨大雪之时，毛线还会膨胀，风霜雪雨自然都被挡在外面。卓玛还从父母那里学会了用牦牛皮制作皮具，用牦牛角、牦牛骨制作生产生活的器皿，雕刻成祭祀神明的法器。

卓玛每天还要花费很多时间捡拾牛粪。在外面许多人的心目中，牦牛粪形象丑陋，又黑又脏，是无用之物，而在卓玛眼中，牦牛粪却是藏牧民世世代代以此为生的珍宝。在青藏高原，木柴很容易受潮，又很难点燃，牦牛粪的燃点很低，即使在含氧量较低的地方也很容易被引燃，更容易把火生起来。牛粪大都是草料构成，烧起来不但没有臭气和烟雾，还有一股淡淡的牧草清香。牦牛只取食长出地表的植被，对植被根系秋毫无犯；而牦牛的排泄物，又是高寒植被最珍贵的养料。卓玛与壤塘的妇女一样，每天清早起来要做的第一件事就是走出帐篷捡拾牛粪。群山绵延起伏，河流沟谷纵横，挡不住藏牧民追逐水草的脚步，挡不住牦牛悠闲的身影。他们四处游牧，无论冬牧场还是夏牧场，草场上总会到处留下一团团牦牛粪。一个藏牧民家里，牦牛粪越多，说明他们越富足。在他们的生活里，牦牛粪的地位不亚于高原的虫草。

牦牛是卓玛和许许多多藏牧民家庭的"高原之舟"。一部牦牛进化史，就是藏民族的生活进化史，更是青藏高原的生态变迁史，居住在高原上的藏人同这牦牛一样，极少欲望地向自然索取，最大努力地回报自然。作为喜马拉雅沧海桑田造山运动的孑遗动物，牦牛身上所具有的丰富生态学研究课题，引发了生态保护学者的关注。数千年来，牦牛与藏族人民相伴相随，倾尽其所有，成就了高原人民的衣、食、住、行、运、烧、耕，这些涉及青藏高原的政、教、商、战、娱、医、用，并且深刻影响了高原民族的精神气质。

天光渐渐老去，夜幕四合。

卓玛直起身来，酥油灯在她身后热烈地燃烧，送她离去。几十年来，经卓玛之手制作的酥油灯，大大小小超过了两万盏。一盏盏白银灯、一盏盏红铜灯、一盏盏细瓷灯，载满了卓玛的诚心正意，蕴含着她的流光溢彩的喜乐、黯然神伤的忧愁；而卓玛，也将她的喜怒哀乐、阴晴雨雪，她的悠悠岁月、无尽祝福，都融进了灯里。

卓玛走出寺庙，繁星已然满天。她也许并不知道，在菩提树黢黑的阴影里，还有一个高大的身影，手捧着酥油灯，目送她远去。

给人温暖，予人光明。

四

在壤塘，你永远不会知道什么叫作单调。

走进这里，就仿佛走进了动植物乐园，红豆杉、紫果云杉、冰川茶藨子、紫茎小芹、白唇鹿、黑颈鹤、白马鸡、林麝……壤塘，拥有生物繁多的生物圈，孕育着种类丰富的植被。

华尔丹驾驶着他的小巧的电动车，从县城出发，追逐着太阳的光芒，向东方的海子山驶去。

海子山位于壤塘县、阿坝县、马尔康市三地的交界处，据说是有大海儿子的山的意思。海子山有很多海子，老藏民曾经徒步数过，一共三十五个。这几年，从外面回到山里的年轻人带来了新技术，他们用无人机全方位地勘探了海子山的山形地貌，发现海子山的海子原来不是三十五个，而是三十六个，有一个小小的海子一度被一个大大的海子遮蔽，还好，他们及时为它正了名。

尊玛不墨千秋画，海子无弦万古琴。

这也是走出大山的年轻人吟诵的新诗，多么优美，多么贴切，华尔丹暗暗记在心里。他知道，尊玛是阿尼玛卿山神的王后，她身着银色披风，骑着白色骏马，手捧如意宝，护佑一方生灵。海子山里这些大大小小的海子，是阿尼玛山神送给尊玛王后的礼物。这些海子，有的形单影只，有的群海相连，嘎乌措有三个湖，更嘎措苟有九个湖，措梦措赣的群海则多达二十余个。海子山翠绿茂盛，芳草萋萋，海子群烟波浩渺，接连天地。在这里，华尔丹深切体会到"天苍苍，野茫茫，风吹草低见牛羊"的美景和意境。

海子山的湖泊，是藏民族的圣湖，是他们实证实修的理想之所。湖水由山间雪水融化供给，湖水碧绿沉凝，鱼儿畅游其间。在阳光、蓝天、雪山的映衬下，湖水不时由浅蓝转为深蓝，由浅绿转为深绿，瞬间又变成墨绿，五彩斑斓，变幻莫测。

海子山里，还有一块神奇的土地——南莫且湿地。华尔丹对这片土地的每一种动物、每一种植物，都如数家珍。湿地位于中壤塘镇查托村境内，湿地面积为183.3平方千米，由36个大小湖泊构成，主要分布在海拔4200米以上。最大的湖泊是位于保护区东北的安纳尔措，海拔4539米。整个湿地像一只巨大无比的脚印，冬季不枯不溢，含多种矿物质。在这里，拥有高等植物76科300属722种，野生脊椎动物5纲22目63科217种，有着丰富的生物多样性和生态多样性，以湖泊、沼泽等高原湿地生态系统为主要保护对象。这些大小不一的湖泊各具风格,湖光潋滟。静静地观赏,你会被它那气势磅礴不事雕琢的自然美深深打动,它的原始、纯净、苍茫与悠远,有一种大美不言的深沉韵味。湖泊是许多特有鱼类及湿地鸟类良好的栖息地,如大渡裸裂尻鱼、麻尔柯河高原鳅、普通燕鸥、凤头䴙䴘、普通鸬鹚,等等等等。

南莫且湿地是黑颈鹤、白唇鹿、林麝、绿尾虹雉、斑尾榛鸡、川陕哲罗鲑等珍稀野生动物,以及40余种国家一二级重点保护野生动植物栖息繁衍的乐园,种类繁多的珍贵物种在这里生长,在这里欢歌,它们优雅的身姿为南莫且增添了无限的盎然生机和魅力。

南莫且湿地还是大渡河一级支流——则曲河发源地,拥有沼泽、河流、湖泊、库塘、人工等多种类型湿地,是长江、黄河上游重要的水源涵养地和补给区,对调节长江流域河川径流、控制洪水、保持水土、涵养水源、降解环境污染等起着重要作用。四川共有湿地174万公顷,是长江经济带最大的内陆湿地省份,而像南莫且湿地这样独特的自然形态却是绝无仅有。

这个世界上独一无二的青藏高原湿地,是上天赐给壤塘的礼物。绿水青山就是金山银山,是的是的,这话说得太对了,华尔丹想,南莫且湿地和海子山何尝不是我们藏人的金山银山?

华尔丹小心翼翼地绕过危机四伏的湿地,走到海子湖畔。极目远眺,天地无止无境,砾石穿空,铺天盖地,摄人心魄,华尔丹的灵魂顷刻间被这里的清净所洗涤,他不由自主地跪下来,亲吻着这片他无比熟悉的土地。

四十六岁的华尔丹是这里的生态养护员。小时候,父亲给他起名华尔丹,藏语的意思就是"胜利幢",希望他吉祥如意,今天,他很庆幸自己的人生让父亲欣慰。早些年,他的任务是清理游牧藏民留下的可疑烟火,防止星星之火在高原蔓延。这些年,越来越多对高原雪域充满好奇的人走进壤塘,他们随手丢弃的日常垃圾在天然环境下很难降解,对这里的水土造成了极大的破坏,华尔丹的身份便由山火防护员,变成了生态养护员。

不管是山火防护员,还是生态养护员,华尔丹的工作从来没有轻松过。他要用他的肉眼看到这里的每一处遗弃垃圾,将它们带回去,在专门的地方焚化。

翻越重重大山,穿行茫茫草原,华尔丹在这里转了快三十年了,见到无数转山、转水、转塔、转庙、转经的善信。他们终其一生都在朝佛,磕大头朝拜,转山插神箭,挂经幡煨桑,垒砌玛尼堆,抑或不停转动着转经筒默念时轮金刚。

——行走在尘世间,他们的眼神是慈祥的,脸色是和睦的,腰身是谦恭的。

他们也无数次遇到华尔丹,见证着他数十年如一日的坚守,见证他用最简单、最执着的守护表达对于自然、宇宙、宗教的深刻理解,他在用生命行走。

——行走在大路上,行走在天地间,他的心底是平和的,灵魂是宁静的,目光是坚定的。

五

不走进壤塘,你永远不会知道什么是永恒和须臾。

风化的水积石、火积石留下了岁月的印迹,250万年的历史辽阔、空灵,却恍如一瞬。在这里,生命是最渺小也最伟大的存在。踏进壤塘,顷刻之间便可以抛却浮华,融入自然,回归本真。

传说中,壤塘是一个法螺自鸣、毛驴不前的地方。

公元前310年，壤塘已称牦牛徼外。秦汉时期，壤塘已是藏人羌人的生息之地。悬天净土壤巴拉，有着尘世独缺的宁静与悠然。日斯满巴碉楼静默而巍峨地耸立在石坡寨的山水之间，在棒托寺里的五十万张石刻大藏经，向世人展示着壤巴拉信仰的坚韧，每一张石刻背后都有一段长长的故事，在这里眼之所见皆是心之所念，心与灵魂的距离越近，眼睛所能领悟的就越多。

在壤塘，精准扶贫、精准脱贫是一个响亮的口号。2009年一个偶然的机缘，桀骜不驯的少年戈尔登，以及很多像戈尔登一样，在明亮耀眼的青春韶华里踟蹰不前的年轻人——被带出了暗夜。

平均海拔近4000米、地势落差达到1500米的壤塘，是集安多、嘉绒、康巴为一体的藏民族聚居区，文化多元，特色鲜明。然而，美则美矣，地处偏远，山峦陡峭，交通闭塞。壤塘自然生态资源丰富，传统农牧业尚可形成自我循环，故而在近两百年来，这里受到外界的影响非常少。四川省有45个深度贫困县，壤塘是其中生产条件最差、经济最弱小、脱贫最艰难、脱贫任务最艰巨的一个。工业化、信息化和全球化等带来的社会快速变革，让壤塘本来正常、古老的社会运行方式，逐步被边缘化，逐步呈现为各种社会问题：经济贫困、教育落后、医疗匮乏、社会发展缺乏内源性动力。

这些问题的突出表现，则是当地青少年，他们就处于这个鸿沟之中，缺少发展机会和希望，也让地方社会发展存在更多不确定因素。青少年难以融入社会发展的进程，也难以真正构建可持续发展的社会机制。

心中无光明，何以消永夜？

其实，2009年那次偶然更是一次必然，那是一宗善缘的发端。此后十余年的时间里，壤塘的有识之士走遍壤塘的山川和乡镇，用脚步丈量了6800平方公里的山山水水，寻找更多的戈尔登。

于是，在壤塘，一个宏大的计划诞生了。为什么不将这些贫困的人聚集到一起，教给他们一门生存的技能？授人以鱼，不如授人以渔。2010年，阿坝州、壤塘县联合当地国家级非遗传承人，开办了第一个公益的非遗传习机构——壤塘非遗传习所，将具有千年历史传承的绘画艺术开放给当地的青少年。戈尔登，是第一批走进传习所的学员中的一个。

十余年过去了，壤塘非遗传习所不仅以文化事业助力脱贫攻坚、乡村振兴，也将其影响力以几何级数扩增，壤巴拉非物质文化遗产，已经发展为包含绘画、藏医药、音乐、金铜造像、木雕、银器、陶瓷、雕塑、草木染、纺织、缂丝、刺绣、服装服饰、乡土烘焙、藏纸、藏香、藏戏等丰富文化艺术门类的传习体系，1200多个如戈尔登一般贫困家庭的农牧民子女，在这里走上了社会，走出了贫困，走向了世界。

反贫困，自古都是全世界为之牵挂的一件大事。建设一个远离贫困、共同繁荣的世界，是藏民族，更是世界上不同国家、不同民族面临的共同课题。就在不同肤色、不同民族、不同信仰的人们为反贫困事业艰苦奋斗、多方探索之时，在壤塘，一种新的致富方式渐渐成熟。在壤塘，深植于藏民族心底的种子正在破土而出，他们的信仰是坚定的，有如灿烂的阳光，犹如暗夜里的启明星。

须弥藏芥子，芥子纳须弥。时光在辽阔的天地间流逝，横无际涯，浩浩汤汤。千万载倏忽而逝，刹那间已是永恒。仿佛触手可及的天空，是那样的悲悯和亲切。壤巴拉神秘地微笑着，将花海、牛羊、经幡、棒托石刻，都汇聚在这片无尽的高原上、无尽的草场里。

藏民族更愿意亲切地将壤塘称为"壤巴拉塘"，更愿意在这里——

品一种千年传承,悟一段如烟往事;

赏一曲千年古乐,享一段天籁梵音;

听一桩千年往事,续一段万世因缘。

苍天无言,高原为证。壤巴拉,像一位睿智的老人,见证着世世代代半牧半农耕的藏民族的寥廓幽静,见证着土司部落从富裕、繁华、精致到贫穷、衰落、土崩瓦解的整个过程,见证着具有魔幻色彩的高原缓缓降临的浩大宿命,见证着那些暗香浮动、自然流淌的生机勃勃,那些随着寒风而枯萎的花朵、随着年轮而老去的巨柏、随着岁月而风化的古老文明……壤巴拉,像一道迅疾的闪电,掠过高原,掠过天空,掠过河流,掠过冰封的大地,掠过鲜花怒放的田野,然后——抵达不朽。

壤塘,壤巴拉居住之所,离天堂最近的地方。

而今,这就是天堂。

苟利国家生死以

　　伫立山头，山风呼啸，记忆在僵冷的时光中温润地苏醒，行伍列列，恍若踏歌而来，歌声激荡，应和群山的伟岸与苍莽。

　　时间退回到七十年前，腾冲战役结束一个月之后，布威尔·里维斯中校步行来到腾冲。沿着废墟瓦砾，他却再也找不到腾冲旧日的繁荣。曝尸的气味刺鼻，破碎的屋顶孤独坍塌。穿过锯齿状的孔洞，葡萄藤和其他攀援植物开始生长。他捡起一顶日本钢盔，它所保护的头颅早已被击得粉碎，连接头颅的尸体横卧一旁，除了腰带，其他部分已难以辨认。三株粉红色的牵牛花，已经在这个腐烂发臭的胸口上发芽开花。

　　时间无情流逝，折戟沉沙铁未销，大自然已经开始选择遗忘，面对重生。然而，中国人民用血泪书写的历史，永远只有重生，没有死亡。

——题记

兵者，国之大事，死生之地，存亡之道。1945年7月7日，为纪念在滇西抗战中英勇牺牲的中国和盟军官兵，"国殇墓园"在云南腾冲落成。这里，不仅是爱国人士纪念反法西斯战争的高地，更是缅怀为国牺牲的民族英雄的精神圣地。

岁月如白驹过隙，七十载倏忽而逝。在纪念滇西抗战七十周年的时刻，我们从腾冲出发，重返战场，重温历史，以纪念为中国革命取得卓越胜利的英勇将士和伟大人民。

一

北纬25°01′69.0″～25°01′81.3″，东经98°28′77.3″～98°28′89.6″。出腾冲，沿高黎贡山山脉蜿蜒北行。

数十万年以前，亚欧板块和印度板块猛烈的撞击，造就了这里火山地热并存的地貌，也造就了这里高蹈轻扬的独特人文。六十公里之外，来凤山北麓、史迪威公路西侧，一座沉默的火山傲然耸立，一片葱郁的山林肃穆寂静。海拔仅仅1600米的小团山，在这里，有安葬着中国远征军第二十集团军阵亡将士忠骸的墓冢群落。

　　出不入兮往不反，平原忽兮路超远。带长剑兮挟秦弓，首身离兮心不惩。诚既勇兮又以武，终刚强兮不可凌。身既死兮神以灵，子魂魄兮为鬼雄。

2300年前，楚大夫屈原慷慨叹息。楚怀王、楚顷襄王之世，任谗弃德，背约忘亲，以致天怒神怨，国蹙兵亡，徒使壮士横尸膏野，以快敌人之意。屈原悲伤至极，乃作《九歌·国殇》，恸悼楚士。戴震曾注释道："殇之义二：男女未冠笄而死者，谓之殇；在外而死者，谓之殇。殇之言伤也。国殇，死国事，所以别于二者之殇也。"国殇，由是成为死国事者的民族挽歌。

1945年，在抗日战争进行得如火如荼的时刻，腾冲人民春燕衔泥一般，一砖一瓦，将凝聚中国血泪和骄傲的"国殇墓园"艰难垒成。

手捧洁白的菊花花束，沿着小团山拾级而上，只听得耳边山风猎猎、松涛阵阵，历史的寒意扑面而来，岁月的悲壮重返眼前。

72行，3346块墓碑。

每一块墓碑上，都深深镌刻着烈士的姓名和军衔。一横一竖，一撇一捺，抚摸着墓碑上那凌厉的笔锋，仿佛听得到大地深处低沉的怒吼，听得到沉睡官兵血脉偾张的心跳。一座座墓碑，如扇形从山底拱列至山顶，恍惚间，似有无数个灵魂从碑中破石而出，由石碑幻化为列队的士兵，在晨练、在出操、在冲锋、在进攻、在诀别。缓步行至山顶，阴云瞬间密布，高原的雨，霎时而至倾盆，凄厉的冬雨中，小团山变为七十年前的战场，悲壮的呼号响彻耳畔，惨烈的厮杀犹在眼前。知情的人说，每个墓碑下面，其实并没有遗骨，有的，是一个巨大的骨灰合葬墓穴。当年，在战场上，数万官兵血染沙场，却只有3346位士兵的残肢断骸，更多的英雄是不足步枪高的娃娃兵，有的士兵，甚至连名字都未曾留下，只好被集体炼化。同生的战友，死也要同穴。

苟利国家生死以，岂因祸福避趋之。

纪念碑如同一把直抵天庭的长剑，凌风而立，扬眉出鞘。这柄用民族精神铸成的利剑，挑落了骄狂的太阳旗，攻破了日本军队战无不胜的神话，铸造了中国军队的英勇精魂和中国人民的浩气长歌。

二

"至未号始将东南三面城墙上之敌大部肃清，于马晨开始向城内之敌攻击。我预二师、一九八师、三十六师、一一六师主力奋勇直前，由南面城墙下突入市区，激烈巷战于焉展开……尺寸必争，处处激战，我敌肉搏，山川震眩，声动江河，势如雷电，尸填街巷，血满城垣。"在《第二十集团军腾冲会战概要》中，第二十集团军总司令霍揆彰这样写道。

"每天，我从空中可以真真切切、清清楚楚地看到腐物在腾冲城这个巨大的尸体上蠕动蔓延。一间房屋一间房屋，一个坑道一个坑道，中国士兵在搜寻、毁灭、杀戮。凄绝人寰的战斗结束了，而消亡则刚刚苏醒。每一幢建筑、每一个生物都遭到了空前彻底的毁灭。死亡的波涛冲刷洗礼着这座古城，拍打着城北、城西的墙垣。"在《死亡的日本人和牵牛花——腾冲挽歌》中，美国陆军航空队布威尔·里维斯中校回忆。

这场战役，就是滇西抗战中最著名的腾冲之战。

位于滇缅边境的腾冲古城，最早在《史记》中被记载为"乘象国"，亦称"滇越"，据说"滇"字的古音也读作"腾"。腾冲，西汉属益州郡，东汉属永昌郡，唐宋时期由南诏大理国治理，元代改为腾冲府。明代王骥三征麓川，平定后留数万兵建筑腾冲石城，以为边防。此后数百年间，明清两朝相继于此设立府、司、卫、所、州、道、厅。民国时期，腾冲始设县治。

腾冲，以其独特的地理优势，被史地学家誉为"极边第一城"，徐霞客称其为"迤西所无"。自昆明经永昌、腾冲而至缅甸、印度乃至中东地区的贸易路线历史悠久，腾冲作为中国茶马古道的藩篱重镇不可小觑。由于特殊的地理位置，腾冲也历来是兵家重地，元、明、清三朝八百多年间，这里陆续修筑了八关、九隘、七十七碉，腾冲要塞，有"三宣门户，八关锁钥"之称。方志学家在史书中记载，腾冲东界高黎贡山，西至高良工山，南起龙陵，北迄片马的"崇山峻岭之间的区域"，历年来绝少兵祸。

然而，七十余年前，这"崇山峻岭之间"的"绝少兵祸"之地，却遭遇了中国历史上最惨重的兵燹之灾。那一天，腾冲死了。

我们沿着岁月的河道缓缓追溯，血和泪的寂寥比时间更沉重。

1941年12月，太平洋战争爆发。日本觊觎中国，以四十万兵力入侵东南亚六国，从泰国攻陷缅甸，沿滇缅路长驱直入滇西，试图从这里打开缺口，宁静的西南极边转眼之间变为战争最前沿。

1942年3月，为了防止日军从西南大后方入侵，十万精锐之师第一次出国远征，旨在御敌于国门之外。至此，滇缅抗战正式拉开序幕。

然而，由于各方原因，中国远征军在缅甸作战失利，不得不退守怒江。

1942年4月，缅甸全境沦陷，使中国丧失了仅剩余的一条陆上国际运输线。同年5月3日，日军自缅甸入侵我国滇西，怒江以西的大部分领土沦入敌手。5月7日，昆明行营第二旅少将旅长兼腾龙边区行政监督龙绳武率军弃城而走，县长邱天培携印出逃。

5月10日，腾冲沦陷。

日军冲入腾冲县城，犹如一群凶残的野兽，烧、杀、淫、掠，无恶不作，无所不用其极。在这块不足6000平方公里的土地上，4500多名村民失去生命，45个村寨和9个集市燃起冲天大火，24000幢房屋被夷为平地……

1944年5月10日，一个普通的夏日。为了配合驻印军缅北反攻作战，中国远征军第二十集团军的第五十三军、第五十四军的五个师，一个重迫击炮团，共计四万余人渡过怒江，仰攻高黎贡山，腾冲战役就此打响。

腾冲地处高黎贡山西麓，是连接中印公路北段的交通要塞。腾冲城墙全是巨石垒砌，高而且厚，日军在此驻守两年，苦心经营，筑造了坚固的军事工事。腾冲城墙堡垒环列，城墙四角更有大型堡垒侧防，是滇西最坚固的城池，兼有来凤山、飞凤山作为屏障，易守难攻。

第二十集团军渡江后仰攻高黎贡山，攻占山顶之南、北斋公房，又经过十余日激战，攻占腾北马面关以及日军中心据点桥头、界头、瓦甸、江苴等地。肃清腾北残敌，沿龙川江南下，形成合围腾冲城之势。此时，所有由北溃逃的日寇与腾冲守城的日军合编为一个混合联队，由一四八联队长藏重康美大佐指挥，奉命死守腾冲城，以待援军。

7月26日，中国远征军在空军的掩护下首先向来凤山猛攻，血战三日攻占来凤山，旋即扫清城南之敌，对腾冲城形成四面包围之势。8月22日，拉开腾冲攻坚战。战斗最激烈的是通往北斋公房的冷水沟隘口，这里的战斗整整持续了一个月，中国军队的官兵仅仅凭着一腔热血，一次又一次冲锋，一个又一个死去，一个团的士兵打光了，另一个团毫不犹豫地冲上去。尸体填满了山间，血水和着泥水流到山下，凝固成鲜艳的旗帜。负责攻打冷水沟的第一九八师的两个团，最后只剩下不足一个营的兵力。中国远征军浴血奋战，经历大小战斗四十多场，伤亡数万人，终于将日军六千余人全部歼灭。

9月14日，腾冲光复——这是抗战以来第一个被光复的县城，入侵腾冲的日军藏重康美大佐联队长以下全部被歼灭，创造了国民革命军在正面战场上全歼入侵之敌的辉煌战绩。

此时腾冲城内，已无一片完整的房舍和堤坝，无一片完整的围栏和草甸，城内的战斗是白刃战，一房一屋地争斗、一寸一寸地挪动，战事异常艰难，惨烈的巷战让中国远征军付出了惨重的牺牲：伤亡军官1234人，士兵17075人，腾冲地方民众随军作战阵亡及赴义死难群众6400人，美军阵亡将士19人。

腾冲沦陷，历时859个日日夜夜，损失惨重，满城废墟，被后世称为"焦土之战"。

三

一份长长的名单：

戴安澜，陆军中将，安徽无为人，毕业于黄埔三期，去世时年仅三十八岁。

齐学启，陆军中将，湖南宁乡人，毕业于清华大学，去世时年仅四十五岁。

胡义宾，陆军少将，江西兴国人，毕业于黄埔三期，去世时年仅三十六岁。

凌则民，陆军少将，湖南平江人，毕业于中央军校，去世时年仅三十一岁。

柳树人，陆军少将，贵州安顺人，毕业于黄埔五期，去世时年仅三十七岁。

洪行，陆军少将，湖南宁乡人，毕业于湖南讲武堂，去世时年仅四十四岁。

闵季连，陆军少将，重庆奉节人，生年不详，毕业于黄埔五期。

李竹林，陆军少将，湖北长阳人，毕业于中央军校，去世时年仅三十七岁。

张剑虹,陆军少将,出生地不详,早年就读于上海同济大学,投笔从戎进入黄埔三期,去世时年仅四十二岁。

覃子斌,陆军少将,出生地不详,毕业于云南讲武堂,去世时年仅五十二岁。

李颐,陆军少将,湖南醴陵人,毕业于黄埔六期,去世时年仅三十六岁。

唐铁成,陆军少将,湖南永州人,毕业于黄埔六期,曾赴美就读南伽罗尼省陆军军官学校,去世时年仅三十九岁。

……

名单上是在滇西战役中牺牲的将军,他们静静地安睡在"国殇墓园"。这些牺牲的将军,来自全国各地,此生谁料啊!心在天山,身老沧洲,他们为了一个目的,把日寇赶出家园。他们的名字,就是一部生动的中国抗战史。

列于这份名单第一位的,是被日军称为"战神"的戴安澜。戴安澜曾参加北伐,先后参加台儿庄战役、武汉保卫战、长沙保卫战、昆仑关战役。也正是戴安澜,率领第二〇〇师,作为先遣部队在缅甸同古与日军开战,在没有空军协同作战的情况下,同四倍于己、配备空军的日军苦苦战斗了十二天,掩护英军安全撤退,并歼灭日军千余人。

5月18日,在指挥突围的一场战斗中,戴安澜不幸身负重伤,由于无医无药,他的伤口迅速发炎溃烂。5月26日,第二〇〇师行至茅邦,戴安澜以身殉国。蒋介石为戴安澜题写挽辞"浩气英风",毛泽东为其题写挽诗:"外侮需人御,将军赋采薇。师称机械化,勇夺虎罴威。浴血东瓜守,驱倭棠吉归。沙场竟殒命,壮志也无违。"

在这份名单后面,还有仅仅存留姓名的士兵,他们叫王光明、张道德、李德贵、幸永善、刘金生、毛富有、田国华、龙子坤、杨金堂……遥想当年，他们尚在襁褓之中时，他们的父母该是对他们寄予了怎样的期待，才给他们起下了这样祈福祝愿的名字，然而，天不遂人愿，他们和他们的名字、他们的幸福就这样远离故土，静静地躺在冰冷的石碑之下。在这些琳琅的名字之外，还有很多身不及枪高的十几岁的娃娃兵，他们死去时，连名字都未曾留下，他们的伙伴叫他们石头、二狗、狗蛋、小山、黑子……他们真实的名字，已经同那场战争一道，烟消云散。

在收复腾冲的战役中，同中国远征军并肩作战的，还有一支特殊的队伍——美国盟军。滇西战役中，美国共牺牲了19名盟军官兵，在这19名官兵里，军衔最高的是少校威廉·麦瑞姆。1945年修建盟军碑时，战争刚刚结束，信息散佚颇多，资料记载不详，碑上只刻有"夏伯尔等14名官兵壮烈牺牲"字样。2001年，在中美社会各界人士的齐心协助下，19名盟军阵亡官兵姓名终于找全，"国殇墓园"为他们重新修建了西式风格的墓碑和纪念碑，2004年，美国总统老布什特代表美国人民，致信中国，感谢腾冲，怀念两国之间的伟大友谊。

一腔热血勤珍重，洒去犹能化碧涛。腾冲抗战胜利结束后，腾冲军、政、民联合将反攻腾冲城中牺牲的远征军将士遗骨火化，并举行了本地有史以来最大的一次水陆法会，选择将他们安葬此地。一碑，一罐，一把骨灰，当时的埋葬方式保留至今，骨灰的安放序列按照原作战部队的序列——七十年，他们保持着原有的队形，庄严排列，凝重肃立。

他们就这样长眠，却更像长身挺立，傲而不屈，壮心填海，苦胆忧天。长长的甬道遥无尽头，高高的台阶直冲云端。这些烈士虽已远逝，他们的英魂依然长存，他们的墓碑仍如同一支支整装待发的队伍,永远守卫着中国的安宁和祥和。

四

腾冲城内,还有一块时任腾冲县县长张问德的墓碑。

1943年8月底,占领腾冲的日军头目田岛寿嗣给张问德写了一信,信中假意表示他关心腾冲人民的"饥寒冻馁",约请张问德到县小西乡董官村董氏宗祠会谈,"共同解决双方民生之困难问题"。对于这份名为"关心"实则诱降的来函,张问德义正词严,表示拒绝,这就是广为传诵的《答田岛书》。

这篇署名"大中华民国云南省腾冲县县长张问德"的《答田岛书》,全文不足千字,然而,字字掷地有声。

在《答田岛书》中,张问德义正词严地写道:"以余为中国之一公民,且为腾冲地方政府之一官吏,由于余之责任与良心,对于阁下所提出之任何计划,均无考虑之必要与可能。然余愿使阁下解除腾冲人民痛苦之善意能以伸张,则余所能供献于阁下者,仅有请阁下及其同僚全部返回东京。使腾冲人民永离枪刺胁迫生活之痛苦,而自漂泊之地返回故乡,于断井颓垣之上重建其乐园。"

这封信写于1943年9月12日,腾冲沦陷已一年有余,百姓饱受兵燹荼毒,哀鸿遍野,张问德以如刀之笔凛然发问:"自事态演变以来,腾冲人民死于枪刺之下、暴尸露骨于荒野者已逾二千人,房屋毁于兵火者已逾五万幢,骡马遗失达五千匹,谷物损失达百万石,财产被劫掠者近五十亿。遂使人民父失其子,妻失其夫,居则无以蔽风雨,行则无以图谋生活,啼饥号寒,坐以待毙;甚至为阁下及其同僚之所奴役,横被鞭笞;或已送往密支那将充当炮灰。而尤使余不忍言者,则为妇女遭受污辱之一事。"张问德这封信发出之时,恰是滇西乃至全国抗日战争进行得最激烈和最艰苦的时刻。不难设想,张问德写下这封信时慷慨赴死的勇气和决绝。他慷慨陈词:"凡此均属腾冲人民之痛苦。余愿坦直向阁下说明:此种痛苦均系阁下及其同僚所赐予,此种赐予,均属罪行。由于人民之尊严生命,余仅能对此种罪行予以谴责,而于遭受痛苦之人民更寄予衷心之同情。"

为将之道,当先治心;为官之道,当先问德。这份大义凛然的书信寄出后,《中央日报》《大公报》等各大报纸纷纷转载,轰动一时,极大地提振了云南民众对日寇抗战到底的决心和志气。国民政府军政部长陈诚后来代表蒋介石召见张问德,称他为"全国五百个沦陷区县长之人杰楷模""富有正气的读书人"。蒋介石则亲笔题赠"有气节之读书人也"匾额。

1942年,张问德以六十二岁高龄就任腾冲县县长。腾冲光复以后,张问德却挂冠而去,只留下他对腾冲人民的一片丹心。

但是,腾冲人民没有忘记他,中国人民没有忘记他。张问德1957年逝世,在他的身后,人们送给他四个字——"忠恤千秋"。

刑天舞干戚,猛志固常在。

张问德是宁折不弯的腾冲的一个缩影,正是无数的张问德,构筑了腾冲的脊梁。

五

腾冲战役的胜利,解除了中国西线的威胁,极大地鼓舞了全民抗战的士气。结合中国驻印军在缅甸密支那战役的伟大胜利,中印公路得以从印度雷多—缅甸密支那—腾冲—昆明的便捷通道向祖国大后方源源不断运送国际援华物资，奠定了抗日战争取得最后胜利的物质、精神基础。

七十年过去了，鲜血灌溉的山野开满了寂静的花朵，古巷中挤满了喧闹的人群，石城里，鲜花饼店前排着长长的队伍，年轻的恋人用玫瑰般的味道祝福爱情的未来，一切已经复归寂静，一切仿佛没有发生。然而，腾冲没有忘记，铜钟上的弹痕未平，石墙边的废墟犹在，银杏的叶子在料峭寒风中转绿为黄，被炸弹炸得粉碎的柳树又长出了新的枝丫，在风雨中摇曳，"国殇墓园"挤挤挨挨的，是深黄浅白的菊花，恬淡甘冽的芬芳溢满山谷，寸寸山河寸寸金——腾冲，永远不会忘记。

在滇缅战役中，与腾冲一道共赴死亡之战的，还有同古、仁安羌、胡康河谷、孟拱河谷、密支那、松山、龙陵、八莫、腊戍……每一个热血横流的战场，都是中国人心头的一道裂谷，每一刻由生命换来的静谧，中国人都不会忘记。

1945年7月7日，在如海的挽歌挽联中，"国殇墓园"落成，军民同哀，始作歌曰：

吁嗟乎！
殄尽寇仇吾志已，职之所在功何名？
子推高节不言禄，将军且有大树名。
忆昔北伐事请缨，终军弱冠意气盈。
茫茫中原尽荆棘，为国已自轻死生。
巍巍乎！
诸君成功成仁俱，皎若日月丽天衢。
舍生取义男儿事，而今而后知所趋。

伫立山头，山风呼啸，记忆在僵冷的时光中温润地苏醒，行伍列列，恍若踏歌而来，歌声激荡，应和群山的伟岸与苍莽。

时间退回到七十年前，腾冲战役结束一个月之后，布威尔·里维斯中校步行来到腾冲。沿着废墟瓦砾，他却再也找不到腾冲旧日的繁荣。曝尸的气味刺鼻，破碎的屋顶孤独坍塌。穿过锯齿状的孔洞，葡萄藤和其他攀援植物开始生长。他捡起一项日本钢盔，它所保护的头颅早已被击得粉碎，连接头颅的尸体横卧一旁，除了腰带，其他部分已难以辨认。三株粉红色的牵牛花，已经在这个腐烂发臭的胸口上发芽开花。

时间无情流逝，折戟沉沙铁未销，大自然已经开始选择遗忘，面对重生。然而，中国人民用血泪书写的历史，永远只有重生，没有死亡。

前事不忘，后事之师。

第三辑　秋霜集

弗里达：不安的缪斯

　　墨西哥女画家弗里达·卡罗一生创作了大约两百件作品，它们构筑了其生活的世界，还原了墨西哥艰难的成长。作为一名坚定的共产主义者，她将自己的出生日期从1907年7月6日改为1910年7月7日——墨西哥革命爆发于那一年。这是她对自己的一个祝福。她就如同一只勇敢倔强的雄鹰，站在墨西哥的仙人掌上，带着一生的伤痛，带着满载的猎物，骄傲地俯瞰着周遭的一切……

——题记

　　我出生的那天
　　上帝病了
　　那一天，他病得很重

　　1928年的一天，秘鲁诗人巴列霍在巴黎街头流浪。他孤独，他寂寞，他苦闷，他悲凉，他忧郁，他潦倒。走投无路中，巴列霍写下这样的诗句，诅咒上帝，更诅咒被上帝抛弃的自己。

是的——这一天，上帝病了。

但是，绝望中的巴列霍也许并不知道，上帝病得最重的，还不是他出生的那一天。

艰难、凄惨却又执拗的生命

1907年7月6日，南美洲的阳光一如既往地热辣，病入膏肓的上帝送来了一个瘦小羸弱的婴孩，摄影师父亲威廉·卡罗是匈牙利裔犹太人，母亲玛蒂尔德·卡尔德隆则兼有西班牙与印第安血统。墨西哥城南部的一个古老居民区——科伊奥坎街区，弗里达·卡罗出生在一幢墨西哥风情的蓝房子里。从外表看，这幢位于德雷斯街和艾伦德街交叉处的房子与科伊奥坎街区的其他房屋没有任何区别。四十七年后，她在这座蓝房子里结束了苦难却丰沛的一生。

在后来的各种叙述中，弗里达·卡罗将她的出生日期修改为1910年7月7日——这一年，墨西哥革命爆发，大街上充满了流血和战乱。这是她一生中对自己说过的无数假话之一，她认为，自己与当代墨西哥一起诞生。也许，她的出生就是一个最大的谎言，有谁知道。

故事就从这里开始了。这个女人卑微而骄傲、狼狈而庄重的一生，从此被照亮。

然而，很少有人能像弗里达这样，只要她出现，我们的心便不知不觉被吸引。她像一颗不灭的星辰，让太阳的光芒也变得黯淡。在弗里达用南美风情和政治暗喻铺设的迷宫里，我们心甘情愿地迷失、迷醉，与她一起跋涉，一起歌哭，一起在云端俯瞰大地，一起在泥泞里挣扎，哪怕沉向万劫不复。一个多世纪前的阳光穿越时间的迷障，更加光明朗照，洞天彻地。一个多世纪前的故事抖落了岁月的尘埃，更加骨骼清丽，楚楚动人。

没有人的生命比她更艰难。六岁时，弗里达得了小儿麻痹，致使右腿萎缩。十八岁那年，弗里达遭遇一起严重的车祸，这造成了她脊柱、锁骨和两根肋骨断裂，盆骨破碎，右腿十一处骨折，整个脚掌粉碎性骨折。此外，她的肩膀脱臼，右脚脱臼、粉碎性骨折。一根钢扶手穿透了她的腹部，割开了子宫，从阴道穿出，使得她终身不能生育。此后一个月，弗里达不得不平卧，被固定在一个塑料的盒式装置中，很多时间都靠插管维系生命。弗里达的伤痛如影随形，伴随她一生，她必须依靠酒精、卷烟、麻醉品来缓解肉体的疼痛，但是，她奇迹般地活了下来。

没有人比她的生命更凄惨，也更执拗。车祸后不久，有整整一年的时间，弗里达躺在床上一动不能动，就穿着由皮革、石膏和钢丝做成的支撑脊椎的胸衣。为了打发禁锢在床上过于无聊的日子，弗里达拿起了画笔，在固定身体的石膏上绘出一只又一只蝴蝶。未承想，这成为她终身的职业。

父亲为她买了笔和纸，母亲在她的床头安了一面镜子。透过镜子她开始观察自己，描绘自己，镜子里的自己就是她的整个世界。自此，弗里达着手于一系列历史上从未有过的艺术形式的创作，它们庄严地表现着女性真诚、现实、残忍、苦楚的品质。生命黯淡到极处时，她从自己的艺术创作中找到了安慰。在很多方面，她的美术作品是她在医疗过程中的个人痛苦和斗争的编年史。

二十世纪二三十年代的欧洲，毕加索、马蒂斯、蒙克等一批画家已经确立了现代主义的地位，后现代主义、超现实主义也已兴起，正在酝酿一场革命。达利在巴塞罗那举办了第一次个展，康定斯基的

《几个圆圈》已完成。与此同时，远在墨西哥的弗里达，也从身体的阵痛中恢复过来，完成了她人生中第一幅真正的作品——《自画像》。

孤独和无奈，天才和激情

弗里达有黑色的长发，两条浓密的长眉毛就像鸟儿的翅膀，下面是一对迷人的大眼睛。她娇小敏捷热情四溢，喜欢华丽曳地的墨西哥传统服饰，佩戴名贵的宝石，这配上她那几乎连成一字的浓眉，成为她最著名的特征。

在这些洋溢着南美阳光一般的热烈叙事中，独具个性和色彩的墨西哥女画家弗里达·卡罗从一个世纪的光影中清晰地浮现出来。她固执地站在那里，对于兜头而来的黑暗，甚至连不屑的神情都不屑做出。

弗里达就那样执拗地站着，走着，躺着，跑着，甚至是——活着，死着，华丽而颓败，贞洁而放荡，潇洒而倔强，澎湃着原始的生命力、震撼力，让人想起贾科梅蒂刻刀下那些破洞百出的雕塑，想起埃贡·席勒画笔下那些遍体鳞伤的面孔。弗里达，与其说她是一个世纪前一个偶然的存在，不如说她从来都是潜伏在我们心底的一个必然的回响。她从一个世纪前走来，风风火火地带着烟雨和尘土，变成了我们的一部分，又血淋淋地从我们的身体和灵魂中剥离出去，执拗地向未来而行。我们沿着她的暗示的指引，剖开了我们包裹着的心腹，放空了我们血管中的潺潺热血，敲击着我们铮铮作响的骨骼，召唤出那沉睡在我们旧梦中的真我。

这，是荒谬，更是残酷。

二十二岁的时候，弗里达嫁给了年长她二十岁的墨西哥壁画家迭戈·里维拉,成为第三任里维拉夫人。很多人都不看好这段婚姻,他们却成为终生的情人和爱人。

弗里达纤小而热烈、刻薄而冲动,犹如马尔克斯小说中的人物;迭戈肥胖而奢侈、虚荣而多情,仿佛出自拉伯雷的作品。

此时,迭戈刚刚从法国回来,其作品正风靡欧美,是墨西哥壁画运动的三杰之一,而他却敏锐地在弗里达从未经过训练的稚嫩的画作中,看到了她与众不同的潜质和才气。他鼓励弗里达坚定地画下去:"我画那些我在外面世界看到的东西。而你,只画内心的世界。这太棒了!"他却又不停地放纵自己,在感情上一次又一次地背叛和伤害她。他辩解道:"这仅仅是做爱,这就像握手时用了点力气而已。何必在意呢?"没有人能够像他那样了解她:"她的作品讽刺而柔和,像钢铁一样坚硬,像蝴蝶的翅膀一样自由,像微笑一样动人,悲惨得如同生活的苦难,我不相信还有别的女艺术家能够在作品中有这样深刻的阐述。"也没有人能够像他那样摧毁她。弗里达对迭戈说:"我的生命中有两次大的灾难,一次是车祸,一次是你。而你,是最糟糕的。"

弗里达的绘画作品源于她的孤独和无奈,更源于她的天才和激情。她大部分作品描述的都是自己的故事,寂静中的自己,无聊中的自己,痛苦中的自己,画得最多的是自画像。结识迭戈之后,迭戈与她一起走进她的作品,她画出了她对他的爱和恨,他对她的爱慕和戕害。迭戈和弗里达的姐姐克里斯蒂娜陷入不伦之恋,弗里达痛不欲生,画下了她最血腥的一幅画《少少掐个几小下》,猩红的血溅到画框上,把画中的世界和我们连在一起,没有了里外。此后,弗里达剪去迭戈喜爱的长发,与众多男男女女开始了纷繁复杂的性爱和恋情。

弗里达一生经历了大大小小三十二次手术和三次流产,最终因脚部感染而截肢,后瘫痪在床,依赖麻醉剂度过余生。"我不愿被埋葬,我躺着的时间够长了，烧掉我吧！"在极度的痛苦中，弗里达说。弗里达截肢后，迭戈为了更方便地照顾弗里达，回来与她复婚。

2002年，美国女导演朱丽·泰莫将弗里达的一生拍成电影《弗里达》。这部电影甫一亮相威尼斯电影节，便惊艳了世界。超现实主义加荒诞主义的表现手法，使得影片充满了卓越的想象力和穿透力，影片的音乐、美工、服装与弗里达的绘画风格高度吻合，艳丽夺目，素朴醇厚。电影中有一个迭戈为与弗里达复婚而再次求婚的场景，令人难忘，这场充满了矛盾和冲突的戏，被朱丽·泰莫处理得节制而平静：

弗里达：你掉肉了。

迭戈：你掉脚趾了。

弗里达：你来是悼念我的脚趾的？

迭戈：你好吗？

弗里达：我都不想谈论这个，否则听起来糟糕透了。

迭戈：我……我来这里是为了向你求婚的。

弗里达：我不需要人来可怜，迭戈。

迭戈：我需要。

弗里达：我失去了一只脚的脚趾，我的脊梁没有用了，我的肾被感染，我抽烟、喝酒、说脏话，我不能生孩子，我没有钱，而且还欠医院很多钱……我还需要继续说？

迭戈：听上去就像一封推荐信。弗里达，我怀念我们在一起的日子，请嫁给我。

弗里达和迭戈既是爱人，也是同志、伙伴、朋友，他们是墨西哥国家文化财富这枚硬币的两面。两人结婚后，搬到了迭戈置办的新家。这是一个有趣的"家"，弗里达和迭戈分别住在一个院子里的两幢房子里，房子由一座天桥相连，隐喻了他们之间相互依赖又相互独立的奇特关系。

弗里达和迭戈都坚定地信仰共产主义，一生为了信仰而奋斗。纵使离婚的那一年，他们也没有真正分开，仍然彼此关心和帮助着对方。在弗里达死后，迭戈才意识到她的爱有多么强大，弗里达的葬礼那天，据朋友的形容，他"像被切割成两半的灵魂"。三年之后，迭戈追随弗里达而去。

墨西哥的雄鹰

弗里达一生创作了大约两百件作品，它们构筑了弗里达生活的世界，还原了墨西哥艰难的成长。

弗里达将自己的出生日期从1907年7月6日改为1910年7月7日——墨西哥革命爆发于那一年。这是她对世界的一个谎言，也是她对自己的一个祝福。

延续七年之久的墨西哥革命是现代墨西哥社会政治发展进程中的一个里程碑，它伴随着弗里达的成长。革命后的墨西哥逐渐形成的独特政治结构养育了墨西哥现代文明：在有组织的农民和工人团体支持下，革命制度党长期保持其政治优势，在总统竞选中一次又一次地战胜对手，直到控制国家政权——这是墨西哥现代化转型的滥觞。弗里达目睹了这个国家从混乱到有序、从战争到和平、从孱弱到富强，目睹了广袤的沙漠里如何长出一块又一块生机盎然的绿洲。

夜晚会过去，
没有急切的思乡之情，
我们的伤口是一曲探戈，

我们的灵魂是流血的手风琴,

今夜我们的心一直在一起……

这首西班牙歌曲唱出了她喜忧参半的内心情感。

弗里达身后的宏大时代,也是她生活的寥廓世界。这个世界有着充沛的热量、重量、能量,它用自己的方式提醒弗里达她的渺小和残缺,然而,她却时时不甘地证明着她在这个自己无法主宰的世界里的强大和暴烈。

"墨西哥像一块被揉皱了的手帕。"

最早侵入墨西哥的西班牙征服者科尔特斯对这里分布广泛的陡坡地面做了这样一个形象的比喻。东濒墨西哥湾和加勒比海,西南临太平洋的墨西哥,拥有多种多样的自然条件和丰富多彩的历史文化。丰富的坡面地形,南北连接北美洲和拉丁美洲、东西濒临大西洋和太平洋的独特地理,为墨西哥文化的孕育提供了丰厚条件。

墨西哥人的祖先——太阳神和战神威济洛波特利曾经预言:雄鹰叼着一条长蛇站在仙人掌上的地方,就是莫西卡人的永久定居之地。按照神的预言,1325年,莫西卡人在特斯科科湖的小岛上建起了特诺奇蒂特兰,亦即今天的墨西哥城的前身。今天,墨西哥的国旗、国徽、货币上的图案都绘有雄鹰叼着一条蛇屹立在仙人掌上。

弗里达就如同一只勇敢倔强的雄鹰,站在墨西哥的仙人掌上,带着一生的伤痛和满载的猎物,骄傲地俯瞰着周遭的一切。

弗里达的画作中约有三分之一是自画像,她在日记中写道:"我画自己,因为我总是一个人独处,我是我自己最了解和熟悉的事物。"她那些饱受伤害和荼毒的自画像,如同一次次无声的哭泣。在那些无头的、无脚的、撕裂的、流血的自画像中,她将一次次无声的哭泣转化为一个个戏剧化的形象,而她自己,则安静地站着,走着,躺着,跑着,甚至是——活着,死着,默不作声却轰轰烈烈。

"生命万岁!"

这是1886年的巴黎,旧的世界将要逝去,十九世纪正逼近它的最后一个十年。

春冰已泮,初春和暖的阳光仍旧那样温柔地照着,生命平静而有节奏地向前律动,一切如常。然而,平静的外表下好像有什么在萌芽,一寸一寸地生长。一群贫困潦倒的艺术家——塞尚、西涅克、修拉、梵·高、高更、马里内蒂、博乔尼……聚集在巴黎,狂热地试图为他们所执着的新的艺术表达方式寻找一条出路——建立共产主义者联盟,实现现代主义对古典主义的革命与颠覆。

这是1953年的墨西哥,旧的世界已经过去,二十世纪正在走向成熟的后半个百年。

春风如醉,酷热的阳光照耀着仙人掌丛生的荒漠,这是弗里达短暂一生中为数不多的春天了,生命平静而有节奏地向前律动,一切如常。弗里达刚刚做了一次骨头移植手术,但不幸的是移植的骨头发生病变,所以得再做手术取出来。一些朋友正在谋划为弗里达组织画展,这是弗里达在自己国家举办的第一次个人展,对饱受病痛折磨的画家来说,这是一个巨大的胜利。弗里达躺在她的四柱床上,被抬进了展厅——既然医生限制她在床的范围内活动,那么就让床也成为她身体的一部分吧!

半个多世纪前,以巴黎为轴心,现代艺术正在开启它的革命时代。半个多世纪后,在遥远的墨西哥,一个伤痕累累的盛装女人带着刀光剑影的诡谲和荡气回肠的决绝为它画上了一个完美的休止符。

现代派艺术缘于现代科技两个轴向的突飞猛进:空间和时间。

1889 年，埃菲尔铁塔拔地而起，它是当时地球上最高的人造物体——凌空 1056 英尺，它使得人们感官的视点发生变化，重要的不是从地面仰视高空，而是从高空俯视地面，立体的事物变得扁平，高度消泯了空间。古巴比伦人未建成的巴贝塔在这里建成了。于是，埃菲尔铁塔在一夜之间成为巴黎的象征，并且宣告"这个光辉的城市"成为现代主义的首都。

1907 年，作为对未来最奇迹的征兆，汽车以一种奇怪的笨拙方式进入艺术，这是为了纪念第一次世界汽车大赛，赛程从巴黎到波尔多，获胜的那辆汽车——潘哈德 - 列瓦赛尔 5 号的复制品被竖立起来。尽管这部车的速度与蛤蟆跳的速度相差无几，但在艺术家眼里，"一辆如炮弹般风驰电掣的汽车比沙摩特拉克的女神更美"，这是人类第一件以机器为对象的雕塑品。

现代艺术就此开始——在空间中占领高度，在时间中占领速度。这是以前的人们所无法体会到的感受。时间—空间，已经不是传统意义上物质的存在方式，而是现代科技所带来的人们探知世界的两个新的触角，从这里开始，现代主义艺术诸先锋流派创造了他们最早的神话。

然而，就在欧洲现代派艺术引吭高歌的时候，在墨西哥一座普通的蓝房子里，弗里达用她稚嫩、没有经过系统训练的画笔攀上了人类艺术在空间和时间两个向度上的高峰。

巴黎，以它特有的宽容和见识冷冷地注视着她。要那些已经习惯于用古典主义方式来审视美的眼睛真正理解和接受这个行为诡异、画风怪戾的女人也还需要一段时间。从一出生开始，他们就看惯了那种阴暗沉闷的绘画，生活中一切激动人心的感情和笔触在画面上都转为柔和平缓的曲线，感情是冷漠的、旁观的，画面上的每一细节都被描绘得精确而完美，平涂的颜色相互交接在一起。

而现在，挂在墙上的那令他们步履蹒跚的绘画，是他们从未见过的。平涂的、薄薄的表面没有了，情感上的冷漠不见了，欧洲几个世纪以来使绘画浸泡在里面的那种褐色肉汁也荡然无存。弗里达大胆地画出她对生命的无上崇拜、对现实的无上热情、对世界梦幻般的印象和追逐。她将光、空气、土地的内敛、植物的根须、生命的律动糅进她的作品中。弗里达无声地宣告：新的纪元开始了！

她的画传承了纯正质朴的印第安文化血统，发挥了墨西哥民族独特的"生"与"死"的主题，将印第安神话与她的个人经历，墨西哥民族的历史和她个人的现实全部融进她那色彩斑斓的颜料中，形成了具有神话和魔幻特质的风格。用她的画笔，弗里达谦卑地与这个世界争辩，又骄傲地与这个世界和解，正是她画作中那不可能存在于文明社会的勇气和力量，令所有人为之动容，为之迷惑。

生命中的夜色愈加浓重，弗里达却愈加渴望光明。1954年6月，健康每况愈下，她预感到死神在逼近，要求人将她那张四柱床从卧室的角落搬到过道，想多感受明媚的夏天，多看看外面的世界，多听听命运的脚步。一个月后，弗里达最后一次出现在公共场所，是在一次共产党的示威活动上。此后不久，她睡着了，再也没有醒来。

弗里达在最后的日记上写着："我希望死是令人愉快的，而且我希望永不再来。"她的最后作品是一幅色彩浓艳的西瓜，切开的西瓜熟透香甜，其中一片上写着大大的几个字："生命万岁！"

她是燃烧的火焰，在幽暗夜空中冉冉升起；她是飞翔的小鸟，在夜里能抓住光芒。

——她就是地狱，她就是天堂。

"蓝骑士"

——康定斯基在 1917 年

> 色彩是琴上的黑白键，眼睛是打键的锤，心灵是一架具有许多琴键的钢琴。
>
> ——康定斯基

与十八、十九世纪不同，二十世纪的艺术史支离破碎。在这漫长的一百年里，有很多个值得我们记住的年份，这些特殊的年份都有相应的伟大作品存世。尽管再没有出现那些旗帜鲜明的流派和连贯的时间线索，但是这个世纪所独具的诡谲气质，却令后世的探险者们兴奋不已。

好吧！就让我们举起理智的手术刀，在岁月残腐的躯体上，一点一点地探寻，一丝一丝地抽离，选取一个与伟大作品相携而生的年份，作为我们的样本。

这一年，是 1917 年，一个世纪之前的今天。刚刚过去的一年，五十岁的俄罗斯抽象主义画家瓦西里·康定斯基（1866—1944）创作了数幅以莫斯科为主题的油画，它们写实、具象、朴素、笨拙，充满了忧愤哀伤的蓝灰色调。而这一年，康定斯基完成了与以前画风迥然不同的《即兴挥毫，第29号》，这幅作品几乎完全是自由的，非几何形的流畅笔触充满了画布的每一个角落。

1919年，康定斯基将他的风格挥洒到他著名的作品《灰色，第222号》中，完全自由的非几何形被发挥到极致。由此开始，他一发而不可收。1920年，康定斯基创作了《白线，No.232》，边缘轮廓分明的弯曲毫无节制地驾驭着画面剩余地带的规则直线，曲线和直线在色彩背后角逐，色彩因形状而纠结。1923年，康定斯基的风格再一次转变，他创作了《强调的是角，第247号》，弯曲的表达几乎不见了，一切便被有规则的坚硬轮廓所取代。

色块、色彩、色调；曲线、直线、折线——一个世纪之后，我们似乎从这些梦一般浮在画布之上的元素中，找到了那个时代的隐喻。

一

那时，风靡于世的高更、梵·高、马蒂斯等现代主义者更喜欢凭直觉和情感来创作，在他们看来，自然主义和现实主义的原则——不带偏见和倾向性地反映自然的本来面目——倘若不是无意义的空想，便是一种不可能的存在。

这种态度意味着对现实主义的全面抛弃，因为它把对构图的审美要求置于对再现的语义要求之上。艺术作品成为一种新的、独立的现实。这表现在高更对欧洲文明的排斥和对动人心绪的形式及色彩所蕴含的排他性质的赞美中；恩索尔突然背弃了精致的绘画，转向一种表现惊人主题的故作惊人之态的技巧；蒙克运用幻想形象，把他个人的苦痛赋予公开的形式；梵·高狂热而有节制地对自然加以变形并强化夸张自然的色彩，以创造一种表达力强大的艺术；罗丹通过形象的表面和紧张的动态有力地表现感情……作为一种现代的否定，这种传达心灵的表现方式是一团伟大的发酵剂，它使自它以后近一个世纪的艺术史都处于运动之中，这种革命不仅仅是在驾驭文字和艺术方面，而且在想象、情感、趣味和思想方面都意味深长，它包含和凝聚为一种感情、一种道德、一种政治、一种衣着方式、一种爱的方式、一种生与死的方式。

在写实主义的废墟上，致力建设一个新城市的另一个劳作者是康定斯基。

康定斯基是很晚才开始画画的，他年轻时一直学习法律和政治经济学。1889年，他参加一个人类学远征队去俄国东北郊伏路达地区进行考察，以取得该地区正在迅速解体的斯利亚部落的刑事法和宗教习俗的第一手资料。根据当地的风俗，斯利亚部落的居民必须将脸和头发染成黄色和绿色，穿戴颜色鲜艳的服饰，并且用各种斑斓的色彩装饰住宅和周围环境，这引起了康定斯基极大的好奇心。1895年，莫斯科举行首届法国印象派画展，其中莫奈的《干草堆》触发了他的艺术感知：

> 我突然看到一幅前所未有的绘画，它的标题写着：《干草堆》。然而我却无法辨认出那是干草堆……我感到这幅画所描绘的客观物象是不存在的。但是，我怀着惊讶和复杂的心情认为：这幅画不但紧紧抓住了你，而且给了你一种不可磨灭的印象……这种色彩经过调和而产生的不可预料的力量使我百思不得其解。绘画竟然有这样一种神奇的力量和光辉。不知不觉地，我开始怀疑客观物象是否应当成为绘画所

必不可少的因素。

1896年，三十而立的民俗学博士、法律系教授康定斯基为了学习艺术只身来到德国的慕尼黑。在这里，他一下子就被弥漫在这个城市的新艺术运动的气氛迷住了。四年后，康定斯基从慕尼黑美术学院毕业。1903年，他开始了欧洲及北非之行，并实地考察了各国现代艺术运动的发展状况。1908年，康定斯基决定定居慕尼黑，并开始了他的职业画家生涯。

花费了将近二十年的时间，康定斯基将俄罗斯在抽象和构成方面的探索传播到德国，以及以欧洲为中心的西方世界。1911年至1914年，康定斯基同一群志趣相投的朋友合编了一本书，他们将这本书的名字定为《蓝骑士》。从此，"蓝骑士"成为这个由众多艺术家组成的松散团体的代名词。1914年，康定斯基从硝烟弥漫的德国逃回俄罗斯，在俄国至上主义和构成主义的影响下，他的绘画逐渐从自由抽象转向一种抽象的形式。

正是康定斯基，彻底完成了对一个主题的告别，这个主题在十九世纪中叶甚至是二十世纪是鉴别艺术家的唯一标准。康定斯基以其大量的绘画作品、理论著述和天才的悟性成为持续了近半个世纪的抽象绘画的先知和先驱之一，尽管他后来从亨利·卢梭的原始派绘画中看到了写实艺术和抽象艺术的并行不悖和新写实艺术的崛起，他一生孜孜以求的仍是如何把对纯形式的意义的思索转变成一个可以言说的语言体系。康定斯基的非具象绘画大约从1910年他创作第一幅抽象水彩画《构图七号》算起，同年，他写了《论艺术里的精神》，表明他的思想已完全超出了绘画的范畴。在这本书中，他提出了他对艺术本质的反思，特别是对非传统抽象本质的反思后得出的结论。他针对非传统担负的作用所提出的反映基本宇宙规律和超感觉现实的结构的观点，成为后来的构成主义的理论基础和证明。

很少有人提到康定斯基的近视眼和他的精神疾病，然而正是这两者使他易于把远处的东西看成是轮廓不清而色彩鲜明的斑块。他的绘画还与他从孩提时代起就对色彩的情感联系的不同寻常的敏感有关，这使他有力地发展了联觉和把特殊色彩与气味同乐声联系起来的天赋。这些不同的感觉各有各的特点，在他的记忆深处留下了生动长久的印象，因此，他发现，要在绘画中再现深深地打动他的色彩是不可能的，必须通过一种直觉的跳跃，而不是逻辑思维得出结论，即艺术与自然是两个分离的"世界"，有着不同的原则和目标。康定斯基合乎逻辑地相信艺术的"独立存在"，相信一件艺术品成功或失败靠的是固有的审美原则，而不是依照它是否与外在的世界相似。

色彩和构图，尤其是颜料色彩，构成了画面的终结。康定斯基在一段几年后记起的对日落前的莫斯科的描绘的回忆中表现了他的这种思路：

> 粉红的、淡紫的、黄的、白的、蓝的、淡黄绿的、火焰般的房屋、教堂——每一幢都是一支独自的歌，光秃树枝的小快板，红的、挺立的克里姆林宫墙和天空的静默，高耸着像在唱着胜利的歌，像忘掉自我的欢呼，长长的、白色的伊凡大帝钟塔精细的线条，它的颈部高高伸出，挺立似的向往天堂，圆形的金色顶端，像莫斯科的太阳处在其他圆屋顶的金色和彩色星星中间。我想，要画下这些是最不可能的，却也将是艺术家最大的快乐。这些印象……是一种愉悦，它震撼了我整个心灵，也使我出神入迷。同时它们又是一种折

磨，因为我感到，一般的艺术和我个人的力量在自然面前是多么苍白无力。

许多年过去了，我通过感觉和思考才找到一个简单的答案：自然和艺术的目的（因而也就有方式）本质上、有机地，而且按普遍真理，是互不相同的——它们同样的伟大，同样的有力。这一答案如今是我创作的指南，同时又是那么简单自然，消除了徒劳工作的不必要的痛苦。

这徒劳的工作是我在内心为自己规定下的，尽管它不可达到；它消除了这一痛苦，由此而来的结果是我在自然和艺术中的快感达到了不可遏止的高度。

艺术世界是一个独立的世界。康定斯基对此的理解源于他对颜料的色彩和特性的强烈感受，这使得他以后的作品中，鲜亮的色彩和奔放的笔触更加明确地越来越少依赖于主题的可能性。非具象的暗示、画面的无主题的整体表现以及使用半即兴技巧成为绘画的重点：

> 手指的一种压力和兴高采烈的、欢愉的、沉思的、梦幻般的、自我沉醉的、带着浑沉的严肃、抑制不住的恶作剧的、解脱的感叹，与悲哀强烈的共鸣，不驯的力量和反抗，驯服的轻柔和奉献，固执的自我控制，敏感性，平衡的不稳定性，它们接踵而来，我们把这些独立的存在物叫作色彩，每一种都独自存在，具有为更进一步的独立所必需的物质，随时愿意服从新的组合，在其中混合，创造出无穷无尽的新世界……
>
> 因此，对调色板上的色彩的这些感觉……成了心灵的

体验。

因此，对我来说，艺术的世界越来越远离自然的世界，直到我能完全体验这两个独立的不同……

因而我最后走进了艺术的世界，它与自然、科学、政治等形式的领域相似，但同时又是自己的世界，有适合于它自身的法则，并与其他世界一道组成一个我们只能模糊认出的大世界。

康定斯基一再证明艺术的表现和构成是首要的，远比作品的内容更为重要，他甚至把再现事物看成是一个干扰对符号因素的注意力的原因，应该予以消除，以便扩大绘画形式所固有的表现性特质，虽然他并没有明确地贬低再现性事物。从一名艺术家和一名观赏者的角度，康定斯基把一件艺术品的优劣分为"内在"和"外在"因素。他更认可内在的因素，即感情方面或表现性的内容，把它说成是"在观赏者心中激起相似情感"的"艺术家心灵深处的情感"。纯粹的艺术家只寻求表达"内在的和根本的"感情，而忽视表面的和偶然的感情。艺术家应该目光深邃，洞穿事物的本质，在艺术随着时间的推移而逐渐成熟的同时，艺术家应该试图表现"更精细的情感，但至今未被提上日程"。最后的目标是"只有艺术才能构成的本体，以及只有艺术才能通过适合自己的表现方式清晰地表达出来的本体"。正是这种独特的、内在于作品的表现方式，才是联系各个时代的真正艺术的共同因素。艺术发展的过程在于它的精髓与时代的风格和个性的分离；艺术家应该永远不依附于时代。这样的艺术和艺术家——他说——才能获得"永恒"。

二

康定斯基的观点，无疑明显地反映着他那个时代的观念和主张：他的俄国血统和东方正教背景使他醉心于神通学，极力强调内省、直觉和潜意识对于理解和造就新艺术的重要性，这从他的著作中可以清楚地看到，他把俄国女神通学家勃拉瓦茨基夫人迎合群众趣味的唯灵论，原原本本地应用到他的艺术中去了。他在巴黎居住期间，受到了多种多样的创造性影响，其中包括法国哲学家亨利·柏格森。

在科学技术发展面前，他选择了与未来主义和构成主义相反的道路，离开物质世界，或者至少通过把艺术归于精神世界之内而调整了由于全世界一起强调物质进步而导致的不平衡。这些是康定斯基的艺术观的哲学盔甲。

康定斯基的观点还受到了德国美学家威廉·沃林格的启发。后者对当时直到以后的艺术和艺术史的影响都是巨大的。赫尔伯特·里德曾评价说："他给予德国人所渴求的东西——从美学上和历史上论证一种不同于古典主义的、不受巴黎和地中海传统影响的艺术。"沃林格1907年提出、1908年发表博士论文《抽象与移情——对风格心理学的贡献》。在这部书中，沃林格针对当时流行的"移情说"，从艺术史的角度论证了艺术表现的本质不是简单的物质感受或自然模仿，而是出于某种心理上的"需要"，这种"需要"是人类内在的应世观物的"世界感"的结果，而这正是艺术的绝对目的。他非常赞成黑格尔在艺术史研究中引入的"艺术意志"这个概念：

> 艺术意志是所有艺术现象中最深层最内在的本质。一个人具有什么样的"艺术意志"，他就会去从事什么样的艺术

活动。一切艺术现象最终都由"艺术意志"得到解释。每部艺术作品就其内在的本质来看,都只是"艺术意志"的客观化,"艺术意志"外化的形式意志。真正的艺术在任何时候都满足了一种深层的心理需要,而且艺术作品赖以获得美的特质的愉悦价值在于它满足了那种心理需要。

艺术的绝对目的是一种作为艺术本质的形而上的实在:不以现实目的和形式为限,但仍然是一切艺术品的内在本质。一切艺术品都可以被视为它们的客观化;反之,一切艺术品都导源于某种抽象的、普遍的概念。

抽象冲动的艺术由此表现出两个明显的特征。第一,抑制对空间的表现,以平面表现为主。具体说,抽象冲动就是要回避对三维物体、对有深度感物体的表现。因为平面表现给观赏者以一种安定意识,而空间则依然使人处于尘世的关联中。第二,抑制具象的物体,以结晶质的几何线形式为主。因为抽象的线条消除了与生命相关以及生命所依赖事物的最后残余。

康定斯基认为:只有这种"内在需要",才会产生"内在意义"和"内在共鸣",才会产生"精神上的震动"。在提到这种"内在需要"时,康定斯基的态度是不坚定的:一方面,艺术品应该是艺术家个性的真实表现,就像打上了他的那个时代的烙印;但另一方面,艺术品同时也是艺术的永恒的"精髓"。那么艺术品就应该既是主观的又是客观的。在主观方面,康定斯基坚持认为,一件艺术品应该是直觉地构成的，以对其要素的感性和表现性特征的充分了解为基础，而不是靠逻辑创造出来的；它也应该是自然而然的，而不是靠既定的惯例。在客观方面，他又似乎相信，一个真正的审美构图应符合宇宙规律，对这样构成的艺术品的欣赏把艺术家和欣赏者直接地带进与比外观世界更根本的现实的认识关系中。

在这里，他更倾向于前者，即艺术的视觉因素与人类内心生活的直接关系。与毕加索不同，康定斯基是艺术领域的一代摧毁者，也是一代建设者。毕加索声称"摧毁家的艺术"之后，他和布拉克与整代分离主义者与后继者留下的不仅是色彩和韵律的融合，还有破碎的残迹。康定斯基则使用着他自己制定的艺术法则和视觉逻辑，重申艺术自身的完整统一，他进行这种艺术探索的目的，是要赋予美以新的特性——一种更稳定、更丰富、更自由的一致性。

康定斯基用他的创作完成着他的理论的证明。他早期的创作受野兽主义的影响，倾向于使用平涂色块，色彩从描述中分离出来，画面中的各种物体的重量仿佛被色彩的活力拔了锚似的，充满了古怪的膨胀和异常的喧闹。1909年，康定斯基在《穆尔诺附近有火车头的风景》里描画了一个色彩绚丽的、有点像玩具的似梦的幸福世界，这是这个时期常常出现在他作品中的世界对象，这种天真的浪漫主义幻景以斯拉夫神话故事中的往事的形式出现。

康定斯基在早期的著作和作品中表现了与象征主义者们一样的对"联觉"的兴趣，这是从一种感觉的反应到另一种感觉的反应的直接转移："如果灵魂与肉体浑然一体，心理印象就很可能会通过联想产生一个相应的感觉反应……色彩能唤起一种相应的生理感觉，毫无疑问，这些感觉对心灵会发生强烈的作用。"诸种感觉之间的转换早在现代主义画家欧仁·德拉克罗瓦就曾经有过论述："众所周知，黄色、橙色和红色具有快乐和丰富的含义。"作为先后在慕尼黑和穆尔诺居住过的流浪者，康定斯基对"青年风格"运动中的神秘主义—浪漫主义潮流特别敏感，这使他对高度抽象的形式非常感兴趣。他的俄国流浪者的身份还使得他的背后有着一个抽象的极端程式化的传统，伴有严肃的精神含义和教训目的，这就是偶像的传统。这些，使得他相信一种色彩的抽象语言是可能存在的，这种存在以他自己的异常强烈的视觉反应和极为鲜明逼真的记忆力为基础。

康定斯基认为色彩可以总分为两大类：暖的和冷的，鲜明的和暗淡的。每种颜色都具有四种基本色调：鲜明的暖和暗淡的暖，鲜明的冷和暗淡的冷。一般说来，暖色意味着接近黄色，冷色意味着接近蓝色。这种差异体现在一种水平运动中：暖色向观众逼近，而冷色却离开观众向后退缩。黄色是典型的大地色。它从来没有多大深度，如果人们持久注视着任何黄色的几何形状，它使人感到心烦意乱。它刺激、骚扰人们，显露出急躁粗鲁的本性。随着黄色的浓度加大，它的色调也愈加尖锐，犹如刺耳的喇叭声。当它掺入蓝色而偏向冷色时，就会产生一种病态的色调。如果用黄色来比喻人的心境，那么它所表现的也许还不是精神病的抑郁苦闷，而是狂躁状态。一个疯子总是毫无目的地到处袭击别人，直到他筋疲力尽为止。黄色总能使我们回想耀眼的秋叶在夏末的阳光中与蓝天融为一色的那种灿烂景色。蓝色是典型的天空色，它给人的最强烈的印象就是宁静，蓝色常常代表深度——离开观众向后退缩，向它自身的中心收缩——色调愈深，距离感就愈大，它所引起的对远方的无限呼唤和对纯净和超脱的渴望就愈加强烈。当蓝色接近黑色时，它表现出了超脱人世的悲伤，沉浸在无比严肃庄重的情绪之中。蓝色越浅，它也就越淡漠，给人以遥远和淡雅的印象，宛如高高的蓝天。蓝色越淡，它的频率就越低，等到它变成白色时，振动就归于停止。在音乐中，淡蓝色像是一支长笛，蓝色犹如一把大提琴，深蓝色好似倍大提琴，最深的蓝色可谓是一架教堂里的风琴。

黄色和蓝色的等量调和产生了绿色，这时两者的水平运动及向心和离心运动互相抵消，平静出现了。纯绿色是最平静的颜色，既无快乐，又无悲伤和激情。纯绿色中的黄色和蓝色，一旦突出了其中某一方，就会产生相应的运动变化，从而改变绿色中的内在感染力。绿色有着安宁和静止的特性，如果色调变淡，它便倾向于安宁；如果加深，它便倾向于静止。在音乐中，纯绿色被表现为平静的小提琴中音。

白色在印象主义常被看成是"无色"，它是一个世界的象征。在这个世界中，一切作为物质属性的颜色都消逝了，它那高远浩渺的结构难以打动我们的心灵。白色带来了巨大的沉寂，像一堵冰冷的、坚固的和延绵不断的高墙。因此，白色对于我们的心理作用就像是一片毫无声息的静谧，如同音乐中倏然打断旋律的停顿。但白色并不是死亡的沉寂，而是一种孕育着希望的平静。白色的魅力犹如生命诞生之前的虚无和地球的冰河时期。

相比之下，黑色的基调是毫无希望的沉寂。在音乐中，它被表现为深沉的结束性停顿。在这以后继续的旋律，仿佛是另一个世界的诞生，因为这一乐章在这里已经结束。黑色像是余烬，犹如死亡的寂静。表面上黑色是色彩中最缺乏调子的颜色，它可以作为中性背景来清晰地衬托出其他颜色的细微变化。在这点上，它与白色不一样：任何颜色，只要与白色相调和，就会变得混浊不清，仅剩下一丝微弱的共鸣。

白色象征着快乐欢悦、纯洁无瑕，黑色则象征着悲哀和死亡。黑白混合产生的灰色，是沉默和静止的，因为它由两种惰性颜色合成，它的静止中根本不包含绿色中的那种潜在的活性。静止的灰色显示出一片荒凉、萧条。灰色愈暗，凄凉和沉闷的色调愈明显、愈浓重。当灰色被减淡一些时，它就像是恢复了生机，仿佛有了新的希望。绿色和红色的视觉混合产生了同样的灰色，它是消极和热情的精神融合体。

红色的无限温暖具有黄色的那种轻狂的感染力，但它却表达了内在的坚定和有力的强度，它独自成熟地放射光芒，绝不盲目耗费自己的能量。红色总是带有物质性的痕迹，在特征和感染力上，鲜明温暖的红色和中黄色有某些类似，它给人以力量、活力、决心和胜利的印象，它像乐队中小号的音响，嘹亮、清脆，而且高昂。红色所表现出来的各种力量都非常强烈：红色给人以尖锐的感觉；棕色是中性颜色，缺乏运动，它与红色的混合物表面上只发出极具微弱的声音，但其内部却回响着强有力的和声；朱红一旦经过很好的配置会发生长号所发出的那种声音或像鼓声所发出的那种轰响；冷红则随着活动因素的消失，其内在的光耀逐渐增加，在音乐中，与其对应的是大提琴热情洋溢的中音；偏冷而鲜艳的红色包含着明显的肉体和物质因素，但它总是单纯的，仿佛少女艳若桃李的脸庞，在音乐中，对应着悠扬动听的小提琴；暖红被黄色增强后就成了橙色，这一调和几乎使红色达到直冲向观众的程度；橙色是一位对自己的力量深信不疑的人，它的音调宛如祈祷的钟声，或者是深厚的女低音，或者是一把古老的小提琴所奏出的舒缓、宽广的声音。

如果说橙色是由于掺入了黄色而更接近人类的红色，那么紫色却是由于掺入了蓝色而与人类疏远的红色。偏紫的红色是冷色，因为精神需要是不允许暖红和冷蓝相互混合的。因此，紫色无论在精神意义还是感官性能上总是冷却了的红色，带有病态和衰败的性质，在音乐中，它相当于一支英国管或是一组木管乐器（如巴松管）的低沉音调。

色和形的分类是无穷尽的，其结合与影响也是无穷尽的，康定斯基认为，色彩是能直接对心灵发生影响的手段。"色彩是琴上的黑白键，眼睛是打键的锤，心灵是一架具有许多琴键的钢琴。"艺术家是手，他通过这一个或那一个琴键，把心灵带进颤动里去。

三

承认一门艺术有可能取代另一门艺术，不等于否定各门艺术之间的必然差别，相反，各种不同的艺术形式能取得相同的内在情致；每一门艺术又赋予这同一的内在情致以自己的特色，从而使它获得为任何单一的艺术所不能企及的丰富和力量。通过各种不同艺术的结合和冲突，有可能产生出深刻而有力的艺术形式。康定斯基果断地写道：

> 色彩的冲突，打破平衡的感觉，动摇不定的法则，出其不意的袭击，疑难的问题，徒劳的抗争，暴风骤雨，断裂的链条，对立和矛盾——所有这一切组成了我们今天的和谐。从这种和谐中产生出的作品是色彩和形式的混合物，它们各自有其独立的存在，但又融汇于共同生命之中。这就是我们称之为内在需要的力量所创造的图画。

传统艺术源于自然，而从梵·高开始，艺术开始挣脱自然的束缚，艺术在模仿当中，把各种自然对象和事物作为心灵的符号加以运用，康定斯基将这种符号变成纯粹的象征符号，尽管在纯粹的精神基础之上的建设是一件缓慢的事情，但人的精神对美的本能的、内在的向往增生了艺术,现代灵魂艺术家的先驱之一梅特林克说:"世界上没有任何东西具有灵魂对美的那种兴趣和接受力。因此,几乎没有什么人能拒绝听从一个沉溺于美的灵魂指引。"康定斯基不是柏拉图主义者,不是用观念指导创作的,他相信是一种内在感情主宰着他的理论和创作:"在高度敏锐的人身上,到达心灵的道路是那么直接,心灵本身又是那么敏感,所以任何感觉到的印象都直接通向心灵,又从那里通向其他感官。"这种对逐渐形成的来自心灵的内在感情的表现经过反复甚至是吹毛求疵的检验、加工后"构成"的"结构"才是作品的真实基础,而读者自会对这些东西心领神会。

康定斯基想确定一种形状和色彩的象征性语言,这种语言试图显示形式和感觉之间直接的象征联系,他1910年到1913年的作品中的形象被玫瑰红、绯红、黄、蔚蓝、翡翠色和深蓝紫的飞舞所掩蔽,在全面饱和的色彩中,形状沉没到难以辨认的程度,对象的呈现成了一种色彩的明暗、一些线条的痕迹,整个画面充满了分裂、荒诞、混乱,以及隐匿在其中的某种存在的轨迹。这种创作同时也基于他对艺术的另一种理解——他试图把他的抽象画同原子的分裂联系起来,在他看来,原子的分裂象征着固体的消失。

然而,到了1913年底,在康定斯基的更加表现主义的抽象画中已经基本上找不到比喻的内容了,他接受了中国画技法中强调纸上空白的重要观点,把"虚的画布"看成是比某些画面更美:"好像是:真空虚,沉默,无所谓,几乎是麻木。实际上是:充满着紧张,具千百低微的声音,充满等待。"空白本身就是一种方位,它的存在在于维持某种特定的维度。《黑线,No.189》表现了一种更为大胆开拓的抽象观念:玩弄色彩、强调线条、创造新意、协调骚动的画面。然而,单纯的色彩和无意义的形状本身构造了一种意蕴:红、黄、蓝、白原色色块清新透明,轻柔地扩张,引发了一种久违的春天的快乐。画面布局时而严密,时而简练,时而厚重,时而单薄——纯粹的物质世界不会酝酿如此复杂而美妙的变化,那种不动声色的变形处理就如同一条窄窄的羊肠小道将我们引入一片坎坷的灌木丛、一片广阔的大草原、一片郁郁苍苍的原始森林——画面通过自身的结构和线条暗示出一些永恒的颇耐人寻味的东西。

1914年,德国和法国之间的矛盾愈加突出,加夫里若·普林西普枪杀奥匈帝国皇储斐迪南大公夫妇的"萨拉热窝事件"成为战争的导火索,德国迅速硝烟四起。康定斯基逃离德国,"蓝骑士"从此解散。

离开"蓝骑士"的康定斯基,继续在确定这种形状和色彩的象征语言的努力中,创作大量虽有价值却相当枯燥乏味的唯我论绘画。

这是一个世纪之前的伟大时代。直到今天,我们似乎都没有发现任何迹象,以说明一个海绿色底子上的黑边紫红三角形能对观众表示它对康定斯基所表示的同样的感情,那种对通神论的朦胧的虔诚和维持表现主义漫长传统的环境似乎已经过去,神秘而天真、喧嚣而纯洁的1917年,似乎一去不返。

1916—2016,转瞬即逝的一百年,像一列高速的列车,呼啸着奔驰而去。时间究竟是什么?其实,就是我们手心流出的水滴,是荒漠中暗逝的流沙,是与昨天和今天的一次握手拥抱,是去年和今年的一次把盏言欢,是无数个康定斯基那些椎心泣血的追寻、响遏行云的追索、掷地有声的追问——逝者如斯夫!

"我神智健全,我就是圣灵"

——记文森特·梵·高

十八世纪是一个伟大的世纪,在乌托邦、社会运动和艺术变革方面,酝酿了各种丰富多彩的思想,这些思想是伟大的发酵剂,它们使随之而来的十九世纪和二十世纪的历史处于运动之中。1890年,则是其中最平凡的一年,一切都继往开来,通报世界末日降临的声音仍是那么沉重,而这个世纪正是为了断定未来是福地而诞生的。一些思想已面临它的暮色,而另一些思想正所向披靡,谁也无法断定明天等待它们的将是什么。

——题记

这是1886年的巴黎,春冰已泮,初春和暖的阳光仍旧那样温柔地照着,一切如常,生命平静而有节奏地向前流动。然而,平静的外表下好像有什么在萌芽,一寸一寸地生长。一群贫困潦倒的艺术家聚集在巴黎,试图狂热地为他们所执着的新的艺术表达方式寻找一条出路——建立共产主义柯勒尼(Colony)。然而,这个狂热的梦想还没等付诸计划就宣告破产,这些个性鲜明的艺术家们用他们鲜明而固执的个性把这个曼妙的肥皂泡式的梦想戳得七零八落。

巴黎,是欧洲的首都,对艺术家们来讲则更是如此。此时的巴黎,以她特有的宽容和见识冷冷地注视着他们,怀着深深的善意和淡淡的嘲讽。她知道,要那些已经习惯于用古典主义方式来审视美的眼睛真正理解和接受这群行为诡异、画风怪戾的疯子还需要一段时间,需要一个漫长的等待。这些崭新的画表现了对太阳的无上崇拜,充满着光、空气和生命的大胆的律动。这是一个新世纪的开始,新世纪的光芒太强烈了,直视它的人都将被它灼伤。

使这个柯勒尼计划一夜之间付之东流的,正是它的始作俑者文森特·梵·高。

去年年底,他从荷兰的纽恩南来到法国的巴黎,是他的弟弟提奥接他来的,他在那里闯了一些祸,自己也遭受了很大的打击。当然是有关感情的,他在这方面总是有些不顺利。二十一岁那年,他爱上了比他小两岁的乌苏拉——普罗旺斯一个副牧师的女儿。这是他第一次恋爱,生活在他面前展开了无限广阔的美好前景。人们常常看见,被爱情滋润着的梵·高在泰晤士河畔健步如飞,穿过西敏斯特桥,途经西敏斯特大教堂和议会大厦,拐弯走进河滨路南安普敦17号、经营艺术品和版画出版的古比尔公司的伦敦店。在这里,他每天为公司出售五十张美术作品的照片。他性格有些乖僻、偏执、不大合群,然而,这并不影响他的同事们对他的喜欢。他出身于荷兰一个极有名望的家族,这个家族不仅有钱有势,而且几乎掌管着全欧洲绘画的命脉,是欧洲经营美术品首屈一指的大家族。虽然梵·高的父亲仅仅是个小镇上的牧师,但是,他的三个叔叔在荷兰拥有最大的画店,同时在巴黎、伦敦、柏林、阿姆斯特丹和布鲁塞尔等地设有分公司,另外一个叔叔约翰尼斯·梵·高是当时荷兰海军的最高首脑，他的姨父斯特里克是阿姆斯特丹的著名牧师，而他的那个与他同名的叔叔文森特·梵·高膝下无子，体弱多病，很想让同名的侄子继承自己的事业，并打算把一半的产业留给小梵·高。他们都深爱文森特，对他寄予重望并竭心尽力资助他，用他们的财富、名望和地位为他铺就了一条人人都看得见的阳光大道。

然而，这条道路注定不属于梵·高。失恋的打击旋踵而至。貌似天真的小乌苏拉要比梵·高想象的成熟得多，也比年长的梵·高更为历练。她一年前就已经订了婚，而她与他交往完全是为了填补未婚夫不在时的寂寞时光。

随后的两个月，他用各种手段拦截她、纠缠她、说服她，让她相信她的选择是一个错误，只有他是最爱她的，可这些都无济于事。他开始暴露出他的本性，披散着一头凌乱的头发，离群索居，郁悒寡欢。

痛苦对他起到了一种奇特的作用，使他对旁人的痛苦变得敏感起来，并使得他对周围一切廉价而哗众取宠的东西变得无法忍耐。当他的顾客来他的画廊里买画时，他对他们所选中的那些低俗的东西嗤之以鼻，费尽心机想把一些真正出色的作品卖给他们，而他们却不感兴趣。这使他怒不可遏，在古比公司最忙碌的圣诞节期间不辞而别，并拒绝他的同名叔叔文森特为他做出的任何安排，声称他和这种美术商业的缘分从此了结。这使得他的自尊心极强的叔叔伤透了心，从此不再过问他的事情。

七年以后，文森特·梵·高再一次表现出了他对爱情的固执和迟钝。这一年夏天，他遇到了长他两岁的表姐凯。四年前他刚认识她时，她同他的丈夫在一起。可现在，她的丈夫不在了，丧夫的巨大打击使她一下子从一个无忧无虑的女孩子变成了一个深受痛苦折磨的妇人。梵·高看到了这种由哀痛忧伤和岁月磨蚀的痕迹，旋即身不由己地陷了进去。可是，他依然没有学会如何在爱情面前展示和隐瞒，爱情使他失去了控制，一下子从那个大家所熟悉的彬彬有礼的绅士变成了一个躁动不已、语无伦次、缺乏教养、癫狂幼稚的乡巴佬。他在爱情中表现出来的极度的渴望和情欲把凯的全家都吓坏了，他们开始设置重重阻隔，制止梵·高和凯的见面。而梵·高认为，凯之所以拒绝他是因为她的软弱使她沉湎于过去的感情而不能自拔。他开始把自己关在房间里，终日给凯写着苦苦哀求的信，可这些信凯连看都不看一眼。某一天，他激动不已地冲进凯的家里，把手放在燃烧的汽灯上，威胁着要见凯一面。火焰烧焦了他的手，皮肤啪啪地爆裂开来，凯却始终没有出来。梵·高带着这伤痕和疼痛度过了一生，但始终没能再见到凯。

之后，他来到海牙，在一家小酒店里认识了妓女克里斯汀。她是他一生中唯一的妻子，但除了他以外没有人承认这一点，人们更愿意把她看成是一个穷画家的下贱的情妇。他认识她的时候她正怀着孕，身边还有五个孩子，每一个孩子都有不同的、素不相识的父亲。他接纳了克里斯汀和她的孩子，同他们像一家人那样生活在一起。他这时已经有了固定的经济来源，提奥每月按时寄来一百法郎，这笔钱后来增加了三分之一，是年轻的提奥每月薪水的一半，它维持了梵·高最艰苦的、投身艺术的十年，从未中断。即使是在提奥贫病交加的那段时间，它也总是源源不断地准时到达。

这是笔不小的财富，当时凯的父母拒绝他的求婚时就曾允诺：除非梵·高每年有一千法郎以上的收入。可梵·高始终没能学会如何把这笔钱合理地安排在他生活中的每一天，他常常是山穷水尽、入不敷出，之后便四处告贷、贫困潦倒。提奥不得不把寄款分批分期寄到，纵使这样,梵·高也经常旧事重演,先是只剩下黑面包和咖啡,然后什么都没有了,最后是发烧、衰竭和昏迷。克里斯汀并不能帮助他什么,过了不久,她便故态复萌了,抽烟、喝酒、懒散、说下流话,并且满怀喜悦地重新回到街头拉客。疾病缠身、饥肠辘辘、灰心丧气、神经极度衰弱的梵·高第一次在他的感情世界中做出自主的选择,他选择了回家,而克里斯汀则永远消逝在海牙阴暗的街头,在回忆中他也不曾再想起过她。

纽恩南的玛高特是梵·高爱情的最后停泊地——当然,除了阿尔的那个妓女,她是他的那段在阳光下的最孤寂的时光的慰藉。他在同高更发生一场激烈的争吵后,割下右耳并把它当作一份假的圣餐送给她——这一年,他三十一岁,玛高特却已经四十岁了。这一场毫无希望的恋爱终于招致了几乎全镇的反对,最后不了了之。

1885年末,巴黎。梵·高刚刚从感情的种种磨难中逃离出来,他这一辈子不会再爱上任何女人了,虽然他至死也没能弄清楚为什么他和他所爱的女人总是不欢而散。巴黎,光怪陆离的巴黎让他很快就忘记了爱情的伤痛,印象派的那些充满阳光气息的绘画让他激动不已又忐忑不安,他对艺术的巨大的热情迅速燃烧起来。五年前,他背弃了家族的一切嘱托和期望,在周围人不信任的目光中毅然决然地选择了绘画作为自己生存的证明。为心灵对艺术的投射找到印证的方式有很多种,而文森特·梵·高所选择的无疑是其中最孤独和最寂寞的一种,他所描摹和表达的世界是他心中的世界。那些激情冲击下的扭曲的象征性风景,散发着放纵、浪漫的燃烧快感。一抹明亮狂暴的色彩以及这种色彩的明暗,一些线条的鲜明的痕迹,甚至是一片平坦的原野、一道延绵起伏的麦浪、浑厚无际的阳光和地平线摇曳的星光……这些都不过是对所呈现之物的有意味的暗示。他总是在他的画面中神经质地追问：当存在被体现在艺术中的时候，对象的呈现变成了什么呢？

没有人能够回答这个问题。艺术家们都在忙于思考他们自身的轨迹。古典主义艺术家们沉醉于女人们光滑柔美的肌肤、丰腴的形体和伊甸园式的恒久神话，沉迷于大自然的愉悦以及人与周围世界的和谐。艺术代表着可以享受艺术的贵族阶层的精神取向，快乐和沉醉是以一定财富和闲暇为基础的，大自然是亲切、理想而单纯的，引发人的憧憬，甚至是可以进入的。这种愉悦理想的世外桃源景象从十六世纪的乔尔乔内和提香开始，表明中世纪的恐怖自然力的阴影终于被驱除，此时已经接近它的尾声。提香曾把这种理想理解为一种健康的享乐精神，以哀婉动人和沉思冥想的诗意表达黄金时代的异教之梦、基督教的神秘、爱情的欢愉、死亡的仪式、阳光的灿烂和大自然的全部美丽。

这种理想的愉悦经过鲁本斯的精神传到十八世纪的瓦托，在瓦托的《发舟西苔岛》中达到了优美的顶点，他的"优雅"的"宴乐"或田园画品使人摆脱了苦难和琐碎的生活景象，从而将情感和心灵诉诸梦境般的美好生活，人们在如画的景致中散步、集会、舞蹈。这是一个感伤的主题，带着稍有些轻浮的快乐，因而很容易使人迷惑和沉醉。实际上，古典主义者们也许不会料到，他们心中那空前完美的生活景象在他们技艺的后期已成为最后的愉快的记忆了。天空中的光线已经淡淡地倾斜、黯淡下来，暮色苍茫中的人们正匆匆忙忙结束他们在梦境中的逗留，返回到永久的现实生活，人和自然的关系正趋于松弛状态后的紧张，自然正被另一种意蕴代替——世界，世界和精神之间的相互作用代表着人对自身的反省，对凌驾于我们意识控制的、体现在自然中的心境形象的探索。

而现代主义艺术家们正忙于推倒传统艺术那已经半倾圮的墙壁，

并试图给一切观念和形象贴上新的标签。马奈首先使他的作品坦率地反映了绘画的平坦表面；塞尚开诚布公地表明自己对肖像是否酷似本人感到无所谓，他认为应该把纯主观的虚构入自然现象中去；印象主义者们开始有意识地把画画弄得模糊不清，以前哪一代人都没有达到这种颇费心机的程度，他们尝试着把光和色打碎成一片片小点的技艺，并努力使观者意识到他们观看的是颜料而不是风景；立体主义者选择了一种更为抽象的倒退形式，利用视觉的多义性将对绘画的读解推进为一种人工构成物——当传统技法将观察到的物体从顶部、侧面、正面、背面进行尽可能的表现时，毕加索和布拉克却努力在瞬间同时表现这一事实，同时表现事物的内部和外部；未来主义者们则试图激起更大的风波，他们激情澎湃地致力于征服速度和空间的伟大任务，用非凡的热情歌颂着一切以"运动"为核心的事件，并以绝对现代性的离奇幻想将他们的理想贯彻到一切领域中，他们满怀热情地期待人们相信"冬当！钟声之广，二十基罗米达平方"是比"广阔而深远的钟声"更好的描述方式，以及"疾走着的马的脚，并不只四只，而是二十只"——运动中的物的某些片刻的重叠，代表着机器化加给十九世纪的主题：一切都在运动中迅速变化着奔向未来。这些态度无疑意味着对现实主义的全面抛弃，因为它们把对构图的审美要求置于对再现的语义要求之上，艺术作品便成为一种新的、独立的现实。

这无疑是一片适合各种神话生长的土壤，德拉克洛瓦那自由女神身后的硝烟仍未散去，高度机器化的时代便带给人们以太平盛世的乐观主义幻觉。然而，与此同时，人同自然的关系正在趋于蜕化，人与自然的各种不安定形象以对自我的不满——自我冲突的眼泪、饥饿和纯粹公式化的精神向往的形式被描述出来，人类对自身的进程充满了怀疑、恐惧和制造心灵分裂的幻觉。1887年，保罗·高更的一幅巨大的绘画《我们从哪里来？我们是谁？我们向何处去？》以它动荡不安的色彩和充满暗示意味的主题印证了种种共鸣的强度。这是后印象主义的典型作品，取材于宗教中的道德问题。高更一生都固执地认为他可以在高贵的野蛮人的颓废神话和圣经福音的道德训示中找到某些与命运息息相关的线索。从画面中心那个正摘下热带天堂树上的果实的塔希堤岛的夏娃，到低声私语的人物和那个神巫般的老妇人蹲伏成秘鲁木乃伊般的姿势，一切都像一个在富有暗示性的装饰画里的长长的梦，色彩的平面图案、缠绕着的轮廓线条、人物的原始生命力和热情、象征地表达人类命运和情感的意图，使画面充斥着神秘的诘问，人类的一切行为都在这里从未中断地延续着，夹杂着长长的叹息。

但是，高更的天堂是虚伪的，是一个被玷污了的伊甸园。塔希堤岛的欢愉不过是他的一个幻觉：一个肮脏的殖民地，充满了妓女和无精打采的酒徒、混血儿、剥削和性病，它的人口从库克时代的四万下降到高更时代的六千，剩下的，只是一些黄金时代的遗迹。高更对此是悲观而没有信心的，他开始运用"像丧钟的声响"一样的色彩，在自杀前他把全部精力和疑问放进了那幅对人类自身充满了困惑的画里。"上帝不在学者逻辑家那里，而在诗人的梦里"。他叹息着，绝望而颖悟。"一个随后产生的反思，不是画幅中的一部分，顺从着月亮，我找到标题"——我们从哪里来？我们是谁？我们向何处去？

1886年2月的一个清晨，就在高更沉浸在塔希堤岛美丽少女们金色的肌肤、刺人的肉体芳香、热情洋溢的热带风情和深沉、神秘、静穆的自然力时，文森特·梵·高也准备出发了。此时，巴黎尚未从梦乡中醒来，绿色的百叶窗紧紧关闭。路灯映照如帘，乡下来的小车把蔬菜、水果和鲜花放在市场之后，又匆匆走在回家的路上了。梵·高从来没有像现在这样迫切地寻找太阳，那种炎热非常、威力无比的太阳。整个冬天,他都感到它犹如一块巨大的磁石把他向南方吸引。而巴黎的冬天使他觉得刺骨的寒冷,这种寒气一点点浸透了他的调色板和画笔。巴黎,曾经让他倾心不已,流连不已,但是,他已经喝下了太多的苦艾酒,参加了太多的社交活动,他迫切希望独自离开,重新拿起画笔。在画了六年之后,他伤心地发现自己还没有画出一件有价值的东西。现在,他明白了,没有太阳就没有所谓绘画,德拉克洛瓦和莫奈都在炽烈的阳光里找到了他们的色彩,他相信,他也一定能够找到属于他自己的太阳,驱散内心的寒冷,并使他的调色板燃烧起来。

亨利·图鲁兹-劳特累克建议他去阿尔。这个长着扁扁脑袋和萎缩的小细腿的家伙也正在用现代主义艺术家的典型方式发着疯,他只画舞女、小丑和妓女。若干年后,他在他少数的清醒的间隙里被两个强壮的精神病院护士押来同梵·高匆匆见了最后一面。

梵·高终于动身了,为心灵对艺术的投射寻找印证方式。许多年以来,他是第一个长途跋涉苦苦寻找人间天堂的艺术家。在阿尔疯狂的阳光的鞭挞下,梵·高匆匆完成的一幅又一幅冒着热气的油画开始背叛了他以前的那种明朗易懂的风格而变得更加充满热情和想象力,树开始成为盘旋上升的火焰,色彩变得更加明亮而非自然化;他的笔触愈来愈鲜明,被描绘的形状相形之下反倒黯然失色;一些几何形状如半圆、圈状、螺旋形,再加上色彩强度的增加,被用来表现他的充满了主体意识的精神状态。这些给予他的作品以一种从未有过的力度——沸腾而敏感的生命活力。

梵·高不假思索地画着,他从未遇到过这么多可以入画的东西,也从来不曾拥有过这么强烈的感动和激情。绘画是他的一个脾气不太好的情人,他为她疯狂,也为她倾注了一切:金钱、时间、热情、健康以至生命。他拼命地购买颜料，迫不及待地把它们泼在画布上，然后迫不及待地定制各种画框，以欣赏这些作品被完成的样子。他终于找到他的阳光，可是这阳光也深深地灼伤了他。两年后，他的精神变得狂躁而充满幻觉，医生们把这称为"日射症"。1888年12月24日，提奥和他的妻子收到高更发来的电报，要他赶去阿尔——梵·高在极度兴奋和高烧的精神状态下，割下自己的一只耳朵，并把这只耳朵作为礼物送给妓院的一个妓女。当警察发现他时，他正躺在他的黄房子的床上流着血，早已失去了知觉。匆匆赶来的提奥在医院里找到了他，一直流着泪守护着他，陪他度过了一年的圣诞节。次年2月初，梵·高再次被送进医院，他认为有人要给他下毒。2月27日，他又一次被送进医院，这一次是毫无根据的。阿尔市警察局根据市长收到的一份有八十多人签名的请愿书下令把他再度监禁起来。整整一个月里，梵·高始终保持沉默。他在内心里认为自己是无罪的。可是，没有人能够证明他不会因此而伤害别人，他自己也不能够。这使他忧心忡忡。他开始痛苦地承认自己的疯癫病。并把它归结于给自己造成极大伤害的生活方式。他安慰自己，许多艺术家都有疯癫病，这是无可争辩的事实，因为他们的生活使他们神魂不安。如果能够全力以赴地继续工作，当然很好，但恐怕他只有永远地疯癫下去了。这种可能使他不寒而栗。

　　他已经有一个月没有碰过他的调色板了，此时，工作的欲望远远胜过工作给他带来的任何痛苦和伤害。因为知道毁灭的不可避免和无法挽回，他病狂地希望建造一种简单却不朽的东西的激情便更加执着和强烈。为了能够重操画笔，他努力克制自己的发作，不顾一切地恢复冷静。终于，他被允许作短时间的创作了。他开始着手他原来从没有顾及过的那些微不足道的事物：一条盛开着粉红色花朵的栗树大道、一棵鲜花怒放的小樱桃树、一株紫藤属植物以及明暗交杂的公园中的一条无名小路，生活中充满了这样的无名小路。对色彩的肆意挥洒让他兴奋不已，他不知道自己是不是能够就这样走向成功，但他深信，的确有一股不可抵御的力量在推动着他前进，使他试图通过一种非造作的、不完善而即兴的、信笔涂鸦的方式体会心灵世界的内涵和价值，体会生活本真的暗示。

现在，梵·高对自然世界背后的固有力量的意识是那么强烈而虔诚，从来没有人将心灵和精神的全部重量都归之于色彩。为了表达对太阳的傲岸而无所不在的力量的理解，他将他对感情真谛的探索集中在黄色上。这是一种最难把握的颜色，因为它的明暗层次很少。二十年后，另一位伟大的艺术家、精神错乱者瓦西里·康定斯基指出，黄色是最基本的暖色，是"没有多大深度"的"典型的大地色"，是"具有快乐和丰富含义的颜色"，它刺激和骚扰人们，使人感到心烦意乱。显露出急躁粗鲁的本性。如果用黄色来比喻人的心境，他说，那么它所表现的也许还不是精神病的抑郁苦闷，而是一种狂躁状态。

平涂的黄色使梵·高的画充满了阳光的气息，也充满了象征意义。色彩从描述中分离出来，画面中的各种物体的重量仿佛被色彩的活力拔了锚似的，充满了古怪的膨胀和异常的喧嚣。他的《干草堆》，他的《夕阳下的柳树》，他的《黄色的麦田》以及那些著名的《向日葵》，都是这种意义的离析，正如他短暂的生命和短暂的艺术生涯一样，这是一个抱着急切、热烈而不太牢靠的快乐面对世界的人的深思。

蓝色，是梵·高另一种常用的颜色。这种通常被用来表现安静、稳定的颜色，被梵·高糅进黄色，用来表现紊乱和动感。于是，平静的东西被一股股活力的激流鼓荡起来，那些熟视无睹的东西具有了奔放不羁的力量和韵律破碎的残迹。《星月夜》记录了这种动荡：月亮正从月蚀里走出来，星星闪烁，有力的、流溢的颜料浆，随着画笔猛戳的轨迹划出风云涌动的旋涡，自然的一切奥秘在这里展开了它的脉络。天空的激流传给了大地，又传给了柏树，这种在梵·高看来比其他一切树种更有活力的南方的树——在传统意义上总是跟死亡与墓地联系起来的——对梵·高来说有着特殊的意蕴。"那些柏树总是占据着我的思绪——从来没有人把它们画得像我看到它们的样子，这使我惊讶。柏树的线条和比例正像一个埃及方尖塔那么美丽——晴朗的风景中的黑的飞溅。"这幅画作于1889年。梵·高正在接受治疗的那一年。看来治疗是没有什么效果的，梵·高仍旧沿着他独特的思想轨迹孤独地前进，他的孤独源于他感受而不是想象着人类心灵的本质并决定将这种本质标志在画布上。想象和感受之间的隔阂是不可逾越的，这是一个正常人与一个精神病患者的区别，也是一个生活者和一个艺术家的区别。梵·高正在试图制造着一种距离，这种距离让任何人都无法完全抛弃理智而仅从感情上走近他的画幅。

也的确没有人会像他那样对一个平凡的星月夜那么敏感，这是一个暗示、一个概括、一个象征、一个可望而不可即的梦幻顷刻，其为时之短暂就像黎明破晓的前刻，像即将消退的忧伤。然而，这距离永恒的宁静还有多远？梵·高不会知道。1890年他开枪自杀时，也许没有想到他离这种永恒仅仅咫尺之隔，但他一定早有某种预感，在《星月夜》中，我们就已看到那颗凌乱的心中孕育的平衡——完全运动中的静止，无限复杂中的统一，纯粹相对中的绝对，永恒现实中的未来，在充满了喧嚣与骚动的星月夜里，显示出默然沉寂中永远不可言说的永恒存在的迹象，生活则是这种巨大的外界意识统治下的一次新画笔的作业。

梵·高是少数几个遭受极大冷漠却摆脱不掉自己的天才的艺术家之一。他的躁狂抑郁症——医生们认为这是精神错乱的一种——因而成为心理学家、精神病理学家和艺术史学家们颇感兴趣的题目之一。如果把生理失调也包括在导致行为失控的范围内，他们认为，天才人物在生理心理上的匮乏远比其他人更为常见，例如矮小（莫扎特、贝多芬、拿破仑、柏拉图、亚里士多德），软骨症（拜伦），消瘦（弥尔顿、牛顿、洛克），口吃（达尔文），惯用左手（米开朗琪罗）。许多艺术家被看成是有精神疾病的，这些人中的画家有博希、丢勒、梵·高、康定斯基，作曲家有沃尔夫、圣-桑、舒曼，作家中则更多，荷尔德林、斯特林堡、韩波、爱伦·坡、加·兰姆、斯威夫特、路易丝·卡洛、威廉·布莱克、罗特克、海明威、庞德、克兰恩、普拉斯和维吉尼亚·伍尔夫，以及患有癫痫病的陀思妥耶夫斯基。

最先检查艺术才能与癫狂之间的联系这一假说的是十九世纪的精神病学专家和犯罪学专家洛姆勃罗索。他并不把自己的研究仅仅限于艺术天才，而是在好些领域内对天才进行调查，他的研究基于这样的信念：精神错乱是脑功能退化。洛姆勃罗索研究历史上留下足迹的杰出人物在心理和生理衰退时表现出来的迹象，体力的衰退被当作是心理衰退的直接反映，因此它也同样是精神病趋向的一种预示。但是调查和研究的结果都证明在精神病方面天才并不显示有异常的比率。然而，精神病与天才或精神病与艺术家的联系这一课题一直是心理学和精神病理学的专家们关注的焦点。这个题目常常是以一种变形的面目出现，即，当精神病发作时，这错乱是否有助于艺术活动？梵·高一直是一个让人感兴趣的著名例证。1885年，三十二岁的梵·高就最初露出了精神病症状，其时，他已创立了鲜明的风格。1888年起，他的病情开始加重。两年后，梵·高开枪自杀。在这最后两年中，他深受幻觉和妄想之苦。他的病似乎是对他产生了很重要的影响，他曾写道："我越是神智分裂，越是虚弱，就越能进入一种艺术境界。"梵·高的病情的确影响着他创作的情感强度和速度。虽然还没有可靠的证据说明他每年能画多少幅画，但从1884年到1888年的情况看，他平均每年作四幅画。1888年，也就是他的病首次急性发作的那一年，他画了四十六幅。这数量在第二年只是稍稍有些下降，他画了三十幅，在他生命的最后半年中，他竟画了三十七幅。同时，在他创作多产的阶段，他的风格更加倾向于非现实化，这些非现实化的油画表明了他自身所具有的问题：意识的分离、人格的非人格化、自我的断层，这些，都是他在清醒的时候试图以清醒的意志所抗拒的。

但是，所有这些能否从科学上证明梵·高的创作与他的疾病有某种关系，仍是个很难回答的问题。任何了解梵·高病情的人在判断他的作品时都会带有某种程度的偏见。作为对一个伟大的艺术家的研究，我们宁愿承认说梵·高患了躁狂抑郁症，那只是回避了那颗我们至今仍难以理解的心。他所致力的那种艺术形式，其实是一种拒绝相似的潜意识心理的表达。被他自己称为"可怕的清醒"的心境是那么高、那么孤独，直到今天，我们仍要为它负某种程度的责任，这就证明了为什么他1888年画的那幅《向日葵》——那幅以植物为母题的《蒙娜丽莎》，现在仍然是艺术史上最受欢迎的一幅静物画。他的病没有阻碍他把世界看得清清楚楚，也没有阻碍他把他所看到的一切记录下来：雷阿米疯人院、努能的公墓教堂、蒙马特山丘、塞纳河畔的餐馆以及因他而出名的安格罗瓦桥和他居住过的阿尔的"黄房子"，都和他画的一模一样。强调细节逼真的作品在许多年以后不会找到这种相似，这种精神的相似。梵·高的疾病使他有意无意地在观察事物时避开了事物的旁枝末节，直达事物的本质。

即使这些事物在岁月的流逝中有所损伤或毁灭，但它们的不朽的精神维持了它们在人们心灵中的存在。正是这种放纵的做法使得他打破了那种使对象从属于原型的僵化的、具体的、机械的、表面的联结，他用他内心的、非现实的虚构准则支配着他的艺术，把包括他自己在内的这个大千世界的丰富多彩的原野和人群的本质表现在一个似乎是不大协调的平面上。

梵·高笔下的原野，里面从没有乌鸦，也找不出一棵果树，他摘除掉这些东西的理由很简单：这些物体有碍于整体的象征。他蔑视那种为存在的某种具体性提供美的证明的画笔。大自然必须被心灵覆盖才能生机盎然，因而艺术形象必然不等于生活原型，大自然是永远不能被完整地讲述的，试图描绘大自然的微妙和单纯必然使客观世界面目全非。艺术之所以与自然不同就在于艺术要对自然加以改造，使存在最终渗透在作品里，而不是原封不动地再现自然界的聚合或离散。艺术能反映万事万物，但它并不与现实保持平行，正是艺术与自然的分裂、荒诞、混乱使艺术获得了一种新的生命：艺术家只有消融了细节，才会使我们获得我们这个世界本真的意义。

保罗·艾吕雅说过："在这个领域里，存在着另一个世界。"梵·高，真切地感受并传送着这个世界。

这是一个不为我们所知或所熟悉的世界，梵·高的心是人类精神的手指，打开一切为社会习俗和历史习俗所束缚的灵魂，指出一切艺术最终达到的素朴真理：排除偶然性，并赋予无限可分的外观以不可分割的统一。零乱的意象、破碎的形象、单纯的绝对、犹豫笨拙的欢乐、迸发性的空间韵律、延长自身色彩的颤动、蜕变和混乱的动态……很难说得清楚这究竟是人类走向成熟还是走向退化的痕迹，梵·高所努力展现的正是人类心灵中被忘记的空白。

我们无法设想如果梵·高生活在一个世纪以后的今天，或被治好了病以后，他还会不会创作出他的这种独具风格的作品。他开枪打死自己时仅仅三十七岁，但就在他临死前1886年到1890年这四年，他改变了整个艺术史。在自由运用色彩和视觉手段方面，他比高更走得更远，他放进一束向日葵中去的净化的激情，比高更放进一打人像中的还要多，虽然高更更加有意识、更加清醒地注意微妙的比喻和象征的意象。

梵·高曾经用纯黄色和紫罗兰色在墙上写下这样的诗句："我神智健全，我就是圣灵。"谁能够证实不是呢？没有迹象能够证明梵·高笔下的明黄色底子上的蓝色的飞溅不是他所看到的秋天的景象，也没有人能够证明这个东西能够对观众表示出它对梵·高所表示的同样的感情和意义。今天已经没有什么问题比这更不是不可接受的了，他几乎比我们提前整整一百年达到我们今天的存在。

1890年7月27日，这是一个平静的日子，一切如常。此时，梵·高正躺在奥弗的一家小旅店里准备走向他生命的终结。

四个小时以前，他刚刚向自己的腹部开了一枪，但这一枪并没有立即要他的命，死神宽容地又给了他两天时间让他在病床上回忆自己的一生。在生命、脚步、性格、画风都彻底地远离了荷兰之后，他却不断地想起荷兰故乡，想起他的石南荒原，想起某一天他在那里漫步，看到荆棘也会开出白花。记忆越过双倍幽远的距离，越过遥相暌隔的往事，追溯悠悠流逝的时光，那是一种令人心碎的感觉。

昨天，他刚刚完成了他生命中的最后一部作品——《麦田里的乌鸦》。画面被他所惯用的两种颜色：阴郁的蓝天和苍黄的麦流均匀地分割，这是他最喜爱的颜色，在那幅酷似版画的《海边的渔船》中，他曾经让这两种颜色洋溢着无比明亮、绚丽、快乐和灿烂的气息。而今，在这幅充满告别味道的作品中，那种无忧无虑的明亮已经黯淡下来，天空悄悄地压低，一场暴雨将至；在狂风席卷下的起伏的麦浪变成浓稠的黄色色块的喷射，像呼吸一样简单的线条随时充满了肆意的、不妥协的意味，缠绵而凄凉；乌鸦从压抑和绝望中惊飞，躁动不安，孤单而无助，凄惶而迷惘。梵·高是从把世界赶出他的画布而开始他的艺术生涯的，现在，他把这颗孤独寂寞的心彻底地关闭了。在他的画面里，没有一丝留给别人心理回旋的剩余空间，每个角落里都填满了他的膨胀的激情。他笔下的田野里，没有一只完整的乌鸦，那些零乱的黑色斑块是他被强烈的阳光灼伤的生命的最后的瘢痕。

梵·高很清醒，他知道他的生命已经完结，并且明白这处完结意味着什么。但他并不知道，此时，遥远的北方有一个比他年轻十岁的不出名的画家正在努力将这个过程再推进一步——把被他从自然的定位中激烈地拯救出来的自我全部暴露出来。

爱德华·蒙克，这个年轻的小伙子，他和文森特·梵·高从来没有听说过对方，但他们之间却达成了一种默契的、了不起的共识：自我是欲望的不可抗拒的力量与社会约束的不可动摇的客观进行会战的战海，每个人的命运都可以被看成是对他人的儆戒——至少是一个潜在的儆戒，因为包含着所有被束缚的、充满贪欲的社会动物所共有的力量。

这是1890年。十八世纪早已逝去，十九世纪将要逼近它的最后一个十年，上帝的城仍未来临。

十八世纪是一个伟大的世纪，在乌托邦、社会运动和艺术变革方面，酝酿了各种丰富多彩的思想，这些思想是伟大的发酵剂，它们使随之而来的十九世纪和二十世纪的历史处于运动之中。1890年，则是其中最平凡的一年，一切都继往开来，通报世界末日降临的声音仍是那么沉重,而这个世纪正是为了断定未来是福地而诞生的。一些思想已面临它的暮色,而另一些思想正所向披靡,谁也无法断定明天等待它们的将是什么。对于人类来说,存在的形式是如此迅捷地变化着,那么明天太阳还会照常升起吗?高更的那幅画道出了梵·高一生都为之困惑的问题:我们从哪里来?我们是谁?我们向何处去?这些问题我们至今仍无法回答。诋毁未来的形式是那么多,思索未来的形式也是那么多,以至任何一种陈述都是不完全的。因而关于梵·高或者现代主义的争论不仅是艺术上的,更是有关人类的历史、存在、观念和意义的争论。人类一切既往的、以任何方式存在的形式,都会体现在我们此时此刻、没有日期的想象中。

贾柯梅蒂：青铜魔法师

怎样用存在创造出虚无呢？

这是贾柯梅蒂一直在苦苦思考的问题，在他之前，几乎没有人作过这种尝试。五百年来，艺术家们总在试图把整个世界塞进他们的作品，而贾柯梅蒂则努力把他的作品同周围的一切隔开，他所使用的办法是限制每一根线条和每一方材料（灰泥、石料）的自由伸展，突出被表现对象的轮廓，使其只能迫于轮廓的压力将自身依附在内在的平衡上。

——题记

一

1950年，巴黎，一个头发纷乱、满面沧桑的老人，茫然地面对着他的皮肤残破、孤独沉思的"女人"，这是他在这一年完成的又一个同一类型的作品——"坐着的女人"，也是他对这个令人龃龉不安的世界的永恒质疑和不断诘难。

这是一个七十七厘米高的青铜女人,她坐在一张只有四条腿的椅子上,瘦削赤裸,四肢细长,皮肤残破不堪。此时,这个青铜女人双手合握,垂落膝前,由于长时间的孤坐,她的两条腿已经同椅子的前两条腿粘连在一起,远远地看去,这使得她更像一只六足昆虫,一只长着人形的六足昆虫,孤独,深邃,冷静,充满着诡异的情调。

她是她的主人这一年创作的众多的女人雕塑之一,在此前和此后的几年中,她们以相似的面貌、不同的姿态,在同样虚无的背景中诞生,伫立和行走。

这个头发纷乱、满面沧桑的老人就是贾柯梅蒂。在纷纭繁复的艺术史中,阿尔伯特·贾柯梅蒂(1901—1966),被更多地称为雕塑家、画家,而让·保尔·萨特却喜欢将他称为"思想者"。几乎在同一时期,贾柯梅蒂和萨特不约而同地将艺术的本质理解为"一种荒谬的活动"。正当萨特冥想着他者与自我的距离的时候,贾柯梅蒂早已开始用画笔对此进行了描述。

再过一年,这个老人就满五十岁了。虽然经历了战争的风云变幻、评论界的腹诽诉议以及对未来世界的绝望和恐惧,严格地说,他还不算是老人,尽管皱纹和白发已经早早地爬上了他的面颊和双鬓。此时此刻,他正处于他创作和思想的巅峰,面对他的作品,他在苦苦思索,苦苦质问——艺术家怎样才能不加限制地对一个人进行描述呢?十七年后,这个问题显然还是没有一个令人满意的答案,在经历了种种长久的颠覆和反思的努力之后,他开始在他冷峻的刀锋中加进了些许宽柔,在漠然的质询中带有越来越多的敬畏和赞美。而这一切,似乎标志着,他已经做好了充分的准备,准备告别他的思想和他的创作,去追寻另一个世界的全然不同的解释。

二

艺术的背景显然不是单一的。但是，我们的目光一旦专注于艺术在社会中的成功时，艺术的独立性便似乎不值得怀疑了。社会，这个背景太广阔了，现代性的基本思想和观念——进步、演变、变革、自由、民主、科学、技术——都源于对这个背景的批判，与其说将现代主义的一切变形和变态理解为研究、创造和行动的方式，不如把他们看成是批判的产物，从对宗教、哲学、伦理、法律、历史、经济和政治的批判而开始。如果没有了这些批判，现代主义将是不完整的，不过是一堆历史的混合物而已。

所有这些伟大的革命、现代主义艺术的开端，不是偶发事件，而是在十八世纪的思想中孕育而成的。十八世纪在乌托邦和社会改革蓝图方面，是一个丰富多彩的世纪，这些思想是伟大的发酵剂，它们使十九世纪和二十世纪的历史处在运动之中。乌托邦这个理性的梦想是批判的另一面。批判精神留下的所有空白几乎总是由乌托邦的建设来填补——在这里，一切被摧毁和破坏的都交付给未来，乌托邦显示了这个光辉灿烂的未来对于我们的地位：那里有一块我们应该去垦殖的土地、一座我们应该去建设的城池。

乌托邦的梦想缘于显示的无力和理性的撤退。理性的玫瑰花被钉上了十字架，历史就是这样一座十字架，这是黑格尔有名的形象。二十世纪的文化杂乱地充斥着乌托邦的设计，艺术是其中最著名的一种，它将其以抽象的方式反映出来，正如瑞士超现实主义艺术家保罗·克利（1879—1940）所说：

"这个世界变得越令人害怕，艺术就变得越加抽象。"

1914年第一次世界大战的开始，从根本上改变了语言的生命和艺术的形象。后现代主义艺术家巴雷特对此深表痛心，他认为第一次世界大战的爆发标志着历史的一次重要断裂。欧洲相对和平繁荣的时期宣告结束，"1914年的秋天粉碎了那个世界的基础。它显示社会具有的表面稳定、安全和物质进步像其他事情一样都停止了。欧洲人面对面陌如路人"。战争的炮火摧毁了艺术家们罗曼蒂克的想象，使现代艺术进入了它的讽刺、厌恶和抗议的岁月。由机器的诞生所带来的对一个新世纪的太平盛世转折点的希望和欢乐，为转而反对它的发明者和他们的后代的另一类机器所挫伤，在连续四十年的欧洲和平之后，历史上最恶劣的战争抵消了对有益的艺术和仁慈的机器的信任。这种战争一度被冠冕堂皇的骑士语言描绘成一个善与恶的最终决斗，意味着拔剑而起迅速挽救文明世界，建立永久的正义统治，是"结束一切战争的战争"，然而，事实不久便被揭露出来，这是一个痛苦的真理，人们相互摧毁了彼此的乐园，没有人能有勇气重述这场战争是怎样对待文化的，艺术家们可能是在战壕里，更可能是在战场上，艺术并不能使他们躲避子弹的追杀。

这个打击太强烈了，人们在一瞬间发现以他们的思维方式突然不能再理解这个世界，政治领域的古老真理也在这种情况下变得空洞无物、濒临崩溃——这就是现代主义心理气氛的摇篮，它催生了一种用否定来解释一切的狂热，人们无法再像以往那样肆无忌惮地生活，一个著名的说法是："奥斯威辛集中营时间以后人们很难相信上帝了。"冯尼格特在《囚犯》中也曾说道："我知道上帝绝不会接近集中营这种地方，纳粹也很清楚这一点，这就是为什么他们有恃无恐，敢于为所欲为。"

我们与生活本身之间的距离是永远也无法穿越的，尽管我们遥遥地和它相对峙，可我们试图接近它时，才绝望地发现：任何一方空气、一块草坪、一幢小屋、一段往事、一抹记忆……都成了对我们的阻隔——我们不得不与周围的一切事物隔开，只因为我们自己的轮廓太清晰了。

正是在这种背景下，艺术成为未完成品，艺术品不再仅仅是一些色彩的明暗、一些线条的痕迹、一些语言的线索……它们的意义冲出了画框和纸面而成为一种自在的存在，于是艺术品自身就具有了对外界的张力。一种信笔由疆的即兴表达方式是对某一瞬间人类的普遍感情的定位，传达了人类未经掩饰的共同体验，借以屏除一切因权力而造成的犹疑、躲闪、回避和误识。詹姆斯·乔伊斯（1882—1941）流亡途中在湖边写出《尤利西斯》的大部分，这部充满曲折和支离破碎的意象的小说被认为是"一幅巨大的都柏林的动态图"；就是维吉尼亚·伍尔夫（1882—1941）的《在墙上的斑点》，也让我们看到"该死的战争"的影子，看到"惠特克的尊卑序列表"，看到一位悠闲自在的太太消极厌世的沉思。英国评论家马丁·埃斯林在谈到荒诞派作家时说，他们都在"寻找自己"，"公然放弃理性手段和推理思维来表现他所意识到的人类处境的毫无意义"，"一直试图凭本能和知觉而不凭自觉的努力来战胜并解决以上的内在矛盾"，"他们的作品都敏锐地反映了西方世界里他们很大一部分同代人的偏见和焦虑、思想和感情"。

三

阿尔伯特·贾柯梅蒂是其中之一。

贾柯梅蒂一生的大半时间都在巴黎工业区的一两间房的画室里从事创造，三十年代初期，他以超现实主义画家而闻名，经过长期的摸索和实验以后，在四十年代他又成为世界上争议最多的雕塑家之一。

他创造出一些站立或行走的人像，他们身体瘦削，皮肤因破损而凹凸不平。这些雕塑人物形象都是孤独的，他们因孤独各自独立，但当把他们安放到一起的时候，不论怎样排列，孤独又会把他们紧紧相连，他们孤独地待在由自身的衰弱而引起的空旷的气氛中。

贾柯梅蒂有一个以一组群像为场景的雕塑作品，塑造的是一群男人正穿过一个广场，而彼此之间却感受不到他人的存在。虽然他们是一个整体，他们相互追寻但又永远相互迷失，形同路人，他们绝望而孤单地走着。

贾柯梅蒂把他对战争的刻骨铭心的印象转于他对宇宙的深刻理解。他的作品中无时无地不充斥着对距离的感觉：他的雕像之间的距离，以及包围着一切事物的广阔无垠的空间。

"一天清晨，我睁开眼发现裤子和上衣占据了我的空间。"有一天，他说。

这种距离是对生存空虚的疑问和困惑，因而是永远也无法穿越的，一方草坪、一个房间、一块空地、一方空气，甚至是雕像人物形象本身的某种姿势，都会成为每种试图接近的努力的重重阻隔，事物之间、人们之间都充满距离、无法沟通，任何一种生物都在创造着他自身的真空，这种像硬壳一样的虚无感常常盈溢在贾柯梅蒂的心中，他总是处处感受到淡淡的落拓情怀，尽管有时他也为此不寒而栗。

与他同时感受到这种对空虚的不寒而栗和现代人形象的破灭，并与他在同一时刻达到创作高峰的还有著名的詹姆斯·乔伊斯、T.S.艾略特、埃兹拉·庞德、威廉·福克纳、海明威和贝克特。

怎样用存在创造出虚无呢？

这是贾柯梅蒂一直在苦苦思考的问题，在他之前，几乎没有人作过这种尝试。五百年来，艺术家们总在试图把整个世界塞进他们的作品，而贾柯梅蒂则努力把他的作品同周围的一切隔开，他所使用的办法是限制每一根线条和每一方材料（灰泥、石料）的自由伸展，突出被表现对象的轮廓，使其只能迫于轮廓的压力将自身依附在内在的平衡上。

贾柯梅蒂的描绘和雕塑，大多数都是对他的兄弟迪埃哥、妻子安妮特和对他自己的探索和研究。他在描绘他的兄弟迪埃哥时，将其表现为孤零零地迷失在飞机棚里，他身后远处的墙壁不是作为背景被勾勒出来的，他们之间并不相互依持而存在，他在那儿，它也在那儿，仅此而已，他们之间的空间是穿不破的，这种空间就是世间万物之间的距离。一片空地充其量只能是一种空旷，而突然之间，当一个人出现在这个寂寥的空间时，虚无便作如是观。这便是贾柯梅蒂所试图创造的气氛，他使他所表现的对象的周围充满了大量的空白，并力图使我们相信：一个被特定框架限定的想象的空间是真正的虚无。

贾柯梅蒂的作品中充满了象征，同时他的临场描绘又完整地体现在每个作品的组成部分中。他的人物中没有征服者，但被征服的受难者的痛苦被一一列举出来，人们的身体里隐藏着心灵的痛苦，这是一种奇观，是完全写实的艺术和完全抽象的艺术所不能达到的，这是一个时代的肖像，一个时代的现实。

艺术家无疑是这个时代的良心，代表着这个时代的最清醒的判决，忠实地记录着当权者的种种暴虐，使后来者感受到他们无法亲身经历的切肤之痛，从这种意义上说，艺术史不仅仅是艺术史，它也应该是一部权力史、政治史、法律史、经济史、宗教史。提香是一个"叛徒"，因为他强迫自己的画笔去描摹令人安慰的恐怖、无关痛痒的苦难和生气灌注的尸体，他通过虚饰的美而出卖了人类，以换取国王的青睐；弗朗西斯科·德·戈雅（1746—1828）则是一位不屈不挠的道德家，他在油画《5月3日》中，用鲜明的色彩描绘出战争的恐怖，他的大部分蚀刻作品如《战争的灾难》，也表现了同样的主题。两者的不同之处在于戈雅把战争看成是一次人类对自我完成的背叛，而提香仅仅把它看成一盘普通的水果来创作他的著名的静物画。宇宙之大，也许从某一个角度来看，人类的存在不过是沧海一粟，不过是白驹过隙，站在人类的立场上，人类未免有点自怜和自伤。

贾柯梅蒂，从本质上说，是与戈雅同类的对艺术和人类怀有热忱和同情的人，他代表着遭受战争摧残的一代，嘲笑文明并且对进步失去信心，他的作品，不论是绘画还是雕塑，从不试图去精确地再现那微风轻拂麦田时柔和的涟漪，而是试图完善地再现那动摇不定而又往来密切、作为世界中心的人类的存在，通过世界的每个部分去揭示他曾加以界定的人类心灵的存在。他的模特儿既非独裁者亦非名人，而是具有缺乏吸引其他艺术家的尊严和魅力的原始人，是一个个越过地平线的颀长模糊的人影。他是一个战士，他的对手是一块石料和一个空间，他力图用一些有限的形式表现人类的痛苦和挣扎。作为一名雕塑家，他常耽于对石头的思考，耽于对那在产生自身孤寂的失落意识的过程之中的空虚的思考，他生活在一个动荡不宁、人欲横流的世界，他的环境和他自身性格的敏感使他完全将自身溶化于对象的形体之中，并热烈地把这种自身的充实羽化为一个个人物形象。几乎没有人会像他那样，对面孔和姿势的魔力那么敏感；也几乎没有人像他那样，如此着迷地专心于个体的事情和个体的特征。他试图从众多的面孔和姿势中分离出一个，使其灌注着生存的种种可能和力量，他想象着人性的本质并决心将这种本质标志在普通的石料和空间上。

四

贾柯梅蒂是三千年来最有争议的雕塑家,也是三千年来最冷若冰霜和激情澎湃的人。

对三千年后的贾柯梅蒂来说,前人的所有作品只是一些没有深度、无精打采、死气沉沉的物体,似乎没有什么让人真正感动之处,他不是以新的作品去填充艺术陈列室,而是要以自己的创作实践去证明,雕塑艺术本身也是可能被雕塑的。

贾柯梅蒂是一个永远创作的人,这在于他的不断地被注释和读解;他的作品多是一些未完成的粗糙的砍凿物,而正是这些东西载着他走向成功。引起他的兴趣的仅仅是那些引导他更接近自己目标范围的东西,有悖于此,他便苛刻地破坏一切以重建,因而,他的作品总是介于虚无和存在之间,总是处在改变、完善、毁灭和重建的过程中。他身边的朋友经常从他毁灭的雕像中搭救出一个又一个有个性的人物,对此,他不以为然,他执着于他所创造的生命,专心致志地从事自己的事业,在十五年里,他所拥有的只是一次展览会;而在他的工作室里,更引人注目的是那些涂抹着白色涂料、缠着长长的红色带子的奇形怪状的稻草人,他的思想、他的感受、他的愿望和他的梦想都凝聚在这些石膏群中,这些作品以其庄重的永恒和持续的变形表现为永久的凝固,是贾柯梅蒂对世界和自身生命的理解的新的、独特的语言方式。

对于画家们来说,在图画中,立体的虚构必须让位于平面的想象的事物来承担。在古典画派中,透视法确定了一个保持欣赏者和画面的最佳欣赏距离,这个距离是被艺术的假定性确定了的,即使欣赏者前进或后退一步,走到离这画布——更近或更远的地方,也不能把对画面的欣赏距离拉近或推远。而在雕塑家看来，这个基本的事实并不存在，纵使他们的对象是虚构的，他们仍是在一块真正的石料的三维空间领域里进行创造，现实在空间和虚构的对象产生了奇妙的结果，欣赏距离是无须确定的，对欣赏者来说，尽管原型和作品形象的存在方式不同，但两者必须以同样的力量和效果合乎逻辑地描绘这个形体。

空间是一种剩余品。贾柯梅蒂如是说。

绝大多数雕塑家都能容忍对象对自己的欺骗，在未开凿作品之前，他们常常被宽阔的大理石的丰腴外形迷惑住；当进入作品之际，他们则对慷慨的空间弥散困惑了，因而只在石料本身填充、浓缩或放大人类的姿势。这种思维和行为方式的结果是，实际空间的性质遮盖或掩饰了想象空间的实质，大理石的可分性破坏了人的不可分性，从而活生生的生命因为失去其存在的空间背景成为一些无生气的肖像。

贾柯梅蒂则认为，一个活生生的人身上绝对不可能有多余的东西，一切器官都有着自己的功能，而空间是人类的一切存在的对立物，它毁灭、压缩生命，吞没一切，雕塑——贾柯梅蒂深深以为——正是这种手段，从空间中剔除了多余的东西，恢复和精炼人类的生命气息。这是贾柯梅蒂所理解的艺术的矛盾原则，他所钟情的不是拼接整个形体的一一细节，而是以这些细节为借口的那些远方的明确的存在，这些存在不仅仅是每一座雕像也是整个世界得以存在的最终因素。贾柯梅蒂通过反对甚至反叛古典主义的表达方式，使自己的雕塑品进入了一个想象的、流动而不可分割的空间。

他授予自己的塑像以"绝对距离"的称号，他以他的技巧和他对空间的独特理解方式制造了种种不可突破的距离——欣赏者和雕塑品之间的距离、人和对象之间的距离、人和人之间的距离——这是贾柯梅蒂浓缩空间的方式：一切都是可望而不可即的，这样就为人类的未来提供了一种充分的、物质的允诺方式。

贾柯梅蒂是现代主义诸艺术家中最有争议的人物之一，他把一场哥白尼式的革命引进雕塑界，他尝试对原型人物以拉长的变形方法来传达他对那个绝对存在的理解，把对人的感官和感情上的把握变成更稳定可靠的观念上的把握。

他的塑像是一些从特殊的镜子中反射出来的人类心灵的映像，他们纤弱细长，像灵魂一样直入天空，这是一群殉难者和被大屠杀或饥荒的可怕牺牲吓坏了的幸存者。人物形体的变形象征了他们心灵的扭曲和变态，借助这种造型，贾柯梅蒂赋予他的物质材料以真正的人的一致性——一种生存而不是生活的整体：生存是偶然的，生活则暗示着种种偶然性之间的秩序。

这正是贾柯梅蒂对艺术的认识，艺术是人和世界的全面联系，使我们在每一个十字路口都会发现它的深切的存在，它是单一的，也是绝对的。

艺术家们选择为艺术推波助澜的方式并不都是一样的，卡夫卡在临终前曾要求把自己的书全部烧掉，而陀思妥耶夫斯基在生命的最后时刻还梦想着写一部《卡拉玛佐夫兄弟》的续集。但他们两人都未能如愿以偿。

而对贾柯梅蒂来说，见容于世也好，屡遭谤毁也好，他绝不会轻易放弃自己的追求，艺术追根溯源是"一种荒谬的活动"，因为人们所倚靠的只是空虚，而不是温暖的手臂和宽阔的胸膛，空间意味着灾难、不幸和崩溃，他的任务就是充分证明它的现实存在。

贾柯梅蒂创作于1950年前后的《笼子》很好地表达了他从一种明显的真空状态中表现实体存在本质的强烈愿望。他为自己的人物设置一个框架，使其和我们保持一定的距离，并且生存于一个由它们的框架所产生的距离构成的一个更为狭小和封闭的空间。通过这种方式，他努力使我们相信，雕塑品一旦相对于欣赏者便更具有其固有的、意象上的距离感，一个被特定框架限定的想象的空间是真正的虚无，必须透过种种厚密的空间层的过渡才能够理解这种透明的虚无，就像法国象征主义诗人兰波（1854—1891）看到的在湖水中的房子。贾柯梅蒂的伤口真实地记录了其所处时代的普遍的、绝望的心理气氛，正是由于人们的犹疑和无所适从，才使这些虚无的化身获得了一种实体的存在。

五

森林是野蛮的原始故乡和耕耘之敌，是文明的渊薮与敌人。对于贾柯梅蒂来说，正如原始森林一样，传统也是他无限熟悉和留恋但又不得不放弃的东西。1964年秋，在一篇与大卫·西尔维斯特的谈话中，贾柯梅蒂表示了对抚育他成长的传统之根的无限怀恋，这时他已经病入膏肓：

> 说到雕塑，对于我来说，我首先是传统的奴隶。如同其他人一样，我们必须首先致力于现实主义雕塑，这种雕塑其实是先有一个头，一个古希腊或者古罗马的头，因而人们所见到的，恰似一个容积，一个球体，一个现实的等价物。即使是罗丹本人，在创作他的石膏像时也要先进行测量和估算。

在贾柯梅蒂看来，对传统的颠覆是具有真实感的。萨特是这种真实感的最忠实的观众和读者。在贾柯梅蒂的雕塑前，萨特一次一次被打动，一次一次发出无限感慨："想使一个局部清晰而安详，我所要做的就是千万别把注意力集中在这上面。"

生活中总是重复着令人震惊的相似。近两千年前的某一天，一个叫安庇多克莱斯的人突然醒悟，大笑着说："我们死时灵魂会回归它的源泉——火。但是，我们的魔性——内疚加上时刻潜在着的神性——并不是来自火；它来自我们的前驱者。偷来的成分必得归还；而魔性从来不是偷得的，而是承继下来的，在死亡的时候又接着再传给新人。这样的新人是能够同时接受邪恶和神性的迟来者。"

从颠覆、变形和残缺的地方，想象力总是不知不觉地开始着它的伸张的空间。为了排除时时困扰着的孤独之感，贾柯梅蒂拿起了雕刻刀，他准备将那些被这个世界排斥出来的人们再度安放到他们的生活之中。

生活的谬误未必是生活的必要，而艺术的谬误则一定是艺术的必要。

对于贾柯梅蒂来说，由谬误开始的对于现实的颠倒也许是生活的最大的奢侈。贾柯梅蒂是一个伟大的魔术师，他用雕塑材料制作着他对于整个世界的判断，表达着他对于整个世界的演绎。从九人群像到基座上的四个女人；从戴着高冠的女人到广场上散步的人群；从站着的女人到林间的伫立者……在生存者的身后，贾柯梅蒂用他自己的方式为他们竖起一块又一块虚无的墓碑，他们纤细柔弱，无所归依，像一个个灵魂的倒影，飘浮在日渐模糊的天空。

普罗米修斯的烟火耗光了，阿尔伯特·贾柯梅蒂选择了用灯火来代替。

社会的虚无本质，人类的尊严和精神向往被战争和权力所造成的损伤，改变着艺术的表现姿态，证明着保罗·克利所说过的那句著名的话:"世界变得越可怕,艺术就变得越抽象。"就像十九世纪工业革命开始出现在田园牧歌式的风景中,二十世纪权力意志的强烈后果也以前所未有的速度和力量渗透进艺术的角角落落,给艺术家施加压力。1848年查尔斯·波德莱尔(1821—1867)挥舞着一支双筒猎枪,突然跳上街垒,宣称"艺术高于一切"的行为不会再发生了。1880年以前,人们认为每件艺术品都包含着自己的历史,可以与自己的历史对话,并且这种对话就是它的意义的一部分,而这被自然而然地看成欣赏能力和审美经验的背景。这种观点随着现代主义渐渐迷离的政治背景而日渐清晰,现代社会中各种权力对艺术的压制使其越来越趋于抽象,同时也越来越趋向于孤独。野兽派画家亨利·马蒂斯兴高采烈地说:"观赏一幅画时,必须完全忘记它表现的是什么。"

此时,从具象到抽象、从传统到现代,一场革命已经无声地开始了很久了。

六

青草充满了

充满了你自身

周围的树木在为你而生长

黑夜的整个寥廓为了你而存在

一个横跨四面八方的自我

你变成了充斥黑夜之四角的一个自我

1966年,巴黎,阿尔伯特·贾柯梅蒂死于癌症。

一个时代结束了。

那色彩仿佛正在呐喊

——爱德华·蒙克和他的美学逻辑

> 蒙克自觉不自觉地苦苦阐述的，正是这个时代的心理特征。这是一个精神暧昧的时代，它催生了尼采，催生了詹姆斯·乔伊斯，也催生了蒙克。他们全神贯注于人的假面和人的孤独，竭尽全力地创造一种更为必要的分崩离析。
>
> ——题记

1890年，当文森特·梵·高躺在奥弗的一家小旅馆准备走向生命终结的时候，遥远的北方有一个比他年轻十岁的不出名的画家，正在努力将梵·高疯癫的隐喻推进一步。梵·高曾经用纯黄色和紫罗兰色在墙上写下这样的诗句："我神智健全，我就是圣灵。"而这个不出名的画家，正尝试着用色彩描绘出人类灵魂深处的呐喊。

这个人，叫作爱德华·蒙克。

一

爱德华·蒙克，挪威表现主义画家，1863年12月12日出生于勒腾，在首都奥斯陆长大，他的母亲在他五岁时死于肺结核，笃信基督教并患有精神疾病的父亲，向他的孩子们灌输了对地狱的根深蒂固的恐惧，他一再告诉他们，不管他们在任何情况下、以任何方式犯有罪孽，他们都会被投入地狱，永无宽恕之可能。这种恐惧，加上四个兄弟姐妹的相继死亡以及他自己在十三岁的时候因为肺部疾病差点丧命带来的焦虑，伴随了蒙克整整一生。也正是这种恐惧和焦虑，解释了最终走向边缘与颠覆的蒙克为什么有一个如此循规蹈矩的童年。

回到1890年，梵·高难以忍受躁狂型抑郁症的折磨，正打算开枪自杀时，蒙克还不满二十七岁。然而，在未来的时日里，正是与梵·高遭受了相似的精神痛苦的蒙克，将被梵·高从自然的定位中激烈拯救出来的自我，全部暴露出来。

时间，像流沙一般从指缝间悄然滑走。八十四年以后的1974年，一位叫作彼得·沃特金的英国导演，将镜头转向爱华德·蒙克，对准了他年轻岁月中的彷徨和苦闷。这一年，恰是蒙克辞世三十周年，彼得·沃特金选取了一些不专业的演员，他们在他的调度下，专业地表达了蒙克的成长和成熟。为了准确表达蒙克作品在问世时所处环境的艰难和所遭受的敌意，彼得·沃特金还特意招聘了许多不喜欢蒙克的演员，他甚至允许他们使用即兴的、长篇累牍的"对镜讲述"方式。但是，遗憾的是，正是这些演员，最后成为这部影片走进戛纳国际电影节的阻碍——评委不约而同地放大了电影细节的失误，聚焦对演员的攻讦。

这部传记电影——《爱华德·蒙克》，花费了彼得·沃特金不少精力，他被蒙克的画作所触动，之后用了整整三年时间来说服挪威电视台投资拍摄。长达211分钟的影片，洋溢着彼得·沃特金卓越的才华，充满他独特的个性。影片1976年3月在英国BBC电视台播放之后，得到电影界的广泛褒扬。骄傲的瑞典电影巨匠英格玛·伯格曼称赞这部作品为"天才之作"。《时代》杂志甚至在评论中使用了"催眠"一词。的确，彼得·沃特金就像催眠大师一样，将观众拖进了十九世纪末二十世纪初的挪威，在三十年的时间跨度中，与爱德华·蒙克一同体验他如何开启表现主义创作，如何成为欧洲北部最具有争议、最受诽谤的画家。

十九世纪末期，欧洲大陆的经济萧条波及挪威，支撑挪威经济的木材出口和航运业陷于停顿，为了摆脱饥荒和经济危机，挪威人不得不另寻出路，史料显示，影片所记录的三十年间，有数十万挪威人离开他们祖祖辈辈居住的家园。

年轻的蒙克正是在这段时间形成了他的画风。与此同时，背离古典主义的印象派令他眼界大开，遗传自父亲的精神疾病一面困扰着他，一面让他保持异于常人的洞察力。这些因素，使得他敏锐地发现了线条和色彩所富含的强大的表现力，并掌握了如何运用这种埋在灵魂深处的力量，画出活生生的人——他们的呼吸，他们的存在，他们的疾病、死亡、绝望，以及他们的受苦受难和彼此间的相亲相爱。

蒙克将被梵·高从自然的定位中激烈地拯救出来的自我全部暴露出来。在这条道路上，蒙克比梵·高走得更远。尽管四十五岁以后，蒙克的风格出现了变化——1908年，他的焦虑变得严重，不得不在丹尼尔·贾可布逊博士的诊所住院接受治疗，医院施行的休克疗法改变了他的个性，同时也改变了他的画风，他不再悲伤，变得温和而甜蜜。

如同医生做病理切片一样，彼得·沃特金选择了蒙克艺术生命中的黄金三十年。恰是这宝贵的三十年，蒙克在画作中表现出来的对心理苦闷的强烈的、呼唤式的处理手法，深刻影响了二十世纪初期发轫于德国并迅速波及欧洲的表现主义。彼得·沃特金记录的三十年，是蒙克画风形成的三十年，他这段时间的作品，充满了世纪末的哀伤和怅惘，他的笔触色彩艳丽，大胆奔放，时时充斥着紧张不安、压抑悲伤的情绪。他看到的，是人类最复杂的精神体系，他将目光投注在被人们忽略的世界，以此表现死亡、忧郁和孤独，以及由孤独引发的怀疑和焦虑。

彼得·沃特金用特写的方式，将蒙克的脸放大到整个银幕——他的焦虑，他的恐惧，他的疯癫，以及——他的呐喊。

二

爱华德·蒙克是现代画家中对"个性是由冲突造成的"产生兴趣的第一个人，他的兴趣是对弗洛伊德理论的艺术再版。蒙克和弗洛伊德似乎从来没有听说过对方，但是，他们之间达成了一种默契的、了不起的共识：自我是欲望的不可抗拒的力量与社会约束的不可动摇的客观进行会战的战场，每个人的命运都可以被看成是对他人的儆戒——至少是一个潜在的儆戒，因为包含着所有被束缚的、充满贪欲的社会动物所共有的力量。

蒙克，是一个冷血的悲剧诗人，他的始终如一的悲观主义源自他那充满恐惧和忧郁的儿童时代，因而，"疾病和疯狂是守在我的摇篮旁的黑色天使"。我们不难理解，何以他的内心总是充满了无可奈何的自卑与凄凉，充满了对神秘的、命定的秩序的一一对应。他是那么的软弱和无助，甚至连对此不甘的愤怒也没有。"你的脸含有世界上所有人的美，"他在一篇配合他的描绘夜妖莉力斯画的文字中写道，"你的唇像成熟的果子那么绯红，像是因痛苦而微微张开。尸体的微笑。现在的生命和死亡握住了手。连接过去的几千代和未来的几千代的链条接上了。"

这链条，是时间的赓续，更是人类情感的绵延。1892年11月，蒙克应邀参加柏林艺术家联盟举办的画展，画展持续了一星期。正是因为这次画展，他融入了柏林，成为一个具有先锋精神的国际文化小群体里的一员，这里面有挪威剧作家亨利·易卜生、瑞典戏剧家奥古斯特·史特林堡。此后，蒙克的一些画作引发了评论家的强烈关注，包括《风暴》《月光》《星夜》，特别是晦暗冷涩的《玫瑰与阿美莉》《吸血鬼》，甚至是以他的姐姐苏菲的死亡为主题的《病室里的死亡》。他努力发掘人类心灵中的各种状况，表现疾病、死亡、绝望、情爱，这让他的画作成为苦涩的争论对象。

蒙克的哀恸是人类的哀恸，蒙克的悲喜剧是人类的悲喜剧，对生活中阴冷一面和精神虚无主义的单调阴沉的强调恰是我们自身的一支：一种从不企图迎合讨好的反艺术，以叛逆的姿态宣告了我们现在的位置。

疏远、失落、恐惧、怀念、失望，这些是蒙克在他1893年的一幅版画《呐喊》中所记录的。当时，他正在与两位朋友在一条路上散步：

> 我又累又病——我站住眺望峡湾那边——太阳正在落山——云被染成红色——像血——我感觉到仿佛有一声呐喊穿过自然——我想我听见了一声呐喊——我画下了这幅画——把云画得像真的血。那色彩仿佛正在呐喊。

画面中的人，正是蒙克。

可是，这个人根本不像蒙克，甚至一点也不像人。这是一个张口喊叫的厉鬼，他长着骷髅一样的头和身子，随着晚霞和峡湾里黏滞的塘水的节奏而弯曲；夕阳、河水、流云、帆船，都紧张地在谵妄中摇摇晃晃；栏杆斜穿过画面形成坚定的对角线分布——现代心理学认为，有精神分裂性情感的人往往把画面分成类似的形式，他们想通过篱笆、围墙等壁垒把自己隔离起来以保护自己，这是人类古老的、本能的抵御手段。法国社会学家迪尔凯姆和莫斯认为，把环境一分为二是人们排斥外界、同外界周旋的最原始的形式；宇宙和社会的分级、图腾崇拜也是出于同样的道理。欧根·布洛伊勒把这种精神深处的分隔称为精神分裂症。曾多次经过精神治疗的蒙克显然也具有这种倾向，他以版画的形式表现了他自身具有的问题——意识的分离、人格的非人格化、自我的断层以及丑恶、病态、怪诞、费解、平庸——这种问题也存在于我们周围并且是我们试图以清醒的意识抗拒的。

蒙克自觉不自觉地苦苦阐述的，正是这个时代的心理特征。这是一个精神暧昧的时代，它催生了尼采，催生了詹姆斯·乔伊斯，也催生了蒙克。他们全神贯注于人的假面和人的孤独，竭尽全力地创造一种更为必要的分崩离析。

伟大的波兰作家斯坦尼斯拉夫曾经说："在一场悲剧中生存下来的英雄，未必就是悲剧英雄。"这话有趣且耐人寻味。艺术家永远是他那个时代的精神秘密的代言人，不论是悲剧化生存还是悲剧性时代。

重要的是，爱德华·蒙克用他的画笔，把我们一度熟视无睹的东西，变成了现代人心中的象征性风景；把我们有意无意遗忘的东西，锻造成打开未来之门的魔法钥匙。

三

1909年，爱德华·蒙克回到他的祖国挪威。晚年的蒙克，更多地表现出对大自然的兴趣。经过长期的治疗，他的作品不再充满悲观，而是变得更富于色彩。他的疾病让他更关注人类的痛苦，他的治愈却让他远离早年的疼痛，病中的蒙克是一个伟大的画家，病愈的蒙克则是一个甜蜜的老人。于他个人而言，病中的蒙克赢得了世界，病愈的蒙克开始享受世界。孰优孰劣？一言难尽。

可以看出，艺术发展到爱华德·蒙克，已经完全改变了十九世纪中期由古斯塔夫·库尔贝在他的《宣言》（1861年）中提出的可以称作中立的或注重事实的牢固的写实主义原则，他将艺术关注的对象，由物质的现实引向人类心灵的现实。

1855年，俄国文学理论家N.G.车尔尼雪夫斯基在他首次发表的《艺术与现实的审美关系》的论文中写道：文学艺术本质上就是写实的报告文学（"艺术的首要目的即再现现实"），其次才具有"解释生活"的作用。"美存在于自然中，它在现实千变万化的形式中，都有踪可寻。一旦被找到后，它就属于艺术，或者首先属于知道如何看它的艺术家。更确切地说，美是真实可见的；美本身就具有它自己的艺术表现力。但是艺术家没有权利将这一表现力扩大。除非冒险改变美的本质和时常地削弱美，他是不能触及它的，大自然赐予的美高于所有艺术家的惯例……美的表现与艺术家应具备的知觉能力成正比。"埃米尔·左拉给艺术的定义是："透过一种气质而看到自然的一个断面"。

在现代主义者看来，这种自然主义和现实主义的原则——不带偏见和倾向性地反映自然的本来面目——倘若不是无意义的空想，便是一种不可能的存在。高更和梵·高更喜欢凭直觉和情感来创作，野兽派画家马蒂斯在1908年的《一个画家的笔记》中写下了一段著名的话：

> 色调激励人的调和，能够引导我改变人物的形状，或者改变我的构思。我向着取得构图中所有部分和谐的目标不断努力，直到达到为止。然后，所有部分在一瞬间找到了它们固定的联系，接着，倘若不是必须完全重画的话，要我在画面上多添一笔都是不可能的。

这种态度意味着对现实主义的全面抛弃，因为它把对构图的审美要求置于对再现的语义要求之上。艺术作品成为一种新的、独立的现实。这表现在高更对欧洲文明的排斥和对动人心绪的形式及色彩所蕴含的排他性质的赞美中；恩索尔突然背弃了精致的绘画，转向一种表现惊人主题的故作惊人之态的技巧；蒙克运用幻想形象，把他个人的苦痛赋予公开的形式；梵·高狂热而有节制地对自然加以变形并强化夸张自然的色彩以创造一种表达力强大的艺术；罗丹通过形象的表面和紧张的动态有力地表现感情……自我，而不是自然，成为实验和表现的对象。

艺术的美成为隐蔽的、源于心灵的，在绝对的意义上是失真的。不难想象一眼就被看透了本质的作品，它的呆板的可视性阻碍了美感的传达，当我们提起两个世纪以前的乔凡尼·安东尼奥·克雷莱托那幅惟妙惟肖的《威尼斯》时，更多的人绝不是以一种欣赏的口气来谈论它，虽然这幅画里体现了克雷莱托完美的透视法技巧，他对色彩和气氛的良好感觉和对威尼斯地形精确而虔诚的观察。当克雷莱托用他无与伦比的绘画功底和技巧把观察者排斥在想象之外时，他也把美推了出去——他的画面太真实、太包罗无遗了，已容不得人们的一丁点曲解，这就是该画失去意义的原因。

在与克雷莱托相反的轨道上，一些艺术家们正试图通过种种非造作的、不完善而即兴的、信笔涂鸦的方式体会心灵世界的内涵和价值，体会生活本真的暗示。"作为青年，我们担负着未来，"表现主义画家恩斯特·路德维希-基希纳（1880—1938）在1925年写的宣言中说，"我们想要为自己创造生活的自由，发起反对长期盘踞的老资格势力的运动。所有真实的、真率地显露自己的创造冲动的人都是我们的人。"

这些新艺术家们试图通过解释人们的感情对线条、色彩和形式如何做出反应，而不是根据它可能与某物相似或它可能传递的世界其他地方的任何语义信息去评价艺术，这种转变的根据和诱因来自很多方面——来自陀思妥耶夫斯基书中所把握的那个痛苦的变态的情感世界，来自易卜生和斯特林堡戏剧夸张的手法和内容，来自尼采没有上帝的世界那残酷的光明影像，以及他立论的挑战性措辞——"要成创造者的，必先是毁灭者，破坏一切价值。"——来自上个世纪的、特别是神智学（Theosophy）及鲁道夫·斯泰纳的神秘主义运动。

作为一种现代的否定，这种传达心灵的表现方式是一团伟大的发酵剂，它使自己以后近一个世纪的艺术史都处于运动之中，这种革命不仅仅是在驾驭文字和艺术方面，而且在想象、情感、趣味和思想方面都意味深长，它包含和凝聚为一种感情、一种道德、一种政治、一种衣着方式、一种爱的方式、一种生与死的方式。在这种精神束缚的缓缓释放过程中，艺术选择自己作为这个时代的人性记录，更重要的是，它包含着一个秘密，把被冻结的多愁善感的多余的感情——化解。

在弗洛伊德出生以前，人们业已满足于用这种理性的秘密固执地维持着他们的生存。在尼采、柏格森、弗洛伊德的唯意志论、自我中心论的反理性哲学和心理学，在弗兰兹·卡夫卡的小说和尤金·奥尼尔的戏剧和勋伯格和他的学生贝尔格的音乐特别是高更、梵·高、蒙克甚至以后的康定斯基的绘画中，自我得到了前所未有的、神经质般的张扬，主体对世界的感情和感觉被扩张到一个相对广大、予人以强烈震惊的空间内。

1944年1月23日，蒙克在奥斯陆附近的艾可利与世长辞。

然而，他的那些具有永恒力量的画作却仍旧震慑心灵。时间如水滴般滴滴答答逝去，在蒙克的画作中，我们似乎还可以看见让他焦虑无比的世纪末的景象，喧嚣与欲望混杂，爱恋与死亡交织，而蒙克，则在这些混杂与交织中，毫不掩饰地表达着人类心灵的丰富与驳杂。

焦虑，曾经是那个时期的主题，又何尝不是今天这个时期的话题。

拯救的艰难与延搁是不言自明的，焦虑正源于主体的这种自救和被压制的紧张关系，这种紧张关系在高更的《我们从哪里来？我们是谁？我们向何处去？》、梵·高的《星月夜》、蒙克的《呐喊》中，通过作者异常、变态、打破正常语序和逻辑的思维以一种疯狂的病态形式被表现出来，这样，艺术的重心就从外界转移到自身——

美不是艺术的对象，而是艺术自身的肌肤和骨肉。美，就是它自身的存在。

爱丁堡的魔法女侠
——J.K. 罗琳和哈利·波特

"十九年来,哈利的伤疤再也没有疼过,一切都很好。"

2007年1月11日晚上,J.K. 罗琳在爱丁堡巴莫落酒店552房间里,写下小说《哈利·波特与死亡圣器》的最后一句话。

《哈利·波特》十八年漫长的写作历程,像一列永远也抵达不了终点的列车,而今,写作告一段落,其中甘苦,又有谁知?罗琳合上电脑,从冰箱里取出一瓶香槟,一饮而尽,号啕大哭。

1965年7月31日,相貌平平的J.K. 罗琳出生于英国格温特郡。父亲彼得是劳斯莱斯公司的飞行器工程师,母亲安妮是学校科学实验室里的技术员。她自幼喜爱文学,一度疯狂地写作,写自己的所见所想,将自己的遭际和人间百态凝固在笔端,然而现实很残酷,一年间她仅发表了七篇文章,其中三篇没有稿费,只给了她几本刊物。那些五彩斑斓、浓郁芬芳的梦想一次又一次诱惑着她,可是,生活给予她的则是一次又一次的挫败,唯一支撑她的,就是对文学的热爱。

1987年春,二十二岁的罗琳从埃克塞特大学毕业,生存的问题摆在面前,她在伦敦找到了一份教授英语的差事,工作的需要使得她时常在几个城市之间往返。

两年过去了，一次，罗琳在曼彻斯特前往伦敦的火车旅途中，看到一个瘦弱、戴着眼镜的黑发小巫师，他一直在车窗外对着她微笑。他的出现使她萌生了创作哈利·波特的念头。虽然当时她的手边没有纸和笔，但她已经开始了天马行空的想象。于是，哈利·波特诞生了——一个十一岁小男孩，瘦小的个子，黑色乱蓬蓬的头发，明亮的绿色眼睛，戴着圆形眼镜，前额上有一道细长、闪电状的伤疤。

哈利·波特，就这样诞生了。这个给全世界数亿读者带来无穷想象、欢乐、痴迷的文学形象，伴随着他的创造者——罗琳的希望和祝福，也伴随着罗琳的苦难和忧愁而生。

此时的罗琳还是个刚刚毕业的学生，为生计之故，罗琳跑到葡萄牙当起了英语教师。晚上教书，白天写作。在酒吧里，她遇见了自己的第一任丈夫，一个葡萄牙记者。聊到英国作家简·奥斯汀，两人产生了奇妙的好感并迅速结婚，次年罗琳生下了自己的女儿。然而遗憾的是，两个人的婚姻只持续了十三个月零一天。他们婚姻的最后一天晚上，她的丈夫把罗琳拖出家门，殴打她的头部，当时还是凌晨五点。

为逃离这段失败的婚姻，罗琳带着女儿回了苏格兰，在爱丁堡妹妹家附近租了一间房子。婚姻失败，没有工作，还有一个嗷嗷待哺的孩子，毕业七年，罗琳领着政府的低保救济，自嘲是"我所见过的最失败的人"。家里没有暖气，为了保证在寒冷的冬天能够继续写作，她经常推着婴儿车来到附近的咖啡馆，在那里一坐就是一整天。

爱丁堡不少地方留存着罗琳的印记——大象咖啡馆、尼克尔森咖啡馆。哈利·波特魔法般的横空出世和罗琳的生活轨迹在爱丁堡交错，并成为"哈迷"们瞻仰的圣地，甚至成为爱丁堡的一个重要文化符号。

沿着繁华的王子大街向东，穿过苏格兰国家画廊、人流如织的王子花园,转而向南,再走过气势磅礴的苏格兰皇家银行,从北桥大街走到南桥大街,就是大象咖啡馆。正是在这家咖啡馆,贫穷的女作家罗琳沉浸于她的魔法世界,写出震惊世界的七卷本《哈利·波特》中的第一和第二部。

当时,罗琳生下女儿才四个月。因为没有生活来源,罗琳只能靠救济金生活,成名后在哈佛大学毕业生典礼的演讲中,罗琳曾经感慨:"我在你们这个年龄恐惧的,不是贫穷,而是失败。"失败、不幸、痛苦,让罗琳赋予了哈利·波特别样的坚韧、顽强、智慧,这真是让人感动不已。

今天的咖啡馆门口贴着一张招贴画,上面写着"哈利·波特诞生地",还有一张照片,是罗琳坐在咖啡桌前写作的情境。作家身穿蓝色棉布衬衣,披着一头红色的长发,一手支着脑袋,一手拿一支笔,在一本摊开的本子上聚精会神地写着。她的面前盛着一杯咖啡,这是店里最小的纸杯,就是凭着这样的一杯咖啡,她在这里度过了无数寒冷寂寞的日子。

大象咖啡馆还算是价格适中、环境优雅的地方。因为罗琳的缘故,这家小小的咖啡馆如今声名陡增,咖啡馆门前人头攒动,旅游盛季要在这里找到一个位置,可能要等上几十分钟甚至几个小时。

咖啡馆被一道墙壁隔为两个部分,外面有点像快餐厅,里面则是阳光灿烂的惬意区域,等到里面的座位要花费很多耐心。

咖啡馆里到处都是哈利·波特的印记:

This way to the Ministry of Magic →

This toilet to the Ministry of Magic →

You have to speak Parsel mouth to enter the Chamber of Secrets →

当然，"魔法部""蛇语"这些专用词语，只有"哈迷"才能懂。

大象是大象咖啡店的主题，从一进门开始，不同形色的大象就不断跳入人们的眼帘，玻璃柜里是不同材质风格的大象玩偶，桌椅是稳重的大象木雕，甚至玻璃上都贴满了大象贴纸。原来，这个咖啡馆曾经是一家反对猎杀大象、保护野生动物的主题咖啡馆，尽管因罗琳蜚声海外，他们却不改初衷，立志将保护野生动物的决心进行到底。

跟苏格兰其他的咖啡馆相似的是，苏格兰咖啡、苏格兰热巧克力是这里最经典的饮品，一杯香味浓郁的苏格兰咖啡、一杯香气扑鼻的苏格兰热巧，让阴雨绵绵的冷秋和寒冬也有了暖意。当然，独具风味的大象咖啡是绝对不能错过的。点一杯大象咖啡，点两道甜点，一边观看来来往往的行人，一边感受当初罗琳写作时的境况，也是别有一番意境。苏格兰人喜欢喝下午茶，所以每到下午，大象咖啡馆里的生意就格外的好。对于东方人来说，苏格兰的餐后甜点似乎比那些油腻腻的正餐要美味得多，酸酸甜甜的红丝绒、甜糯爽口的提拉米苏，都令人难忘。阳光透过雕花的窗棂，静静地洒在古旧的咖啡桌上，洒在拼花的墙面上，洒在每一张恬淡而满足的面孔上。让想象无垠地放飞，罗琳似乎就坐在我的身边，安静地写着哈利·波特同赫敏、罗恩如何密谋逃脱密室，找到神秘的魂器，最终打败妄图长生不老、一统世界的伏地魔，这样的安逸和满足似乎凝固了时间。

英国人毫不掩饰对哈利·波特的喜爱。不仅在苏格兰，在英格兰、威尔士，甚至在不远的邻国爱尔兰，这样的喜爱随处可见。伦敦有一个非常有名的车站——国王十字车站，这里是伦敦地铁的重要中转站，也是欧洲列车的重要始发站。这里也是电影《哈利·波特》的拍摄地，摩肩接踵的候车大厅的一角，就是哈利·波特穿越现实世界抵达魔法世界的"9¾站台"，是现实生活与魔法世界的分界点。

国王十字车站站台的设计极妙，九号站台和十号站台之间，黄色的砖墙上赫然有一辆嵌在墙里的手推车，它既特别，又不突兀。它仿佛正在被魔法学校的学生推着，马上就要穿墙而过，到达那个神秘的魔法世界。幽默的英国人为了满足"哈迷"的愿望，在这里做了这样一个设计。我们仿佛看见第一次去学校的哈利推着手推车，茫然地问工作人员："9¾站台"在哪里？许多游客来到这里，排队以这辆手推车为背景拍照，孩子们更是穿戴上霍格沃茨魔法学校的长披风、长围巾，唱着、笑着、跳着，争着将手推车推进墙壁里。

在完成《哈利·波特》系列之后，罗琳从儿童文学转向成人文学的创作，她出版的首部成人小说《偶发空缺》尽管不如《哈利·波特》"洛阳纸贵"，但是依旧有很高的销量。她还用罗伯特·加尔布雷思的笔名，写了三本推理系列的小说。读者都期待着在哈利·波特之后，罗琳能继续为人们开启一个更加奇妙、更加璀璨的新世界。

英国对文学的尊重不仅体现在厚重的英国文学史中，还体现在英国的日常生活里。爱丁堡更是如此，在历史悠久、富有艺术气息的古城，墙上的每一块石头、地上的每一块卵石，似乎都深藏着一个又一个故事。爱丁堡也有很多关于巫师和魔法的传说，有很多阴森恐怖的地牢博物馆，还有着惊悚的万圣节鬼魂游传统，带着"僵尸"和"吸血鬼"面具、手执利刃或刀斧的年轻人，穿着恐怖的血衣，在狭小的巷子中穿行，不时跳出来吓唬行人，既吓人又刺激。这些无形中激发了罗琳的灵感。对文学的痴迷深植这个城市的角角落落，爱丁堡整个城市人口不足五十万，却有着令人惊叹的文学传统。作家沃尔特·司各特、诗人罗伯特·彭斯、《金银岛》《化身博士》的作者史蒂文森、福尔摩斯的创造者柯南·道尔，都是骄傲的爱丁堡人。王子大街上最醒目的地标就是司各特纪念碑，高达六十米，这是目前世界上最大的一座作家单体纪念碑。爱丁堡对诗人和作家充满了敬意。联合国教科文组织于2004年将爱丁堡命名为世界文化遗产城市，不仅仅因为其荟萃欧洲中世纪特色建筑，更因为其深厚的文学传统。

沿街走来，苏格兰民族英雄铜像林立，使人油然而生敬慕。一个国家、一个民族的荣耀不是写在教科书中，而是印在每一个人的日常生活和行为里，尊重历史、尊重文化，这就是爱丁堡的品质和修为。

《哈利·波特》从小说改编为电影，更是让罗琳拥有难以数计的粉丝，人们都被其奇幻的想象和丰富的情感所吸引。2013年2月，英国广播电台第四台节目《妇女时间》将罗琳评为英国第十三位最有权势的女性。2017年12月12日，罗琳被英国王室授予名誉勋位，剑桥公爵威廉王子为其授勋。哈利·波特为罗琳带来魔法般的巨大财富，她也从一个贫困潦倒、默默无闻的"灰姑娘"，一跃成为尽享尊荣、财产超过英国女王的作家首富。

非常有趣的是，罗琳和哈利·波特也成为AI（人工智能）关注的对象。美国《时代周刊》、英国《每日邮报》等媒体纷纷报道："哈利·波特又更新了！"但是，这一次这个魔法系列新篇章的作者不是罗琳，而是一个预测编码键盘。

这本新的"哈利·波特"，叫作《哈利·波特与看起来像一大坨灰烬的肖像》。小说的背后团队叫作波特尼克研究室，他们制作了一个叫作"预言键盘"的算法，这个算法可以根据已经输入的内容来猜测接下来会出现的内容。

研究员们先将七本《哈利·波特》原著全部输入算法，训练它，然后通过一小段引导文章，让电脑自己写出《哈利·波特》新篇。

12月13日，罗琳被授予名誉勋位的次日，波特尼克研究室的推特官方账号放出了《哈利·波特与看起来像一大坨灰烬的肖像》的第十三章。读罢这一章,成千上万的"哈迷"笑逐颜开,奔走相告,表示"2017年终于圆满了"。

我们不妨也来一读:

狂风向着地面上的城堡咆哮。外面的天空像是纯黑的天花板,上面洒着鲜血。

海格的小屋里,唯一一点声音是他家具发出来的刺耳叫声。

魔法:它是一种哈利·波特觉得好的东西。

当哈利走向城堡时,皮革纸般的雨击打在他的灵魂上。罗恩站在城堡前,跳着一种堪称狂乱的踢踏舞。他看到了哈利,然后立马开始吃赫敏的全家(没有看错,原文如此)。

罗恩的衬衫就和罗恩本人一样糟糕。

"如果你们两个不能高高兴兴地聚在一起,我就要使用暴力啦。"向来讲道理的赫敏说道。

"那罗恩魔法怎么办?"罗恩说。对哈利来说,罗恩是一只又吵,飞得又慢,看上去软乎乎的小鸟。哈利不喜欢想到小鸟。

"食死徒在城堡顶上。"罗恩颤抖着,轻声说。罗恩要变成一只蜘蛛了,实际上他已经变成了一只蜘蛛。他对此一点儿都不骄傲,但如果在说了而且已经变成蜘蛛后,想让自己身上不爬满蜘蛛是很难的。

"看,"赫敏说,"很显然城堡里有大量的食死徒,我们去听听他们见面讲什么。"

三个好朋友溜到了城堡屋顶的门外。他们差点儿要爬楼爬上去，但这不应该是巫师们做的事。

罗恩看着球形的门把手，然后带着强烈的痛苦转头看赫敏。

"关着的。"楼梯先生说，他是一个穿得破破烂烂的幽灵。

所有人都看着门，大声争论着它到底关得有多严，讨论要不要用一个小圆球来代替它。

这个门的口令是……

"牛肉女人。"赫敏高喊道。

哈利、罗恩和赫敏安安静静地站在一圈看上去很糟糕的食死徒后面。

"我觉得，如果你喜欢我，真的没关系。"一个食死徒说。

"太感谢你了。"另一个回答。前一个说话的食死徒自信满满地倾过身，亲吻他的脸颊。

"哇哦！干得好！"后者说，他的朋友身体又退了回去。

其他食死徒们都开始礼貌地鼓掌。之后他们又花了几分钟时间谈论如何挫败哈利的魔法的计划。

哈利感觉到伏地魔站在他身后。他感到一阵强烈的过度反应。哈利瞬间把自己的眼睛从头上撕扯下来，丢到森林里。伏地魔对着哈利扬了扬眉毛，不过此刻他当然什么都看不见。

……

不难想象，波特尼克研究室马上成了"哈迷"关注的焦点。其实，纵使 AI 有着高超的算法，最终离不开罗琳非凡的文学想象，而后者正是让一切化腐朽为神奇的惊人"魔法"。

我的睡眠是长夜的清醒

——堂吉诃德和他的《堂吉诃德》

  我更愿意堂吉诃德是墓石压不住的堂吉诃德,他又骑上驽马难得,带着侍从桑丘,出来漫游世界,铲除不平。难道不是吗?那个落地生根的堂吉诃德,就是一个活生生的你、他、她……还有我——"众里寻他千百度,蓦然回首,那人却在,灯火阑珊处。"

——题记

  有诗云:"云山苍苍,江水泱泱,先生之风,山高水长。"这是几千年来人们所向往的传统理念与人性人伦合一所达到的高度写意的大手笔。从人类有了自我意识的时候始,我们所孜孜以求的人格终极一直是浪漫的——人品即诗品,人心即诗心。这种诗化的精神吐纳方式要求在如风如歌的人生咏叹中保留着一种更深层的慰藉——脱离开尘世的喧嚣,更专注于心灵的倾听和诉说。

  然而,生活毕竟不是诗,也不是歌,不如唐代诗人刘眘虚所说:"道由白云尽。"人有追求完美的天性,可世界本身并不完美,甚至连这种追求完美本身也并不完美。生活毕竟只是一个暂时的承诺而不是永久的现实,"天行健,君子以自强不息"的高标自持在现实生活中从来就没有舒展开过,于是,在世道与政道交错的一刹那,输心者就有了双重的感伤。当我们从一切理想化的氛围落脚到坚实的大地上时,我们发现我们一直奉为至尊的一些优秀品质:勇敢、痴情、忠诚、坚定、严肃、认真……显得多么可笑。所以连人间信仰的庇护所——宗教,也始终带着无可奈何的失落和人间的暴戾气,于是,生活和信仰成了患得患失的代名词。

塞万提斯的《堂吉诃德》却把这种失落当作一个大大的玩笑,在种种嬉笑怒骂中他让我们看到人类精神的深处。有一位法国诗人说过:只有平庸的心灵,才会产生平庸的痛苦。在我们为一切世俗的、肤浅的痛苦、欢喜而挣脱不开的时候,堂吉诃德骑着一匹瘦马,用他那支惯指人间不平事的长矛,撩开了世俗生活的面纱,让我们看到我们自己灵魂深处苗壮、热烈、年轻、蓬勃和疯狂的一面,而这正是人类得以脉脉相传、生生不息的缘由。和同时代莎士比亚的巨著比,《堂吉诃德》似乎少了些机智和惊心动魄,更多了些朴实和浑茂,多了些不温不火的散淡和嘲讽。塞万提斯只是在慢慢讲述一个故事,把线索抛得很远,又慢慢拉回来,于是这位奇思异想的西班牙绅士自命为骑士,骑着一匹可怜的瘦马,带着一个侍从,自十七世纪以来几乎走遍了整个世界。在这个挥戈冲杀、嫉恶如仇的"骑士"的一生中,我们看到他的创造者——一个历经苦难、波折、流离、失望、创伤的西班牙人,对世界最后的思考:在他生命的尽头处,怀着深深的善意和淡淡的嘲讽俯看着众生——同堂吉诃德的"壮怀激烈"相比,这种略带忧伤的平和反而显得更意味深长。其实,人与人并不一定是在对峙中,往往也在包容中相互周旋——我们相信,堂吉诃德对当时的时代、社会背景、道德环境的冲杀更是出于他心底里对一种永恒的人性和首先标准的认同。生活的虚实相生、分朱布白、大起大落和稽古钩沉就在种种漫不经心中渗透出来。

堂吉诃德可以说是世界上最有名的疯子了吧？谁能说他不疯呢？西班牙一位有名的医学家曾有专著证明堂吉诃德的疯病完全合乎医理（卡瑞拉斯《塞万提斯的生平及著作》）。其实，不用这些医学上的证明，我们也能看出他在精神方面的偏执、幻视幻听。而重要的不仅仅是这些，是他一意孤行地生活在一个他苦心营造的虚幻的世界里。他从一出场，就注定是一个悲剧的开始和一个失败的结局。悲剧是什么？悲剧不是悲伤，是一种崇高，现实生活中没有悲剧，正如辞典里没有诗和文章，采石场里没有雕塑作品一样——因此，现实生活中也没有堂吉诃德，他是人类精神、品性和向往的一种凝聚；对现行规矩、制度、法律、法令彻底的背叛、彻底的嘲讽和彻底的堕落，大智大慧、大愚大勇、大随大意、大执迷大醒悟、大悲伤大欢喜，让一切社会的成规在人性面前都显得苍白无力。

作为作者，塞万提斯一向声明，他写这部小说，是为了讽刺当时盛行的骑士小说。但是，不仅作品的客观效果已经超出作者的主观愿望，同时，它在文学史上的意义也远远超出了文体变革的意义。从作者的原意看，主人公堂吉诃德的确是从一开始就模仿骑士小说中的英雄，他的疯疯癫癫也确是作者用滑稽夸张式的手法讽刺骑士小说。塞万提斯处处把堂吉诃德和骑士小说中的英雄对比取笑。骑士小说中的英雄武力超人，战无不胜；堂吉诃德却是个哭丧着脸的瘦弱老头儿，每战必败，除非对方措手不及、吃了眼前亏。骑士小说里的英雄往往有仙丹灵药；堂吉诃德按方炮制了神油，喝下去却呕吐得翻肠倒胃，桑丘喝了竟大小便同时失禁。骑士小说里的英雄都有神骏的坐骑、坚固的盔甲；堂吉诃德的驽马难得却是一匹罕有的驽马，而他那副霉烂的盔甲，还是拼凑充数的。游侠骑士的意中人都是娇贵无比的绝世美人；堂吉诃德的杜尔西内娅却是一位像庄稼汉那么壮硕的农村姑娘，堂吉诃德却说她尊贵无比、娇美无比，并且那位姑娘心中压根儿没有堂吉诃德这么个人，可堂吉诃德却模仿着小说里的多情骑士，为她忧伤憔悴，饿着肚子终夜叹气。小说里的骑士受了意中人的鄙夷，或因意中人干下了丑事，气得发疯；堂吉诃德却无缘无故，硬要模仿着发疯，尽管他苦恼得作诗为杜尔西内娅"哭哭啼啼"，他和他的情诗都成了笑柄。

应该说，《堂吉诃德》并不只是一部讽刺灭亡了的骑士制度的长篇小说，正如兰姆所说，塞万提斯创造堂吉诃德的意图是眼泪，不是笑。堂吉诃德这个人物表面上的可笑掩盖了一种能够彻底打动人心的伟大的思想，他仗义扶贫、锄除强暴，虽然世人都明白这是徒劳无功的，他却一往直前，因此堂吉诃德绝不是一部喜剧中的主人公，他代表着人类自身的浪漫、幼稚、冲动、质朴的情怀，他的美德使得他频频碰壁，以至被人看成是疯子，狼狈不堪。他的故事是一切伤心人的故事、是一切故事里最伤心的故事。他要去申雪冤屈，救助苦难的人，独立反抗强权的阵营，要从外国统治下解放无告的人民——但是，这些崇高的志愿不过是可笑的梦幻罢了，在这个意义上，堂吉诃德是一个生不逢时的、失败了的英雄，真正可悲可叹的不是堂吉诃德，而是那个时代，甚至是一切对他发出残忍的笑声的时代。

《堂吉诃德》第一部出版于1605年。那时菲利普三世继位不久，西班牙文学正当黄金时代，西班牙王朝刚由盛极转向衰微。在它最强盛的时期，西班牙是欧洲最强大的帝国，管辖大半个意大利和其他附庸国，它在荷兰驻有军队，征服了葡萄牙并吞并了葡萄牙的殖民地。

同时，中部美洲和南美洲全部属于西班牙，在非洲、亚洲它也拥有广大的殖民地。自从1588年它的"无敌舰队"被英国海军歼灭，西班牙不复称霸海上，在国际上的地位也渐次低落。可是这个封建王朝在国内仍然是个很强的专制政权，资产阶级刚刚兴起，封建贵族已无力和王室对抗，堂吉诃德出身的那个绅士地主阶级已是没落阶级，参加不了封建贵族间争权夺霸的战争。他们地位低，轮不到在朝廷上做官，也找不到好差事，同时他们属于剥削阶级，从来不知道劳动，只会靠家产过活，整天无所事事。在这种背景下，骑士小说正是安慰人们特别是中产阶级的一剂良药。以至堂吉诃德认为，要扫除社会不平"莫过于游侠骑士和骑士道的复活"。骑士制度是在中世纪没落的。当时为封建君主效劳的骑士，多半是凶横的强徒。教会把这些骑士招致在十字军的旗帜下，企图用"骑士道"，即首先骑士是基督教的虔诚保卫者，应该奋勇歼灭异教徒，以求自己的灵魂永生天国。其次，应该忠于所属的君主，为君主增光。第三，应该恭谦待人，扶助弱小，尤其当尊敬贵妇人。为贵妇效劳，在诗人的歌谣里渐渐成为向贵妇用情；于是对情人用情专一，又成了骑士的一项重要职责和美德。但一般中世纪的骑士，并不能奉行骑士道，他们恣横骄纵，这些无组织、无纪律的个人英雄，使十字军几次大败。从此，组织严密，配备枪炮的军队，取代了各自为政的骑士。到了十五、十六世纪，国家的强盛、中产阶级的兴起、新世界的发现等等，使游侠骑士成了历史上的陈迹。但骑士道所宣扬的舍己为人的武侠精神，却流传下来。

以后的骑士小说把那些游侠骑士神化了。他们天不怕地不怕，力大无比；而且有魔法呵护、神通广大，能长生不死；有灵丹妙药、能起死回生。他们歼灭敌人、卫国护家；斩妖魔、除恶霸，为世界上的人们造福。在堂吉诃德心目中，骑士小说里的每一个游侠骑士，都是活生生的英雄模范,所以他自负受命于天的事业,是要在他那个黑铁一般的时代,恢复原始的黄金时代。应该承认,堂吉诃德刚一出场,不仅他的面貌只有一个模糊的轮廓,他的性格也只是一个简单的框架——他是个发疯的绅士,他疯病的症结,无非要献身做游侠骑士,济世救贫,干一番他所认为的千古流芳的大事业。不唯如此,堂吉诃德在西班牙和许多他冲杀过的地方被揉碎了近三百年,三百年来,塞万提斯也成为"不学无术"的代名词。但是,在塞万提斯改变初衷,把故事延长的同时,堂吉诃德的性格也逐渐成长、充实和生动,堂吉诃德就不仅仅是一个夸张滑稽的闹剧角色,《堂吉诃德》也不仅仅是一部夸张滑稽的喜剧作品,单纯滑稽打闹、引人发笑、鲁莽、固执、人文主义者的形象,不可能使堂吉诃德的形象持久地深入人心。塞万提斯在充实堂吉诃德的性格时,不是把他简单地写成一个举止言行颇为可笑的勇夫,来和他主观上的英勇骑士相对,而是把他写成夸张的模范骑士。凡是堂吉诃德认为骑士应有的学识、修养以及大大小小的美德,他自己身上都有;不但有得充分,而且还过度一点。他学识非常广博,常使桑丘惊佩倾倒。他不但是武士,还是诗人;不但有诗才,还有口才,能辩论,擅说教,每每议论滔滔不绝,振振有理。他的忠贞、纯洁、慷慨、斯文、勇敢、坚毅都超过常人。他正像书中自命不凡的疯子,不触及他心理上的症结,他和常人一样;一触及他的症结,他就疯癫气十足。堂吉诃德所携的侍从桑丘,一心指望主人做了大皇帝照顾他做大官、发大财;他虽然识得风车不是巨人、羊群不是军队,他仍免不了傻气。尽管如此,《堂吉诃德》却绝不是一部一个疯子带着一个傻子出来胡闹,不断被人捉弄的故事。海涅和屠格涅夫对堂吉诃德的评价很高,甘心为他伤心流泪,为他震惊倾倒。的确,在十九世纪的浪漫主义者看来,一个一心为着一个理想、宁愿牺牲自己的人是深可敬佩的，纵然这个理想是和现实不相容或虚无缥缈的。他们让我们看到了堂吉诃德的另一个方面——在某种意义上，堂吉诃德代表着一种主义、一种信仰，他坚决地相信，在超越了人类自身的存在之外，还有一种永恒的、普遍的、不变的东西是人类存在的价值和根本，这些东西须得一片挚诚地努力争取，方才能够获得。这样，我们就能够理解，为什么作为一个家境还过得去、满可以打猎看小说优哉游哉度余生的绅士地主，却不甘心过闲散的日子，情愿承担起最艰险辛苦的任务，干大事，立大功，以至青史留名，这种留取千秋万岁之名的志向，是符合当时的人文主义精神的。他认为吃苦挨打，原是游侠骑士的本分；经过种种锻炼，他愈加觉得自己勇敢坚定、温文有礼了。他末了虽败在别人手里，却战胜了他自己，这也是人文主义思想的影响。

堂吉诃德虽然常惹人发笑，他自己却非常严肃，他不仅面貌严肃，而且严肃入骨，严肃到灵魂深处。他要做游侠骑士不是做着玩儿的，是死心塌地、拼身舍命地做。他表面的夸张滑稽直接贯彻他的思想感情，他哭丧着脸，披一身杂凑的破旧盔甲，待人接物总按照古礼，说话常学着骑士小说里人物的腔调。他思想的滑稽也和他外表的滑稽相一致。他认为最幸福的黄金时代，人类只像森林里的素食动物，饿了吃橡实，渴了饮溪水，冷了还不如动物身上有羽毛，现成可以御寒。他抱着他的一套理想，满腔热忱，一片苦心，尽管在现实里不断地栽跟头，却始终没有学到了点儿乖。堂吉诃德的严肃增加了他的可笑，同时也代他赢得了更深的同情和敬意。

塞万提斯还在作品中为堂吉诃德添上一个侍从桑丘，使单纯的故事复杂、平凡的事物变得新颖有趣。两个人物相互对照，使得彼此的言行，都增添了意义。奥沃巴赫认为，堂吉诃德是有闲阶级，所以脱离实际、一味空想；因为他是没落阶级，所以想入非非要当骑士去干大事、立大功，而桑丘是劳动人民，所以脚踏实地。堂吉诃德抱着伟大的理想，一心想济世救人，一眼只望着遥远的过去和未来，看不见现实世界，也忘掉了自己的血肉之躯。桑丘则念念只在一身一家的温饱，一切从经验出发，压根儿不懂什么理想。这样一个脚踏实地的人，却会被眼望云天的幻想者煽动，跟出去一同冒险。

堂吉诃德的历次冒险，总让我们在意想不到的时候和境地，看到堂吉诃德的一些新的品质。从他的行为举动，尤其从他和桑丘的谈论里，表现出他的奇思异想，由此展现出他性格上意想不到的方面，使我们惊奇失笑。可是随着我们对堂吉诃德认识渐深，他的勇敢、坚忍等美德使人敬重，他的学识使人钦佩，他的挫折也就愈博得人们更深的同情。塞万提斯引导我们去注视他的鲁莽、荒谬、固执、一往情深，让我们发笑。这种笑不是冷冷的讥笑，而是温暖的笑。我们仿佛是看到了堂吉诃德的微微之处而笑他，也看到我们自身跌跌撞撞的过去和未来。

不管堂吉诃德是想做中世纪的骑士还是十六世纪的骑士，他都不是那种意义上的骑士，他是一个真正的游侠骑士。一方面，他坚信自己的理想是济世救人，决不计较个人利害得失；一方面，他又不事空想，为自己的理想进行无休无歇的斗争。在这两方面，他是杰出的，堂吉诃德坚信自己的理想最美、最好，是真理正义。他对待心目中的情人一心向往、坚贞不二，抱定自己的信念，矢志不移。他急切地要锄强扶弱，扫除世上一切罪恶，以至出门所见，尽是些为非作歹的强徒恶魔，和待他救助的落难男女。尽管他被风车的翅膀打翻在地，身受重伤；尽管尘埃落处，军队分明只是羊群，他还执着地相信风车和羊群是魔法幻现的虚像。他受尽挫折也不丧气，挨打挨揍只看作本分。他明知在发明了火药的"倒霉时代",单枪匹马的骑士比在古代冒的风险更大,成功更难,还是知其不可为而勉为其难。他虽然给人关在木笼里押送回乡,但他的信心丝毫没有动摇;对指着他叫他投降的矛头,他宁可送掉自己的性命,决不放弃"真理",可见他对自己信念的坚贞不二,已经达到了极点。

堂吉诃德深信自己是上帝主持公道的工具,他的手是清除世上一切罪恶的手。就是说,他不仅有理想,还是个实干家,是按照自己的理想去改造世界的战士。他的职责是一个脚印一个脚印地走遍天涯海角,把害人的妖魔一一找出来,和他们拼死搏斗,然后把他们一一消灭。他相信自己的力量和恒心。清闲安适的家里他待不住,富贵人家的热情款待留他不住,他宁可在荒山野地里吃苦受罪。

> 我的服装是甲胄,
> 我的休息是斗争,
> 我的床是硬石,
> 我的睡眠是长夜的清醒……

这正是堂吉诃德的写照。他看见成群挥舞长臂的巨人,毫不迟疑,马上就冲上去厮杀,准备把他们打个落花流水。他碰到凶猛的饿狮,只防着自己的坐骑怕惧,从容下马徒步,准备和狮子来一番短兵相接的搏斗。战斗是他的任务,理想给予他无尽的勇气。魔术可以夺掉他的运气,却夺不掉他的力气和胆气。他那坚定不移,为理想奋勇献身的热忱,也达到了极点。

我们虽嘲笑堂吉诃德为虚幻的真理、正义、道德而斗争,然而真理是什么?正义是什么?道德又是什么?经过了许多个世纪无数人的探索，我们总也没有个准确的答案，真正的——也许是理想的或假设的——真理、正义、道德只不过是人们心灵深处的终极关怀，而不是人与人之间的相互设定、相互约束，而法律只不过是对真理、正义、道德无可奈何、无能为力，甚至是失败的一种手段。像堂吉诃德那样，挥舞长矛，迎着风车，为脱离现实的理想而战的人，并不罕见。

作品中的堂吉诃德最终明白自己所卖的骑士小说都是胡说八道，并且否定自己的游侠经历和自我塑造的骑士形象进而还原为从前的"善人"阿隆索·吉哈诺作为结束。对于小说的这一处理，并不能理解为作者借堂吉诃德的自我批判来否定骑士小说，如果如此，那么堂吉诃德建立在游侠过程中的热情、痴迷、执着、专注、勇敢和坚定之上的情感和行为的价值将被彻底摧毁，他的人生意义也要被完全消解。

堂吉诃德临终前的行为固然是由于他的幡然悔悟和继而产生的悔恨，但这只是他理智上的觉悟，是塞万提斯对他所做的理性宣判。其实，对堂吉诃德的致命一击是觉醒后的他在情感上的极度失落和忧郁，他终于意识到自己只不过是一个平常人而非大英雄，他意识到自己是孤独的，自己的信仰无人理解，自己的理想无法实现。就他内心情感而言，他依然维护着自己的信仰，虽然理智和现实已宣判了这一信念的虚幻和行为的荒谬，他的临终遗言是理性的自我嘲解和内心的无可奈何的写照。这是理想主义者从理想回到现实的失落。其实，历史总是一而再再而三地制造种种误会，用于欺人，也自欺。关键在于我们知道事情真相以后的态度，在这一点上，堂吉诃德是失败的。

《诗经》有云："君子作歌，维以告哀"。有人集注《离骚》，将这句话置于篇首，真是言简意赅。动若轰雷，息如败叶。自古以来，这早已不仅仅是战场上的成败观。然而，又唯其如此，一切挣扎、较量、执着、维持才有了分量。虽然人性往往表现为被同化和诚服，而有些时候，屈辱中方能显现人性的高贵。堂吉诃德作为一个悲剧人物的悲剧性不在于此：在他所有的智慧、所有的真诚、所有的勇敢里，最后都带有了某些惶惑。这对他来说是挣脱不开的，理想迟早要撞着了现实，每每倒吸一口凉气，渐渐把心冷了。

读《堂吉诃德》，感觉沉重。说"情不知所起，一往而深"是一种沉重，说"天苍苍，野茫茫，风吹草低见牛羊"也是一种沉重。那是积健为雄、化浑茫为平淡、不知何起也不知何终的沉重。说大了，这是在生与死、爱与恨、获得与失落、高屋建瓴与秉烛探幽之间的犹疑不安中挤迫出来的一声呐喊。一场风暴之后，平静纵然平静，雨停了然而并未雾散。尽管有太多太多的无奈，人生的使命感并不因此而淡漠或断送，清风道骨依然是清风道骨，但是污浊的也许会更加污浊。人性的樊篱从来都是越不过的。谈昨天的世界只是因为它还在今天出现。历史是冷化的，它的阴影比它自身的生命还漫长，这样才有了宿命。关键在于，我们能在多大程度上看待这种宿命的分量。人类的价值，同样取决于它能在多大程度上给自己的经历打上永恒的印记。生活的底子毕竟是现实而不是浪漫的，人间的牵扯是如此庸俗而又如此多情。在者情在，逝者不存。我更愿意堂吉诃德是墓石压不住的堂吉诃德，他又骑上驽马难得，带着侍从桑丘，出来漫游世界，铲除不平。难道不是吗？那个落地生根的堂吉诃德，就是一个活生生的你、他、她……还有我——"众里寻他千百度，蓦然回首，那人却在，灯火阑珊处。"

第四辑　冬雪集

良知，导航生命的灯塔

——司各特与苏格兰

> 沃尔特·司各特是爱丁堡的骄傲，他被誉为西方的历史小说之父，当拜伦天才般横空出世之后，司各特意识到他无法待在诗歌的塔尖，转而把注意力倾注于历史小说创作，终于成为英语历史文学的一代鼻祖。
>
> 十九世纪初的英国文学就是两个小儿麻痹症患者支撑起来的，这话并不过分。这两个小儿麻痹症患者，一个是拜伦，一个是司各特。
>
> ——题记

如果将爱丁堡的地图对折，之后再对折，两条直线交叉之处一定是巍峨的司各特纪念塔。

司各特纪念塔静静地坐落在爱丁堡王子大街花园中，隔着王子大街与古老的詹纳斯百货公司大楼遥遥相望。司各特纪念塔靠近有名的威弗利车站，这个有着数百年历史的车站也曾经作为爱丁堡的一个地标，出现在很多文学艺术作品中，希区柯克在他的电影《爱德华大夫》中就曾经提到过这个车站，并将其作为交代信息的重要节点。

司各特纪念塔建成于1844年，1846年8月15日正式揭幕。纪念塔是爱丁堡的地标式建筑，它高61.11米，整体采用哥特式建筑风格，四座小型尖塔拱卫着中央高塔，高塔底部四方都是拱门，塔中央立着白色大理石的司各特雕像。日积月累，司各特宏伟的身躯似乎已经变得灰暗不堪，他的肩头站满了喜鹊，叽叽喳喳叫个不停。司各特身穿长袍，他的爱犬静静卧在他的身边。司各特文学作品中的六十四位主人公都被雕成雕塑环绕塔身，灵动质感，富有生趣。

建设司各特纪念塔的材料均来自爱丁堡附近开采的砂石，由于石质疏松，在短短不到两百年间就变成黑褐色，岁月的尘埃一层又一层，叠加出时光的质感。如今，纪念塔已成为爱丁堡最重要的旅游景点之一，游客可通过狭窄的阶梯，到达尖顶上的观景台，俯瞰爱丁堡市中心及周边景色。

每到夏季，一个巨大的摩天轮就会在司各特纪念塔东侧拔地而起，这可以算是爱丁堡艺术节的一个副产品，古老的纪念塔与现代的摩天轮在广袤的草地上相映成趣。纪念塔凌空而起，沿着狭窄的287级台阶盘旋而上，登上最高的观景台，还可以领取到勇敢者纪念证书。

每到冬季，司各特纪念塔下便围起了巨大的圣诞市场，市场从威弗利车站绵延向西，覆盖了几乎整个王子花园。风铃、香料、咖啡、饰品……形形色色的手艺家在这里展示各种各样的手艺品，传统和创新都可以在这里找到其精髓。

沃尔特·司各特是爱丁堡的骄傲。他是英国著名的诗人、小说家。准确地说，他早年是介于彭斯和雪莱之间、继布莱克之后英国最优秀的抒情诗人。司各特被称为西方的历史小说之父，当拜伦天才般横空出世之后，他意识到他无法待在诗歌的塔尖，转而把注意力倾注于历史小说创作，终成英语历史文学的一代鼻祖。

他的历史小说对后来的小说家如英国的狄更斯、斯蒂文森，法国的雨果、巴尔扎克、大仲马，俄国的普希金，意大利的曼佐尼，美国的库柏等都曾产生深刻影响。其作品《威弗利》《艾凡赫》《修道院》《古董家》《修道院院长》《红酋罗伯》《中洛辛郡的心脏》《爱丁堡城堡》《修墓老人》等，都曾经被翻译为中文，深深地影响了中国作家的文学创作。

1771年8月15日，司各特出生于爱丁堡一个苏格兰的古老家族，他的祖先里不乏一些英武桀骜的人物，其中年代久远的有他在《末代行吟诗人之歌》里提到的"哈登的沃特"，稍近些的有他的祖先，他在《玛密恩》里提到过大胡子的曾祖父，积极拥护被迫退位的英王詹姆斯二世，为斯图亚特王室被排斥在王位之外誓不剃须，以"大胡子"为荣。

司各特的父亲是位律师，他曾在父亲的事务所当见习生；母亲安妮·拉瑟福德是一位医生的女儿，受过良好的教育，她给司各特带来了不少创作灵感，对他以后走上文学创作道路影响至深。

司各特十八个月时不幸患上了小儿麻痹症，导致终身腿残，给他的生活带来了诸多不便。但也许正因为这个缘故，他把绝大部分精力都投入到了文学的阅读和创作之中。对他走上文学创作道路产生过重大影响的，还有他的舅舅拉瑟福德医生，司各特通过他结识了不少博学多才的人。

1789年，司各特进入爱丁堡大学攻读法律，1792年毕业，如他父亲所愿，成为律师。然而，他对此并不感兴趣。司各特后来在文章中写到，他的理想是成为一名军人，要不是身体残疾，他会去从军。

司各特1799年被任命为塞尔寇克郡副郡长。1802年至1803年，他搜集整理的三卷《苏格兰边区歌谣集》出版，引起了广泛的注意。1806年他被任命为爱丁堡高等民事法庭庭长。

除了苏格兰启蒙运动，对年轻的司各特影响最深的事件恐怕是法国大革命及其对大不列颠和苏格兰的影响。司各特对十八世纪九十年代的政治和社会危机做出了强烈的反应，坚决反对雅各宾主义。在当时的苏格兰，雅各宾主义十分盛行，人们对它的镇压也特别残酷。1797年，司各特帮忙组建了一支骑兵志愿队。同当时大不列颠其他地方的军队一样，这支志愿队也是由中产阶级组成，一方面借以抵抗法国的入侵，另一方面则用来威慑那些支持法国，时常造反的工人们。司各特在这支队伍里表现出了无比英勇的气概。

毫无疑问，司各特早期的诗歌活动是属于古典主义的。司各特小时候很喜欢听古代民间传说、历史故事以及各种宗教迫害故事，对苏格兰家喻户晓的民间传说耳熟能详，那些苏格兰英雄辈出而又令人伤感的遥远往事令他感喟不已，且终身兴趣不减；他对描写普通百姓的传统通俗文学也是钟爱之至。此外，由于幼年多病，他长期在苏格兰山区修养。这一切对他后来从事历史小说创作，激发想象力产生了决定性的影响。青少年时代，他的假日在苏格兰偏僻地区度过，他在这里搜集、整理了大量历史传说和民间歌谣。在他十二岁至十五岁时，曾为爱丁堡皇家中学校长翻译了古罗马诗人维吉尔和贺拉斯的一些诗歌，他自己创作了一首描写暴风雨的三节英雄双行诗和十行描写夕阳西坠的小诗。从十五岁到十六岁开始，他的诗歌开始具有浪漫主义色彩，他在1787年爱上了"克尔斯的杰西"，将自己一些矫揉造作的情诗寄给杰西。杰西住在爱丁堡照顾她生病的姑妈那时，司各特常常去与她相会。为防止与杰西的姑妈迎面撞见，司各特常常躲进一个狭窄

的壁橱,等待危险消除。为此,司各特写过一首《囚徒的抱怨》:

　　酒杯随着我的呼吸颤抖,
　　它们真离我近在咫尺,
　　酒瓮正压着我的双脚,
　　酒壶触到了我的手指……

这首诗显然已经具有了民间抒情诗那种活泼的幽默情趣。

1805年,司各特创作的第一部长篇叙事诗《末代行吟诗人之歌》问世。长诗一出版就震动了苏格兰和英格兰,这部作品给司各特带来了声誉。

　　那条路很长,那天风很冷,
　　那是位老又弱的行吟诗人。
　　他两颊枯槁,他白发披散,
　　他看来也曾经得意过一番。
　　有孤儿一名在替他背竖琴——
　　如今就这张琴能使他高兴。
　　行吟诗人中他已是末一个——
　　还在唱边区骑士的纪功歌:
　　唉,因为他们的时代已消逝,
　　他弹唱的同道已先后去世。
　　……
　　竖琴声抑扬顿挫地响或轻——
　　铿锵的弦儿他一一地拨动;

> 目前的情景，未来的运气，
> 他的辛劳和需求全被忘记；
> 酣歌中，叫人胆寒的畏怯
> 和老人的心头霜消融化解；
> 不可靠的回忆留下的空白，
> 凭诗人的热情他全补出来；
> 就这样，竖琴在应和作响，
> 末一代的行吟诗人在歌唱。

这是长诗的引子，清丽脱俗，哀婉动人。长诗以苏格兰贵族世家的两个门阀之争为线索，以苏格兰和英格兰之间的边境之争为背景，穿插了玛格丽特和格兰斯特这一对"罗密欧与朱丽叶"的恋爱故事，完整展示了苏格兰十六世纪的风俗习惯和生活方式。

这部作品的惊人成功，极大地激发了司各特的写作热情。1808年，长诗《玛密恩》出版。它以1513年英格兰和苏格兰进行的弗洛登战役为背景，描写英国贵族玛密恩使用诬陷手段夺取贵族拉尔夫的未婚妻，最后阴谋暴露，玛密恩在弗洛登战死的故事。

这部作品被认为是司各特最优秀的长诗。他的脍炙人口的长诗《湖上夫人》（1810）叙述中世纪苏格兰国王和骑士冒险的事迹，描绘了苏格兰的自然风光，充满了浪漫主义色彩。司各特的长篇叙事诗采用历史事件或民间传说作为题材，有丰富的想象和较高的艺术技巧，但也流露了对封建王朝和骑士理想的同情。

1811年，司各特出版了《唐·罗德里克的梦幻》；1813年，他出版了第五部叙事长诗《洛克比》；同年，他出版了他的第六部长诗《特莱厄蒙的婚礼》。此时，他的名声陡增，然而，他自己却深感创作热情的递减、诗歌才华的消逝。他在日记中写道:"我知道,如果说我的诗歌和散文真有什么优点的话,那就是我的文字中具有一种急匆匆的率直态度,而这是士兵、海员以及生性大胆而活泼的年轻人所喜欢的。"1813年,英国王室决定授予司各特桂冠诗人的称号,但是司各特拒绝接受,成为继托马斯·葛雷(1716—1771)之后第二位不接受这一封号的诗人。尽管如此,1820年,英国王室还是决定封他为从男爵,所以后世称呼他为"司各特爵士"。

1814年,司各特匿名发表一部历史小说《威弗利》,描写1745年詹姆斯党人起义的历史事件。他赞扬热爱自由的苏格兰山地人民的斗争,同时指明了苏格兰落后的氏族社会制度在资本主义冲击下必然衰亡的命运。这部小说深受读者的欢迎,司各特便用"威弗利作者"的化名接连写了许多部历史小说,直到1827年才公开自己的作者身份。

说到司各特的作品,总是绕不开他的几部代表作:《威弗利》《艾凡赫》《订婚记》《红酋罗伯》,它们是英国文学的奇迹。《艾凡赫》描写"狮心王"理查东征时失踪,其弟约翰趁机夺位摄政。撒克逊贵族塞得利克打算联合本族人恢复王朝。与此同时,理查秘密回国,他得到一些诺曼人和塞得利克之子艾凡赫及绿林好汉罗宾汉等撒克逊人的帮助,终于战胜约翰,重登王位,肃清叛逆。塞得利克等人也认清了形势,决定和诺曼统治者合作。作品反映了十二世纪英国"狮心王"理查时代撒克逊人和征服英国的诺曼人之间的民族矛盾,以及统治阶层和劳苦人民的阶级矛盾。这部小说浪漫主义气息浓郁,富有时代气氛和地方色彩,语言古雅,人物形象丰满。

《艾凡赫》体现了司各特最突出的创作特点:人物鲜明,语言精致,没有太多的苏格兰口语,便于翻译成其他文字,更便于读者阅读和理解。正因为如此,这部小说十分受欧洲及其他地区文学家、翻译家的欢迎，他们将《艾凡赫》翻译成各国文字，而且对此极尽模仿，更有些国家把它改编成歌剧和戏剧上演。

《红酋罗伯》是司各特最优秀的历史长篇小说，它反映了1715年苏格兰人民起义的英雄事迹，写出了当时的民族、宗教和社会等方面的错综复杂的矛盾，以及各阶层人物的种种心理状态。该书的发行，曾受到马克思的高度赞扬，故事中描写了被人称作为"苏格兰的罗宾汉"的部落英雄人物。

司各特的文学写作充满热情，但是他的感情生活似乎并不顺利。十八世纪九十年代初，司各特经历了一场感情危机。他深深地爱上了一位名叫威廉明娜·贝尔思奇的姑娘。可姑娘的父母认为他配不上他们的女儿，结果把她嫁给了别人。司各特失望至极，伤心不已，内心留下了一道经年不愈的伤疤，多少年以后，每当想起这位姑娘，他依然久久不能平静。1797年12月24日，他娶了一位法国女人——夏洛特·卡彭特。这桩婚姻虽然平稳。他们共生育了五个孩子，但夫妇间没有多深的感情。

司各特像他作品中的人物一样，表现出一种骑士风度——高尚、恢宏、伟岸，他是一个诚实守信的人，虽然很贫穷，但是人们都很尊敬他。

司各特落魄时，他的朋友们商量，要凑足够的钱帮助他还债。司各特拒绝了："不，凭我自己这双手我能还清债务。我可以失去任何东西，但唯一不能失去的就是信用。"为了还清债务，他像拉板车的老黄牛一样努力工作。

当时的很多家报纸都报道了他经营失败的消息，有的文章中充满了同情和遗憾。他把这些文章统统扔到火炉里，他在心里对自己说："沃尔特·司各特不需要怜悯和同情，他有宝贵的信用和战胜生活的勇气。"

在那以后他更加努力地工作，学会了许多以前不会干的活，经常一天跑几个单位，变换不同的工作，人累得又黑又瘦。有一次，他的一个债主看了司各特写的小说后，专程跑来对他说："司各特先生，我知道您很讲信用，但是您更是一个很有才华的作家，您应该把时间更多地花在写作上，因此我决定免除您的债务，您欠我的那一部分钱就不用还了。"司各特说："非常感谢您，但是我不能接受您的帮助，我不能做没有信用的人。"

这件事之后，他在日记本里这样写道："我从来没有像现在这样睡得踏实和安稳。我的债主对我说，他觉得我是一个诚实可靠的人，他说可以免掉我的债务，但我不能接受。尽管我的前方是一条艰难而黑暗的路。"

由于繁重的劳动，司各特数次病倒过。在病中，他经常对自己说："我欠别人的债还没还清呢，我一定要好起来，等我赚了钱，还了债，然后再光荣而安详地死。"

1825年，司各特的出版社合股人破产，司各特以英雄气概承担了11.4万英镑的全部债务。他加紧写作小说，因此后期的历史小说显得草率。他的健康也因此受到损害。1832年9月21日，司各特在他的阿伯茨福德去世。

司各特的成功曾经为他带来了极为可观的收益。1811年开始，他先后花费巨额的钱财（当时的7.6万镑）购置了特威德河边阿伯茨福德——翻译过来就是"修道院长的津渡"——的大片土地，修建起一座华美的哥特式建筑作为府第。从这座府第建成，司各特一直在这里生活、写作，赚了数不清的财富，又转瞬间将这些财富消耗殆尽。

司各特的阿伯茨福德，与司各特纪念塔一样，是全世界热爱司各特的游客的必到之地。就像他小说中的人物艾凡赫、罗布·罗伊一样，这里也是他自己的创作。司各特为阿伯茨福德的建筑打造一切细节，将其塑造为融入他诗歌和小说的苏格兰式的浪漫化身。这座建筑今天得到了很好的修复，真实还原了当年的历史场景，并被赋予了适用于二十一世纪的服务设施、公共标记，这些与司各特纪念塔融为一体，成为热爱沃尔特·司各特的后世读者最珍爱的文化遗产，甚至有专家猜测，观众对他的住宅和不动产的兴趣复兴，很可能会带动一场类似的对他作品的兴趣的"文学复兴"。

苏格兰人热爱司各特，他们将他看作他们心目中的歌手，并且以其为骄傲，学会如何做一个苏格兰人。"每个人的良心就是为他引航的最好向导。"在司各特的一部小说中，他写道。这是司各特文学的写照，也是他生命的写真。

骄傲的苏格兰

如果说"英国脱欧"像是一张考卷，那么毫无疑问，书写这张考卷的，不仅仅是英国，还有英格兰、威尔士，以及苏格兰、北爱尔兰。

虽然自古被称为英伦三岛，英国却从来都不是一个孤立的岛国。凭借英吉利海峡、多佛尔海峡和北海的阻隔，英伦三岛天然地与欧洲大陆划出了距离，但是正如我们所知道的，历史上她与法兰西、尼德兰又曾经血脉相连。1787年5月，阿瑟·杨格渡过加来海峡回国时，说过一句有趣的话："海峡恰到好处地把英国与世界隔开。"这句话在今天听来尤其意味深长，隔开英国和世界的，恰恰是海峡，连接英国与世界的，也许不只是海峡。

十七世纪的苏格兰还很贫穷，经济形式古老陈旧，农业完全停留在传统模式上，歉收频仍，饥荒接踵而至，比如史书中经常提及的1695年、1696年、1698年、1699年，经济发展、社会繁荣完全无法与英格兰相提并论。"我们永远不会知道这些年有多少人丧生：同时代人说死了人口的五分之一、四分之一，在某些地区甚至高达三分之一或者更多，那里的居民不是死于非命就是死于逃荒。"法国历史学家费尔南·布罗代尔在《十五至十八世纪的物质文明、经济和资本主义》的第三卷《世界的时间》中写道。假以时日,我们便会看到,融入了大英帝国的苏格兰如此期待繁荣和振兴。变化是潜移默化的,一位观察者在1800年写道:"没有英格兰的繁荣,就绝不会有格拉斯哥现在这样的大发展,爱丁堡的城墙长度也不会在三十年内增加一倍,人们此刻也不会再兴建一座新城,雇用约一万名外地工人。"然而即便如此贫穷,苏格兰依然保持着自由开放的姿态。布罗代尔说,苏格兰仍然有着活跃的对外贸易:首先是爱丁堡的外港利斯,然后是阿伯丁、邓迪、格拉斯哥,外加许多小港口。正是在这里,无数大小吨位的商船出发,驶向不同的方向:挪威,瑞典,荷兰的但泽、鹿特丹、费勒,法国的鲁昂、拉罗谢尔、波尔多,有时还有西班牙和葡萄牙。这些大胆的商船往往赶在冬天海面即将封冻之前才向西渡过松德海峡。有些发了财的水手和商贩也许在沿途的某个地方停泊下来、定居下来,成为当地的永久居民,在斯德哥尔摩、华沙、雷根斯堡……还生活着很多他们的后裔。

自由的苏格兰一度是个独立的王国,占据欧洲西北方外海、大不列颠岛北方约三分之一的土地。1707年5月1日,最后一位斯图亚特国王——安妮女王签署了《联合法案》,正式合并苏格兰和英格兰议会。从此,苏格兰和英格兰放弃独立地位,实现了两个国家的真正联合,统一的大不列颠王国由此诞生,从而也奠定了乔治三世时的大不列颠及爱尔兰联合王国和维多利亚女王时的大英帝国的基础。作为推动大英帝国崛起的重要人物,安妮女王在位期间,对法国发动了西班牙王位继承战争,占领了法国的盟国西班牙的直布罗陀,控制了地中海到大西洋的贸易。十八世纪的英国,从一个位于欧洲边缘的国家,无可争议地发展为世界上最具财政、工业、商业、殖民和海军实力的国家，以及世界上最富有、最强大、最有活力、最具影响力的国家，其政治制度辐射到欧洲乃至全世界，其文化和思想随之对欧洲和世界上其他国家和地区产生影响。回溯历史，英国这一领先地位是慢慢确定的：从1713年《乌得勒支条约》签订时初露端倪，到1763年七年战争行将结束时的日益彰显，再到1783年《凡尔赛条约》签订后的不容置疑，而这一切决定了英国即将迎来的决定性胜利——工业革命。十八世纪以降是英国崛起和腾飞的时代，历史学家一再坚定地提示人们不要忘记，英国历史的一个重要脉络就是英伦群岛如何统一为一个国家和形成统一的政治体系，十八世纪英国史是西方史研究中不可或缺的一个重要组成部分。

不论发生什么样的变化，三个多世纪以来，乃至千余年前肯尼思一世建立苏格兰王国的时代、两千多年前罗马帝国入侵不列颠修建哈德良长城的时代，再上溯到三千年前的凯尔特文明时代，开满了石楠花的苏格兰一直保持着她独特的风情，维系着她永恒的骄傲。

富于变化的气候，雄伟壮美的自然风景——苏格兰的一年四季都令人难以忘怀。苏格兰位于欧洲北部大不列颠岛的西北部，这里有著名的苏格兰高地，有冰川时代留下的地貌，有层峦叠嶂的山峰、碧波荡漾的湖泊、巨石覆盖的原野。在这里，春天有初生羊羔的跳跃和呢喃，有唤醒冬日沉寂的威雀、雨燕和苍鹭。夏天这里有神秘优雅的千年古镇，有热闹非凡的爱丁堡艺术节。秋天这里有带着咸腥味的海风，有倒映着多彩的树林和满山的石楠的深邃湖泊。冬日这里有与青绿草地交相辉映的皑皑雪山。这里有四时布满青草的山坡，有拥抱着宁静溪流的宽敞的谷地。

粗犷独特的民族风情、丰富的历史传承和文化积淀——这些都让苏格兰格外与众不同。一个国家的地理条件总是与其历史发展有一定的关系，而苏格兰人在这一方面显得特别突出。尽管苏格兰与英格兰、威尔士、北爱尔兰同属英国，苏格兰却一直保留着自己的文化和传统。这里有苍茫美丽的高地风光和独特的民族风情，有色彩缤纷的格子布和风格独特的基尔特格子裙，高亢的风笛带着今天的人们走进往昔的岁月。这里有无数的城堡和宫殿讲述着曾经的战斗与传奇，浪漫与悲泣，苏格兰如火焰一般热情四溢，如同醇香浓厚的威士忌。

隽永的文学想象、充沛的创作资源——苏格兰的这片辽阔的土地上永远有人在讲述沉浑雄奇的民族故事。1962年，世界作家大会在苏格兰首府爱丁堡举办，诗人休·麦克迪尔米德第一次提出了这个问题——苏格兰是否存在"民族文学"？答案不言自明。这个问题是一种文化自觉，更是一种民族宣言。在英国文学中，苏格兰文学占据了厚重的篇章，从司各特到斯蒂文森，从柯南·道尔到J.K.罗琳，无数的作家在这片土地上编织他们的文学梦想，叙述他们的哲与思、诗与梦。

自由奔放的北方灵魂，缜密幽深的学术精神——苏格兰为人类贡献了数不清的智慧和创造。众多发明和发明家从这里起步：詹姆斯·瓦特改良蒸汽机，推动了工业革命；麦克劳德发现胰岛素，挽救了无数糖尿病人的生命；约翰·伦敦·麦克亚当发明碎石路面，这种碎石路面至今还被人们称为"麦克亚当道路"；罗伯特·W.汤姆逊和约翰·伯德·邓洛普发明了充气轮胎，为世界汽车工业的发展做出了巨大贡献；亚历山大·贝尔发明了电话，为人类的联络与交往做出了巨大贡献；约翰·罗杰·贝尔德发明了电视，将光学图像转化为电信号，实现了图像的获取和传送电路化。苏格兰首府爱丁堡至今以现代医学两大突破——青霉素和麻醉剂为荣，这两个划时代的发明分别由亚历山大·弗莱明和詹姆斯·辛普森研究开发。来自苏格兰的亚当·斯密奠定了现代经济学的基础。仅苏格兰的爱丁堡大学，就有二十五名诺贝尔奖获得者，一名菲尔兹奖获得者，三名图灵奖获得者。大卫·休谟、亚当·斯密、亚当·弗格森、达尔文、麦克斯韦、托马斯·贝叶斯、亚历山大·弗莱明、马克斯·玻恩、彼得·希格斯、迈克尔·阿蒂亚、詹姆斯·莫里斯、柯南·道尔、温斯顿·丘吉尔等我们耳熟能详的名字，都与这所大学有着密切的关系。

正因为如此，苏格兰的骄傲永在，尊严从未被泯灭。

1707年出台的《联合法案》延续至今。三百年的和平与发展告诉我们，英格兰与苏格兰厮杀近千年之后，安妮女王时代开启的"联合王国"时代，是斯图亚特王朝为英国、为欧洲、为世界留下的最宝贵财富之一。

英吉利海峡、多佛尔海峡和北海天然地将英伦三岛同欧洲大陆划出了清晰的距离，今天，这个距离或许不再是距离，或许比我们想象的大得多。哈德良长城已经成为历史的遗迹，而不是时代的屏障，时间将会证明一切。十八世纪苏格兰诗人罗伯特·彭斯有一首根据苏格兰民间歌曲创作的诗作《友谊地久天长》，这首诗被谱成曲后更是脍炙人口，广为流传。我们不妨再凝神倾听：

> 怎能忘记旧日朋友，
> 心中能不怀想？
> 旧日朋友怎能相忘，
> 友谊地久天长。
> 友谊万岁，
> 朋友，友谊万岁！
> 举杯痛饮，
> 同声歌唱友谊地久天长！

爱丁堡城堡：苏格兰王冠上的明珠

爱丁堡城堡被誉为"苏格兰王冠上的明珠"。走在爱丁堡街头，不论在哪个角度，都可以看到这颗明珠的光辉。

这是爱丁堡黄金般的夏季。

从英格兰一路北行，抵达苏格兰，天越来越凉，风越来越硬，心却越来越柔软。

英格兰、苏格兰、爱尔兰的地理、历史看似大同小异，然而，英伦三岛的文化却各有各的传承。

苏格兰包括设得兰群岛、奥克尼群岛、赫布里底群岛，代表着英国文化的"北方血统"。在辽阔的苏格兰，最值得怀念、最具有况味的城市，毫无疑问，当数爱丁堡。爱丁堡是苏格兰的首府，位于苏格兰东海岸入海口，雄踞于绵延的火山灰和岩石峭壁上，依山傍水、绿树成荫，不仅拥有优越的地理位置、秀丽的自然风景，更拥有丰厚的历史积淀、文化品质。

爱丁堡是苏格兰的政治中心、经济中心、文化中心，是苏格兰与英格兰、爱尔兰交流沟通的重要枢纽。喜欢伦敦的人，或许喜欢它的时尚、品位、包容、含蓄，喜欢它的极端保守和极端先锋的精神，喜欢爱丁堡的人，则一定喜欢它的厚重与沧桑。

历史上，苏格兰曾经是一个独立王国，被英格兰占领并统治时间长达数百年。为反对英格兰的占领，铁血的苏格兰曾发动过两次波澜壮阔的独立战争。1707年，苏格兰和英格兰王国合并为大不列颠王国。这座城市见证了太多英格兰和苏格兰之间的铁血过去和恩怨情仇，在两者征战、联姻的漫长历史中，爱丁堡总是扮演着威武不屈的中心角色，爱丁堡人的性格，真实地代表了苏格兰追求独立自由的民族品质。如今，苏格兰的历史风貌，便浓缩在了雄居山巅的古堡、尖顶高耸的教堂、鹅卵石砌就的古街，以及环绕四周的古希腊风格的建筑中。

爱丁堡被宽阔热闹的王子大街一分为二。沿着王子大街一路向西，南北两个区域的建筑风格迥然不同。长街，长得仿佛没有尽头，街道的南侧是中世纪建筑，北侧是维多利亚建筑，不同风格栉比鳞次，千余年的岁月缓慢得似乎从未流逝，地图上或者故事里的一个缓弯，恍若宣告着这里曾经是某一个写在某一时刻的终点，然而历史终于将它向更深、更长的地方拓展着，日子和道路就这样相携相伴，延伸下去。

高高的苏格兰纪念塔矗立在王子大街之南，黝黑的石头上写满了岁月的传奇。穿过人潮涌动的王子大街，穿过梦幻般的王子花园，穿过临时搭建的摩天轮，一路向西，爱丁堡城堡沧桑的楼群、宽阔的庭院，就矗立在西部的山巅之上。每一年的爱丁堡艺术节开闭幕式都设立在爱丁堡城堡前开阔的空地上，这让世界的目光一次次聚焦这座古老的城堡。

爱丁堡城堡被誉为"苏格兰王冠上的明珠"。走在爱丁堡街头，不论在哪个角度，都可以看到这颗明珠的光辉，暗灰色的克雷格莱斯砂岩层叠覆盖的城堡，外表虽然粗糙质朴，却时时传递着刚健、磅礴的气息。爱丁堡城堡是苏格兰的精神象征，它让这座城市平添庄严肃穆之感。城堡耸立于爱丁堡市的最高点——135米高的死火山岩顶上，一面斜坡，三面悬崖，地势险峻，气势磅礴，俨然一处天然要塞，只要把守住位于斜坡的城堡大门，便固若金汤，可谓一夫当关，万夫莫开。爱丁堡城堡曾经作为堡垒、王宫、军事要塞、国家监狱。

爱丁堡城堡是苏格兰历史的见证，承载着苏格兰的荣耀与沧桑。爱丁堡的地名源于苏格兰语，意思是斜坡上的城堡，后来英语化就变成了现在的读音。当皮克特人五世纪在火山峭壁上建起堡垒，保护苏格兰免受诺森伯兰郡盎格鲁人入侵的时候，爱丁堡的历史就开始了。爱丁堡城堡原来是山上的一座简陋城堡，七世纪，外敌频繁入侵，诺森伯里亚国王爱德温开始筑城堡御敌，将它改建成正式的城堡。因此，也有人认为爱丁堡便得名于这位名叫"爱德温"的国王。十一世纪，马尔科姆三世与玛格丽特女王逝于此地后，爱丁堡城堡便成为重要的王室住所和国家行政中心。1296年爱丁堡人在城堡里建起了宫殿，使最初的防护城成为王家禁地。1296年，英王爱德华一世的军队围困城堡三天后将其占领；1314年，罗伯特·布鲁斯的军队夺回了城堡；1334年，英格兰军队再占城堡；1341年，苏格兰军队再度夺回城堡……在众多战役中，对城堡形状改变最大的是1573年的长期围攻战，当时守城的是玛丽女王的支持者。苏格兰摄政莫顿伯爵最后攻下了城池，但他的大炮对城堡造成了极大的损害，城堡的吊闸及城内多处建筑包括戴维塔都被摧毁。然而，也有少数建筑在这次围城中得以幸存，其中最著名的便是建于十二世纪早期的圣玛格丽特礼拜堂。

十六世纪，位于爱丁堡东北角的荷里路德宫落成，取代爱丁堡城堡成为新的王室住所，爱丁堡才渐渐面对公众，揭开神秘的面纱。

城堡的门口有身穿苏格兰传统服饰的哨兵站岗，他们身着独具苏格兰风情的方格背心和方格短裙，头戴黑色无边软帽，腰佩短剑，雄壮、威严，凛然不可侵犯。

爱丁堡城堡正门的两侧，分别矗立着一尊雕塑，左侧是罗伯特·布鲁斯，苏格兰历史中不可忽视的苏格兰王，他曾经领导苏格兰人打败英格兰人，取得民族独立。他在位期间，政体开明，司法公正，享有极高的威望。右侧是威廉·华莱士，他们都是反抗英格兰入侵战争中最伟大的民族英雄，也是电影《勇敢的心》中的两位主人公。城门上方的红狮在英国皇家徽章中代表苏格兰。"犯我者必受惩"，是爱丁堡城堡入口门楣上的话，体现了苏格兰人顽强不屈捍卫国家的民族精神。

爱丁堡城堡沿坡旋绕而上分为三个区域：下区、中区、上区。城堡四周的墙头上，一个个乌黑的古炮整齐排放，炮口一致对着福斯湾河，演绎着古时防御森严的紧张气氛。城堡顶上曾架有当年被称为"芒斯蒙哥"的大炮，虎视眈眈地扫视着王子大街。这门大炮是法国勃艮第公爵"好人"菲利普于1449年在比利时的蒙斯建造，体现了那个时代最尖端的军事技术，今天看来，依然威风不减当年。

勃艮第公爵后来将大炮赠予他的侄子，也就是当时苏格兰的国王詹姆斯二世。而后的两个多世纪中，大炮光荣地参加了多次战役。1558年，它曾在玛丽女王的婚礼仪式上鸣响；1681年向约克公爵（即詹姆斯二世）行炮礼致敬时，却发生了爆炸，之后便一直存放在伦敦塔，1829年芒斯蒙哥大炮重返爱丁堡，被妥帖地安置在城堡地窖中，享受着后世的祭奠。

进入内城后首先到达的是中层，这一层分布着数个军事博物馆：苏格兰国家战争博物馆、苏格兰皇家军团博物馆、苏格兰皇家骑兵卫队军团博物馆、苏格兰国家战争纪念堂等。国家战争博物馆所在的建筑原先是一个弹药库，建于1755年，1933年被改造成博物馆对外开放。馆内展示的是近四百年内苏格兰的军事历史，既有苏格兰人如何保卫自己领土的故事，也有苏格兰军人在世界各地为大英帝国利益而战的功绩。博物馆中收藏了中世纪以来各个时代的兵器和军装，兵器室中陈列了长达五英尺的稀世巨剑，军装陈列室中各种华丽精致的军服，实用且美观。国家战争纪念堂为纪念第一次世界大战以来的阵亡人员所建，墙壁上有军团名称、描绘历史事件的浮雕，石台上摆放着花名册，载明该军团阵亡将士的姓名、生卒年月、籍贯、军衔等信息。博物馆中的展品，除了武器和军装外，还包括服务于战争的各种产品乃至士兵的私人物品。很多实物展品都标明了原来主人的姓名、身份乃至去向，对于军人来说，"国家不会忘记你们"的含义尽显其中。

广场东面的宫室是当时国王的起居处，其中最值得驻足的是"吉斯的玛丽之屋"。这里曾经是玛丽女王（1542—1587）的日常居所，王太子詹姆斯六世，即英王詹姆斯一世就在这里出生。玛丽女王中年辞世，四十五年短暂却又起伏跌宕的一生，充满了传奇，也写满了悲剧。

玛丽女王十五岁嫁至法国王室，十九岁丈夫去世后又回到苏格兰，在民众拥戴中登上王位。但最终她遭到苏格兰民众驱逐，身着男装逃出苏格兰，投奔其表姑，即当时的英格兰女王伊丽莎白一世，以寻求庇护。被伊丽莎白幽禁十九年后，玛丽因与当时西班牙王室密谋暗杀伊丽莎白而被斩首。伊丽莎白在世时未正式任命继承人，1603年去世后，玛丽的儿子苏格兰的詹姆斯六世继承了王位，成为英格兰的詹姆斯一世。从此，英格兰和苏格兰同归一个君主统治，开始了不列颠统一进程的第一步——王室联合。

在爱丁堡城堡的上层东侧，坐落着圣玛格丽特礼拜堂，这座八百年前修建的石屋是爱丁堡现存最古老的建筑，传说是十二世纪初苏格兰国王大卫一世为纪念其母所建，礼拜堂中精美的彩色玻璃窗描绘出马尔科姆三世的圣洁王后。此后英格兰与苏格兰常有战争，爱丁堡亦数度易手。这座石屋曾被作为火药仓库使用了两百多年，其后又成为驻军教堂的一部分，直到十九世纪中期才恢复原貌。现在这间简朴的礼拜堂依然是宗教场所，可以举办婚礼和洗礼仪式。每周都有一个名为玛格丽特的爱丁堡妇女轮流来此献上鲜花、打扫布置。

广场南侧的皇家会议大厅豪华富丽，建于詹姆斯四世时代，目的是为了举办国家庆典，1633年查理一世曾在这里举办加冕苏格兰国王前夜的宴会，现在人们仍常在此举行礼仪性聚会。十七世纪英国资产阶级革命时期，为了取缔一切英国王权的象征物，克伦威尔将大厅改成兵营。由于破坏严重，维多利亚女王时代重修大厅时，里面的装饰已不可能再重现原样，仅有两个房间保存着詹姆斯四世时代的天花板和文艺复兴时期雕刻的一些精美木制拱脚悬臂托梁，据说这也是整个苏格兰境内仅存的中世纪天花板。

城堡顶层是历代王室居住的寝宫，王宫一楼的王冠室中，陈列着象征苏格兰王权的三件宝物：王冠、权杖和宝剑。王冠造于1540年，黄金主体上镶嵌着珍珠、水晶和各种宝石，后来又加上了天鹅绒与貂皮装饰。纯银镀金的权杖是1494年教皇亚历山大六世送给苏格兰国王詹姆斯四世的礼物。宝剑则是教皇尤利乌斯二世于1507年送给詹姆斯四世的礼物。

剑刃上刻有圣彼得、圣保罗及尤利乌斯二世的标志。权杖和王剑首次共同使用，是在苏格兰玛丽女王的加冕仪式上。宝物展览柜中的另一件稀世珍品是苏格兰的国家象征"命运石"（又名斯昆石）。该石为古代苏格兰国王举行加冕礼时的座位，1296年在征服苏格兰的战争中被英格兰国王爱德华一世掠走，1996年被送回爱丁堡。

爱丁堡植物茂密繁多，从城堡居高俯视，满街都是葱茏的绿色。不论是大街还是小巷，深深浅浅的树影四季摇曳多姿。马齿苋树硬币大小的叶片繁盛丰润；壮硕的金边虎尾兰将刀一般的叶茎笔直地伸向天际，也有人将这种植物称为沙巴蛇草，它的叶子黄绿相间，时而笔直时而蜷曲，盘旋着向上攀爬，这种植物非常容易生长，插在土里就能成活，美丽而贴心；欧洲赤松只生长在英伦三岛的苏格兰，是英伦三岛北部唯一的原生松树，它一度是覆盖苏格兰高地大部分地区的喀里多尼亚森林的主要树种，也曾一度因山火、过度砍伐和过度放牧而濒临灭绝，但是近年来由于植物学家的精心培育重又出现在大不列颠，它可以单独成林，遍布爱丁堡街头，非常壮观。

从城堡一阶阶走下，荡胸顿生层云。城堡里，除周日的每天下午一点，名为 One O'clock 的炮声都会鸣响，延续着久远时代为利斯港口船舶报时的传统。踏着激烈的炮声回首望去，山巅上的爱丁堡城堡伫立在流光溢彩的晚霞间，沧桑不减，威严犹存，无言地昭示着威武不屈的苏格兰精神。爱丁堡城堡的美是一种沉毅雄浑之美，那难以形容的沧桑久久震撼人心。历史如同一道巨大的山峦，横亘在人们记忆的深处，它不动声色却又意味深长，它历经苦难却又豪迈昂然，它沉潜低伏却又气宇轩昂。那闲置的大炮、紧闭的城门、沟壑纵深的墙壁，无言地诉说着过往，更昭示着战争远去的宁静与和平。

苏格兰风笛：高地的天籁之音

告诉你，我的孩子，

在你的一生中，有许多事值得争取，

但，自由无疑是最重要的，

永远不要戴着脚镣，过奴隶的生活……

这是苏格兰民族英雄威廉·华莱士生前最喜爱的苏格兰民歌，在梅尔·吉布森的电影《勇敢的心》中不断重现。

伴随着悠扬哀怨的苏格兰风笛，镜头飞一般掠过蜿蜒起伏的苏格兰山脉，霭霭雾气从河面升腾，袅袅炊烟在乡野鼓荡。镜头推近，草甸如黛，马儿嘶鸣，树林间，苏格兰人欢快地歌舞。一个低沉的画外音响起："我将为你们讲述威廉·华莱士的故事。英国的历史学家也许会说我在说谎，但是，历史是由处死英雄的人写的……"

宁静苍凉的高地风光，铁骨柔情的民族英雄，威廉·华莱士策马奔腾，威武不屈。他对深深相爱的爱德华王妃说："每个人都会死，但是，并不是每个人都真正活过。"华莱士受尽折磨，以至看热闹的观众都忍不住齐声呼喊:"宽恕!"然而,他用仅存的最后一口气,高喊出的却是:"自由!"

华莱士在行刑前那声悲壮而震撼人心的呐喊,构成了我对苏格兰的最初印象。高高耸立的爱丁堡城堡,历来是苏格兰精神的象征,城堡门前立有两座守卫者的纪念雕像,其中一位就是威廉·华莱士。作为苏格兰民族英雄,他被苏格兰人民以各种方式长久地纪念。

十三世纪末叶,当时的苏格兰王约翰·巴里奥尔横征暴敛,百姓奋起反抗。巴里奥尔见大势已去,向英格兰国王"长腿爱德华"一世求助,双手将君权奉上,爱德华一世以高压手段统治苏格兰,制造了无数疯狂的大屠杀事件,威廉·华莱士的父亲与哥哥便是其中的受害者。华莱士在父兄的葬礼后由叔叔奥盖尔认养,成年后回到故乡。此时的苏格兰仍处于爱德华一世的残酷统治下,为了笼络贵族,爱德华一世出台规则,赐予英格兰贵族享有苏格兰女子新婚初夜权。为了逃避这条规则,威廉·华莱士与心爱的女友茉伦秘密成婚。可是,茉伦因遭到英军士兵的调戏被残暴杀害,失去爱妻的威廉·华莱士揭竿而起,开始了他的反抗之旅。

威廉·华莱士的军队势如破竹,先后赢得了多场战役,包括斯特林格桥之役、约克之役。然而威廉·华莱士此后却遭到联合的苏格兰贵族背叛,最后在福柯克之役失利。在福柯克之役失败后,华莱士开始采取躲藏游击战术对抗英军,并且对背叛的两位苏格兰贵族采取报复。随后,苏格兰贵族要求与华莱士会面,华莱士相信贵族首领罗伯特·布鲁斯,因此独自赴会,但不料被布鲁斯的父亲以及其他贵族出卖,华莱士终被抓获,受到英格兰行政官审判。威廉·华莱士被斩首后,受到其勇气影响的苏格兰贵族罗伯特·布鲁斯再次率领华莱士的手下对抗英格兰,这次他们大喊着华莱士的名字,并且在最后赢得了热盼已久的自由。

不管在何时,不管在何地,与华莱士的铁血英雄形象相生相伴的,是悠扬的苏格兰风笛。

翻开苏格兰的历史,我们不难发现,里面其实只写了两件事:一件是被侵略,一件是反抗侵略。历经无数次尝试,人们发现,世界上没有一个民族能够征服顽强的苏格兰。然而,风笛或许是个例外。

风笛最早起源于古代西亚两河流域的苏美尔地区,约公元一世纪流传到古罗马,后来随着罗马侵略者的马蹄传到苏格兰。苏格兰风笛最早是应用于军事,那时候风笛象征着军魂,每一位风笛手都有自己固定的风笛,损坏风笛、演奏失败,风笛手都要受到严厉的惩罚。苏格兰部落之间盛行吹奏风笛的风气启于麦克科瑞曼时代(关于他的事迹记录在一首著名的歌谣里)。在光荣革命中被剥夺王位的詹姆斯二世,是英国最后一位天主教英格兰国王兼苏格兰国王。据说詹姆斯二世在位时,各部落便靠风笛来联络感情,团结各部族的力量,以维持高地的传统势力,抵抗异族的侵略。

直到1950年,风笛才不再是军队的召集号和冲锋号,而成为一种可以演奏的乐器。每年的8月,爱丁堡艺术节在爱丁堡如期举办,热情的苏格兰人会向全世界奉上他们的艺术"佳酿",壮观的场面令人如痴如醉。艺术节每年的参赛作品各不相同,但有一点是肯定的,最后的一个节目一定是一位风笛手演奏的苏格兰民族音乐曲目。

在爱丁堡,风笛无时不在,无处不在。从爱丁堡城堡向东,直到荷里路德宫,是被誉为"全球景色最佳的大街"的王子大街。王子大街南侧的皇家一英里大道,是爱丁堡旧城的中心大道,这里是爱丁堡的城市中心,也是游客最喜爱逗留的地方,这里最令人瞩目的,是高地监狱教堂和圣吉尔斯大教堂。高地监狱教堂拥有七十三座塔尖,高塔从地面拔地而起，看过去瘦骨嶙峋，散发着一种忧郁诡谲的气息。圣吉尔斯大教堂则迥然不同，造型宛如苏格兰皇冠，盛大宏阔，神采奕奕。喜爱苏格兰风笛音乐的人，可以到爱丁堡的迎宾大厅欣赏最正宗的苏格兰音乐，这里经常上演古典音乐会，苏格兰国家管弦乐团是这里的常客。而对游客来说，在街头巷尾，随处可见身穿花格裙的演奏者吹奏的风笛才是最地道的苏格兰风情。在烈日的余晖里，身着苏格兰民族服装的演奏者一脸专注与愉悦，笛声荡漾在无垠的碧空中，荡漾在英雄的传奇里，荡漾在岁月的光泽里，滋润着平淡的日子。

每逢重大节庆，街上会挂满国旗，身着苏格兰格子裙的人们纷纷拥上街头相互庆祝。此时，婉转悠扬的苏格兰风笛响彻全城，成为爱丁堡一道美丽的风景。按照苏格兰风俗，演奏苏格兰风笛尤其是用风笛引导列队前进时，必须穿着苏格兰格子裙，后者显著的花格子图案曾经是区分不同宗族的标志，后来一度消泯，如今家族的属性虽日渐淡化，苏格兰风笛和苏格兰裙却都已成为苏格兰日常生活中不可或缺的、具有仪式感的符号。

如果有一种声音可以代表苏格兰，那一定是苏格兰风笛悠扬的乐音。当悠扬的风笛声飘过云雾缭绕的山岗，飘过尖顶耸立的爱丁堡老城，一切依然如往日的宁静，几百年甚至几千年的时光，就在风笛声中流逝，星星点点散落的牧人小屋和谐地点缀着翠绿的大地，在这天籁之音中，人们似乎可以忘记世间一切的罪恶和丑陋，只有对和平、公义、自由、平等的无限向往。苏格兰风笛，时而婉转动人，时而气势磅礴；有耳鬓厮磨的万种柔情，也有硝烟弥漫的悲壮豪迈。风笛响起，苏格兰的历史依稀都在飘散的乐声中。

苏格兰风笛并不是单指乐器本身而言，它还连接着一长串代表苏格兰高地传统文化的历史。这是一部融合血泪传奇的民族史诗，诗行中有着如水四泻的温暖、清新自然的风情，更有着刀锋凛冽的威严、蔑视一切的伟岸。

风笛原本是一种古老的民间乐器，又名风袋管，属于使用哨片的气鸣乐器，演奏难度极大，初学者光是基本功都要练习六个月，据说五百个风笛手中才有一个能够圆满毕业，成为合格的演奏家。苏格兰风笛在结构上由吹管、气囊、演奏管和旋管组成，吹奏者要将气体吹进气囊，再通过臂力使得气囊中的气体鼓动乐器发声，这就需要吹奏者有一个能够平衡左右的大脑。古时候，风笛的气囊是用猪、牛、羊等动物之皮或者其他材料制作成的。主体结构最初的材料为本地可用的木头：冬青木、金链木、黄杨木。之后，随着殖民扩张和贸易提供更多的异国情调的木材，热带硬木包括美洲乌木和非洲红木，都成为十九世纪至二十世纪前后制作苏格兰风笛的标准材料。今天，这些都为现代合成材料所取代，尤其是树脂，变得非常受风笛制作者们欢迎。

苏格兰风笛演奏的方式是吹奏者对着吹管吹气。气囊起到存储气体的作用，这样吹奏者呼吸时亦可维持一段时间的音质。音管拥有开放式端口，所以在吹奏时音乐是很难停下来的，这意味着大多数的风笛在吹奏过程中声音始终是连贯的，乐曲中没有休止符。特殊的构造，使得苏格兰风笛的发音粗犷有力、音色嘹亮、包含各种装饰音，适用于表现英雄气概。

不少人容易将苏格兰风笛、爱尔兰哨笛、爱尔兰风笛混为一谈。根据剧情的需要，电影《勇敢的心》开篇小华莱士葬礼那个镜头中演奏者抱的是苏格兰风笛，但实际上配乐却是都用爱尔兰风笛演奏的。爱尔兰风笛曲风幽咽婉转，就好像在人们的心底演奏一样，令人回味无穷。《泰坦尼克号》中的配乐，其实是爱尔兰哨笛演奏的《我心永恒》前奏。三者区别在于，爱尔兰哨笛形状类似竖笛（现在有木制、金属制、树脂制），苏格兰高地风笛和爱尔兰风笛是气囊状的，其中苏格兰高地风笛用嘴往气囊送气，而爱尔兰风笛则使用胳膊肘挤压风箱送气。苏格兰高地风笛的音色高亢，适合渲染情绪，而爱尔兰风笛声音哀怨，更擅长抒情。

苏格兰风笛是一种既可以独奏又可以合奏的乐器。独奏和合奏的历史都可以追溯到维多利亚女王时期。在乐团，它通常是作为风笛队的一部分，也可以由一名风笛手进行独奏。

风笛早已升华为苏格兰文化中不可或缺的一部分。直到今天，苏格兰的高地风笛曲在社会中仍扮演着一个相当重要的角色。在各种民间仪式上，都少不了苏格兰风笛悠扬的乐声。不论是婚丧嫁娶，还是军事行动，苏格兰风笛是不可或缺的主角。风笛，更多的时候出现在苏格兰人的狂欢节目上。在某个闲暇的下午时分，或者某个盛大的节日庆典上，天性活泼豪爽、能歌善舞的苏格兰男男女女便会聚集在草地上，吹起动人悠扬的风笛，跳起欢快的舞蹈，日子喜乐而惬意。

当悠扬的苏格兰风笛声飘过秀美的山峦，飘过古老的草场，一切依然如往日的宁静，和谐地点缀着翠绿的大地，在这里，人们似乎可以忘记世间一切的罪恶和丑陋，只有和平、温馨、自由的家园。苏格兰风笛，有它的欢愉，有它的轻快，有它的跳跃。见证无数岁月的变迁，苏格兰风笛就这样代代相传。

今天，苏格兰风笛已经风靡世界各国，带着苏格兰的豪迈和粗犷，响彻世界的每一个角落。

卡尔顿的春天来了

雨，是爱丁堡一年四季的常客。冬天的雨，霸道，带着风，带着极地世界里漫长的黑暗；春天的雨，缠绵悱恻，是爱丁堡不可或缺的生命元素，它温婉宽柔地雕刻了爱丁堡的城市风貌，又情意绵绵地养育了爱丁堡的城市性格。

一场春雨与一场春雨之间，是我在这个城市里快乐的行走。一场雨开始了，金链树开始吐绿；一场雨结束了，山茶花已开得漫山遍野。追逐着春风的小鸟和蜜蜂叽叽喳喳嗡嗡着，从柳树飞到桃树，从桃树飞到梨树，从梨树飞到樱桃树，又从樱桃树飞到灌木丛里，降落，起飞，盘旋，匍匐，翻滚。春天的气息是生长的气息，春天的味道是生命的味道，春天的感觉是冰泮的感觉。春天从草丛、从树梢、从土地一点一点钻出来，捉迷藏一般，让贴伏在古老石壁上的藤蔓重新舒展身躯、向上蜿蜒。冰冻的湖面不时传来噗噗的破冰声，被冰封了一个冬天的鱼渐次苏醒过来，懒洋洋地跳着，游着，不时从冰窟窿里跳出来，在冰面上懒懒地挣扎许久，又懒懒地滑进湖里。

春风破冰的声音如同种子一样在心里扎下根来，让人不由自主便继续追踪着这声音奔跑。王子大街涌动的人群更让这春风在古城里激荡。穿过熙熙攘攘的人流，沿着王子大街一路漫步，路的尽头，就是翁翁郁郁的卡尔顿山。

此时的爱丁堡，阳光明媚，空气透明，蓝天如洗。在爱丁堡东部，卡尔顿山陡然耸立，神祇般守护着宁静的古城。卡尔顿山位于尼克塔和内皮泽奥特湖附近，是雷斯蒂戈什县一个省立公园的中心，不管风和日丽还是疾风暴雨，卡尔顿山上总是不乏新奇的外地游客，当然，每当风和日丽，卡尔顿山上更是人潮汹涌。这可能是世界上海拔最低的名山了，大抵只有一百七十米高，山的四面八方，都有蜿蜒曲折的小路。沿着错落的小路拾级而上，一路是葱郁的风景。天气晴好时，许多当地人会来这里，在草坪上晒晒太阳或是野餐。山下的道路两侧，不时有几个邮箱伫立路边，证明这里居住着人家。站在卡尔顿山山顶，可以看到爱丁堡最美的景色，荷里路德、亚瑟王座、新城区、王子大街、司各特塔，甚至古城的每一个角落都会尽收眼底。向西远眺，爱丁堡城堡巍然矗立，在落日的余晖中遍身炽焰，转身向东，那是一片祥和的碧海蓝天，蔚蓝的大西洋和福斯湾上的点点白帆缓缓远去。

卡尔顿山上，布满了恢宏的历史文化遗迹，其中大多可追溯到十九世纪前叶。卡尔顿山之所以让众多的游人心驰神往，并不只凭借着绝色景致、绝佳地势，还缘于山上的历史文化遗迹，特别是三座享誉世界的纪念碑。这三座纪念碑，一座是国家纪念碑，一座是纳尔逊纪念碑，一座是斯图尔特纪念亭。

国家纪念碑建立于1822年。拿破仑战争（1803—1815）之后，人们为了纪念当时阵亡的苏格兰将士而建造此碑。国家纪念碑仿制希腊巴特农神殿而建，爱丁堡被称为"北方雅典"，据说其一便源于此，其二当然是这座城市深厚的学术底蕴和文化情怀。国家纪念碑构造十分简单，一排巨大的立柱支撑着横梁，如同一个巨人张开手臂拥抱四方，落日的余晖如碎金般洒在国家纪念碑上，往事悠然而至，让人失魂落魄。不过，你可不要以为这造型简单化了的"巴特农神殿"是设计师的创意。做事倔强较真的爱丁堡人当初用优质材料修建纪念碑，到1829年建设资金被耗尽，纪念碑只能被迫停建。尽管不远的格拉斯哥愿意为爱丁堡提供援助，但是这一援助的动议被爱丁堡人集体否决。所以可以看到的就只有一些基座、石头做的柱子，巨大的石柱支撑着的巨大横梁。时间就这样在等待中慢慢流逝，尽管曾经一度有人戏称纪念碑的绰号是"爱丁堡的耻辱"或"爱丁堡的愚蠢"，然而纪念碑最终因为没有完成而成为具有象征意味的半成品。

纳尔逊纪念碑建于1807年，1815年建成，比国家纪念碑更为古老神秘。纳尔逊纪念碑是为纪念霍雷肖·纳尔逊而建造的纪念碑。1805年，在特拉法尔加战役中，海军中将霍雷肖·纳尔逊坐镇"胜利"号击败了法国与西班牙联合舰队，但本人却中弹阵亡，英勇殉国。这场战役无论是对于爱丁堡还是对于英国都有着非常重要的意义，为了纪念这位英国最伟大的海军指挥官，英国人在伦敦市中心和爱丁堡都竖立起了纳尔逊纪念碑（柱）。位于爱丁堡的高三十二米的纳尔逊纪念碑外形酷似老式单筒望远镜，在深蓝色的天幕下被数根雕刻精美的罗马石柱衬托着，显得分外壮阔宏伟。在这里有一个习俗，每日中午一点，爱丁堡城堡就会鸣炮以示纪念，而位于纳尔逊纪念碑塔尖上的小圆球会随着鸣炮下降。

卡尔顿山上还有一座纪念亭，这是杜格尔德·斯图尔特纪念亭，正如其名，它是纪念这位英国的伟大哲学家的。斯图尔特是苏格兰哲学家，更是苏格兰的骄傲，他从1786年开始直到去世都在爱丁堡大学任教,讲授道德哲学。为了纪念他,爱丁堡皇家学会修筑了这座纪念亭,并将爱丁堡大学的查尔斯街也改名为杜格尔德·斯图尔特大街。这座纪念亭是以雅典列雪格拉得音乐纪念亭为设计理念而修建的,因此其身上拥有雅典建筑的简洁优美风格,成为爱丁堡明信片上印得最多的建筑。斯图尔特纪念亭建于1831年,出自著名的苏格兰建筑师威廉·亨利·普莱费尔的设计,普莱费尔发扬了自己最擅长的新古典主义风格。附近的苏格兰农民诗人罗伯特·彭斯的纪念亭还模仿了斯图尔特纪念亭,以示对古希腊建筑的复兴和传承。

除此之外,卡尔顿山上还有一处著名的景观,那就是位于卡尔顿山左侧山顶的一座醒目的圆顶建筑——爱丁堡天文台。爱丁堡天文台和斯图尔特纪念亭相隔甚近,拥有典型的欧式建筑特点,雕刻精美的圆顶,雪白的漆色在岁月的雕琢中变得斑驳,远远看去,就如画中的风景。在卡尔顿山东南侧还有一个公墓,哲学家大卫·休谟安葬于此,政治烈士纪念碑也位于公墓内。

爱丁堡有一则广告写道:"不经意间,就爱上了这座美丽的城市,爱上它精雕细琢的建筑,爱上它依山傍水的秀美,还爱上它典雅下的奔放。"果如其言,爱丁堡的角落都充溢着美和神秘,诱惑着匆匆走过的人驻足,而卡尔顿山是将这些美和神秘一览无余的最佳观赏地。卡尔顿山上纪念亭云集,众多纪念碑有数百年的历史,山上到处都是历史的遗迹、岁月的刻痕,这是时间老人所留下的沉淀。国家纪念碑与不远处的纳尔逊纪念碑对望,斯图尔特纪念亭与爱丁堡天文台对视,蔚蓝的天空下,这些从历史深处走来的纪念碑,显得格外庄严肃穆。

据说,"卡尔顿"这个名字也来自盖尔语,可能是cauldh-dun(黑山),因为山体是黑色玄武岩的,我从卡尔顿山上下来,感觉这个说法似乎比较可信。

在卡尔顿山的草坪上，很多人或坐或卧，旁若无人地读书、私语、发呆。我带着一本诗人华兹华斯的《湖区览胜》而来，其实这是一本写得非常好的旅行指南，也是一本值得细细品味的旅行佳伴。华兹华斯在开篇便描写了湖区的景色，恳请读者想象湖区景观在远古时的清新风貌，水土经大自然造化的伟力完成了这一杰作。他写道："任何人在他自己的脑海中都可以想象出这样一幅画面：潮水反反复复地涌向河口，海浪猛拍着光秃秃的崖壁，河流沿着河道流入广阔无边的水域。他也许还能看到或听到，风轻柔地拂过湖面，或者在山巅呼啸。最后，他也许还能想到，原始森林在悄悄地抖掉落叶，萌发新芽，可是却无人驻足观赏，也无人为此感时伤怀。"

在卡尔顿山上俯瞰爱丁堡全城，颇有华兹华斯在湖区纵怀古今的感觉。在这刻满了历史印记的山上，我似乎也在脑海中想象出华兹华斯曾经无数次憧憬的画面：潮水反复地涌向河口，海浪猛拍着光秃秃的崖壁，河流沿着河道流入广阔无边的水域。时光就似这反反复复、起起伏伏的潮水，携带历史的琐碎景象而来，我似乎看得到岁月深处的日出日落，看得到时间碎片里的赓续绵延——1805年，霍雷肖·纳尔逊殉国，1813年至1815年，苏格兰士兵又一次为国家而战，而再向前追溯，1786年，哲学家杜格尔德·斯图尔特正准备着用思想守卫苏格兰家园。

被记忆塞满了的往事，如同一把锋利的刻刀，慢慢雕刻着我们的生活，也慢慢雕刻着我们的未来。璀璨的太阳从高空飘飘摇摇，缓缓西沉，卡尔顿山在落日中变换着颜色，光影跌宕，一刹那间，我似乎有一种错觉，我正穿越时光长廊，向过去飞驶而去。落日将最后的光和热散布在云海，为这个古色古香的城市镶嵌了一道巨大的金边，无限的沧桑被无限的柔曼包裹起来，无限的感喟被无限的寂静包裹起来。我仿佛看到，英俊的太阳神驾车远去，他一骑绝尘，手持竖琴，肩挎银弓，在蔚蓝的天空中飞跑，金箭在箭袋里叮当作响，载满传奇，载满希望。血红色的光芒就像保家卫国的将士的鲜血，不绝地倾倒在天空中，染红漫天云霞，染红荡漾碧波。

当地人说，每年4月30日，卡尔顿山会依时举行规模盛大、热闹非凡的五朔节。五朔节名字寓意是"明亮的圣洁的火"，因此每到五朔节时，红得热烈、红得激情四溢的火便成为节日的主要要素。唯一一部获得过诺贝尔文学奖的童话小说《尼尔斯骑鹅旅行记》中就曾提到过五朔节这个欧洲春天里最古老并且最重要的节日。

苏格兰人刚强、果敢、勇毅，虽然爱丁堡不像伦敦那么大，但是每年五朔节时，从全世界慕名而来的数万甚至数十万人会不约而同聚集在卡尔顿山，庆祝五朔节，庆祝春天来临，庆祝幸福生活，祈祷这由血和火染成的古城，今年有个好收成。

风，轻柔地拂过湖面，或者，在山巅中呼啸。恰如华兹华斯所期盼的，原始森林正在悄悄地抖掉落叶，卡尔顿山的春天来了，万物正在萌发新芽。

曾记得夏日邂逅

——苏格兰和她的美术馆与艺术馆

爱丁堡一年四季都荡漾着海风，用"碧空如洗"四个字形容爱丁堡的天空是准确的，空中飘浮的白云被海风吹得不见了踪影，湛蓝的天空蓝得如同一块没有皱纹的天鹅绒。

爱丁堡只有两种天气——晴天和雨天。

在阳光朗照的日子里，爱丁堡是温和的、清澈的、透明的，街头飘荡着的咖啡、奶油和威士忌的香气，让空气都变得甜蜜。在落雨如注的日子里，爱丁堡是严肃的、冷酷的、神秘的，缠绵的雨丝将空气也缠绕得凝固起来，一切都静止了。

晴天、雨天；雨天、晴天，这是爱丁堡的两种面孔。在爱丁堡，天气就像是老式磁带，晴天、雨天的交接就像是自动控制连续播放的AB面，A面播放完毕，马上切入B面，两种天气轮番上演，中间任何第三者都无以立足。不下雨的日子，便是碧空如洗的晴天，而明明刚刚还是万里无云，可能转瞬间便是水流如注，明明下着瓢泼大雨，雨水一停，天空像换了一张脸，立即转入晴天。

爱丁堡一年四季都是美的，没有长时间的严冬和酷暑，可是无论你什么时候与她相遇，最大的可能是你既会遇到阳光，也会遇到雨水。但是，因为爱丁堡地处温带的北段，靠近北极，冬季日照时间只有短短的五六个小时，夏日里难得的璀璨阳光就显得极为珍贵。

简单的天气，赋予了爱丁堡人简单的性格，丰富的历史，又让爱丁堡人有着特别丰富的情感。简单的丰富，丰富的简单，这就是爱丁堡人的世界观，也是爱丁堡人的文化观。苏格兰可以说是一个最能够表明气候和地理在多大程度上塑造一个民族命运的例子。苏格兰历史悠久，苏格兰人善于保护自己的历史，这体现在爱丁堡人日常的生活细节中，城堡、风笛、格子裙、高地……这些历史符号总会以不同的方式出现在林林总总的文化信息里。

爱丁堡文化符号出现得最密集的地方，毫无疑问是美术馆。无论是晴天还是雨天，这里永远是行人最多的地方。爱丁堡充斥着大大小小的美术馆、艺术馆，而无论在哪一个美术馆和艺术馆，都会看到流连忘返的游客。有着收藏癖的爱丁堡人将他们的收藏爱好延伸至生活的每个角落、每一个人，这其中，艺术品是他们最佳的收藏品。

说到艺术品收藏，在爱丁堡不可错过的是苏格兰国家美术馆。我的爱丁堡艺术之旅，便开始于一个阳光璀璨的夏日。

爱丁堡有五个重要的美术馆与艺术馆，要在一天之内将这五个展馆全部转完，并不是一件容易的事。这五个展馆是：苏格兰国家艺术馆、苏格兰皇家学术大楼、苏格兰国家美术馆、苏格兰国立现代艺术馆、迪恩艺术馆，它们分散在爱丁堡的大半个城市内。迪恩艺术馆同时也是苏格兰国家美术馆行政办公场所和馆长的办公室所在地。在苏格兰南部和北部，还有两个苏格兰国家美术馆的合作展馆，每一家都有着世界顶尖级的艺术收藏。

位于爱丁堡市中心的苏格兰国家美术馆，是苏格兰五个艺术展馆中最古老的一个。一条热闹的王子大街分割了古老的旧城和始建于十八世纪的新城，苏格兰国家美术馆就坐落在东西王子大街交叉点——一座碧草如茵的高地上。简约的爱奥尼亚柱撑起古希腊三角风格的屋顶，整个建筑显得干净利落。美术馆旁边是美丽的下沉式花园——王子花园，不时有年轻人在这里成群结队地读书、聊天、野餐，不时有乐队在弹唱，当然，苏格兰风笛是其中不可或缺的乐器，穿着苏格兰裙的风笛手让人顿生今夕何夕之感。

1850年，苏格兰政府依据相关法令，将1819年成立的苏格兰艺术奖励协会所收购的苏格兰现代画家作品、三十八幅意大利古典绘画、1826年成立的苏格兰皇家艺术学院收集的英国绘画、爱丁堡大学于1835年收到的一批遗赠绘画汇集一处，合组成立新的美术馆，这便是苏格兰国家美术馆的雏形。

苏格兰国家美术馆从一开始就带着不俗的印记，它由建筑大师威廉·亨利·普莱费尔设计，整体风格为新古典主义流派。在它的旁边，同样是由普莱费尔设计的苏格兰皇家研究院。两座建筑毗邻，携手耸立在高地上，呈现着非凡的雄伟。1850年，英国阿尔伯特亲王为美术馆奠基，1859年美术馆建成后正式向公众开放。此时的苏格兰国家美术馆和苏格兰皇家学院共处于一栋建筑物里面，直到1912年，苏格兰皇家学院在乔迁他处以后，美术馆才有了自己独立的展示空间。

时隔约一百六十年，今天的我们，早已无法想象苏格兰国家美术馆在初建成时的雄伟壮观、人声鼎沸，只能在富饶的馆藏宝藏中寻其端倪。

苏格兰国家美术馆不仅体现着苏格兰的文化传统，更拥有苏格兰最丰富、最珍贵的欧洲绘画和雕塑作品，涵盖了从文艺复兴时期到后印象派的所有流派，藏品包括意大利、法国、荷兰、英国等国在内的欧洲古典主义绘画,十四世纪到十九世纪的素描、版画也为数不少,特别是十九世纪的绘画和雕塑,令人叹为观止。

此外,该美术馆藏有世界上最丰富的苏格兰绘画作品,像苏格兰知名画家如兰姆西、雷伯恩、威尔基、麦克塔加特等人的作品都有比较全面的收藏,其中最受欢迎的作品有雷伯恩的《罗伯特·沃克·霍内斯在达汀斯顿湖上滑冰》和兰姆西为他的第二任妻子玛格丽特·林赛所作的画像。

苏格兰国家美术馆最珍贵的藏品是从苏格兰皇家研究院的前身——皇家学会转移过来的一组传世名画,其中包括意大利画家雅格布·巴萨诺和提埃波罗、比利时画家安东尼·凡·戴克的作品。

1903年,美术馆获得了一笔价值不菲的采购资金,引进了一系列优秀藏品,其中包括印象派创始人、法国画家莫奈的《日出·印象》,巴洛克时期西班牙画家委拉斯凯兹的《煎蛋的妇人》,文艺复兴时期居于西班牙的希腊画家埃尔·格列柯的《传说》,意大利雕塑家贝尔尼尼的雕塑《安东尼·达尔·波佐》,文艺复兴早期佛罗伦萨画派画家波提切利的《崇敬熟睡的幼年耶稣的少女》和安东尼奥·加诺瓦的《三夫人》。

多年来,租借和馈赠的艺术品也使苏格兰国家美术馆受益良多,如从英国伊丽莎白女王那里借来的雨果·凡·德·古斯的《三一祭坛饰物》;1945年从桑德兰公爵那里长期租借来的一组名画,其中包括拉斐尔、提香和伦勃朗的作品,还包括普桑的名作《七圣事》。美术馆的印象派和后印象派的收藏也因亚历山大·梅特兰德爵士的慷慨馈赠而得到极大的丰富,其中包括两幅高更的名画,莫奈的《干草堆》和塞尚的《圣维克托尔山》。

高更的《雅各与天使搏斗》画面被一棵横向拦截的树干切成了

两个部分，画面的右上角是一个带翅膀的天使模样的人，他在同一个名为雅各的人拼命搏斗，在左下角，画面的近景，有一排跪着的布列塔尼农妇，其比例按照透视关系逐渐缩小，而画面当中最近的三个农妇，她们特大的白色帽子则与其深色的衣裙形成强烈的对比。整幅画看起来仿佛是一个基督教题材作品，但实际上，却是画家以象征主义的观点描绘布列塔尼半岛上的农妇在教区牧师解读教义时眼前所产生的幻觉。

委拉斯凯兹的画作《煎蛋的妇人》是苏格兰国家美术馆收藏品中的又一件精品。作者喜好画一些风俗题材的绘画，在当时由于风俗画能够深刻反映一些中小资产阶级的日常生活情趣，因此深受人们的欢迎。《煎蛋的妇人》是作者所画众多此类题材作品中最好的一幅。画面上光线的处理表现了不同器物的质感，而画面中的各种食器都展示了一个平民百姓的生活气息。一切都是那样简单与朴素，与当时流行的富丽宫廷画面形成对比。

苏格兰国家美术馆展出的两幅提香作品让我非常兴奋。一幅是《戴安娜与阿克泰翁》，作品的题材来自奥维德的《变形记》。在《变形记》中作者曾描写了猎人阿克泰翁和月神戴安娜间的窥浴事件，而提香的这幅画便描绘了想象中的这一情节。

提香的另一幅《人生三部曲》，是他在盛年创作的优秀作品。画中两个婴儿正在酣睡，天使的羽翼熠熠生辉。青年男子的眼眸中细腻地倒映着爱人的身影。老年男子抚摸两个骷髅头，忧伤无助。这是人类的景象，白驹过隙，生命辽阔而又逼仄，让人想起保罗·高更相同的发问。

苏格兰国家美术馆常常组织不定期的主题展，这个夏天，我很难得地遇到了规模不小的"印象派画展"，特别是杜比尼、莫奈、梵·

高三人"合展"。按常理,艺术史上这三位画家的名字要被很多人物和故事打断。长久以来,杜比尼一直被现代派艺术忽略或者轻视,而仅仅被认为是具有先锋精神的风景画家。事实上,莫奈和梵·高受杜比尼的影响颇深,他们尽其一生,都在用不同的方式向杜比尼致敬。为了呈现杜比尼作品中表现最多的光影斑斓的月光、日出、暮光、日落,梵·高定制了一艘与杜比尼相同款式的船,与杜比尼一同停在江心作为画室。在杜比尼去世后数年,梵·高甚至仍迷恋地留在杜比尼家中,绘制他的房子、花园、果林。论及三者的关系,如果说杜比尼拉开了新艺术的华幕,莫奈将观众带到了凌乱的幕后,让人们看到艺术的日常与非常,梵·高则让观众走上舞台,与演员一同完成这部作品。这个展览用三位重要人物,清晰地展示了现代派演进的内在脉络。从作品的陈列到说明的起草,都不难见到陈展者的匠心,正是因为这样的想象和努力,让三位巨匠以这样的方式"团聚"。

穿过王子大街、皇后大街一路北上,穿过梦幻般的夏洛特广场,一路向西,穿过一片又一片绿意盎然的树林,苏格兰国立现代艺术馆宽阔的庭院隐藏在不起眼的民宅之中。苏格兰国立现代艺术馆建筑群由迪恩艺术馆和现代美术馆组成,是苏格兰杰出的现代与当代艺术品国家藏馆。

1960年,苏格兰国家美术馆收藏的以二十世纪苏格兰绘画为主的部分收藏迁移到了作为苏格兰国家美术馆延伸的苏格兰国立现代艺术馆,此后后者拓展了收藏内容,包括达达主义和超现实主义的作品,这让苏格兰国立现代艺术馆成为既依托于苏格兰国家美术馆又具有一定独立性的美术馆。

两馆均坐落在宽阔的园林之中,庭院中可以看到伊恩·汉密尔顿·芬莱、亨利·摩尔、瑞秋·怀特里德、芭芭拉·赫普沃思等重要艺术家的雕塑作品。现代艺术馆正面的草地在2002年按照查尔斯·詹克斯的设计重新美化过。这个壮丽的作品包括一个蜿蜒起伏的小丘，和三个新月形的水潭。

现代艺术馆展出1900年前后至今的专题展品和作品，而迪恩艺术馆则展出该馆享誉全球的达达主义藏品和超现实主义藏品，以及爱德瓦多·巴洛奇的作品。现代艺术馆二楼通常用于举办专题展览和规模较小的临时展示。艺术馆自己收藏的作品，加上专门借来的展品，陈列在三楼，这里是常设展。

艺术馆的早期收藏以二十世纪初的法国和俄罗斯艺术、立体派油画、一流的印象派及现代英国艺术为特色。最著名的藏品包括马蒂斯和毕加索的油画。艺术馆还收藏有国际上杰出的战后作品，以及最重要数量最广泛的现代苏格兰艺术品。战后藏品主要有弗朗西斯·培根、大卫·霍克尼、安迪·沃霍尔、卢西恩·弗洛伊德的艺术作品，以及更接近当代的艺术家的作品，包括安东尼·葛姆雷、吉尔伯特、乔治、达米安·赫斯特、翠西·艾敏和格拉斯·戈登。迪恩艺术馆拥有世界级的达达主义和超现实主义艺术收藏，分别陈列在罗兰特·潘罗斯展馆和加布里埃尔·库勒藏馆。这些杰出的藏品大部分是迪恩艺术馆在二十世纪九十年代购入的，主要有达利、米罗、厄恩斯特、马格里特和毕加索的重要作品。

让我开心的是，在这里竟然邂逅了我最喜欢的德国艺术家约瑟夫·博伊斯的作品展，这真让人兴奋。约瑟夫·博伊斯用自己的作品证明，艺术就在一地鸡毛的日常生活中，而且与政治息息相关。作为一名用艺术作品表达政治预言的思想家，他堪称欧洲后现代主义的风云人物。博伊斯善于用简单的材料表达具有穿透力的脆弱气氛，从而营造一种悲怆的历史回忆。他的作品充满隐喻，这让他更像一名巫师。博伊斯最著名的作品是行为艺术《如何向死兔子解说图画》，他怀抱死兔子，头顶涂着蜂蜜，右脚绑着铁板，象征理性世界；他左脚踩着毛毡鞋底，那是他期望的无尽温暖。贪婪、暴力、邪恶，不会战胜人类心底残存的这一点小小的温暖，永远都不会。

然而，约瑟夫·博伊斯的作品因为其生活性，留给世界一个非常大的难题，就是如何保管。雕塑和绘画作品还好说，这些装置艺术品真令人头疼，古根海姆美术馆、泰特美术馆、苏格兰国立现代艺术馆都为此费心费神，据说《堆满脂肪的椅子》和《一件西装》早已经不是原件了。

彼得·梅尔：永远的普罗旺斯

普罗旺斯南部毗邻地中海，东部与意大利接壤，从地中海沿岸延伸到内陆的丘陵地区。罗纳河从阿尔卑斯山起步，经里昂蜿蜒向南，在普罗旺斯附近分为两大支流，然后注入地中海——罗纳河是欧洲最重要的河流之一，也是欧洲最重要的航运水道——在流向地中海的河流中，罗纳河是非洲的尼罗河以外的第二大河流。亮丽的阳光、蔚蓝的天空、妖娆的野树、醉人的薰衣草、迷人的地中海，让彼得·梅尔啧啧称奇。

——题记

有些往事，有些秘密

有些往事，就像被我们随手撕掉的日历，翻过去，就忘记了，永远不再想起，永远没有波澜；有些秘密，就像行军途中口耳相传的口令，到最后，往往走调，再也找不到那个原点，再也不会想起当时的初衷。

还有一些呢,似乎大为不同。它们是放在银行保险箱中的珍藏,是心口曾经滴血的初恋,是不需要写在日记和拍纸簿上的文字,不须提示,不会褪色,不能忘记。日子就这样一天又一天,你以为很多故事已经随风而去,可某一天,蓦然回首,你会发现,它们就那样,静静地沉淀在你记忆的深处,等待你去打捞。

这是一些关于彼得·梅尔的往事和秘密,十几年过去了,我从未想起过他和它们,可是今天,我发现,他和他的故事,还在那里。

同"彼得·梅尔"相识于1997年,那时我们都还年轻。

那一年,不要说对于北京人,对于大多数中国人来说,这个名字还很陌生。

那一年,我刚刚走出校园,没有了考试的压力,每天闲得发慌。偌大的金台园神秘幽邃,深不可测。一有时间,我就走出这个大院子,在古都的阡陌之间穿行。数千条胡同如蛛网般密布,柴米油盐酱醋茶的人家在这里演绎着他们千百年来的人生,那些细碎的唠叨、夸张的嬉笑、缤纷的叫卖,甚至那汹涌的静默都让我如此着迷。这是一座什么样的老城啊,我叩敲它古老的石墙,触摸它冰冷的血脉,体味它的温暖与温情、肃穆与庄重,迷醉不已。

记得那时——粤东新馆还在,一个世纪前,康有为在这里成立保国会,从此开启戊戌变法的大幕;广渠门内大街207号曹雪芹故居还在,蒜市口不远是《红楼梦》中繁华的兴隆街,铁槛寺的原型——隆安寺是古代皇家、高官停灵的地方,有心人还会在东边找到曹雪芹常去的卧佛寺;西裱褙胡同的于谦祠还在,魁星阁高悬的"热血千秋"木匾昭示着千古悲魂的不白之冤,见证着"赤手扶天""力摧妖魔,尊辱不惊"的英雄故事;八道湾的鲁迅故居还在,他写作《故乡》

《阿Q正传》的三间书房还没有一夜之间化为废墟，院子后面周作人的"苦雨斋"也还完好，兄弟俩在这里曾经心存和睦，相敬如宾；无量大人胡同5号的梅兰芳故居还在，作为民国时期的民间外交场所，在短短几年内造访此间的国际友人多达六七千人，包括瑞典王储古斯塔夫六世夫妇，英、美、意、西、日等国驻华使节，文艺界、教育界、政界、实业界的知名人士，沸腾的场景似乎还刻在石缝之间；孟端胡同45号的清代果郡王府还没有被连夜"迁建"，北总布胡同24号的梁思成林徽因故居依然如旧，冰心写作"太太的客厅"的情形宛在眼前，隔壁的金岳霖似乎仍在敦厚地微笑……而今，这些曾经可以触摸的历史记忆，都已化作不堪回首的隐隐伤痛。

还记得，在美术馆后街22号赵紫宸故居的大门外，我站在推土机前，螳臂当车，泪落如雨；还记得，在于谦祠被烧焦的古树、被锯断的横梁前，我聚拢着那些飞雪般飘散的砖粉木屑，不明白我的古城何以如此毅然决然斩断她与过往的牵绊；还记得，在539个挂牌保护的四合院前，我在汗湿的手心里——记下它们的名字，轻叩它们紧闭的心扉，试图寻找指引它们走出尴尬境况的神秘路径。

曾几何时，这座老城，让我深深迷恋，午夜梦回。曾几何时，这座老城，让我肝肠寸断，不忍相认。那些琉璃光耀的残砖碎瓦，那些尘埃满面的残垣断壁，竟然让我如此心碎。我不知道，究竟在何时、在哪里，老城还可以骄傲地收下我的礼赞。

就是在那时，在对新世界的质疑与对旧世界的绝望中，在栉比鳞次的高楼、拔地而起的吊车脚手架的围剿中，我遇到"彼得·梅尔"，随着他走出了沉重的阴霾，幸运地成为他的第一位中文译者。

那个阳光灿烂的下午，今天回想起来，仍恍如昨日。

那时，二环的车还没有这么多，还没有那么多的限速标志，打开车窗还有驭风驰骋的感觉,我甚至可以在迷路时,将车泊在朝阳门主路边上,给朋友打电话问路,那个有着恶俗名字的百万庄到底在何方。那时,中国外文局的大院子空旷得吓人,低矮的办公楼庄重、朴素,甚至有些简陋,一间间宛若书城的房间却令人油然而生敬意。那时,我的责编还是翩翩一小生,他从办公室走出来,玉树临风,英气逼人——很多年后,我再次见到他,已经是在这个城市的东三环之外。时光如同一驾负重的马车,在我们的笑容和眼眸,碾下了深深的辙痕。我们相视而笑,一瞬间,"月光宝盒"开启,时间仿佛回到过去。他递过来厚厚的一沓英文复印件,装在印有"新世界出版社"的信封里。我知道,这,就是我未来两个月的功课。

那时,大陆对于彼得·梅尔这个名字还很陌生,而台湾早已买下了他的中文版权,中国外文局的新世界出版社又从台湾买下他的内地版权,我所翻译的,是他这些版权著作中的一部——《重返普罗旺斯》。感谢彼得·梅尔,正是因为他对于生活品质独特的理解和感悟,引领我走出那段抑郁的心境,教会我在轻浮的年纪,就懂得生命的超然与洒脱,在为赋新词强说愁的况味中,懂得区分千帆竞发的波澜壮阔与千帆过后的波澜不惊之间的不同。

彼得·梅尔是英国作家,也是资深广告人。大约是二十世纪五十年代后六十年代初,他来到美国纽约繁华的麦迪逊大街,从事广告业。此后十五年,如同在这条大街上的每一只勤劳的蜜蜂,彼得·梅尔不知疲倦地奔忙。直到有一天,他开始厌倦,厌倦平庸的生活与平凡的劳碌,选择从繁忙、喧嚣中淡出,选择用自己的方式——旅行与创作开启生命的新征程。

1987年,彼得·梅尔移居法国普罗旺斯。怀着对当地风情难以抑制的喜爱,他写下《普罗旺斯的一年》。没想到,随意之举却成就了经典佳作。他开创的山居岁月在全球引发追求"有品质的生活"的风尚。此后，彼得·梅尔笔耕不辍，陆续写出《永远的普罗旺斯》《重返普罗旺斯》《有关品位》《吃懂法兰西》《面包人生》，小说《茴香酒店》《一只狗的生活意见》《一年好时光》《追踪塞尚》等等。此外，彼得·梅尔还是《星期日泰晤士报》《独立报》的专职供稿人，并在《绅士季刊》设有专栏。

我们的相遇，就从这里开始吧。

《重返普罗旺斯》

究竟怎样描述它才好？伴随彼得·梅尔的那一次浪漫普罗旺斯之旅，令人永生难忘。

"我发现，如果你从未看到过一个男人用高压水管洗内衣，你就永远不会真正体会到新旧大陆之间文化等诸多方面的差异。"在《重返普罗旺斯》开篇的《山城遗事》中，彼得·梅尔如此这般，将他的山居情怀娓娓道来。在这样一个初冬清冷、静谧的早晨，静静地倾听高压水管有节奏的声音响彻整个村庄的上空，这该是怎样的一种惬意？

在隐居普罗旺斯之后，彼得·梅尔一度返回美国。他沉浸在美国的便利、高效、无数的机遇、挑战和选择之中，慢慢被当地的风俗所同化，开始尝试品尝加利福尼亚葡萄酒，尝试电话购物，尝试悠闲地兜风，尝试富含维生素的食物，甚至为胆固醇的升降而觳觫不安，甚至谨慎地遵照生活小百科的吩咐，每天定量喝八杯水，甚至尽最大努力，适应他所面临的一切。然而，这样的生活总是令他若有所失，普罗旺斯那种纯然清澈的全部视觉、听觉、嗅觉和感受，全部消失了，长达四年的美国生活让他再度厌倦,于是,他开始了"重返普罗旺斯"之旅——我认识的彼得·梅尔就从这一刻开始了。

有必要先说说普罗旺斯。

位于法国东南部的普罗旺斯曾为罗马帝国的行省,也是欧洲的"骑士之城",也是中世纪重要文学体裁骑士抒情诗的发源地。普罗旺斯南部毗邻地中海,东部与意大利接壤,从地中海沿岸延伸到内陆的丘陵地区。罗纳河从阿尔卑斯山起步,经里昂蜿蜒向南,在普罗旺斯附近分为两大支流,然后注入地中海——罗纳河是欧洲最重要的河流之一,也是欧洲最重要的航运水道——在流向地中海的河流中,罗纳河是非洲的尼罗河以外的第二大河流。亮丽的阳光、蔚蓝的天空、妖娆的野树、醉人的薰衣草、迷人的地中海,让彼得·梅尔啧啧称奇。

地中海气候为普罗旺斯地区赋予复杂的天气和不同寻常的魅力——天气阴晴不定,时而暖风和煦,时而海风狂野;地势跌宕起伏,间或平原广阔、峡谷寂寥,间或山脉蜿蜒、峰岭险峻;文化风云际会,既有苍凉的古堡,又有活泼的都会,在彼得·梅尔娓娓道来的故事中,南法辽阔的土地上演绎传奇般的旖旎风情。进入夏季,薰衣草迎风绽放,浓艳的色彩装饰翠绿的山谷,微微辛辣的香味混合着被晒焦的青草芬芳,交织成法国南部最令人难忘的气息。

重返温馨而舒适的普罗旺斯,重温那种无拘无束、畅所欲言的熟悉氛围,彼得·梅尔激动不已,感慨万端。无须再考虑与人打招呼时用"您"和"你"的细微差别,不需迫不及待地在字典里查找从"桃子"到"阿司匹林"等每个词的阴性或阳性,即使对那些熟悉的事物略感生疏,也不用挖空心思寻找那些时髦的辞藻。从前,一小时就是平淡无奇的六十分钟,而今,这一小时却已经无比丰富,饱含无穷的内涵,萌生出跌宕的高潮和低谷。"没人注意你离开房间,而看到的是你在退出；经济波动不已，仿佛是一颗爱捉弄人的智齿；凭直觉就可以知道，伟大思想中的哪个部分是用玄想来补缀的；那些对人们有百益而无一害的褒义词正在泛滥成溢美之词。"彼得·梅尔行文优美，富有冷静的观察力和澎湃的想象力，然而将这些用中文表达出来，殊为不易。当年，我为找寻一个合适的词、合适的句子，搜索枯肠的情景，似乎还在眼前。

我喜欢他《悬而未决的谋杀案》中那种平静的幽默、淋漓的刻薄："原来此前他还有个约会。那天村子里举行葬礼，他从不错过参加葬礼的机会。他喜欢葬礼仪式的整齐步调、庄重感、哀乐，还喜欢看女人穿着她们最好的衣服和高跟鞋参加葬礼的情景。如果葬礼是为他的老对头举行的，那他就更加欢喜不尽了。他称之为最后的胜利，证实他自己的优越生存权。"

我喜欢《家居指南》中那浅薄却让人忍俊不禁的噱头——《纽约时报》餐饮评论家有一项惊人的发现：普罗旺斯根本不存在，因为它只是一个拥有聪明的乡下人和糟糕的食物，而不是令人真正魂牵梦绕的地方。就像一个高明的钓鱼人，彼得·梅尔常常抛出一个小小的诱饵，然后，淡定地坐在岸边，等待鱼儿们为这些诱惑争得头破血流，他却暗自失笑。我喜欢彼得·梅尔在《山居良策》中为那些因山居生活而苦恼的人贡献的好办法，它们何尝不是品质生活的良策？我至今还记得那些片段：流逝的岁月的碎片，弥漫在其他的村落了，以至有时候我幻想自己可以做一个窃贼，悄悄地将那些丢失的碎片偷回来，拼凑出那永逝的美好时光。这些，何尝不是我自己的人生感喟？"碎片""弥漫""幻想""拼凑""永逝""美好"，我恍惚还记得在词汇的海洋里寻找这些被沙粒包裹的珍珠时的茫然和快乐。

我喜欢《车路历程》中那些叙事的准确和机智："第一声惊雷轰

然炸响之前的瞬间静谧,是你急匆匆赶回家,拔掉你的传真机、电脑、应答机、音响和电视机电源插头的唯一机会。"山野中,现代科技在大自然雷霆万钧的怒气中束手无策的尴尬袒露无遗,这是自然界对现代文明的沉重的嘲弄和打击。

我喜欢《初访马赛》中那种浓郁的市井气:在卡纳比里号上大吵大嚷的醉醺醺的水手,船坞旁人声鼎沸的酒吧,伊夫岛中年代久远、冰冷无情的监牢,天一擦黑就令旅游者战战兢兢的狭窄后街,比利时人的每日市场,空旷萧瑟的小岛,狰狞而邪恶的渡口,甚至,马赛那光怪陆离、声名狼藉、危机四伏的城市本性——这些,如同普罗旺斯的浪漫与悠然一样,让人如此迷恋。

我喜欢《夏日午后消暑八法》中那些趣味盎然的生活场景:不管你投球的水平如何,滚球游戏永远令你兴致勃勃;用一个下午的时间,处理一大堆修剪下来的薰衣草;与工匠永远没有结果的约见与谈判;一次慕名的购物经历,没有想到波澜骤起;琳琅满目的葡萄酒开塞器博物馆令无数访客瞠目结舌;昏沉沉午后的庄园之梦;期待已久的购房历险;在可以俯视山谷的花园中静心阅读爱德华·吉本的《罗马帝国衰亡史》。午后的时光悠长漫漶,漫不经心的消暑之法让平凡的日子充满情趣,充满力量。

如果旅行是为了摆脱生活的桎梏,普罗旺斯会让你忘掉一切。

如同哥伦布在十五世纪发现新大陆一样,我以为,普罗旺斯的发现者就是彼得·梅尔。如同一个羞涩的姑娘,普罗旺斯似乎从诞生之日开始,便谨慎地保守着她的秘密,而这一切,似乎就为了等待一个叫作彼得·梅尔的英国人的到来。在彼得·梅尔的笔下,"普罗旺斯"已不再是一个单纯的地域名称,更代表了一种简单无忧、轻松慵懒的生活方式,一种去留无意、宠辱不惊的闲适意境。

有松露的普罗旺斯

咆哮直下罗纳河河谷的西北季风冻裂了老房子的水管，彼得·梅尔的普罗旺斯生活便从与当地的泥水匠、水管匠周旋开始。

日复一日，月复一月，彼得·梅尔夫妇与狡猾的工匠们斗智斗勇，对付后者对工程的推托迟延，他们想出的种种应付办法则让我们捧腹大笑。在普罗旺斯的一年里，彼得·梅尔和猎野猪的农夫、采松露的乡人及其他乡下邻居们交上了朋友，知道了操纵山羊赛跑的秘密，避免毒蛇追踪的妙法。被收容的流浪犬博伊、圣潘塔雷昂传说中会唱歌的蟾蜍、花园里意外挖出的两枚拿破仑金币、药房里的奇闻怪事、努力修葺两百年的老房子、曾经当作警察的交通管理员、穿着胸前印有"热爱运动的公鸡"运动服赴宴的超级美食家……这些是彼得·梅尔在普罗旺斯生活中的日常组成，他却将这些平凡的日子过得妙趣横生。一把椅子，一缕时光，一颗摆脱焦灼的心，跟随彼得·梅尔在普罗旺斯留驻安宁。

如果说彼得·梅尔对普罗旺斯情有独钟，那么他谈得最多的是普罗旺斯的松露和教皇新堡葡萄酒。《向X先生买松露》是《永远的普罗旺斯》的第一篇，彼得·梅尔开篇写到一个"偷偷摸摸的交易"——一位超级美食家朋友弗兰克从伦敦打来电话求助，希望在早春三月这个松露季节已经结束的时候找到两公斤松露，因为他正在难挨的困境中挣扎：没有松露煎蛋饼，没有松露馅饼，没有松露粉末滚烤猪肉，多么沉重的日子啊！为了朋友的"品位"，彼得·梅尔决定一试，他找到松露联系人的联系方式——由一家餐馆大厨透露的写在一张账单背面的电话号码。

"找宝行动"开始了。

不妨说说松露。松露是一种蕈类的总称，有人翻译为"地菌""块菰""块菌"。日本人最早开始发现松露的价值，其栉松风、沐晨露而长，故而在日文中将其翻译为"松露"。松露多生长在阔叶树的根部，散布于栎树、青冈栎树与松树树底一米至一点五米方圆之内，块状主体藏于地下数厘米或数十厘米之间，对生长环境的要求极其苛刻，成就了它的珍稀昂贵的品质，甚至被法国人称作"钻石"，身价与鱼子酱、鹅肝酱等高级美食并列，号称美食"三大天王"。

松露具有与生俱来的独特香味，这使得它成为法餐、意餐中极为珍贵的调味圣品。因为猪的嗅觉异常灵敏，法国人最早用猪做工具发现松露。在我的印象中，彼得·梅尔在他的第一部有关普罗旺斯的著作中，说猪是发现松露的主要动物，而在他晚近的作品中，狗又代替了猪，原因在于松露有一种非常强烈、刺激的味道，猪对这种味道尤其敏感，彼得·梅尔甚至将它比喻为"猪的性诱惑"，不难猜想，猪很容易在这种味道的刺激下做出癫狂的举动，伤及周围的人群。更多的时候，猪闻到松露气味，不仅会发狂地将土里的松露挖出来，还会趁猎人不注意将松露一口吃掉。资料记载，成熟的松露散发出森林般潮湿气味，并带有干果香气，借以引诱小动物前来觅物，将孢子带到他处进行繁殖。有人说，这种潮湿的味道闻起来像大蒜，有人说像奶酪，有人说像天然气，又有人说像天堂的味道。让我们且看看彼得·梅尔对这种味道的描述：

我起身告辞时，弗兰克又抓了一把松露给我，还连带赠送他的煎蛋食谱……回家的一路上，我浸染在满车的松露气息之中。第二天，我的随身行李也散发出松露味。等到飞机降落在希思罗机场，我准备从头顶的行李箱里拿出行李过海关的安检时,一股强烈而难闻的气味飘散开来。周围的乘客惊奇地看着我,随即侧身躲开,好像我有严重的口臭。

当时埃德温娜·柯里正发布沙门杆菌警告,我不禁想象着自己被警犬围困,然后被关进检疫隔离室,原因是携带有害国民健康的异国物质。因此过海关的时候,我小心翼翼。海关人员连鼻孔都没抽动一下,就放我过去了。倒是出租车司机满脸狐疑。

"啊呀!"他说,"你带了什么东西?"

"松露。"

"哦,好吧,松露。早就不新鲜了,对吧?"

松露的味道可见一斑。

松露的生长历程中有一个奇怪的现象,当松露开始进入成熟期时,和松露共生的植物周围会出现烧焦现象,让周围的草全部枯萎,似乎是被雷电击穿一般,所以在法国自古以来就有人相信松露是闪电的女儿。当然,也并不是所有人都认为与闪电结缘是一件美好的事情,这个奇特的自然现象曾让松露在迷信的中世纪被视为恶魔的化身,长达千年人们避之唯恐不及。直到十四世纪,法国教皇重新开启吃黑松露的风潮,松露才回归餐桌。十九世纪是黑松露的极盛期,当时所有正式餐宴上至少都要有一道以黑松露为主的菜。

彼得·梅尔移居的普罗旺斯,是全球最重要的黑松露产地,产量占法国的80%。正如彼得·梅尔所描述,普罗旺斯的交易市场里面满布着诡异的气氛,满街的人神秘地交头接耳。看货、讲价、交易全都隐蔽地进行,在这里是看不见松露摊子的。松露猎人会将松露放在藤篮内,排成一排在路边的矮凳上陈列,中介商和有兴趣买的人可以看货、闻香、询价购买，卖家只收现金，不收支票，而这是买卖松露的行规，松露供货商不相信在纸上写的数字，也不会开具收据，对所得税这一说法更是觉得荒唐可笑。

松露还仅仅是彼得·梅尔笔下风情的一种。

狗一样的写作生活

"写作就像狗过的生活，却是唯一值得过的生活。"彼得·梅尔引用法国作家福楼拜的心得，并作如是观。

对于大多数写作者来说，写作无疑是一件孤苦而寂寞的事。彼得·梅尔的文字非常考究，对事物细部的描述可谓精准，这是我在翻译中最为苦恼的事情，如何将他的轻松俏皮语言背后对自由写意生命的诉求、对光明朗照生活的追逐完整翻译出来？这并不是一件容易的事，今天回头重读当年的译作，我对自己的评价是，尽管非常用心，但还是做得不够好。当然，读懂彼得·梅尔的怡然与释然，是需要岁月的磨砺的。

我喜欢彼得·梅尔在《英国虾》中那个信马由缰的开头，这也是《永远的普罗旺斯》中的一篇，在这篇文章中，他讲述了他写作的私心与公义。彼得·梅尔坦陈，他的写作其实时常受到困扰和打击。比如"长期的状态是沉思苦想，徒劳无获"，便会"动摇起来，寻思着也许该转行谋个稳定而实用的职业，比如职业会计师"，在这些沮丧无助的时刻，他每每相信，"写作的这一面，无疑就像狗过的生活"。

然而，惊喜总是在意外降临，因为写作者会无私地"给那些素未谋面的读者带去了几个小时的快乐的阅读时光"。特别是很多读者还会写信给他，这使所有的煎熬都算不了什么了。

彼得·梅尔的惊喜，开始于一封远方来信："我收到第一封读者来信，是在四月《普罗旺斯的一年》出版后不久。信寄自卢森堡，语气谦恭有礼，赞誉有加。我一整天读了又读。"接下来的那个星期，欣喜像雪片般飞来："又有位男读者写信来询问在新西兰怎么种松露。这之后，信件开始源源不断地飞来，寄自伦敦、北京、昆士兰，寄自英国的沃姆伍德·斯科拉比斯监狱、法国蔚蓝海岸的外国人社区、英国威尔特郡和萨里郡的偏远山区。"我想，对一位写作者的肯定，没有比这些来自四面八方的信件更重要、更令人信心百倍了，彼得·梅尔对这些信件做了认真的整理："有的写在不褪色的高档蓝色印花信纸上，有的是从笔记本中撕下来的几页，甚至还有一封写在伦敦地铁交通图的背面。信封上的地址往往语焉不详，邮局只好推测一番，单单凭着'博尼约村，英国人'这个信息找到我们，尽管我们并不住在博尼约村。还有一封写的地址是'普罗旺斯梅纳村，英国虾收'，我最喜欢，也是这么投递上门的。"

对这些不远万里、长途跋涉的"访客"，彼得·梅尔极尽地主之谊："读者的来信都很友善，令人振奋，因此但凡有回信地址，我都一一回复，以为这事儿就算完结。"然而，事情并没有这样简单，很快，彼得·梅尔发现自己成为名誉"普罗旺斯顾问"，普罗旺斯因彼得·梅尔而走进更多读者心中，读者也喜欢用各种问题来找他求教，琐碎到买房子、找保姆。"一位女士从孟菲斯打来电话，询问沃克吕兹省的盗窃率有多高。一位埃塞克斯的摄影师想知道，他在吕贝隆山区能否靠拍照谋生。打算移居普罗旺斯的夫妇，发来好几页问题：他们的孩子能不能适应当地的学校？生活成本有多大？这里的医生怎么样？所得税高不高？日子孤单吗？他们会过得快乐吗？我们总是尽可能地回答。"尽管被动地卷入陌生人的生活计划，彼得·梅尔隐隐觉得有些不妥。

更有戏剧性的是,接下来的夏天,信件变成了活生生的人。一个与一个陌生的面孔成为不速之客。

> 七八月间的时候,我们对门前出现的陌生面孔见怪不怪了。他们大多满脸歉意,举止得体,只不过想请我在书上签个名;如果受邀进门喝上一杯,或者在阴凉的院子里小坐几分钟,都会由衷地表达谢意。他们似乎都对我们千辛万苦才安置妥当的石桌很着迷。"这就是书上说的那张石桌!"他们一边惊叹,一边绕着石桌走上一圈,手指摩挲着桌面,仿佛这是大雕塑家亨利·摩尔的经典之作。眼见我们自己、我们的狗和我们的房子无所保留地由着陌生人饶有兴致地审视,感觉非常怪异。

彼得·梅尔在《英国虾》中记叙了这样由写作而引发的趣事,每一件都令人忍俊不禁。在平凡中发现不凡,在庸常中发现非常,这是彼得·梅尔的智慧所在、价值所在,我想,也许是世界各地读者喜欢他的原因所在。他的文字中没有堆砌的诗意、造作的浪漫,对于吕贝隆山区的野餐之类的事情,他颇不以为然;对于斑驳的阳光洒在林间的空地上这样的景象,他缺乏足够的兴趣和想象;他看来,真实的野餐景象是——地面终年潮湿,湿气爬上脊背,蚂蚁争抢食物,白葡萄酒温吞吞,乌云临头大雨突降时匆忙躲雨……彼得·梅尔所追求的自在与随意,是不需要任何物质准备的天然野趣、不需要任何心理准备的任情适性,比如,他在《人生五十须尽欢》中写到自己陡然降临的五十岁生日:"那天早上七点,我起床后走进院子,天空蓝得无休无止,就是高卢牌香烟的那种蓝。赤脚踩在石板上,感觉温热。我们的老住客,那些蜥蜴,已经占好晒阳光浴的位置,平扁扁地趴在墙上纹丝不动。单单起床后迎来这样一个早晨,就算得上一件生日礼物了。"写得多好,那么诚挚,那么放松。

这样的文字,背后是对苦难生活的诙谐超度、对阴翳命运的优雅洞彻。2002年,法国政府授予彼得·梅尔"法国荣誉骑士"称号,我想,这是因为彼得·梅尔深刻地阐释了幽默而优雅的法国精神。

再看他五十岁生日这一天:

在吕贝隆,炎炎夏日的清晨,手捧一杯奶油咖啡坐在露台上,看蜜蜂们在薰衣草花畦里穿梭忙碌,远处的森林在晨曦之中呈现出明亮的幽绿——如此馥郁的感觉,胜过一觉醒来发现自己变成了富翁。周遭的温暖,令我身心舒畅,并不觉得比四十九岁老了一天。我低头看看自己的十个棕色脚指头,真希望在六十岁生日时一切如故。

注意:接下来,才是真正的彼得·梅尔式的幽默。正在他沉醉于自己的脚丫子、畅想六十岁的人生时,他的朋友班内特开着坦克车一般的路虎气势磅礴地赶到了:"我得借用一下你的电话!我的游泳裤落在昨晚过夜的房子里了,那可是条卡其布泳裤,跟诺列加将军的内裤很像。"有趣的是,这位班内特在借用电话之前,还没有忘记对五十大寿的朋友真诚地感叹:"天哪!你看上去老了呢!"

最有趣的峰回路转,总是在你想象不到的时刻降临。彼得·梅尔的幽默是一簇蒲公英的种子,随风飘散,随风飘扬,随性而孤独地扎根,开花结果。他被一干朋友——不用说,尽管他没有交代,我知道,其中一定有班内特——塞进车里,去一个叫作毕武村的地方野餐,以此庆祝他的寿诞。

在一个连汽车都无法行驶的地方,他们换了座驾——马车,朝着空旷的乡野进发。此时,不难想象,彼得·梅尔式的戏剧生活开始了:

> 一切景物都是另一番模样,更显气势,也更有意趣。乡路凸凹不平,马儿步伐时快时慢时大时小,乘客便随着那舒服的节奏轻轻摇晃。马车吱吱嘎嘎,马蹄嘚嘚踏行,铁轮沙沙碾过沙砾,如同一首愉快的老式背景音乐。四周香气弥漫,氤氲着马儿的温热,马鞍的肥皂味、木头的油漆味、乡野的清新味,都透过车窗扑面而来。还有车速,或说可以忽略不计,你可以从从容容看风景。相比之下,汽车更像是载着你飞奔的屋子,你看到的只是一片模糊、一个印象,你隔绝于乡景之外;坐在马车里的话,你就是乡景的一部分。

毫无疑问,在这样的美景中,彼得·梅尔对野餐的顾忌烟消云散,没有"湿冷的屁股",没有"蚂蚁三明治",与此相反,还有甜瓜、鹌鹑蛋、奶油焗鳕鱼、野味馅饼、肉馅番茄、腌蘑菇,还有充足的冰块、纤细的牙签,甚至,还有出乎意料的生日贺卡:"这是迄今为止我收到的最沉重的生日贺卡—— 一块圆形的金属路标,直径足有两英尺,上面大大的黑色数字直喇喇地提醒我流逝的年岁。五十。生日快乐!"

当然,如果此时没有暴风雨,那一定不是彼得·梅尔,与此相携而至的,还有豆子般大小的冰雹,冰雹打在敞篷车里,"敲得我们头疼得要命",他们不时铲除车里的雨水,倒掉帽子里的冰粒,早晨的斯文优雅全无，只剩下狼狈和尴尬。

雨后初晴，生活回到了原来的轨道。大家怯怯地问，你现在——还喜欢野餐吗？"这是什么话！"落汤鸡彼得·梅尔气势汹汹地反驳："我当然喜欢野餐，我爱死野餐了！"

我喜欢彼得·梅尔这种看似不经意中趣味盎然的笔力。罗曼·罗兰在《约翰·克里斯朵夫》中曾说过一句饶有趣味的话："一个人从出生到成熟，被灌满了各种谎言，成熟的第一步，就是呕吐，把这些谎言都吐出来。"彼得·梅尔打动人心之处，恰在于他的诚实，不仅吐出了人类成长的谎言，更将人类的童年同生命的成熟直接嫁接起来。他的文字，褪去了纽约街头的浮华和烦躁，洗脱了专栏逼迫的谄媚与艰涩，羚羊挂角，返璞归真，有着别样的蓬勃和轻盈。这是来自心灵的歌声，无意间哼出，未加阐释，没有演绎，自成曲调，齿颊留芳。在现代生活的逼仄之中，在万丈红尘的烦扰之下，彼得·梅尔用最轻巧的力量，牵引起无数漂泊在虚荣、虚伪、虚假、虚无的生存表象中的无根灵魂，引领他们寻找心灵的故乡。

苦短人生的品质抉择

在《有关品位》的开篇，彼得·梅尔便提出他的疑问：

我相信，我们中的大多数人生来就有喜爱挥霍的倾向，且有贪多求好的强烈欲望。这些东西兴许就潜藏在一个人的基因里，一旦有了走好运的苗头，比如天上掉下来张信用卡什么的，便会马上发作。若非这样，有什么理由可以解释，许多女人明明已经有了399双鞋，却还执意要购买第400双新鞋？又如何解释人们还想拥有第二架私人直升机、第五幢房子、一打名家装饰的坐垫、一大桶盛得满满的鱼子酱，或者是一瓶陈年的香槟酒呢？究竟是哪些人需要这些东西？是谁在购买这些东西？他们又因何需要这些东西呢？

彼得·梅尔在生活的完美和瑕疵之间逡巡、张望，犹疑于生命的意义，努力探寻生活的价值。他曾亲眼看见那些有钱人对所谓的"生活品位"的吹毛求疵："我记得有次去威尼斯一家豪华酒店做实地调查。那是家棒极了的酒店，还有一位同样棒极了的大厨。我以为在这样的地方，要想对他们的餐点挑出丝毫不满意的地方来，绝无可能。但我错了。"

某一天，一次偶然的机会，彼得·梅尔坐在一群珠光宝气的有钱人中间，他们是米兰有钱老爷的代表。对所谓的完美品位的追求让他们对一切都充满了审视和挑剔，"他们不高兴"。白酒没有冷藏到完全合乎他们的标准；抬了抬手指头，侍者没有在三十秒之内赶过来。在我们看来那些微不足道的事情，在他们看来都会有无比重大的意义——早餐的鸡蛋不能吃，因为煮得有点不够老；丝质衬衫不能穿，因为上面有一道极不起眼的皱褶；司机实在叫人受不了，因为他又吃大蒜了；门房接待要么不够殷勤，要么太过亲昵；某个笨蛋忘记把袜子烘暖，或者忘记把报纸熨得服帖——"这些数不胜数、快要把人逼疯的瑕疵"不断出现，彼得·梅尔感慨："那你这一天的日子能过好吗？"他们整天嘟嘟囔囔，抱怨奢华生活里的瑕疵，叹息美味食物中的败兴。"他们究竟是怎么了？"彼得·梅尔质问，"放眼望去，我看不到一个快乐的百万富翁。"

究竟是什么在造就着我们，造就着生活的分量和品质？彼得·梅尔用了四年的时间寻找这个问题的答案。在伦敦，他找到三家风格朴素的百年制鞋老店——也许叫作杰明街，也许叫作圣詹姆斯街，这并不重要，重要的是它们沉稳低调，隐匿在楼宇之内，藏身在间巷之间，不做时兴广告，纯靠口碑相传，"为某些人稀少而隐晦的爱好提供服务"。年复一年的日子刻下了它们的痕迹，但不用心的人一定不会留意它们的存在。到这样的店铺定制皮鞋，如同完成一个庄重的仪式，每一道程序都神圣得不容侵犯。流光如同一把拂尘，拂去了岁月的枝枝蔓蔓，呈现了时间的清澈留痕。在这样的老店里，你看得到历史、看得透人生，你会参悟生命的本意和本真，懂得如何抛开红尘中的扰攘，选择在喧嚣中冷静倾听。

让彼得·梅尔痴迷不已的，还有巴黎具有151年历史的衬衫店，位于伦敦曾为海军上将纳尔逊勋爵做过马裤、为英摄政王乔治四世做过波纹绸质狩猎内衣的西装店，伯灵顿街由四个零售巨头柏克、费雪、罗德、皮尔瓜分的克什米尔羊绒制品商店，产自基督山小镇的巴拿马草帽，深受讽刺作家拉伯雷、大文豪莎士比亚、擅长以挖苦英国上层社会流弊而闻名的小说家依夫林·渥夫青睐的鱼子酱，只要小小一块就能让整盘菜焉然巨变的普罗旺斯松露，被作家伯纳德·沃尔夫形容为"整座海岛便是一个天然保湿的烟罐"的哈瓦那雪茄，通常具有十到二十年酒龄的苏格兰单一麦芽威士忌，在瑞士日内瓦、巴哈马首都拿骚、法国港口尼斯、地中海西部的伊比沙岛等景色怡人的地方拥有第二个家的人，被回头客称为"老友路易"的巴黎维特博易路32号餐厅，宾客盈门的普罗旺斯家园，从欧美席卷而至全世界的圣诞大采购……这些让彼得·梅尔驻足的片刻，也许是时光中最不起眼的瞬间，然而，这些平凡简单的时刻，却串起了无数的华彩乐章。

我举起酒杯迎向灯光,端详细小的泡沫由杯底升腾时的私语。不管岁月用了些什么手法,都不曾制服这些泡沫。不过,时光倒是为这美酒添加了一缕幽淡的烤面包的香气。这是真正年份久远的香槟美酒才会散发出来的气味,入口馥郁、雅致、清淡,酒龄是三十岁。此时此刻,我下定决心永远不喝一口廉价的香槟。

这是第九章《香槟是怎样"炼"成的》中的最后一段。我很迷恋彼得·梅尔那缱绻细腻的语言风格,喜欢他那故作轻俏的长吁短叹:"人生苦短啊!"

在他的笔下,香槟区的景色和世上其他地方的风景并无二致。与法国南部辽阔的村野一般,柏树盘旋着向天空生长,高大的法国梧桐洒落一地的阴凉,河水清澈见底,鸟音渡水而来。这里的景观谈不上摄人心魄,却让他深深眷恋,乐而忘忧。"逶迤和缓的丘陵占了绝大部分,偶尔可见一辆拖拉机在遥远的天际出没。"彼得·梅尔写道,"可是,你再也找不到比这里照料得还要好的绵延乡野。触目所及皆是一派整齐有序的样子。一畦畦茂密、笔直的葡萄种植带,浑似出自整齐划一的人工修剪。"

更令他兴奋的是,他有幸受邀游览维兹内的风车坊,看到令他难忘而又欢欣鼓舞的场面——一位手捧大酒瓶的仁兄,已经在此恭候多时。不能不说的,是这位仁兄手捧着一瓶产自玛姆酒庄1985年份的大绶带香槟。然而,这还只是开胃酒,后面还有其他高贵、令人艳羡不已的大香槟酒:玛姆克拉蒙、1985年份的佩利耶·珠玉黄金时代玫瑰红、玛姆红绶带香槟。

彼得·梅尔能够将曼哈顿列入他的品质之旅,这大大出乎我的意料。这座城市是一个多么繁华的地方啊，完全与他平素所揄扬的脱凡之美迥然相异，处处充斥着歌舞升平、声色犬马，充斥着莫名的巨大黑洞。在这里，每一个人都似乎在拼命摆阔，挥金如土。"邮差的脚上是一双一百美元的锐步运动鞋；生意人手上拎的是一只手缝的鳄鱼皮公文包；人到中年的阔太太被沉甸甸的耳环压得步履蹒跚；地上跑的是超长的豪华大轿车，天上飞的是私家专用的直升机；人们花钱就像呼吸耗氧一样平常。"彼得·梅尔感叹。不管他到曼哈顿多少次，每来一次都会为花钱速度太快而震惊不已。这样的一个地方，怎么会走进他的意拂云表的品质视野？然而，不久，我就明白了，拨开拥挤的人潮，寻找自己回家的道路，这恰恰是彼得·梅尔的非凡之处。

这里有世界公认的罗杰·汤普森的理发沙龙、苏珊·本尼斯·沃伦·爱德华兹鞋店、美轮美奂的四季餐厅和第二大道的棕榈餐厅，花钱的机会可谓多得数不胜数、眼花缭乱，"如果没有超人的精力和组织能力，恐怕在短短几天时间里，是无法把握和用尽所有这些机会的"。总之，曼哈顿是一个神奇之地、一个浪漫之地、一个幸运之地，也是一个——借用存在主义的话来说——一个神奇的"飞地"，在这里，如果你没有彼得·梅尔那种超凡拔俗的定力，什么事情都可能发生，幸运大门开启之时，那也许正是潘多拉的盒子打开之际。

追踪塞尚

必须要交代的是，彼得·梅尔的叙事长项不在于气势恢宏、逻辑严密、惊心动魄，因而，如果要把《追踪塞尚》作为一部小说来读，似乎有点糟糕，这部小说无疑是结构松散、人物单调、情节简单的样本，也一定会让很多崇尚文学或者喜欢冒险的读者失望，严格地说，这部小说还不如他的随笔更吸引人。然而，如果将"塞尚"放回彼得·梅尔的世界——法国南部明亮的阳光、扭曲的柏树、咸腥的海风、辽阔的草甸——这无疑是彼得·梅尔最熟悉、最擅长的世界，我们就会发现，脱掉了小说包装的彼得·梅尔，还原于美好生活的美好细节，依然是那般亲切。比如，我喜欢这样的描述：

> 安德烈准时站在了饭店门口，观察早晨的天气。除了高空些许零星的白云之外，整个穹苍是一片蔚蓝。看样子今天应该差不多。他越过露台，低头向游泳池时，它的一边由一排紧密栽种的笔直柏树所防卫，柏树的一端由一件瘦削的考尔德活动雕塑看管着。他昨夜在酒吧里看到的那对情侣，正待在温热的池水里，像孩童般在那边傻笑、玩水。安德烈心想，如果有人能跟他一起度过这么美好的一天，那将是多么愉快的事情。当然，他从前也曾有过。

这是典型的彼得·梅尔。在世界上最繁华的区域——曼哈顿打拼十五年，彼得·梅尔如同一簇簇饱含着雨滴的云朵，在读到他在历尽繁华之后那种洗尽铅华的淡泊时，我却时时感受得到他心中的泪意。十五年的时间毕竟不是真空，在彼得·梅尔的文字中——也许他从未意识到——不时有着他过去的生活的琐碎的印记，店铺林立的奢侈名品、仆从如云的就餐仪式、无限惬意的香车美酒、天文数字般的商品价格。很多时候，我都在怀疑，究竟应该称呼他为品质大师合适，还是应该称呼他为享乐大师合适？

> 法拉特岬遍布着棕榈树和松树，环境保持得无懈可击，

价格昂贵到疯狂的地步，长久以来一直是"蔚蓝海岸"沿线最最时髦的地点之一。它在尼斯的东方，突出于地中海，威名远播或恶名昭彰人士的别墅，以高墙及浓密的树篱作为屏障，以铁门守卫，靠着金钱所砌成的护城墙，与百姓绝缘。过去的住户包括比利时国王利奥波德二世、索美塞·毛姆，还有极重视发型的男爵夫人碧亚翠丝·罗斯柴尔德，她只要出国，便会带着装有五十顶假发的大衣箱随行。

在这个更民主、更危险的时代里，现今大多数的住户宁愿不为人知、不被打搅、不列在电话簿上，而法拉特岬是海岸线上他们得以避开观光活动的拥挤、嘈杂的少数地点之一。的确，自尼斯来的访客，最先注意到的事情，就是喧嚣扰攘的缺席。连割草机的声音——听到但在墙壁和树篱后面看不到——都微弱而充满敬意，就好像装上了消音器一样。车子不多，开得很慢，几乎到了庄严肃穆的速度，完全看不出法国司机典型的急性子。静谧的气氛弥漫着该地，让人觉得，住在这里的人们，永远都不用匆匆忙忙。

没有要使读者不适的意思，相反，彼得·梅尔渴望带给我们更多的惊喜，物质之外的非物质，非物质之外的反物质，反物质之外的回归物质，他总是挖空心思跟我们在文字和意象的迷宫里捉迷藏。这就是彼得·梅尔，在丝丝入扣的紧张情节中，也忘不了对轻松愉快的感官愉悦的讴歌；在浪漫闲暇的地中海风情中，也忘不了让幽默风趣的插科打诨来穿插；在带领读者遨游精神虚空之时，更忘不了时时把我们拉回到物质世界的地面。结果，这部叙述小镇世俗阴暗故事的书，由追踪塞尚画作而开始的神秘旅程，居然呈现着一种风格优雅、色彩炫目的油画氛围，似乎是激情、智慧、感伤、奇特、怪诞调制的一杯鸡尾酒。

从艺术开始的旅程，有必要交代一种法国酒——茴香酒，当地人称其为"普罗旺斯的牛奶"。与葡萄酒不同，茴香酒最强劲的地方，不在于茴香成分，也不在于酒精成分，而在于喝酒的氛围。在普罗旺斯，茴香酒更多是一种餐桌酒，品尝茴香酒的场合也没有那么讲究，没有波尔多或者勃艮第葡萄酒那么繁冗的仪式，通常充满了嘈杂的谈话声、咂嘴声，甚至是杯子的碰撞声，在彼得·梅尔深情的描述中，"喝茴香酒，一定要天气温热，阳光明朗，时光仿佛停滞不前"。对彼得·梅尔来说，这就意味着，"一定要在普罗旺斯"。

当然，在普罗旺斯不能不提到苦艾酒，这是一种深受当地农民喜爱的有茴香味的烈酒，从植物性药材中萃取，其中包括苦艾的花和叶、绿茴芹、甜茴香以及其他药材和食用香草。苦艾酒有一种天然的绿色，在法语中被称为"绿妖精""绿精灵""绿仙子"。

十八世纪后期，苦艾酒兴起于瑞士纳沙泰尔州。在十九世纪末和二十世纪初，它成为法国大受欢迎的酒精饮料，尤其是在巴黎的艺术家和作家之间。欧内斯特·海明威、夏尔·皮埃尔·波德莱尔、保罗·魏尔伦、阿蒂尔·兰波、亨利·德·图卢兹-洛特雷克、阿梅代奥·莫迪利亚尼、文森特·梵·高、奥斯卡·王尔德、阿莱斯特·克劳利、阿尔弗雷德·雅里都是苦艾酒的著名拥趸。

资料记载，苦艾酒的酒精浓度几乎高达70%，它的味道很苦，很涩，有非常强烈的刺激性，有致幻作用，容易让人上瘾，十分危险，曾一度被列入违禁品，过度饮用会导致失明、癫痫和精神错乱。据说，梵·高就是因为喝了这种酒，割掉了自己的一只耳朵，魏尔伦也是因为喝了这种酒，开枪射伤了兰波。在医学界，还有一种特殊的疾病以这种酒命名,即"苦艾素中毒",中毒或者上瘾的人往往很快不治而死。

普罗旺斯的空气中总是充满了薰衣草、百里香、松树等的香气,交织成法国南部最令人难忘的独特气息,苦艾酒似乎也在这种气息中变得浪漫起来。说到塞尚和梵·高,还有必要在虚构的世界里浪费时间吗?还是回到追踪塞尚的扑朔迷离中吧。

普罗旺斯有一座被称为"水城"的小城——艾克斯,传说公元前122年罗马将军发现了这里的泉水能治病,水城因此闻名。1839年塞尚在这座水城出生,他的艺术和生命从此和艾克斯连接在一起。今天的艾克斯市中心,有一条步行路线,名字非常诗意——"追寻塞尚的脚步"——塞尚的工作间、位于查德布凡的宅邸、毕贝姆采石场,以及塞尚最钟爱、画得最多的风景圣维克多山,在这条线路中逐一浮现。

塞尚的一句著名的话在二十世纪经常地被重复着:"绘画不是追随自然,而是和自然平行地工作着。"作为现代主义的重要开端,保罗·塞尚认为:"线是不存在的,明暗也不存在,只存在色彩之间的对比。物象的体积是从色调准确的相互关系中表现出来。"与大多数人的想象不同,推动现代主义伟大革命的塞尚不是一位左派激进分子,不是一位有所渴求的功利主义者,而是一位体弱多病、愁眉苦脸、愤世嫉俗的老先生,是一位患有神经官能症的富家子弟。他发起了一场最终导致透视技术崩溃的革命,虽然他非常讨厌这个词,并为此归隐故乡艾克斯。

熟悉印象派的人也许还记得,1863年,爱德华·马奈的《草地上的午餐》在"落选沙龙"展出而受到嘲笑,从而引发古典派和印象派的冲突,当然,这场冲突最终以印象派的胜利而告终。塞尚比马奈走得更远,为了使画面和构图更明确地适合画布的长方形形状,他干脆牺牲了逼真的形象和正确的透视关系，他妄图把纯主管的虚构"看入"自然现象中去，他开诚布公地表明自己对肖像是否酷似本人感到无所谓，对一片丝织物的重视应丝毫不亚于对人和一个面庞的描绘。塞尚的全部抽象是导向物质世界的——圣维克多山、普罗旺斯的山石和房屋、毕贝姆采石场倒塌的锥形岩石、六个挤在一起的红苹果的形状或园丁的面部，画面由纯粹的色彩印象构成；眼睛不再固定在一点，同一画面可以饱含多种透视，在自然界中直立着或者和斜落线分歧或交错地表现着；根据眼睛的位置，地平线作为一个随笔的线往往表现为斜的而不是横的；重要的是，空间的构造从纯色彩印象中抽掉。这种技巧使得观众不再依赖于画家提供给他们的视觉结果，从而参与视觉过程——一些断断续续的轮廓线条，一个挨着一个的铅笔笔道，一切象征着处于混乱与怀疑中的审慎。

这是一个新的开始，从没有画家如此坦率地向他的观众揭示这一切。塞尚的笔触，就是一个农民在田地上的脚印和犁沟，这是晚年时期的画家对短暂瞬间的一种抓攫。

不愿意用绘画复制现实，而希望寻求各种关系的和谐，艾克斯的风物人情在塞尚的笔下表达出人类内心的诗意，这是塞尚在心底调和成的色调。

他在孤独中前行。

美国与法国：在本土与全球之间

就在彼得·梅尔从繁华的曼哈顿隐居在普罗旺斯之时，也有一位法国社会学家、记者弗雷德里克·马特尔，正匆忙地离开巴黎，赶赴美国，试图用自己的眼睛洞悉全球话语体系中的美国生活和美国文化。

Crossroad of the word（世界的十字路口）。

这是弗雷德里克·马特尔开始他的漫长行程的出发点。对于骄傲的美国人而言，时代广场无疑就是世界的中心。在纽约，百老汇大街与46街的夹角，"我们正处在世界的十字路口的十字路口"。马特尔，选择站在这个美国文化具有象征意义的起点上，开始他的艰难的探索。

二十世纪以降，随着美国文化霸权地位的逐步形成，美国文化几乎覆盖了世界文化格局的大部分疆土，成为影响和控制世界的主流文化，迪士尼、麦当劳、肯德基、可口可乐、Windows、哈利·波特等美国文化符号，以商业的形式顺理成章地走向世界，好莱坞、格莱美、托尼等美国奖项，成为国际大奖，从而使得美国顺理成章地建立起以美国为中心的世界文化艺术评价标准，人们正在以一种前所未有的亲昵态度认同着另一种与他们从未有过血脉之亲的文化。

西方哲学家罗素曾说过："须知参差多态，乃是幸福本源。"然而，在美国霸权文化体系下，世界多样性文化饱受冲击。马特尔从时代广场起步的行程的目的非常明晰："我们研究美国文化，是为了捍卫我们的民族文化。"

2007年11月的美国《时代》周刊曾刊登了当时身为法国巴黎驻站记者莫里森的文章《法国文化之死》。这篇封面故事引起舆论一片哗然。在文章中，莫里森尖锐地说，今日的法国已经沦落到只能靠回忆昔日的辉煌度日。

曾几何时，法国人一度统治着文化领域的方方面面，法国人把他们所能接触到的一切都推到了一个很高的标准：文学领域，从莫里哀、雨果、巴尔扎克、福楼拜到普鲁斯特、萨特、加缪、马尔罗；电影方面，从戈达尔、特吕福、侯麦到夏布罗尔、马勒、李维特、瓦尔达；音乐方面，从德彪西、拉威尔、保罗·杜卡、柏辽兹到福列、萨蒂、马斯奈；艺术领域，从新古典主义、浪漫主义、现实主义到象征主义、印象主义、后印象主义，不一而足。一时间，法国人风光无量。

抱持着捍卫法兰西民族文化的情怀，马特尔历时4年，走遍美国35个州110个城市，行程超过20万公里，进行了700多次的访谈，采访了几乎所有的博物馆、大剧院、交响乐团、大学艺术中心、大学出版社、慈善基金会、非营利机构、社区等与文化相关的各个层次各个领域的主要负责人，查阅了无数的档案资料，其中434份是从未公开的档案资料，获得大量真实而精确的第一手资料。

这些珍贵的资料和见识凝聚为《论美国的文化》一书。在书中，他以一个法国文化学者敏锐而独特的视角，深入剖析美国精神历史的各个层面，探寻美国文化创造、生产、流通的各个环节，站在客观的立场上解答了一个核心问题：美国文化是如何运转的？从而带领我们看到美国人所没有看到的美国。

为什么没有文化部的美国其文化却能影响全球？为什么艺术在其他国家面临严重的经营困境而在美国却有持续不断的资金来源？美国各个地方政府如何利用文化发展地区经济又如何给予艺术隐性补贴？为什么美国的富豪热衷于向艺术捐赠？非洲裔骚乱之后文化如何成为美国振兴旧城中心区的唯一途径？艺术的上山下乡为何受到美国民众欢迎？美国的大学出版社为什么既是美国思想的孵化器同时又能获取持续的资金支持？这是马特尔在他的行程中着力思考和解决的问题。

弗雷德里克·马特尔曾任法国驻美国外交官，现任法国国家视听研究所研究员，并在法国政治研究学院和法国高等商学院任教，他的《论美国的文化》一书，被业界评价为第一部也是唯一一部全面深入研究美国文化及其运行体制的当代著作。他的著作一经出版，立即引起法国甚至欧洲和美国文化界和学术界的高度重视，这本著作也成为指定和推行法国文化政策的重要参考，马特尔由此被誉为"当代托克维尔"。

所谓的"美国梦"，正在使整个世界渐渐变得只有一种社会理想、发展模型、生活方式。这种生活方式，并不能简单地被理解为一种消费方式，美国生活方式的具体表现是个人，它为我们提供了各种各样生机勃勃的意象：嬉皮、小资、白领、IT英雄。好莱坞的大制作电影、FOX的电视新闻、MTV频道的流行音乐、《时代》杂志封面、ESPN的体育直播、广告形象和包装形式、牛仔裤风格……都被打上了"美国制造"的商标；作为未来信息高速公路雏形的互联网，完全建筑在美国的道德、文化、语言之上，美国商务部针对全球性网络商业提出了纲领性文献《全球电子商务政策框架》，堪称美国进入网络时代的《独立宣言》，公然提出建立全球网络免税区，要求全球国家遵守美国制定的网络商业法规，全面反映了美国控制未来网络的勃勃雄心。

美国学者詹姆斯·彼得拉斯在《二十世纪末的文化帝国主义》开篇所说的一段话，代表了美国进军世界的勃勃野心："美国文化帝国主义有两个主要目标，一个是经济的，一个是政治的。经济上是要为其文化商品攫取市场，政治上则是要通过改造大众意识来建立霸权。娱乐商品的出口是资本积累最重要的来源之一，也是其替代制造业出口在世界范围内获利的手段。在政治上，文化帝国主义的重要作用在于将人们各自从他们的文化之渊源和团结传统中离间出来，并代之以新闻媒介制造出来的、随着一场场宣传攻势变幻的'需求'。在政治上的效果则是把人们从其传统的阶级和社会的圈子中分化出来，并使得人和人之间产生隔阂……文化帝国主义的主要目标是对青年进行政治上和经济上的剥削……文化干涉（在最广泛意义上而言包括意识形态、思维、意识、社会行动）是将客观条件转变为有意识的政治干涉的关键环节。似乎有点荒谬的是，帝国主义的政策制定者们看来比他们的对手更懂得政治实践中文化层面的重要性。"

如何看待本土与全球之间的美国文化和法国文化？这似乎并不是一件容易的事情。

不妨说说彼得·梅尔从美国急流勇退的那个时代。二十世纪八十年代以后，在美国执政者看来，经济全球化已经成为一种大势所趋，而美国更应该在其中成为领衔者。欧美执政的新保守主义政党、推行"新自由主义"政策的人们，都竭力为这种资本主义的全球扩张摇旗呐喊。跨国公司的经营者、发达资本主义的政治领袖，他们异口同声地为这种资本的全球赢利而喝彩。他们都认定，经济全球化会促进整个人类的福利的巨大发展，无论发达国家还是发展中国家均会从中受益，它不仅会实现经济上的"双赢"，而且还会带来政治和文化上的"互惠"。在这些倡导者的声音背后，自由主义的经济模式是主导性的。在2000年召开的达沃斯国际会议上，美国总统克林顿坚定地认为，全球化对每一个参与伙伴都是福音，全球化打破了国家间的壁垒，使经济运作方式发生了革命性的变革。他的论据是，过去几十年中，只有推崇国际贸易"自由化"的国家才真正获得了成功，才能踏上富裕之路，"开发市场"和"自由贸易"是促使全球繁荣的最好方式。这是对美国自由主义经济政策的最佳表达，它暗含的意义是：要想全球化就要经济自由化，经济自由就要顺应市场规则来行事，而美国则自然能以其强势经济而在所谓的"自由竞争"中占据主导。

就在同一会议上，形成尖锐对峙的是，印度尼西亚总统却激进地表示"发展中国家正面临着全球化的陷阱"。会议的东道国瑞士联邦主席奥吉也清醒地旁观道，许多人对经济全球化抵触，是因为它造成了贫富差距的越来越大。这些批评全球化的人士认为，全球化进程带来的好处过多地流向了发达国家，而且制定游戏规则的是那些富裕国家。本来全球化应该是世界大同，但现实却是金融市场对一个个经济体的蹂躏，外国竞争对手挤垮本国企业，以及发达国家所做的决定把一个个社会搞得天翻地覆。这些异议的声音，主要来自那些人口占多数、经济落后的发展中国家，他们迥异的立场与欧美诸国形成争吵之势。他们的论证逻辑就是：全球化，究其实质是一种美国的全球化，经济全球化就是美国的经济侵略。

文化问题也如出一辙，但却有其特殊的地方。有趣的是，对美国文化全球化意见颇大的，反倒不是那些第三世界国家，而是那些欧洲盟友和美洲邻居，它们倒具有更高的文化自觉。1998年6月，在加拿大的渥太华召开了一次由十九个国家联合参加的会议，会议的参与者既包括英国这样的欧洲文化大国，又包括加拿大、墨西哥和巴西这些近邻国家，议题就是讨论美国文化入侵的问题。从策略上来说，该次会议主要探讨了——如何减少由降低贸易壁垒而带来的外国文化入侵。在此次会议不久之前的斯德哥尔摩，联合国也曾召开了一次主题相近的会议，该次会议迫切希望在"多边贸易协议"中增加关于文化产品的特殊条款，甚至将文化产品从这一全球贸易协议中删除掉。这就形成了美国一家与其他国家相互对峙的观点，在美国的眼光看来，对文化这种特殊的资源需要设置壁垒吗？答案是否定的。但实质上，如今的文化资源早已成为了一种特殊的经济资本，在处于下风的诸国看来，至少对文化产业实施贸易限制是必需的。好像唯独在文化问题上，山姆大叔失去它所有的经济联盟和政治盟友，而几乎成为孤家寡人。这又是为什么呢？显而易见。美国要求将自由经济的策略在文化产业领域照常适用,认为自由贸易是民族国家间协同的最基本原则,文化当然不能逃离在外。而在反对国家名单中,既有那些支持经济自由的"高生产—高消费"国家,例如法国首倡著名的"文化例外"原则,从而试图将文化排除在贸易自由之外;又有那些对自由贸易持保留态度的低消费的国家,它们更多是诉诸一种政治的呼吁。

人类进入现代社会以来,由于社会政治经济环境发生的巨大变化,各国文化传统的生存和发展在不同程度上受到了挑战,有的遭受损毁,有的甚至消亡。越来越多的国家开始意识到,文化疆域里有一场不见硝烟的战争。在二十一世纪国际竞争、信息共享、技术趋同的社会背景下,国家的安危不仅仅系于城池的得失,它更涉及文化的存在方式与制度,共同的语言和文字、共同的艺术和道德、共同的传统和认知"对于主要依靠自由联合和兄弟情谊而建立起来的民族是一笔宝贵的财富"(弗贝尔),是社会团结和进步的资源。文化是一个国家的身份证,一个国家的文化地位与这个国家的国际地位息息相关。"只有维护好本民族文化的独特性才能实现世界文化的多样性。"基于保护本民族文化的共识,联合国教科文组织正在草拟的《文化多样性公约》受到了越来越多国家的认可。

面对激烈的国际竞争,为了增强自己国家的综合竞争力,各个国家都在维护自己的文化形象。美国的文化形象与它的"软权力"紧紧结合在一起;法国高度重视自己国家的文化遗产,不遗余力地捍卫自己的文化特性;同为移民国家,加拿大竭力保持自己国家区别于美国的独立的文化形象;被称为"睡在祖先遗产上"的意大利用不懈的努力使全世界对其所拥有的每一处遗产都深怀敬意;深受中国古代文化影响的日本和韩国也在努力营造着不同于中国的亚洲新形象。

"全球化"不等于"美国化",经济的发达不意味着文化上的霸权，要像保护生物多样性一样尊重文化的"多元之美"，这已经成为非英语国家的共识。法国司法部部长雅克·图邦在一次谈话中强调，英语占主导地位的互联网络是一种"新形式的殖民主义"。为此，法国曾经通过一项法律，要求在法国互联网上进行广告宣传的文字必须译成法语。法国总理希拉克对此解释说，这是要保卫法语的国际地位，在网络时代的文化对抗中"确保莫里哀和加缪的语言不在信息高速公路上漏掉"。

彼得·梅尔的抉择、弗雷德里克·马特尔的判断对于我们来说都有着重要的提示意义。对中国来讲，二十世纪无疑是一个走出物质贫困的时代，二十一世纪应该是一个走出文化贫困的时代。在此，我们永远不能忘记普罗提诺的那句话："一场伟大的、最后的斗争在等待着心灵。"

图书在版编目（CIP）数据

李舫散文 / 李舫著 . -- 北京：作家出版社，2023.5
（作家散文典藏）
ISBN 978-7-5212-2107-7

Ⅰ. ①李…　Ⅱ. ①李…　Ⅲ. ①散文集 – 中国 – 当代 Ⅳ. ①I267

中国版本图书馆 CIP 数据核字（2022）第 212435 号

李舫散文

丛书策划：路英勇　张亚丽
出版统筹：启　天　省登宇
作　　者：李　舫
策划编辑：钱　英
责任编辑：杨新月
装帧设计：TT Studio　孙惟静
出版发行：作家出版社有限公司
社　　址：北京农展馆南里 10 号　　邮　　编：100125
电话传真：86-10-65067186（发行中心及邮购部）
　　　　　86-10-65004079（总编室）
E – mail: zuojia@zuojia.net.cn
http: //www.zuojiachubanshe.com
印　　刷：三河市紫恒印装有限公司
成品尺寸：142 × 210
字　　数：333 千
印　　张：13.5
印　　数：001-5000
版　　次：2023 年 5 月第 1 版
印　　次：2023 年 5 月第 1 次印刷
ISBN 978-7-5212-2107-7
定　　价：58.00 元（精）

作家版图书，版权所有，侵权必究。
作家版图书，印装错误可随时退换。